古代試婚

3

目次

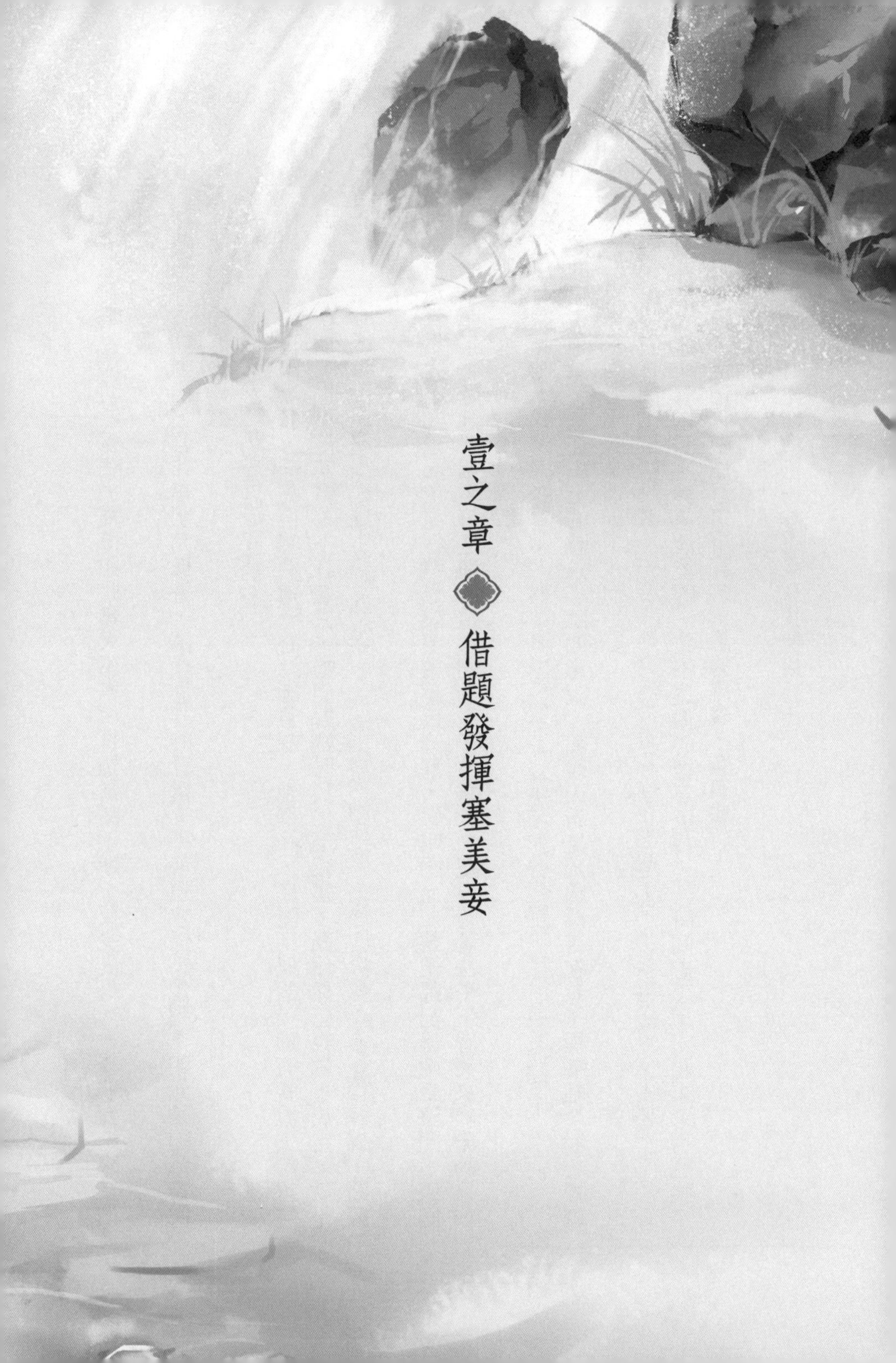

壹之章

借題發揮塞美妾

「沒想到她會求助老巫婆，鬧得如此雞犬不寧，真是當斷不斷，反受其亂。」李明允把事情的經過大致說了一遍。

林蘭聽得心驚肉跳，若非李明允機警，這樣周詳的計畫，不著道才怪，想到李明允被迫跳窗脫困，林蘭心頭的怒火更盛。

「如今，她說要去豐安替我娘守墓……」

林蘭頓時如火山爆發，「虧得咱們還一心為她著想，她倒好，瘋魔了似的，還有臉說去給娘守墓？別攪得娘在地下也不得安寧！不許她去，咱們對她已經仁至義盡，既然你已經做了決定，就不許再心軟，給她三百兩銀子，夠她安度餘生了，你不再欠她什麼！從此以後，大家橋歸橋，路歸路，各不相干。」

這個白蕙真是太不知羞恥，還好意思說要給葉氏守墓，好叫明允一輩子都記得她？沒門！天底下想爬床的丫頭不止是她一個，可是像她這樣明知主子不喜歡，還要變著法子下春藥來爬床的只怕也不多。無恥之人，絕對不可饒恕。

「我沒有答應她，我讓周嬤嬤派人把她送出京城了，豐安那邊我會寫封信去交代一下。」

林蘭的火氣稍減，「在山上的時候，聽如意說，前幾天看見她跟春杏在巷子裡嘀咕，我心裡就很不安，她果真求到老巫婆那裡去了。」

李明允抬眼看林蘭，緩緩說道；「若非她突然告訴我妳在吃避子丸，我也不會心生戒備。」

林蘭心裡一緊，看李明允神色淡淡的，猜不透他心裡怎麼想，一時間忐忑不安起來。否認嗎？白蕙既然揭發她，定是暗中注意這事許久，證據確鑿，胸有成竹。

「那你……信嗎？」林蘭反問道。

李明允微哂，目光灼灼，「妳說沒有我便信。」

這樣的話實在太具誘惑力，不管他是在試探，還是當真信任她，林蘭都覺得不能再隱瞞了。

「其實，那養顏丸便是避子丸。」林蘭暗暗打量他的神色，只見他笑容依舊溫和，眸光卻黯淡了去，有著隱隱的失望。

「並非我不想要孩子，只是現在不是要孩子的時候。一來，如今咱們內憂外患的，許多事都還沒有解決。老巫婆心狠手辣，縱然咱們有所防備，也抵不住她一算再算，想想當初你差點被蛇咬，再看看劉姨娘中水銀之毒，不能不叫人心寒。我自己倒是不怕，但若有了孩子就不同了，我會害怕；其二，我是學醫的，深知女子最佳的生育年齡，過早懷胎，難產的機率就多一些，所以，我想再等等，等這些煩惱都解決了，等我的身子合適了……」林蘭解釋道。

一雙大手握住了她的手，輕輕揉捏著，只聽李明允柔聲說道：「妳的心思早該和我說的，我又不是不講理的人。別的不說，單為了妳好，我便都會依妳。妳瞧妳，叫我做了這許多無用功。」

本來這事讓他心裡多少有些不快，現在聽她這麼一說，不快沒有了，有的只是憐惜。這個家危機四伏，她要承受的壓力不會比他少，也是他疏忽了，別的女子十五六歲生育的也有，但其中的危險與艱辛他卻沒有考慮過。當然，不是自己的妻子，誰會去考慮這些，若是為了孩子讓蘭兒去冒險，他寧可不要孩子。

林蘭不禁面上一紅，瞪著他嗔道：「原來你只為了生孩子才……你當我是什麼了？」羞澀得自己都說不下去了。

李明允朗聲笑道：「好吧，我承認我是在找藉口，不過，那避子丸妳莫要再吃了，我聽說，這藥吃多傷身，以後我注意點就是。」

他不僅不生氣，還這般體恤自己，林蘭有些感動，低喃著：「明允，你不怪我嗎？」

李明允將她攬進懷裡，輕撫著她的肩膀，寵溺道：「怎麼會？只是害妳無端吃了那麼多藥，我心疼。都說是藥三分毒，別壞了身子才好。現在要擔心的是，白蕙已經把這事告訴了老巫婆，妳也知道父親和祖母都盼著咱們早點生個孩子，他們怕是會不高興，不過，妳不用擔心，我會去解釋的。」

林蘭心中暖暖的，有這麼個明理體貼的丈夫，真的很幸福，早知道就不用偷偷吃藥了。

「妳坐了大半日的馬車也累了，我抱妳去歇會兒，估計晚些時候還有一場熱鬧。」李明允將她打橫抱起。

「不用了，我不累。」林蘭輕微掙扎著要下來。昨夜府裡這麼大的動靜，不但破壞了老巫婆的計畫，還把老巫婆的一隻臂膀給卸掉了。雖說證據在手，但老巫婆肯定不會善罷甘休，現在肯定在想招扳回局面，她也要好好謀劃謀劃，趁此機會給老巫婆重重一擊，打得她抬不起頭。

「還說不累？妳的眼圈都黑了，聽話，去歇會兒，其他事我會安排。」李明允將她放到床上，為她蓋好被子。

林蘭突然想起，問道：「玉容呢？我怎麼沒看見她？」

「她沒事，受了點小傷，在休息。」

林蘭忙要坐起來，被李明允按住，「她剛吃了藥睡下，妳去看她，她豈不是不能安歇？」

林蘭鬱鬱道：「一個個的都受了傷，老巫婆的手段也太卑劣了！」

李明允眸光一凝，聲音也冷硬起來：「妳放心，我必定為她們討回這個公道！現在打暈了玉容的人還沒查到，不過老巫婆手下得力的也就那麼幾個，查不到，我遲早將他們一鍋端了！」

「山西那邊的事不能現在發動嗎？」林蘭遲疑著問。

「還不是時候，要等局面發展到連父親也無力挽回才行。我已經查過了，那兩處莊子有一處不是記在我的名下，而是父親的名下，要是現在發動，父親大不了把那座莊子賣了，便能解決危機，所以，我想著還得給老巫婆一點甜頭，這樣她才能放心大膽地敗家。」

林蘭眨巴著眼，「明允，你實話告訴我，那放印子錢的人是不是你安排的？」

李明允刮了下的她的鼻子，「說對了一半，主意是我出的，人是大舅爺安排的。對了，今年入貢一事已經談妥，葉家跟內務府的人搭上關係了，以後妳的阿膠想爭取入貢，也方便許多。」

「那就好，等藥鋪開張，我就讓文山跟三師兄去一趟山東。」

「讓妳三師兄去？那藥鋪裡豈不是人手不夠？我可不許妳太勞累。」李明允擔心道。

林蘭支起身子枕在他腿上，緩緩道：「正想跟你說件事呢。我看徐福安這人不錯，是白蕙自己沒福氣，錯過了，我想跟大舅爺把人要過來，先讓他幫襯著老吳打點鋪子裡的事，上上手，以後總有獨當一面的時候。」

李明允撫著她的秀髮，笑道：「妳的如意算盤不止這些吧？我看玉容性子沉穩，這年紀也差不多了……」

林蘭也笑了，「到底是心有靈犀，被你猜中了。」

「好了好了，快睡吧，有什麼事晚上再說也不遲。」李明允揉揉她的小臉，將她按在床上。

因為一樁心事落了地，林蘭這一躺還真睡著了，不過也沒睡多久便醒了。

「二少爺呢？」林蘭打了個哈欠。

銀柳捲起雲帳，用一旁的雙魚銀鉤攏住，回道：「二少爺去了老爺書房，二少奶奶可以多睡一會兒的。」

「現在又不是睡覺的點，睡不踏實。銀柳，妳去打盆熱水來，我梳洗一下，去看看玉容。」

「玉容後頸上挨了一掌，現在脖子還不能動，這些人真是太卑鄙了，這種事也做得出來。」銀柳憤慨著。

林蘭嗤道：「他們是如意算盤撥得響，沒料到還是功虧一簣。」

「那是，咱們二少爺是什麼人？能由著他們糊弄？」銀柳附和。

「妳說二少爺是什麼人？」

銀柳眨巴著眼睛，「當然是聰明人唄！葉老太爺早就說了，二少爺若是讀書，必定是狀元之才，若是經商，必定是富甲天下，他們這些不入流的伎倆還能瞞得過二少爺的眼睛去？」

林蘭笑道：「這話妳得到二少爺跟前去說，保准有賞。」

◆ ◆ ◆

韓秋月在屋子裡急得團團轉，如同熱鍋上的螞蟻，焦躁不安。

「老爺現在跟二少爺在說話，老爺說，夫人不用找他，他自會來找夫人。」春杏回道。

韓秋月聽了更是不安，老爺這話分明有找她算帳之意，現在又跟李明允在嘀咕，這父子倆定是在商議怎麼對付她。

姜嬤嬤揮揮手，示意春杏退下。

「夫人，這事您可得想好說辭，實在不行，您就把事情往老奴身上推，就說是老奴背著您吩咐鄧嬤嬤的。」姜嬤嬤大義凜然，所謂忠僕，就是關鍵時候能替主子擋刀背黑鍋。

韓秋月道：「不行，妳是我身邊唯一可靠的人了，妳若是再出事，以後還有誰來幫襯我？」

姜嬤嬤暗暗鬆了口氣，又愁苦道：「可是，老爺怪罪下來……」

韓秋月眉頭擰成了川字，「為今之計，只有認下，不過，咱們得找個說得通的理由。」

姜嬤嬤靈機一動，「夫人何不拿二少奶奶吃避子丸來說事？」

韓秋月眉頭漸漸鬆展，「也只能這樣了，待會兒妳看著眼色點，若是形勢不對，就去把老太太請過來。」

姜嬤嬤低眉道：「奴婢明白。」

書房內，李敬賢撥了撥茶水，嗓音平板道：「一個婆子，打發了就打發了，沒什麼大不了。」

「兒子本想息事寧人，稍加訓斥，怎奈她一味胡攀亂咬為自己開脫，這種人，留著也是個禍害，沒得讓她壞了府裡的名聲……只怕母親未必能體會兒子一片苦心。」李明允微垂著首，一貫謙恭的態度，一貫小心謹慎的語氣。

李敬賢的目光在他髮際那個漩渦轉了轉，茫茫然想起葉氏頭頂也有這個一個漩渦，也總是這般含羞帶嬌地垂首，偶爾抬眼，那婉約一笑，恰似一朵海棠鮮豔綻開來……李敬賢收回目光，嘆了一口氣，葉氏持家十幾年，家中一向太平，從未出過這種刁奴，當真是惡主養惡僕。

「這事也是為父的意思。」李敬賢緩緩道。

李明允態度越發謙和，「此事說到底與兒子脫不了干係，叫父親為難了。」

李敬賢輕抿了一口茶，說：「原本納了白蕙那丫頭也不是什麼大事，只是她這種做派叫人不敢苟同，也難怪你生氣。」靜了片刻，又道：「說起來林蘭進門也有好幾個月了，怎麼還沒動靜？」

李明允謹慎道：「蘭兒小時候多病，身體底子弱了些，所以才會去學醫。這幾年慢慢調養，稍有好轉。子嗣之事，兒子雖然也盼著，但想著母親若是體質弱，對孩子也不好……還是耐心等上一等，等她身體無礙了，再要孩子也不遲。再說，大哥成親都快一年了，尚未有子嗣，兒子總不好事事搶在大哥前面……」

李敬賢又是嘆氣，「你說的也是，我看你大嫂身子骨也弱，可憐你祖母天天念叨重孫子。咱們李家別的不缺，唯獨人丁單薄了些。」

「父親春秋鼎盛，若不是劉姨娘……祖母還能抱上孫子呢！」

這話戳到了李敬賢的痛處，他眼中便隱隱有了慍色。為著這件事，他整個年過得沒什麼精神，好在劉姨娘身上的毒漸漸清了，這韓秋月造的孽，遲早有一天要跟她算總帳，且縱著她，慢慢等待時機吧！

李明允此番談話的目的已經達到，便拱手道：「時候不早了，兒子先回去換身衣裳，好去向祖母請安。」

李敬賢點點頭，「你先去吧！」

待李明允離開，李敬賢也放下茶盞，喚阿晉：「去朝暉堂。」

阿晉詫異，「老爺不先回寧和堂嗎？」

李敬賢面色一沉，「多嘴。」

李敬賢進朝暉堂，屁股還未坐熱，韓秋月就過來了。李敬賢本想跟老娘親好好說說她那個十分中意的媳婦的劣跡，才起了個頭，只好又住了嘴。

老太太見他們夫妻倆一前一後來，敬賢又是一副欲言又止的模樣，心裡便有了計較，兩人定又吵嘴了，不覺憂心忡忡。敬賢跟秋月處得越來越淡，這可不是什麼好事。這女人都有人老珠黃的一天，失寵是尋常，可結髮之妻不可棄，敬賢有失分寸了。

「母親中午歇得可好？」韓秋月行了個禮，在老太太身邊坐下。

「到底是年紀大了，動一動就渾身酸脹。」老太太笑道：「叫祝嬤嬤給我揉捏了幾下，總算鬆快了些。」

祝嬤嬤笑道：「我這幾手推拿還是二少奶奶教的，挺管用。」

「把妳教會了，她便省事了。」老太太淡笑著。

「二少奶奶可不比老奴，老奴是專門伺候老太太的，二少奶奶還得伺候二少爺呢！再說兩位少奶奶多孝順您啊，晨昏定省，噓寒問暖，比您自個兒的親閨女還親。」

老太太敷衍地笑了笑。

韓秋月把話接了過去：「若妍和林蘭自然都是極好的，若是能早些讓老太太抱上重孫，那就更好了。」

一句話說到了老太太心坎裡，老太太略有些遺憾道：「是啊，若妍進門都快一年了，還沒有好消息。」

「今兒個咱們在送子觀音前許了願，相信很快就會有好消息了。」祝嬤嬤笑道。

韓秋月道：「要菩薩顯靈，也得她們自己有心，只怕她們年輕，不能夠體會我們這些做長輩的心思。」

李敬賢不悅地蹙了下眉頭，「兒孫自有兒孫福，何必操這份閒心？」

韓秋月訕訕，聽得出老爺是在責怪她多管閒事。

老太太淡淡道：「事關繁衍子嗣，這可是頭等要緊的大事，豈能不操心？你們是還年輕，不著急，可我老婆子已是半截入土的人，可不想走得不安心。」

聽母親話說得重了，李敬賢拘謹道：「母親春秋正盛，將來必然能福澤綿延，且放寬心。」

韓秋月趕忙道：「老爺說的是，母親，您身子還硬朗著呢！莫說抱重孫，便是重重孫也抱得，回頭我便好好說說林蘭，吃什麼避子丸，趁著年輕多生幾個才好！」

老太太頓時皺眉，「妳說什麼？林蘭吃避子丸？」

韓秋月忙捂嘴，好像她是不小心說漏了嘴一般，不好意思道：「沒、沒什麼。」

老太太陰沉著臉道：「妳別瞞我，我就覺得奇怪，若妍體弱多病懷不上也是正常，可林蘭，我看她好好的，怎也沒消息？原來是吃了避子丸，真是豈有此理，她若不生孩子，娶進來做甚？」

「小夫妻許是有他們自己的考量。」韓秋月遲疑道。

「有什考量？還有什麼事比孩子更要緊？不行，這事得管管，沒得讓她由著自己的性子來，就沒見過正經媳婦不肯生孩子還吃什麼避子丸的！」老太太氣悶道。

李敬賢瞪了韓秋月一眼，沒好氣道：「妳不知情就別在這裡亂嚼舌根，沒得惹母親不痛快。」又對老太太說：「這事，兒子是知道的。別看林蘭好好的，其實她的身子也是弱，小時候體弱多病才去學了醫，這些年一直在調養。明允也是顧及母親若是不康健會影響孩子，就像靖伯侯夫人，雖說林蘭盡力將孩子保全了下來，但這孩子總歸有些先天不足，比旁人要弱些。林蘭自己是大夫，什麼時候合適要孩子，她自己清楚。」

老太太悶哼了一聲，「我倒沒看出來，她也是個體弱多病的。」

祝嬤嬤笑道：「二少奶奶這不是年紀還小嗎？老太太您就耐心再等等。」

「不小了，過了年都十七了，我十七那會兒，都已經有了敬文。」老太太終是有些不樂意，嘆氣道。

韓秋月本以為林蘭吃避子丸一事，老爺和老太太是不知情的，沒想到老爺非但知情，還幫著林蘭說話，把她的計畫又給打亂了，一時不知該說什麼才好。

姜嬤嬤見狀，笑呵呵地說：「既然二少奶奶年紀還小，難當繁衍子嗣的重任，不若給二少爺納個妾室。二少爺的年紀可不小了，旁人這個時候早就當爹了。」

祝嬤嬤心裡冷笑，這話說得，大少爺比二少爺還大兩歲呢，怎不替大少爺著急？

李敬賢立即喝道：「妳渾說什麼？我們李家的長孫只能是正出的，沒得弄得嫡庶不分！」

姜嬤嬤被老爺一吼，哆嗦了一下，不敢再言語。

李敬賢又罵道：「就是有妳們這些唯恐天下不亂的刁奴，盡挑唆主母做些亂七八糟的事，生生攪得家宅不寧，我看，妳也該跟鄧嬤嬤一併逐出府去才省事！」

姜嬤嬤又顫了一下，忙跪下，「老爺息怒，是老奴一時考慮不周，說了渾話，老奴不敢了！」

韓秋月聽得腦仁一抽一抽的，看來老爺是徹底偏向李明允夫妻倆了。

老太太橫了兒子一眼，「你發這麼大脾氣做甚？姜嬤嬤不過隨便一說罷了。」

韓秋月賠笑道：「姜嬤嬤的意思是讓明允納個妾，也好讓林蘭急一急，不然，小夫妻寬寬心心的，咱們要等到什麼時候？」

李敬賢不敢再那麼大聲，只冷冷說道：「妳還是先關心關心明則吧！下個月明則就要應考了，少整些烏煙瘴氣的事，讓這個家清靜清靜！明允的事以後不用妳操心，若是再稀裡糊塗拎不清的，妳就給我回老家去！」

老太太聽出些不尋常來，問韓秋月：「鄧嬤嬤做錯了何事？」

韓秋月正待回答，李敬賢已回道：「鄧嬤嬤管理廚房不善，喜歡打著主母的名頭發號施令，為非作歹。兒子想著沒得讓這老刁奴敗壞主子的名聲，便將她逐了出去。」又對韓秋月道：「妳以後用人也得仔細些，別盡挑些不省事的。」說著瞪了韓秋月身邊的姜嬤嬤一眼，算是警告。

韓秋月從老爺的話中聽出深意來，老爺說鄧嬤嬤打著她的名頭發號施令，便是不想追究她的錯了，當即溫順道：「老爺提醒的是，都是妾身馭下不嚴之故。妾身早就想辦她了，只是念著她也曾有過得力的時候……哎，終是她自己不知檢點。」

老太太雖不甚明瞭，但兒子教訓媳婦，她還是要給兒子留面子的，再說韓秋月也自責，她就不必再追根究底，無端惹出事來，便岔開話題：「明則和明允怎麼還沒來？」

朝暉堂中的這番談話，林蘭是在第二日去請安的時候，祝嬤嬤漏了點口風給她。

「避子丸到底傷身，二少奶奶還是莫要再吃的好……」

老巫婆果然拿避子丸說事，難怪老太太看到她時面色不豫。

林蘭謝過祝嬤嬤關心，忐忑了幾日也沒見老太太怎麼為難她，還道此事已經過了。

到了二月底，大哥林風和二師兄王大海、五師兄莫子遊抵達京城，他們是初三便出發了，日夜兼程。

一番敘舊後，王大海和莫子遊自發自覺地說要去熟悉新業務，林風也一道去參觀新鋪子。

莫子遊瞧著修葺一新的鋪面，嘖嘖讚嘆：「師妹，這藥鋪的規模可比胡記大多了，當初還以為妳是一句玩笑話，沒想到當真實現了。」

「是啊，師父他老人家收到信，特意叫老五去買了一瓶上好的花雕、五斤牛肉，一個人坐在院中的梨樹下喝到天明。」王大海悻悻說道，神情甚是幽怨。

林蘭笑道：「二師兄，你是想說獨樂樂不如眾樂樂吧！」

莫子遊一臉揶揄的笑，「二師兄是聞著那酒香，肚子裡的酒蟲折騰了一宿。」

王大海道：「自打兩年前咱們集體醉酒，師父他老人家就不許大家再喝酒了。」說著，王大海無比悲憤道：「這麼大的喜事，只他自己一人破例！」

李明允忍俊不禁，「今晚我作東，請大舅子還有二位師兄喝個痛快。」

王大海立即眉開眼笑，忽想起，問：「師妹去不去？」

林蘭看了看李明允，又看著兩位師兄，笑道：「我就不去了，省得你們不自在，不過，我可警告你們，不許灌明允酒，否則我報復起來，你們自己掂量掂量。」

王大海和莫子遊面有懼色，忙搖頭，「不敢不敢。」

林風道：「妹子放心，妳師父他老人家臨行前囑咐我盯著他們呢！他們若是不好好做事，貪吃犯懶，立刻押送回去！」

王大海和莫子遊頓時面似苦瓜，兩人低聲耳語：「真是有其妹必有其兄，看來京城裡的日子也不好過。」

「再不好過也比在師父眼皮子底下好……」

林蘭聽得抿嘴直笑。

李明允悄聲問莫子遊：「上回你說蘭兒最厲害的事，莫不是喝酒？」

莫子遊詫異道：「難道你也領教了？」

李明允眼角抽了抽，何止領教，簡直糗大了。

「到後面去看看住所，這鋪面還有個小院子，作庫房兼夥計的住所。後院出去是一條僻靜的巷子，正好對面有間宅子閒置無人，明允便租了下來。兩進三開間的院子，你們三個先住著，以後找到合適的地方再換。」林蘭帶著大家往後面走。

莫子遊道：「我覺得這樣就很好了，關鍵是離鋪子近，我們來來去去方便。我們三個大老粗，只要給間空屋子，幾張木板床就能湊活了，沒那麼多講究。」

李明允笑道：「你們一位是蘭兒的大哥，兩位是林記的坐堂大夫，豈能怠慢了？」

林蘭愕然，「林記？」

李明允淡淡一笑，「這個名怎樣？我昨兒個夜裡想到的，簡單明瞭，妳若是不反對，回頭我就讓人去做匾額。」

王大海忖了忖，撫掌道：「好啊，師父姓胡就叫胡記，師妹姓林就叫林記，簡單省事。」

莫子遊壞笑道：「我還以為會叫木子堂呢！」

林風跟他爭辯起來，「為什麼啊？還不如叫木木堂！」

林蘭聽他們越說越離譜，忙道：「打住，就林記了，不用再討論。」

大家方住了嘴，饒有興致地參觀起他們的居所。

林蘭捅了捅李明允，小聲嘀咕道：「你一個堂堂狀元，也不替我想個有內涵一點的名字。」

李明允哂笑道：「妳開的是藥鋪，講究那些附庸風雅做甚？關鍵是容易記，以後人家一說起林記，就會想到妳林大夫，多好！」

林蘭白他一眼，「我還林記包子呢！」又問：「對了，我哥的事，你什麼帶他去見鄭大哥？」

李明允摸摸鼻子，猶豫道：「妳哥的事我想另做安排。」

前段日子見了陳子諭，被陳子諭好一頓數落……你怎麼能安排你大舅子去當捕快？若是你大舅子還是以前的鄉野獵戶，謀一個捕快當當是沒什麼要緊，起碼收入有保障，可如今他是你李明允的大舅子了，身分不同了，豈能只圖幾頓溫飽？你別看鄭大哥風光，人家那是名捕，一般的捕快誰瞧得起？且其後代都不得參加科舉，就算你大舅子沒什麼出息，可你不能保證他的子女也沒出息，萬一他的子女很有出息，又被你胡亂謀劃，搞得不能出息……

李明允被陳子諭繞得頭昏腦脹，不過想想陳子諭說的很有道理，這事是他考慮不周，便去請教寧興。寧興說既有一身武藝，去兵營是最好的，若是有了戰功，升得也快。眼看著一場戰事無可避免，大家的機會來了。要是想進西山大營，這點小事他還是能做得了主的，但問題的關鍵是，林蘭會不會同意？大舅子自己願不願意？

林蘭詫異道：「不是都跟鄭大哥說好了嗎？」

李明允訕訕道：「是說好了，要去隨時都行，問題是……」

「有什麼問題？」林蘭不解，她是不知道捕快這份職業遠沒有所見的那般威風，就像現代的警察，人五人六的，要掀你的攤子就掀，要踩你的籃子就踩，其實算個鳥。

李明允把情況說明，林蘭一聽，立刻道：「不行，堅決不行，我還以為當捕快有多威風呢！」

「所以，我想，如果妳哥不願去寧興那，我就另外給他安排事務。」

林蘭沉默片刻，道：「那還是問問哥的意思吧，我也不好替他做主。」

安頓好三人，林蘭先回李府，李明允陪他們去溢香居喝酒。

林蘭回府便先去向老巫婆報導，類似於銷假。

去了寧和堂，翠枝告知她，夫人讓她回府便去朝暉堂。

老巫婆最近去朝暉堂去得特勤快，因為白蕙的事，老巫婆挨了李渣爹的數落，老巫婆只有加倍努力巴結老太太，做不成好老婆，就爭取做個好媳婦。只要有老太太這方老而彌堅的盾牌護著，她就能高枕無憂。

林蘭正轉身要走，翠枝急忙喚住她：「二少奶奶！」

林蘭驚訝，頓住腳步，只見翠枝吞吞吐吐，欲言又止。

「翠枝，有事嗎？」

翠枝猶豫了片刻，戒備地看了看左右，小聲道：「夫人請了大夫。」

「請大夫？誰身體不適嗎？」林蘭有點兒茫然。

翠枝低聲道：「總之……二少奶奶小心應對。」說完翠枝慌忙走掉了。

林蘭愣了一會兒，翠枝要她小心應對什麼？翠枝為什麼要幫她？翠枝是老巫婆的貼身丫鬟啊……這些問題比較複雜，一時半會兒難以弄清其中曲折，林蘭又把重點放在了請大夫一事上。是老太太生病了，她恰好不在府裡，老巫婆就請了別的大夫來看病，而老太太因此不高興了？林蘭思忖著又搖頭，她今日出門是稟明老太太的，老太太沒理由責怪她。翠枝刻意警告，事情應該不會這麼簡單。

翠枝回屋關上門，靠在門上拍拍胸口，做了幾個深呼吸，有些害怕，也不知二少奶奶能不能聽明白她的警告。她冷眼旁觀，算是看得明白，夫人這些年做了多少虧心事，尤其是在二少爺回府後。只是，任夫人百般籌謀，二少爺總能化險為夷，反倒是夫人自己在老爺心中漸漸失去了往日的地位。外人不知，還道老爺每月不偏不倚，其實老爺歇在寧和堂的時候，大多睡在書房，可見老爺對夫人不是一般的冷淡與疏離，而二少爺卻逐漸得勢。不管在外頭還是在府裡，她今日冒險幫一回二少奶奶，也算給自己留一條後路。

如意跟在後頭咕噥道：「翠枝也是，話說一半留一半的，叫人猜不透。夫人請大夫關二少奶奶什麼事？又不是給二少奶奶看病。」

林蘭忽如醍醐灌頂，靈光乍現，不由得露出凝重的神色，「如意，馬上回落霞齋。」

如意見林蘭突然變了臉色，心裡也是一緊，二少奶奶是不是猜到了什麼？

林蘭一進院子，雲英就稟報：「夫人讓二少奶奶回來後馬上去朝暉堂。」

林蘭應了一句：「知道了。」逕直入了正房。

「銀柳，妳留下，其他人先出去。」

玉容和如意面面相覷，行了個禮，默然退下，隨手將門帶上。

「銀柳，速速把我的藥箱取來。」林蘭說著，解開了腰帶，褪下衣裳。

銀柳莫名看著二少奶奶，腳下卻不敢慢了，忙去拿了藥箱。

「點蠟燭，取銀針。」林蘭吩咐道。

銀柳照做，將銀針遞給二少奶奶，終是忍不住問：「二少奶奶，您這是要做什麼？」

林蘭拿著銀針在燭火上消毒，蹙眉道：「一時半會兒也解釋不清楚。」

銀柳只好閉嘴，二少奶奶施針的時候需要專注，更何況二少奶奶現在的施針對象是她自己。

不消片刻，林蘭面色泛白，額上滲出密密的汗來，眉頭蹙得越發緊了。

銀柳驚惶道：「二少奶奶，您這是怎麼了？」

林蘭拔下胸口的銀針，虛弱地擺擺手，「沒事，我只是施針暫時封住了自己的心脈。」

「可是……您的嘴唇都發白了。」銀柳擔心不已。

「只是暫時的。妳去打盆熱水，我要洗漱。」林蘭虛弱無力地穿上衣服，用銀針封住心脈，讓心脈搏動孱緩無力。以前只在醫書上見過，還是第一次實踐，下手有失準頭，稍稍過了點，好在這種難受也只有兩個時辰。不管自己的猜測正不正確，防患於未然，絕對不能讓老巫婆抓到她的把柄。

朝暉堂內，韓秋月笑咪咪地說：「母親，您可放心了吧？就說若妍這陣子都臉色紅潤了。」

丁若妍低眉淺笑，溫婉羞澀的樣子。

老太太慈眉善目，笑得和煦，「放心，放心，不過還是太瘦了些，須得仔細調養。」

「那是應當的，叫大夫開了方子來，咱們就按著大夫的方子給若妍調理，定要調養得白白胖胖的，省得親家母擔心妍兒在咱們家過得不舒心，上回見面還編派了我的不是。」

丁若妍有些尷尬，「家母素來性子直，不過都是無心的話，還請婆母不要介意。」

韓秋月笑道：「親家母的脾氣我還不知道？都是有口無心罷了。再說親家母心疼自己的女兒有什麼錯？我怎會介懷？妳這一病好幾個月，我是看在眼裡急在心裡，如今總算是大有好轉，我這心裡啊，方才踏實了些。」

老太太笑呵呵地說：「若妍這孩子，溫柔嫻靜，看著就招人疼。」

正說著，外邊丫鬟道：「二少奶奶來了。」

老太太笑容一僵，口氣冷淡了下來：「這都什麼時辰了？」

姜嬤嬤忙道：「快申末了。」

「她倒是忙，一天到晚不見人影。」老太太怏怏道，終究不贊成林蘭開藥鋪，一個婦道人家，天天往外跑，不能好好侍奉公婆，伺候丈夫，像什麼話。

韓秋月道：「林蘭的藥鋪三月初便要開張了，這幾日是忙了些。」

老太太聽到林蘭的藥鋪幾個字又是一陣不悅，這藥鋪怎成了她林蘭的？沒有李家的支持，她這藥鋪能開得成嗎？

丁若妍柔聲道：「還是弟妹能幹。」

老太太哼了一聲，「婦道人家，孝敬公婆，相夫教子才是正經，旁的再能幹有何相干？」

林蘭施施然走了進來，一一見禮，微笑地說：「媳婦一回來就去了寧和堂，沒想到母親來了祖母處，便急忙過來了。」

韓秋月問道：「鋪子裡的事都安排妥當了？」

林蘭又是行禮，「多謝母親關心，都安排妥當了，準備三月初六開張。」

「忙歸忙，妳也要注意自己的身子，我瞧妳面色不太好。」韓秋月關切道。

「今日是忙了些。」

「妳也無須事事親力親為，安排下去讓下人去做就成，別把自己累著了。」韓秋月關懷備至，表面功夫做得一流。

老太太道：「好了，別站著了，坐下說話吧！」

丫鬟搬了個繡墩放在丁若妍下首。林蘭告謝，落了座。

丁若妍小聲道：「妳的臉色當真不太好，是不是哪兒不舒服？」

林蘭淡淡一笑，「不礙事的，歇一會兒便好了。」

「正巧今日請了大夫給若妍看病，聽明允說妳的身子也不是很好，雖然妳自己就是大夫，可是多聽聽別的大夫的意見也是好的。春杏，去把大夫請過來，讓他給二少奶奶瞧瞧。」韓秋月吩咐道。

林蘭心裡冷笑，果然被她猜中了，老巫婆說得好像她是沾了大嫂的光，順帶看一下。若真是如此，大夫給大嫂看完病早就該走了，還一直等在這聽召喚？分明是想請大夫來戳穿她因身體不適不宜有孕的藉口，好在她有了準備。

「不用麻煩了吧，媳婦一直都有吃藥在調理。」林蘭委婉道。

老太太淡淡道：「妳是一直在吃藥，只是吃錯了藥，還是叫大夫看看，別吃出什麼毛病來。」

老太太對林蘭吃避子丸一事耿耿於懷，有一段時間還覺得林蘭雖然出身卑微，會頂嘴，但總還是有孝心的，現在想想都不是這麼回事了。

林蘭不以為意，看來老太太對她的意見不是一般的大。

不一會兒，春杏就把一位年長的老大夫帶了來。

「江大夫，你給我的二兒媳也看看。」韓秋月道。

江大夫一拱手，拿出脈枕，春杏來請二少奶奶過去診脈。

林蘭不再推諉，大大方方走過去，坐定後伸出右手。

「江大夫，煩勞您了，其實我自己也是個大夫。」林蘭淡然說了一句。

江大夫訝異地看了林蘭一眼，不覺謹慎起來。

搭上林蘭的脈，江大夫忽地就皺起了眉頭，一手捋著及胸的長鬚，兩指按得更重了些。

「我這病是娘胎裡帶的，也是因此之故拜了位名醫為師。」林蘭不疾不徐地說道：「江大夫可是覺得我這脈又細又滑，且沉中帶澀？」

江大夫瞄了上座的夫人一眼，心中一番考量後，起身說道：「觀令媳脈象，左寸脈虛大而澀，按之凹陷無力。虛大乃為心血不足，澀乃有瘀滯，若是老夫診得不錯，令媳平時常有心悸胸悶之症。」

林蘭笑道：「江大夫果然醫術高明，診得一絲不錯。」

韓秋月有些不信，「我看我媳婦平日裡好好的，怎會有心血不足之症？」

江大夫暗嘆了一口氣，這位夫人也真是的，自己的媳婦就是個大夫，還叫他診個平安脈，這能誆得過去嗎？這位少奶奶顯然對自己的病症很清楚，他可不想砸了自己的招牌，給再多診金也不行，於是遺憾道：「怕是胎裡帶來的，雖然經過精心調養，總還是有些不足。」

老太太先前以為林蘭是誆騙大家，沒想到林蘭真的有病，不由得擔心地問了一句：「那……可影響懷孕？」

江大夫道：「只怕眼下是不適宜。」

老太太神色黯淡了下去，失望二字清楚寫在臉上。

林蘭見狀，不安道：「叫祖母、母親擔心了，是媳婦的不是。」

韓秋月追問道：「那能不能調養？」

江大夫遲疑著，林蘭忙道：「媳婦的師父早年就給媳婦擬了個方子，媳婦一直按著方子在調養，這幾年已是好了很多，母親不必擔心。」

江大夫暗鬆了口氣，這心脈上的病最是難治，他也沒什麼把握，既然這位少奶奶自己有方子，他也不用為難了。

韓秋月大為失望，又打量了林蘭一回，往日見她都是氣血充足，面色紅潤，哪有半點病態。今日見著，卻是面色蒼白，韓秋月不死心地問：「是不是因為太勞累之故，故而氣血虧損？」

江大夫捋了鬍鬚道：「應該不是，不過少奶奶有此病症，倒是不宜勞累過度。」
一時間，韓秋月和老太太都怔然無語，韓秋月道：「有勞江大夫了，春杏，送江大夫。」
江大夫拱手施禮，退了下去。
老太太嘆氣道：「妳既然身體不適，就早些回去歇息，待會兒就不必過來請安了。」
林蘭安慰道：「祖母不必為孫媳擔心，孫媳的師父說過，按他的方子再調養一陣便無礙了。」
老太太聞言，面色稍霽，「妳去歇著吧！」
林蘭方道：「那孫媳先告退了。」
林蘭走後，老太太感嘆道：「先前倒是我冤枉了她，好在這病也不是不能治，只是想到明允暫時不能有孩子……哎……」
韓秋月也作惋惜狀附和：「可不是，老爺一直盼著抱孫子呢！林蘭的身子又沒養好，如今又要開藥鋪，忙裡忙外的，這如何調養得好？便是明允身邊也缺了人照顧！」
姜嬤嬤聞言，福至心靈，說：「是啊，二少奶奶要開藥鋪，肯定顧不上二少爺了，這二少爺身邊也不能缺人呀！」
韓秋月立即領會到姜嬤嬤強調這句話的意思，心裡一轉，說：「姜嬤嬤說的不錯，莫說林蘭自己身體有恙，即便是好的，開了藥鋪，定顧不上家裡。如果明允身邊有個可心的人伺候著，那便兩全其美了，咱們也不用擔心了。」
老太太思忖著，不禁點了點頭，「妳留心點，看看有沒有合適的人選。」
韓秋月心喜，面上不動聲色道：「母親這麼一說，媳婦倒是想起一個人來。」
「妳說的是誰？」
「咱府裡不正住著一位？」

老太太恍然點頭，「妳是說俞蓮？」

「我瞧著俞蓮這孩子模樣秀氣，行事穩重，性子又溫柔，大嫂帶她來京，就是想叫兒媳替俞蓮謀一份好親事。說真的，這樣的好女兒送給別人家做媳婦，我還捨不得呢！有道是肥水不流外人田，她的出身配給明允做妾，也不算委屈了她。」

老太太聽得連連點頭，「妳先去問問俞蓮的意思。」

「俞蓮這孩子最懂事了，她一定會答應的，媳婦倒是擔心林蘭吃味。」

「那便叫她安分些，趁早別開勞什子的藥鋪，專心在家伺候丈夫。若不然，還能叫明允受委屈？」老太太不悅道。

丁若妍聽著暗暗搖頭，婆母這樣安排，豈不是為難明允嗎？誰不知道明允待林蘭情深，明則若是有明允一半真心，她也不會這般淒苦。

祝嬤嬤憂心忡忡，老太太是心疼自己的孫子，只是這樣一來，豈不苦了二少奶奶？有哪個女人喜歡自己的丈夫納妾？

◆　◆　◆

李明允回來得遲了，玉容伺候他更衣。

「二少奶奶呢？」李明允沒看見林蘭，便問了一句。

玉容遲疑道：「二少奶奶……身子不太舒服，從朝暉堂回來就一直睡著，晚飯都還沒吃呢，銀柳在裡面伺候著。」

雖然二少奶奶吩咐過不許多嘴，可她一直沒醒，臉色發白，呼吸時緩時急，叫人擔心不已。

李明允心裡一緊，邊繫腰帶邊往內室去。

「二少爺……」坐在床邊的銀柳見二少爺來了，忙起身行禮。

李明允望了眼背朝外睡著的林蘭，壓低了聲音問：「好端端的，怎麼不舒服了？」

銀柳囁嚅著：「二少奶奶不讓說。」

李明允板起了臉，「快說！」

「二少奶奶給自己施針後就這樣了，奴婢瞧著二少奶奶挺難受的，可二少奶奶說不要緊。」這可是二少爺逼她說的，銀柳麻溜地如實稟報。

李明允目光沉沉，揮了揮手讓銀柳下去，撩了衣襬在床沿坐下，撫著林蘭的肩，輕聲喚道：「蘭兒……蘭兒……」

林蘭睡得迷迷糊糊，聽到李明允喚她，睜開眼，有氣無力道：「你回來啦？什麼時辰了？」

李明允扶她起來，在她身後塞了個軟墊子。

「亥時快過了，我已經送大哥他們回去歇下了。蘭兒，妳哪裡不舒服？」李明允柔聲問道。

「沒什麼，就是胸口有點悶。」林蘭做了幾個深呼吸，心中懊惱，在這個地方下針，果然是有風險。本以為過兩個時辰就沒事了，結果到現在還是不舒服，別真的扎出毛病來才好，不然就得不償失了。

李明允靜靜地看著她，良久才問：「為什麼給自己扎針？」

林蘭愣了一下，咕噥道：「這個銀柳，嘴巴上沒鎖的。」

「妳還說她，她們幾個都被妳嚇壞了，趕緊如實交代。」李明允故意唬著臉凶巴巴地說。

林蘭瞞著是怕李明允擔心，既然瞞不過了，便說：「今天老巫婆請了個大夫來給我和大嫂看病，多虧了翠枝事提醒，我就給自己先扎了兩針，暫時封住心脈，要不然就被老巫婆拆穿咱們的說詞了，老巫婆看起來挺失望的。」

李明允依然靜靜地看著她，只是眼眸越來越幽暗，那燭火映在那如墨的雙瞳中，竟有越燒越烈之勢。林蘭有些心虛道：「你幹麼用這種眼神看著我？是老巫婆賊心不死，一心想拿咱們的錯處……幸虧我懂醫術，要不然，就瞞不過去了……」

「上回妳施苦肉計我便說過，不許妳再弄傷自己，為了那些個卑鄙小人，犯不著。即便瞞不過去，即便祖母會生氣，也自有我頂著。妳是信不過我，覺得我護不了妳，還是覺得妳把自己傷了，我不會心疼難過？」李明允語聲冷硬，似在極力隱忍怒氣。

林蘭就知道他會著急，可是事發突然，她只想著絕對不能讓老巫婆詭計得逞，不由得委屈道：「我也不想這樣嘛！可是當時你不在，我一時也沒別的更好的辦法，況且我對自己的醫術還是很有信心的，也就難受幾個時辰，你看我現在不是沒事了嗎？」

「還說沒事？是不是拿鏡子來讓妳照照？」李明允看著她那張蒼白的毫無血色的臉，心裡是又急又痛又惱又自責，口氣又重了些：「我寧可妳捅婁子也不要妳傷害自己，妳還拿針扎自己的心脈！我雖不懂醫術，卻也知道這心脈是最要緊的地方，一個不慎是要出人命的！妳有沒有想過，萬一妳有什麼好歹，叫我怎麼辦？鬥老巫婆，那是耍猴兒玩，要收拾她，什麼時候都行，不過是為了讓這場猴戲更精彩些罷了，妳還搭上自己的命去跟她玩？」

「哪有你說的這麼嚴重……」林蘭心虛地咕噥。

李明允坐在那裡生悶氣，唇線緊抿，面色如冰。

他對她一直都是寵愛有加，即便她使使小性子，他也是一笑置之，今日頭一回衝她發脾氣，雖然是因為關心她，卻也讓她不好受，加上心口又悶得慌，林蘭的情緒便有些煩躁，「你說得倒是輕巧，還耍猴呢！老巫婆是猴嗎？她是蛇，毒蛇！還寧可我捅婁子？你又不是不知道，就因為避子丸的事，祖母好幾天沒給我好臉色瞧了，老巫婆故意在朝暉堂請大夫，還不是想借祖母的手來對付我？今兒個我若是真捅了婁子，只怕這會兒還在朝暉堂外跪著呢！不一樣要吃苦頭？你又不能時時刻刻在我身邊護著我，我便是有飛天遁地的本事，礙於家規祖訓孝道，也只有認罰的份，你叫我怎麼辦？」

李明允聽她一頓牢騷，眼底冰層慢慢破碎，轉而蒙上一層淡淡的愧疚，不禁轉過身來，將她擁在懷裡。林蘭委屈地掙扎了一下，他抱得更緊，在她耳邊苦澀地低喃著：「對不起……」

林蘭的心一下就柔軟了起來，安安靜靜伏在他懷裡。

「快了，再堅持幾個月，解決了老巫婆，咱們的日子就會輕鬆許多。」李明允安撫著她。

「你確定？」林蘭微感訝異，不是說還要布局，還要等待的嗎？

「差不多了，妳道老巫婆這幾日為何又有心思找碴？我讓古先生給老巫婆報了喜訊，還分了她十萬紅利。」

林蘭瞠目，「給這麼多？那老巫婆借的印子錢不就都能還上了？」

李明允嘴角一揚，「她不會還，不僅不會還，還會繼續借。」

林蘭來了精神，心口也不悶了，興奮道：「快說說！」

「古先生會告訴老巫婆，在現在開發的礦山邊上又發現一座礦藏更豐富的煤礦。」

「你的意思是，騙老巫婆再入股？」

「放著這麼一座寶藏，老巫婆能不動心？而且，第一座礦才三個多月就有了十萬紅利，她還怕什麼？依她的性子，砸鍋賣鐵也要趕著上套。」李明允冷笑道：「今天她又讓孫先生找放印子的借錢了。」

林蘭激動起來，「這回她準備借多少？」

李明允伸出一隻手。

林蘭不敢相信，「五十萬？」

李明允點點頭，「關鍵是這次的利息，上次是十萬銀子月利三千，這次翻了一倍，月例六千，老巫婆一個月需要支付的利息就得四萬多，若是還不上，那就是利滾利，就算到時候父親準備賣了莊子來填這個無底洞，也不是說賣就能賣出去的，而且父親好面子，不可能大張旗鼓地去賣，這一拖，又是幾萬兩的利息。蘭兒，我們的計畫快成功了。」

林蘭眼睛發亮，「老巫婆把這個家敗光了，就算祖母再怎麼偏袒她，要護著她也沒辦法，老巫婆這回徹底完蛋了！」

林蘭一激動，胸口又是一陣發悶，頭也昏了起來，忍不住蹙起了眉頭。

李明允見她神色不對，關切道：「是不是又難受了？妳這樣不行，我叫銀柳進來伺候妳更衣，咱們去看大夫。」

林蘭垮著一張小臉，鬱鬱道：「我不去，我自己就是大夫，還去瞧大夫，我還有臉沒臉了！」

李明允哭笑不得，「哪個大夫有妳這麼本事，敢扎自己的心脈，扎得自己半死不活。」

林蘭埋怨地瞪他，「我也是第一次嘛，這個分寸很難掌握的好不好？下次就不會出錯了。」

李明允忽地沉了臉，「妳還敢有下次？」

「總之我不去看大夫……」

「必須去！」

「不去！」

兩刻鐘後，李明允坐在一旁看林蘭吃雞絲麵。

「妳少吃點，小心積食。」

林蘭喝了口湯，心滿意足道：「我知道我為什麼難受了，先前是因為封住了心脈折騰的，後來是因為我餓過頭了。我中午只喝了一碗魚湯，現在吃了個半飽，舒服多了，還好沒去看大夫，要不然大夫診斷出我是餓的，那我可真沒臉見人了……」

李明允面黑如鍋底，半晌道：「那妳繼續吃吧！」

「對了，我哥的事他怎麼說？」林蘭問道。

李明允優雅地起身，說：「食不言寢不語，專心吃麵。」說著徑直進了淨房。

剛才她讓他好一陣擔心著急，現在也吊一吊她的胃口。

林蘭怒視著淨房的門，「讓你跩！」

吃飽喝足，果然精神氣都回來了，林蘭認真總結了下經驗，下回扎針，可以淺上這麼一分。

李明允已經上床，就著高几上的鳧魚燈在看文摺。

林蘭推他，「你進去。」

「今晚妳睡裡面。」李明允眉毛也不抬一下。

「為什麼啊？都是我睡外面的好不好。」

李明允閒閒道：「妳吃了這麼一大碗雞絲麵，夜裡一定會渴，難道妳想自己起來倒茶？沒得又摔得鼻青臉腫。」

林蘭老臉一紅，她也就摔過那麼一回，黑燈瞎火外加迷迷糊糊，摔跤是很正常的事，他動不動就拿出來說。

「既然你這麼體貼，我就滿足一下你好了。」林蘭吃得太飽，行動有些遲緩笨拙，從他身上爬了過去。

「哎……真的吃太飽了，以後宵夜不要桂嫂做了，每次都吃那麼多，很罪惡的。」林蘭感嘆。

李明允斜斜地睨著她，問：「心口不難過了？」

「已經好了。」林蘭揉著肚子。

「吃得太飽了？」

「是啊……本來想少吃點……」

「那……我們做點別的事消化一下……」

「做什麼啊？」林蘭沒反應過來，燈就熄了，一個黑影已經罩了下來。

「嗯……我很飽，不想動……」

「沒事，我動就好……」男人低啞的聲音在暗夜裡顯得格外魅惑。

◆◆◆

林風毫不猶豫選擇去軍營，林蘭知道這也是大哥多年的願望，當初要不是娘攔著死活不讓，林風早就入伍了。如今嫂子和侄子有葉家照顧著，她也有了依靠，林風沒了負擔，一顆壯志雄心又蠢蠢欲動起來。

既然有寧興打包票說會照拂林風，林蘭也不好反對，只能由著他去。

很快便是三月三，草長鶯飛，花繁柳綠的春日，在京城有三月三去踏春的習俗，本來李明允說好了要帶林蘭出去郊遊，可是昨天晚上老巫婆突然提出要林蘭和李明允帶上俞蓮，說什麼俞蓮到京城也有好幾個月了，都沒出去見識過京城的風土人情，更沒領略過京城的風景名勝。

李明允雲淡風輕地說了句：「明日已經約了好友聚會，帶林蘭去都已是累贅，若再帶一個，除非是跟去伺候的丫鬟了。」

林蘭瞅著老巫婆面部肌肉一陣抽搐，琢磨著老巫婆的心思，莫非想往她屋子裡塞人？俞蓮也在座，本就靦腆的她，此刻面紅如霞，窘迫得恨不得挖個地洞把自己埋起來。

韓秋月乾笑兩聲，「那是不適合。」

林蘭很替俞蓮悲哀，俞蓮落到了老巫婆手裡，只有當小三的命，卻沒有當小三的本事，臉皮這麼薄怎麼行？

李明允原本是推脫之詞，沒想到宮裡傳了話來，命百官取消休沐，進宮議事。

事情來得突然，李明允晚飯後便去了書房，跟李敬賢商談了許久才回來。回來後，神情凝重，說是陝西一帶爆發豆疫，疫情嚴重。

林蘭不禁色變，豆疫的傳染性極強且速度極快，在古代染上豆疫，就等於在閻羅殿掛了號。據林蘭了解，在這個時代還沒有牛痘接種這種技術，所以，像李明允這樣，得過豆疫而能活下來，臉上還沒留疤的人，真是少之又少。

「西南蠻夷蠢蠢欲動，北方突厥也是屢屢進犯，眼下真是內憂外患。」李明允感嘆著。

「那朝廷對待這種大規模的時疫，都有什麼舉措？」林蘭沏了茶來。

「一般會派官員去疫區查看疫情，慰問災民，再組織一批醫官，徵集一些民間的郎中去疫區，我想明日上朝要議的便是此事。」

林蘭默了默，躊躇道：「明允，如果你提出去疫區，皇上會准許嗎？」

李明允眯著眼看她，似乎洞悉了她的心思，片刻，他搖頭，「妳趁早打消了這個念頭，去疫區可不是鬧著玩的，我不許妳去冒險。」

林蘭把凳子挪過去，坐到他身邊，挽著他的胳膊，「你先別急啊，我不是一時衝動的念頭，我有把握的。一來，你已經出過痘疹，有了免疫力，不會再感染；二來，痘疫雖然可怕，但是只要注意點，是可以避免的；第三點，也是最重要的一點，我有辦法醫治痘疹。你想啊，如果你主動提出去疫區，皇上必定對你更加看重，加官進爵是一定的，如果我們能好好控制疫情，並消滅疫情，那更是大功一件，明允，我真心覺得這是一個好機會。」

李明允皺著眉頭，「蘭兒，我知道妳是藝高人膽大，若是一個病人還好應付，可那邊是疫區，得豆疫的人不計其數，妳要怎麼應付？」

「又不是我一個大夫，不是說朝廷會派醫官和大夫過去嗎？大家齊心協力唄！」

「不行！」李明允堅決反對。

林蘭嘟嘴，「你若不允，我就去自薦，朝廷不是要徵集民間郎中嗎……」

李明允放下茶盞，握住她的手臂，嚴肅地警告道：「我不許妳去冒險。」

「喂，你不能這麼自私，學醫本就為懸壺濟世，現在疫情嚴重，每天都會有很多人被病魔奪去生命，作為大夫，我豈能坐視不理？明允，你相信我，我不僅可以醫治痘疹，還能預防豆疫，你去我也去，我定能助你一臂之力。」林蘭滿臉期待地望著李明允。

她的眼神格外清亮，透著無比的自信，李明允不禁猶豫，他是得過痘疹，不怕去疫區，可帶著林蘭，萬一林蘭被感染，他是吃過那種苦頭的，到現在都還心有餘悸。

「妳……當真有辦法控制疫情？要知道，這豆疫到目前為止還沒有大夫敢說自己能掌控。」

林蘭用力點頭，痘疹在這個時代無異於洪水猛獸，但在二十一世紀，接種疫苗的技術已經非常成熟，即便沒有那麼好的設備，但她還是有把握研製出疫苗。

李明允默然良久，說：「妳必須拿出讓我信服的理由，讓我相信妳確實可以控制疫情，而且能保證自己的安全，不然，我只有兩個字，不許！」

於是，林蘭跟他解釋什麼叫接種疫苗，如何取得疫苗等深奧的醫學問題，李明允聽得一知半解，但林蘭說得頭頭是道，煞有介事。

「妳試過沒？」最後，李明允問。

「當然，我們村子裡水娃子出痘疹就是我治的，我們村沒一個人被傳染！」林蘭不得已扯了個謊，反正林風已經去了西山大營，李明允總不可能跑西山大營去求證。

李明允糾結良久，道：「明日上朝看看再說。」

第二天李明允一早就上朝去了，林蘭處理了鋪子裡的事，跟兩位師兄商討了一下關於痘疹治療的方法，不過他們對這種把病毒接種到人身上的做法深表懷疑，持保留意見。林蘭很是鬱悶，可惜眼下找不到出痘疹的，也找不到牛痘，要不然，就可以當場做個試驗來證明。

「二少奶奶，您說的那個法子，聽著怪嚇人。」銀柳在回去的馬車上發表自己的意見。

「聽起來嚇人而已。」林蘭鬱鬱道，她已經意識到，靠理論想要說服大家是不可能的，只有用事實說話。

「銀柳，讓車夫轉道去德仁堂。」林蘭吩咐道。

現在只好去求助華文柏了，他在京城人地熟，路子廣，說不定能找到一例病症。

到了德仁堂，小二卻說少東家不在，讓林蘭留下姓名，回頭好告知少東家。

林蘭想了想，便讓小二轉告華少，若是方便，明日巳時到林記藥鋪商談要事。

李府裡，被關了好幾月的李明珠終於被放出來，蹭在韓秋月身邊，伸出磨出了繭子的手，哭訴道：「娘，您看我的一雙手都變成這樣了，難看死了！」

韓秋月心疼地摸了摸那個繭子，「還好，不是很硬，過些日子就沒了。」

「爹也太狠心了，一點都不疼我……」李明珠哭道。

「爹怎麼會不疼妳？若不是李明允夫婦，妳爹何至於罰得這般重？」

「我最討厭他們倆了，這個家若是沒他們多好，這筆帳，我遲早要找他們討回來。」李明珠恨恨地說。

韓秋月道：「妳別輕舉妄動，娘自有主張。妳不是他們的對手，再過段時日吧，等娘手頭上的大事有了著落，娘會想辦法對付他們的。」

李明珠不甘地點頭，「娘，您一定要幫女兒出這口惡氣！」

姜嬤嬤進來，便笑道：「表小姐快去跟老太太見個禮吧，老太太正念叨表小姐呢！」

韓秋月拿帕子幫李明珠拭淚，疼惜道：「快洗把臉去見見妳祖母，這次多虧了妳祖母發話，妳祖母也是很疼妳的。」

李明珠起身行了個禮，告退了。

待李明珠走了，韓秋月問：「她怎麼說？」

姜嬤嬤笑咪咪地回道：「老太太問了俞小姐的意思，俞小姐只說但憑老太太和夫人做主。」

韓秋月嗤笑，「這麼好的事，她能不允嗎？心裡不知怎麼偷著樂呢！既然她答應了，回頭妳讓她來我房裡一趟，有些事兒，我得親自囑咐她。」

姜嬤嬤有些擔心，「俞小姐的性子太柔弱了些，只怕不是二少奶奶的對手。」

韓秋月陰冷地道：「她沒本事不要緊，只須做到一件事便可……聽話，聽我的話。說穿了，她不過是顆棋子，我不需要她有多大本事，只要她成了明允的妾，林蘭必定會吃醋，女人一吃醋，什麼事都做得出來，我看他們還能不能如膠似漆，沆瀣一氣。」

「夫人說的極是。」姜嬤嬤笑道：「夫人打算跟二少奶奶明說嗎？」

韓秋月想了想，道：「林蘭自己身子不好，給明允納個妾，多一個人伺候丈夫是情理之中的事，她有什麼理由拒絕？她若是拒絕，便應了善妒之名，老太太那邊，還能討得好？所以，林蘭是容易對付的，關鍵是明允的態度。他素來很有主張，更不把我放在眼裡，即便老太太出馬，只怕他也會極力推諉……這事，還得說服老爺，讓老爺出面。明允他不是最敬重老爺，最聽老爺的話嗎？就讓他好好做個孝順兒子吧！」

姜嬤嬤眼角的皺紋深了幾許，笑道：「還是夫人思慮周全。」

韓秋月想著林蘭拈酸吃醋的模樣，想到他們夫妻反目成仇的情形，再想想不久的將來財源滾滾，心情便如今日的天氣晴好，「姜嬤嬤，咱們的好日子不遠了。」

◆◆◆

李明珠去向老太太請安，俞蓮正巧從裡邊出來，只見俞蓮低著頭，一副心事重重的樣子，竟沒瞧見她。

「俞蓮！」李明珠高興地喚她，被禁足的幾個月，多虧了俞蓮常來相伴，還幫她抄寫《女訓》，要不然她真的會無聊到發瘋。

俞蓮反應遲鈍，怔了會兒才笑了笑，笑容浮於表，心不在焉地說：「明珠姊姊可以出來啦？」

李明珠將她上下打量，「妳怎麼了？被老太太教訓了？」

俞蓮忙搖頭，「沒、沒有。」

李明珠不信，「那妳怎麼很不開心的樣子。」

俞蓮苦笑，「真沒有，昨兒個夜裡受了涼，有些頭暈罷了。」

李明珠將信將疑，「那妳趕緊回去歇著吧，我先去給老太太請安，回頭來找妳。」

俞蓮默默點頭，帶著丫鬟離去。

李明珠往裡走，聽見祝嬤嬤在說：「……老太太也忒心急了些，大少爺有一妻一妾都還沒有子嗣，二少爺與二少奶奶成親時日尚短……再說了，俞蓮小姐比表小姐還小一個月呢！」

老太太說：「只是先問問她罷了，讓她先有個準備，關鍵還要看林蘭。她若是兩頭不能兼顧，咱們總不好看著明允受委屈。」

「二少奶奶做事一向很有分寸的。」祝嬤嬤委婉地說了一句。

老太太哂笑，「妳倒是喜歡她，總是處處護著她。」

「老太太說笑了，老奴只是就事論事。」祝嬤嬤溫言道。

李明珠略微聽明白了些，老太太似乎有意讓俞蓮給二哥做妾室。要說就憑俞蓮的身分，能給二哥做妾算是抬舉她了，關鍵是俞蓮若是得了二哥歡心，那林蘭豈不是要氣死？李明珠不由得興奮起來。

林蘭一回來，錦繡便告訴她，表小姐的禁足令已經撤銷了。

林蘭默然，這個惹事精出來了，又要不消停了。

「我去書樓，待會兒二少爺回來，速來稟我。」林蘭吩咐下去便去了後院的書樓。

自打李明允應考結束後，李敬賢就在前院給李明允設了個外書房，以便他接待朋友同僚，書樓平日用不上，林蘭就把自己的醫書都搬進了書樓，這裡成了她的專用書房。

林蘭翻了好幾本書，都是關於痘疹的記載，只有病症、危害，以及一些治療方法，還不曾有人痘接種的記載。在林蘭的記憶力，最早關於種痘的傳聞是在發生在宋朝宋真宗年間，是真是假還有待考證，而有確切記載種痘法是在明朝隆慶年間。古人所使用的種痘法，不外乎痘衣法、痘漿法、旱苗法和水苗法四種。前兩者方法收效甚微，而且危險性也大，旱苗法和水苗法則是用痘痂作為痘苗。古人在不斷的實踐中發現，用接種多次的痘痂作為疫苗，其毒性就越少，接種也越安全。在現在的醫學中，採用的多是滅活疫苗，但古代沒有這種技術，就只能採用相對安全有效的水苗法了。

林蘭又仔細回憶了下水苗法的接種方法，拿了紙筆寫下，準備明天跟華文柏討論。

一晃眼，天色漸漸暗下來，錦繡來稟，二少爺回來了。

林蘭忙收拾東西，出了書樓。

李明允已經淨了面，換了便服。

「明允，今天回來得遲啊！累不累？」林蘭忍住直奔主題的衝動，先關心下他。

李明允瞧她今天穿了身淺豆綠的杭綢小襖，襯得肌膚賽雪，不過，那眼圈周邊的一層青色也更明顯了。昨夜她翻來覆去地折騰，似乎快到天明才睡著。

「還好，不過站得有些腳酸。朝堂上議了許久，後又在尚書房議了許久。」李明允轉了轉脖子，又做了兩下擴胸運動，方才坐下來。

「都議些什麼？」林蘭自覺地站到他身後替他揉肩膀。

「多了，先是西北突厥進犯，連取我朝三座城池，來勢洶洶，聖上已命太原和安西的守軍前往支援。蜀中又有苗人作亂，吐蕃趁機調兵遣將，今日四皇子上奏請求領兵平亂，皇上准了，命靖伯侯為平西元帥，四皇子為平西將軍，不日即將出征。」李明允很是擔心。

林蘭鬱鬱道：「苗人作亂我看大抵是被逼的，其實苗人是很淳樸的，若非被逼無奈，怎會以性命相拚？」

李明允怔了怔，「妳怎知苗人淳樸？妳見過？」

林蘭方覺自己說漏了嘴，忙補救道：「早些年師父四處行醫，去過苗疆，說苗人大多很熱情好客，你對他三分好，他便十分真心回報，所以，我這麼猜測來著。」

李明允點點頭，「妳說的有理，朝廷對苗人的政策多以打壓為主，視他們為低劣之人，蜀中官員更是欺壓得狠，所謂官逼民反，便是如此了，所以，這次四皇子提出出兵鎮壓，我不贊成，不若招安納降的好，攘外必先安內，一旦蜀中戰事起，吐蕃還不得趁虛而入？不過朝中大將們全力支持四皇子，恨不得四皇子藉此契機立大功。」

「你如今人微言輕，說了等於白說，還招人嫉恨，也只有在家中嘆嘆氣罷了。」林蘭安慰道。

「正是如此，在其位才能言其事。最後，就是陝西痘疫之事。如今陝西諸多縣城都已爆發痘疫，百姓四處逃亡，規模之大，已屬我朝開國三百年來最嚴重一次。朝廷已經下令，與陝西相鄰之州縣都不得收留從疫區來的災民，以防疫情擴散無法控制，太醫院的太醫們昨夜就入了宮，一直在商討解決之法，不過，到現在他們也沒想出個好的法子來控制疫情，有官員甚至提出，若是疫情無法控制，乾脆把得痘疹的病患統統燒死……」李明允憤憤道。

林蘭聽得火冒三丈，「這是人說的話嗎？若是他自己家中親眷得了痘疹，是不是也一把火燒了？我看就該先把說這話的人拉出去砍了！」

李明允冷笑，「贊同這種言論的居然還不是少數。」

「太不像話了，簡直就是一群畜生！不，畜生都比他們有人性，他們是連畜生都不如！」

「現在聖上也沒法子，只有等太醫院拿出方案來，才能做決定……」李明允悵然嘆道：「不過，我估計太醫院也拿不出什麼好法子，這場疫情太嚴重了。」

「那怎麼辦？難道就眼睜睜看著疫情繼續蔓延下去？」林蘭很是無奈。

「為今之計，只能儘快輸送大批藥材過去。」李明允搖頭嘆息，忽而說：「對了，今日三皇子倒是主動請纓，原去疫區察看疫情，代天子去撫慰災民。」

林蘭驚訝，「三皇子他得過痘疹沒有？」

李明允搖頭道：「沒有，所以今日他一提出，便被聖上駁回了。」

「三皇子倒是個聰明人，明知道皇上不會讓自己的兒子去冒險，他跳出來主動請求，慷慨陳詞，既不會讓自己落入險境，又能博得聖上的讚許和滿朝文武的欽佩，實在是高明之舉。」林蘭沉吟道。

「不錯，聖上讚他仁德之心，忠義之心可嘉。總之，今日是四皇子和三皇子大出了風頭，太子殿下反倒默默無聲了。」李明允淡然笑道。

玉容進來提醒：「二少爺、二少奶奶，時辰不早了，是不是該去給老太太請安了？」

林蘭一拍腦門，「瞧我這記性，光顧著說話，都忘了時辰！」

兩人連忙起身去朝暉堂。李敬賢不在，說是跟幕僚在外書房議事，晚飯就讓人送到外書房去，還讓李明允吃過晚飯也過去議事。

林蘭不禁腹誹：議個屁，都議了一整天了，也沒議出個所以然來！

李明珠見到林蘭，笑道：「二表嫂，許久不見了。」那飛揚的眼角含了一絲輕蔑挑釁之意，大有我又回來了，妳給我小心點的意味。

林蘭淡淡一笑，「表妹這幾個月辛苦了，一千遍《女訓》、一千遍家規，可真是不容易呢！想必，表妹如今對《女訓》和家規都能倒背如流了吧？」

李明珠暗暗磨牙，還不都是拜妳所賜，遲早要妳也嘗嘗被禁足又罰抄的滋味。

「是呢，就這兩樣，二表嫂若是有不清楚的地方，以後只管來問我，我一定詳盡地解釋給二表嫂聽。」李明珠輕飄飄地說道。

李明允一旁閒閒說道：「知禮不等於守禮，看來表妹禁足三月，罰抄一千遍，還是沒能體會姨夫的一片苦心。」

李明珠面色一變，卻不敢頂撞這位二哥，眼珠子轉了轉，剜了林蘭一眼，悻悻地別過臉去。

韓秋月看李明允的態度越發囂張，心中也是極為不悅，即便李明允不把她這個繼母放在眼裡，可老太太還在，輪得到他來教訓人？

韓秋月深深呼吸，換上笑臉，溫和地說：「明珠啊，妳二表哥說的極是，既知禮便要守禮，以後可不許再胡鬧。」

李明珠翻了翻眼白，心不甘情不願地應了聲：「是。」

老太太和藹地問李明允：「你父親最近都在忙些什麼？連吃個飯都不安生？」

李明允起身回話：「回祖母，父親近日政務繁忙。」

「政務要緊，也得注意身子，明允，你也在朝中任職，要多替你父親分憂。」

李明允恭謹道：「孫兒知道，孫兒會的。」

老太太鬆了口氣，看看李明允，又看看李明則，「明則啊，應考在即，你可準備好了？」

李明則忙起身，「回祖母，孫兒一直勤奮苦讀，這次必定全力以赴。」

林蘭不由得冷笑，這話說得好像上回考試他是去玩的，根本沒使勁。

老太太笑道：「好好，這次若能高中，來日你們父子三人同朝為官，當是一段佳話。」

韓秋月笑咪咪地看著自己的兒子，腦子裡已經幻想著李明則揚眉吐氣的那一日。

李明珠笑道：「大表哥本來就很有才華，上回只是不慎失手，這次必能馬到成功。」

李明則偷偷地瞪了李明珠一眼，臭丫頭，能不能不提上回的事？

吃過晚飯，李明允去了外書房，林蘭和丁若妍一道出門，李明珠從後面追上來，親熱地挽著丁若妍的手臂，嬌笑道：「大表嫂，我許久沒去您那坐坐了，常想著您那兒的綠豆酥，饞死我了！」

丁若妍輕笑道：「這還不簡單，妳什麼時候想吃了，叫丫鬟來說一聲，我叫人做了送去。」

「哈哈，我就知道大表嫂最疼我了，喝著君山銀針，配一口綠豆酥，別提多愜意了！」

「正巧今日魏姨娘做了些點心，雖然沒有綠豆酥，不過君山銀針還是有的。」丁若妍說著轉向林蘭，「弟妹一同過去坐坐吧？」

林蘭不是不願跟丁若妍多親近，問題是李明珠也去，她可不想壞了自己的心情，便笑道：「大後天藥鋪就要開張了，還有好些事要忙，改天再來叨擾大嫂吧！」

「我真羨慕弟妹，有自己的事可做，不像我，什麼也不會，只好整天閒著。」

「大嫂這是在笑我呢，我也是瞎忙活，別的都不會，哪像大嫂琴棋書畫女紅無一不精通，我才羨慕大嫂呢！」林蘭謙虛著，丁若妍以前的才名她是有所耳聞的，不過看看婚後的丁若妍，每天也只能繡繡花、逗逗鳥，如果她和李明則琴瑟和鳴，那還能花前月下吟吟詩作作對什麼的，可她和李明則看起來根本不是那麼回事，自從出了碧如的事，更是每天悶悶不樂。

李明珠輕飄飄地說道：「那是當然，像大表嫂這樣溫柔賢慧、博才多學，又心靈手巧的女人，豈是某些浪得虛名，只會故弄玄虛的人可比的？」

林蘭不鹹不淡道：「表妹說的極是，趁著表妹還沒出閣，趕緊跟大表嫂多學學，也修一個博學多才、心靈手巧，不過最要緊的是學學妳大表嫂的溫柔賢慧，將來也好覓得良婿。」

李明珠氣惱，「妳……要妳多管閒事！」

林蘭笑得溫婉，「都是自家人，二表嫂關心小表妹也是應該的，可惜了，表妹表妹，若是去了這個表字，表妹什麼也不學，一樣能覓個好夫婿，如今麼……只好辛苦些了。」

李明珠氣白了臉，「妳別貓哭耗子假慈悲，我知道妳還記恨著我，不挖苦我幾句就不舒服！」

林蘭詫異道：「表妹何出此言？我為什麼要記恨妳？我這人最不喜歡跟自己過不去，不當要緊的人和事，我是從來不放在心上的。」

李明珠真想撲上去咬死林蘭，這個女人嘴巴比刀子還厲害，太討厭了。

丁若妍聞著空氣中的火藥味漸濃，忙道：「弟妹既有事要忙，那我就先不打擾了。表妹，妳不是要喝君山銀針嗎？去我那坐坐吧！」說罷微一欠身，拉了李明珠趕緊離開。

李明珠被拉走，還憤憤然地回頭瞪林蘭，林蘭故意對她微微一笑。

如意望著大少奶奶和表小姐遠去的背影，不平地說：「表小姐禁足了三月，還是這麼乖張。」

林蘭輕笑道：「那是因為吃的虧還不夠大，所以長不了記性。」

出了偏門，又碰見俞蓮。

因著那點猜測，林蘭特意多看了俞蓮兩眼。一身粉紫色的暗花織錦束腰小襖、月白繡纏枝花瀾邊棉裙，個子比來時高了那麼幾許，才十五歲的年紀，身姿已有了幾分婀娜的韻味。粉黛略施，倒也清麗婉約，與剛來時恍若換了一個人似的。

老實說，林蘭對俞蓮的印象不差，不管俞蓮是因為膽小怕事還是因為自卑心作祟，總之她在這個家中一直安分守己，謹言慎行。

俞蓮見到二少奶奶，臉上不自覺一紅，福身一禮，聲若細蚊：「俞蓮給二少奶奶請安。」

林蘭心道：好端端的臉紅什麼？她又不是二少爺？

林蘭虛扶了一把，笑道：「快別多禮，妳這是要去向老太太請安嗎？」

俞蓮又羞澀地點點頭。

「那快去吧，老太太這會兒精神好著呢！」林蘭敷衍一笑。

俞蓮輕輕地嗯了一聲，再次福身，進了朝暉堂。

林蘭看著她的背影發了一會兒呆，俞蓮對她的態度似乎與往日不太一樣了，好像有些怕她，還莫名其妙地臉紅。

「這位俞小姐，說話行事怪小家子氣的。」如意下意識咕噥了一句。

林蘭橫她一眼，「在外頭，說話還是注意些的好。」

如意自知失言，吐了吐舌頭，噤聲不語。

第二天巳時，林蘭準時在林記藥鋪等候華文柏，足足等了一個半時辰，華文柏都沒來，林蘭不免失望，難道是因為華文柏已經知道了她的身分，為了避嫌故而不來赴約？

邀過一回，人家不來，林蘭是不好意思再找上門，可痘疹疫苗之事又迫在眉睫，她想來想去也沒轍，只好讓福安去京城各藥鋪問問有沒有接過得痘疹的病人，或聽說過此事。

福安道：「二少奶奶，以往若是誰家出了痘疹，都會在門上掛上紅布條，官府也會前去登記在冊，並派人將這戶人家隔離起來，不若小的去京都府衙打聽打聽？」

林蘭之所以看重福安，就是因為他的機靈，辦事很有腦子，便道：「如此甚好，你去打聽打聽，若是有了消息，速來李府回稟。」

既然等不到華文柏，林蘭只好先回家，吃過午飯，林蘭又把自己關在書樓翻醫書。未時剛過，錦繡來稟，說是門外有位華小姐遞了名帖求見二少奶奶。

華小姐？華家人？林蘭忙道：「妳先將人帶到花廳用茶，我隨後就來。」

錦繡道：「那華小姐說想請二少奶奶出個急診，馬車就在府門口候著。」

林蘭默了默，莫非是華文柏要見她？她約他，他不來，現在卻找上門來？不過事情緊急，顧不上計較這些，便叫銀柳背了藥箱跟她去一趟。

出了大門，就見門口停著一輛馬車，有個丫鬟迎上來，向林蘭福了一禮，「李夫人，我家小姐在馬車上等候，請李夫人上車。」

車夫放好了小凳子，那丫鬟扶林蘭上車，林蘭道：「銀柳，把藥箱給我吧！」

車簾掀開，一人探頭出來道，溫柔笑道：「李夫人，不用背藥箱了，我那一應用具都齊全，只請李夫人走一趟便可。」又對銀柳說：「妳也不必跟著了，完事了，我會送妳家少奶奶回來。」

林蘭瞧著這位面容姣好的少女眉目間確與華文柏有幾分形似，雖有些反感她這樣自作主張，但想想許是華文柏叫她來的，便配合道：「銀柳，妳先回吧！」

銀柳不放心，擔心道：「可是……」

「沒事，我去去便回。」

林蘭進了馬車坐好，車輪便滾動起來。

「李夫人，請恕文鳶失禮了，這樣做穩妥些。」華文鳶巧笑嫣然，一面細細打量這位被大哥稱為女中華佗的李家二少奶奶，當然，她對林蘭感興趣最早卻不是因為大哥，而是從去歲京中盛傳的李家二公子執意要娶一位農家女開始的。這位李家二少奶奶，容貌不能說讓人驚豔，看著卻很是順眼，清秀中透著一股子靈氣，溫和又不乏精明。

「是妳哥要見我嗎？」林蘭微笑著問。

「我哥前日夜裡便被召進宮了，今日才出來，得知李夫人曾找過他時，相約的時辰已過，他又忙著收拾東西，便求我來跟李夫人說明一下。」華文鳶道。

林蘭心裡舒坦了些，他並未是避而不見，而是有事耽擱了，只是……

「妳哥收拾東西？難道妳哥要去陝西？」林蘭問道。

華文鳶點頭道：「見過李夫人，他便要啟程了。」

林蘭愕然，這麼快？

馬車一路出了西城門，到了一處涼亭停了下來，華文鳶道：「我哥在前面等李夫人。」

林蘭下了馬車，就看見華文柏急急迎上前來，拱手道：「實在對不住，不知林兄……不知李夫人昨日相約。」

林蘭窘迫地回禮，揭穿身分後，兩人見面總覺得尷尬，沒了那份輕鬆自在，「文鴦已經跟我解釋過了，幸好能在出發前見你一面。」

華文柏神情微訝，不禁也窘迫起來。

林蘭這才意識到，自己剛才那句話很容易讓人產生歧義，乾咳了兩聲說：「我找你是關於陝西痘疹疫情之事。」

華文柏目光微亮，「李夫人是否有什麼好法子？」

「我知那邊疫情嚴重，形勢不樂觀，立竿見影的法子我是沒有，但我有一個想法，或許可以控制疫情蔓延。」

華文柏眸中的光芒更盛，「願聞其詳。」

林蘭把人痘接種的想法跟他細說一番，華文柏聽著聽著眉頭時緊時鬆，說：「妳這種想法很大膽，也很有新意，只是，似乎有一定的風險。」

林蘭急道：「我本想在京城尋一例病症試一試，只是眼下時間緊迫，但我相信此法可行。」

華文柏想了想，道：「我這次前去疫區，就按妳的法子試一試，若是可行，那便當真是造福百姓了。」

林蘭沒想到他居然願意相信她，忍不住問道：「你信我？」

華文柏微微一笑，「太醫院的人商量了兩天兩夜也沒商量出什麼確實可行的法子，也許就是因為大家的想法都太保守了，只要能救助百姓，不管怎樣，都值得一試。」

林蘭隱約有個預感，道：「你是不是想在自己身上實驗？」

華文柏訝異於她的敏銳，笑道：「我信妳。」

林蘭一時不知說什麼才好，「我也信我自己，只是種痘後，身體會有不適反應……」

「我既決定去疫區，就已經做了最壞的打算，若是妳的法子能讓我避免陷入更大的危險，我何樂而不為呢？」

林蘭大有得遇知音之感，她來自後世，在她眼裡只能算落後陳舊的種痘之法，在這個時代的人眼中，算得上聞所未聞、驚世駭俗了，即便與她相處多年的師兄們也是很委婉地表示這種法子有些荒謬，而他，華文柏，一個只與她見過幾面，認真談過一次話，還屬於陌生人的人，居然願意相信她，林蘭苦笑道：「我怕是去不成，要不然，這次你我倒可以並肩作戰了。」

聽著這樣的話，華文柏心中好不容易已經壓抑住的遺憾之情如破冰的水，汩汩冒了出來，幾不可聞地嘆了一口氣，恨不早相逢，恨不早識君。他也略微苦笑，帶著戲謔的口吻道：「妳不去是有點可惜了，若是我實驗成功，這功勞可都成我的了。」

林蘭不以為然，「我是無所謂，只要能多救幾個人就好了。」

華文柏聞言，肅然起敬，後退一步，深深一揖，真誠無比，「李夫人義薄雲天，華某敬佩。」

林蘭汗顏，這本就是前人的經驗，不過是借她的口說出來而已。這是好聽的說法，不好聽的就是剽竊古人的智慧財產權。說起來，她已經剽竊了不少，像保寧丸、六神丸、藿香丸等等，還準備利用這些東西發個不大不小的財，但這也算是造福百姓啊！雖然談不上救命良藥，也是解除百姓疾苦不是？雖然理由很充分，想法很端正，但面對華文柏如此慎重其事地表達他的敬意，林蘭還是不能不汗顏，不由得訕笑道：「華兄謬讚了，其實華兄才是真正的仁心仁術，林蘭很是敬佩。」

一輛馬車從長亭經過，馬車上的人慢慢放下窗簾，細長的眉微蹙著，明澈如水的眼眸中透著一絲疑惑。亭中女子長得好像李家二少奶奶，而那男子她是認得的，京中有名的天才神醫，德仁堂少東家，華文柏。

「小姐，您不必擔心，夫人的頭風是舊疾，過幾天也就好了……」一旁的丫鬟安慰道。

裴芷箐回過神來，淡淡道：「每次爹和娘吵架，娘就犯頭風，我擔心的是，這次他們又鬧的哪一齣。」

長亭裡的兩人並沒有注意到偶然經過的馬車，華文柏聽著林蘭的恭維，低頭笑了笑，復又抬眼，眸光微帶歉意，「本來，林記開張時，我還想親自到場祝賀。」

林蘭微笑，「心意到就好了，更何況你是去辦正經的大事。」

「到時文鳶會替我送上賀禮。」華文柏語速緩了下來：「我……這便要出發了，車隊還在前面等著我。」

林蘭默了默，道：「此去陝西，華兄要多多保重，莫要只顧著救人，保重了自己，才能挽救更多的人。」

華文柏拱手，「李夫人之言，華某銘記於心。」

送別了華文柏，華文鳶將林蘭送回李府，臨別，問：「李夫人，林記藥鋪什麼吉時開張？」

「妳何時來我都歡迎。」

華文鳶笑道：「我大哥可是鄭重囑咐過我，不可失了禮數。」

林蘭也抿嘴笑，「那便是卯正了，宜開張嫁娶，上樑動瓦，財神正旺。」

華文鳶眉眼一彎，「好，那我便卯正準時到。」

貳之章

禍水東引抒鬱結

林蘭回府，問門房：「二少爺回來沒？」

門房道：「已經回來了，跟老爺在書房裡議事。」

又議事？搞得李渣爹有多繁忙，多憂國憂民似的！林蘭嗤地一笑，回落霞齋去。

等了好一會兒，李明允才回來。他說朝廷已經委派了吏部侍郎蔣大人為安撫使前去陝西，而第一批醫官已經啟程，所需物資正在籌備中，沒他什麼事了。

林蘭有點惋惜，這趟差事雖然辛苦，可的確是個好機會。

「真可惜！」林蘭嘆道。

李明允斜睨著她，「有什麼可惜的？想要立功，想要出人頭地，辦法多的是。」說著拍拍腿，「過來，跟妳說件高興的事。」

林蘭挪了過去，興致缺缺，「有什麼高興的事啊？」

李明允摟著她的細腰，聞著她身上淡若幽蘭的香味，低笑道：「妳相公我升官了。」

林蘭精神一振，喜道：「升了什麼官？」

李明允用額頭頂著她的下巴，摩挲著，「上次整理聖訓，聖上很滿意，加上裴大學士多次推舉，聖上就趁著這回人員調整，升了我作翰林院學士，並讓我負責今歲庶起士的考選。」

林蘭喜道：「翰林院學士那是正五品啊！」

「是啊，妳喜不喜歡？」李明允笑看著她。

林蘭在他額上親了一下，「當然喜歡，我的相公這麼有出息，我也有面子啊！」

李明允蹙眉，「難道就只獎勵一個吻？」

林蘭撇嘴，嗔了他一眼，「那你還想怎樣？」

李明允的手不老實地沿著腰線摸上來，濕軟的唇含住她小巧柔軟的耳垂，溫熱的呼吸、低啞的嗓音透著誘惑，「妳不是嫌家裡的浴桶小嗎？我特意去訂做了一個，足夠兩個人一起洗，今晚就試試……」

林蘭的心跳漏了一拍，臉紅似火，推了他一把，羞嗔道：「是你自己嫌小的，我可沒說！」

李明允假裝很認真地回想了一下，說：「這句話當真是妳說的。」

林蘭羞惱，上回她洗澡，他非要一起來，她怕被銀柳她們笑話，才推說浴桶太小的，她義正辭嚴道：「聖上剛升了你的官，就是希望你能多為君分憂，如今正值多事之秋，聖上愁得怕是夜裡都睡不安穩了，你不去憂國憂民，還滿腦子想著春色無邊，就該叫聖上降了你的職，關禁閉好好反省才是。」

李明允啞然失笑，「照妳這樣說，還有誰願意去做官，不如做和尚去好了。人之為官，首先為人，夫妻琴瑟和鳴乃人倫之道，天經地義，孔夫子曰『飲食男女，人之大欲存焉』，告子有云『食色性也』，聖人尚且，故而夫人所言乃謬論也。」

林蘭點他腦門，「也你個頭，該去給祖母請安了！」最煩跟他辯論張口閉口之乎者也，而且她知道，他繞來繞去，最後肯定又繞回到那個話題。女人要與男人討論這種話題，大多是要吃虧的，林蘭自忖，還是有點自知之明的好。

李明允哈哈大笑，抱緊她的腰，讓她柔軟的身子緊貼著自己，在她粉嫩羞紅的臉頰上輕啜了一口，「估計老巫婆又要氣死了。」

林蘭想到俞蓮，揶揄笑道：「說不定老巫婆會給你送一份厚禮。」

李明允嗤地一哼，「她送禮無異於黃鼠狼給雞百年，我可不敢收。」

「如果人家硬要塞給你呢？」林蘭別有用心地問？

李明允眯了眼看她，「妳是不是聽到什麼風聲？」

林蘭閒閒道：「到時候你不就知道了？」趁他分神之際，林蘭起身，去菱花鏡前整理雲鬢。

李明允無奈苦笑，「妳啊，就喜歡跟我打啞謎！」

「你這麼聰明的人，什麼啞謎能難倒你？」

朝暉堂裡，一片笑語，氣氛祥和愉悅。

李敬賢在說李明允升官的事：「……明允入翰林院不過三月餘，便從從六品修撰一躍升到了正五品翰林學士，一是皇恩浩蕩，二是祖宗庇佑，三來，也是明允自己爭氣。」

老太太開懷不已，笑得面上溝壑縱橫，「明允這孩子做事素來謹慎，這點倒與你十分相像。」

李明則本來見到父親就有些緊張，再聽聞明允連升三級，更是如坐針氈，渾身不自在。

韓秋月瞥了眼垂頭喪氣的李明則，心裡酸溜溜，笑道：「老爺深得聖上賞識，愛屋及烏，聖上對明允自然也看重些。」

丁若妍嘴角噙了一絲笑意，目光平靜如水，溫婉如畫，心裡的苦只有她自己知道。不是她要貶低明則，事實就是如此，明則這輩子就算生了四條腿，也趕不上明允萬一。大家都道明則如今知道勤奮了，其實，明則拿本書不過裝模作樣罷了，綠綺告訴她，明則把四書五經的書皮拆下來，套在了《玉樓春》上，她趁明則不在，去翻看了下，裡面盡是些不堪入目的豔俗句子……她對明則已經徹底失望了。

李敬賢雖說越來越厭惡韓秋月，但不得不承認，韓秋月拍起馬屁還還是讓人很舒服的，如同六月天裡喝上冰鎮涼茶，渾身上下每個毛孔都分外透氣。他哈哈一笑，謙虛道：「這回可是明允自己爭氣，他編撰的聖訓深合聖意，龍顏大悅，又有翰林院幾位大學士一力保舉，我倒是一句話也沒說上。」

韓秋月柔婉道：「何須老爺開口？老爺的面子擺在那裡，誰不得給老爺幾分薄面？」

老太太哪裡聽不出韓秋月一味抬舉敬賢，意在打壓明允，這點她是非常不喜的。對她而言，明則和明允都是她的親孫子，明允爭氣，她這個做祖母的也很欣慰。

老太太微微一笑，「妳也不用急，等明則高中，也有的是機會。」

被老太太道破心思，韓秋月面上訕然，辯解道：「媳婦哪裡是著急？媳婦是真心替明允高興，替老爺高興，這可是咱們李家的榮耀。」

老太太笑了笑，「這話說的在理，明日去祠堂給祖宗上炷香，保佑明允仕途順利，保佑明則順利高中。」

晚上，按例，李敬賢宿在韓秋月這裡。

韓秋月小心討好著，親自端了熱茶過去，放在書案上老爺觸手可及，又不影響看文摺之處，接著去撥亮燈芯，語聲溫柔：「老爺，您歇會兒吧。這陣子忙得，瞧您都瘦了一圈。」

李敬賢端起茶盞，撥了撥茶水，嘆了口氣，「這陣子又是撥款賑災，又是籌備軍需，劃撥軍餉，國庫一下就掏空了，聖上又要施仁政，減免各種賦稅，叫我上哪兒去弄銀子？哎……難啊！」

韓秋月亦道：「人生開門七件事，柴米油鹽醬醋茶，哪一件不花錢？妾身管著這一個小家都覺得累，更何況老爺管著一國的錢糧，豈不更辛苦？不過，再辛苦，老爺也得注意自個兒的身體。」

李敬賢微微點頭，「好在如今有明允幫襯著，有些話跟外人不能說，只能跟自己的兒子說說，他倒是常常能給出好建議，替我分了不少憂。」

韓秋月心裡又開始泛酸，「如今明允是大出息了，可憐明則還只是個秀才。」

李敬賢眉頭一皺，「這怨得了誰？只怪他自己不爭氣。」

韓秋月囁嚅道：「上回應考失利也不能全怪明則，若不是若妍準備不周，也不至於出那樣的差錯，哎，怪只怪我這個做娘的，在那樣緊要的關頭卻不在他身邊……」說著，神情悲戚起來。

「已經過去的事，不提也罷。」李敬賢喝了口茶，淡淡說道。

韓秋月拭了拭眼角，說道：「過些天明則就要去應考了，我聽說這次主考是裴大學士，老爺，您跟裴大學士素有交情，是不是……」

李敬賢一眼瞪過去，「妳趁早打消了這主意，明則上回出洋相，已經累得我很沒面子，考明經比考進士已是容易許多，他若連明經都考不上，還要我去求人打點，那他還不若不考了，省得丟人現眼！」

韓秋月見老爺動氣了，忙賠笑道：「妾身是婦人之見，老爺切莫動氣。妾身瞧明則這幾個月一直很勤奮，想來問題不大。」

李敬賢面色稍稍緩和了些，「叫阿晉去跟明則說一聲，明日我先考考他的功課。」

韓秋月微笑道：「能得老爺指點，明則定能受益匪淺。」

李敬賢緩緩道：「他就是性子浮躁，需要人盯著，大鞭子在後頭揮著，他才會老實。他若能有明允一半用心，何愁考不中？」

韓秋月聽著心裡不是滋味，悵然道：「明則若是自幼便能得到老爺的教導，定不是如今這般性子，妾身是可憐他有父不能認，總覺得虧欠他太多，故而不捨太過苛責於他。」

這話李敬賢倒是聽進去了，也生出幾分愧疚，「離開考還有十幾日，我多教導教導他便是。」

韓秋月這才稍感安慰，默然片刻，猶豫道：「老爺，有件事，妾身想跟老爺商量一下，當然，這也是老太太的意思。」

「妳說。」李敬賢又拿了本文摺來看。

韓秋月思量了下言辭，說：「後日林蘭的藥鋪就要開張了，自從她開始籌備這間藥鋪，天天往外跑，忙得不可開交，等她這鋪子開起來，想必會更忙，老太太瞧在眼裡，很是擔心，擔心明允沒人照顧……」

韓秋月邊說邊打量老爺的神色，見老爺眉頭微蹙，又道：「本該男主外，女主內，如今男女都主外，老爺，您想，這還像個家嗎？雖說落霞齋裡有丫頭伺候，明允回家總還有口熱茶喝，可丫鬟哪有妻子想得周到，安排照應得妥貼……老太太的意思是……若是林蘭顧不上這個家，是不是給明允納個妾？」

李敬賢眉頭又緊了緊，似有些動容。

「再說，林蘭身子又不是很好，一時半會兒還不適宜生育，老太太可是抱重孫心切，給明允納個妾室，也好早早生個白胖孫子……」

屋子裡一時安靜無聲，半晌，李敬賢道：「妳說的也有道理，老太太的心思也可以理解，林蘭確實忙了些，不過……明允他自己都不介意……」

「老爺，明允是個重情重義之人，即便他有心納妾，礙於林蘭，他也不好意思開這個口不是？咱們做長輩的出面，明允就不會為難，林蘭也不好說什麼。總不能看著明允跟個沒家室的人一般，老太太心疼著呢！」韓秋月再加一把勁。

「既如此，妳先找林蘭說說，看看她的意思，畢竟他們成親不久，正是如膠似漆恩愛非常之時，明允對她又是那般情義，別弄得好事成壞事才好。」李敬賢沉吟道。

韓秋月笑道：「那是自然，最終還是看他們自己的意思。」

得到老爺的首肯，辦起事來就方便多了，韓秋月在心裡冷笑，迫不及待地想看林蘭敢怒不敢言的模樣。

落霞齋裡，林蘭看完帳本，問銀柳：「二少爺還沒弄好嗎？」

銀柳笑道：「奴婢剛才去看過了，那個浴桶委實太大了些，只能放到東廂房去了。二少爺正叫人搬屏風，生炭盆，掛帳子呢。二少爺還說，明兒個叫人來把三開間隔斷一下。」

林蘭心裡哀嚎，他這是想幹麼？難道要把東廂房變成浴室不成？

「我去瞧瞧。」林蘭坐不住了，起身出了門。

未進東廂房，就聽見李明允在說：「把床單褥子全部換上新的……」林蘭的臉瞬間紅了起來，他不僅要把東廂弄成浴室，還要布置成新房嗎？他那言下之意便是……本少爺今晚要用這個大浴桶跟二少奶奶鴛鴦戲水，然後還要啥啥啥……

「噗哧！」身後的銀柳笑了出來。

林蘭回頭瞪她，銀柳忙捂住嘴，可惜那眼睛的笑意沒掩住。

「二少奶奶……」趙嬸等人拎了水桶出來，笑呵呵地向二少奶奶行禮，「二少奶奶，再有一趟，熱水就備好了。」

林蘭更鬱悶了，胡亂應了一聲，低頭進了東廂房。

屋子裡水霧氤氳，繞過畫了梅蘭竹菊的屏風，一個碩大無比的浴桶讓林蘭驚悚了一下，李明允也太誇張了吧！

「蘭兒，妳再等會兒，很快就弄好了。」李明允笑道。

林蘭極度無語，支吾道：「我就過來看看，你自己慢慢洗啊，我先回了。」

「哎……別走啊！來，妳來試試水溫，燙不燙？」李明允把拉她到浴桶前。

上面飄著花瓣，隨著水氣蒸騰，陣陣幽香瀰漫開來，就跟電視劇裡常演的那樣，姦情四射的花瓣澡啊！林蘭悻悻道：「你一個大男人洗什麼花瓣澡？」

李明允從背後攬住她的腰，在她耳邊輕道：「這是為妳準備的，喜歡嗎？」

「不喜歡，丟臉死了！」林蘭咕噥，想到大家那曖昧的神情，她就很想把李明允按到水裡去。

「這有什麼，聽說常洗花瓣澡可以滋潤肌膚。有了這個大浴桶，以後妳若是累了，就泡上一泡，既能緩解疲勞，又能美容養顏，一舉多得。」李明允輕笑道。

林蘭哼了哼，你怎麼不說還能鴛鴦戲水啊？

「我不要，還是你自己用吧！」

門吱呀一聲被關上，識趣的玉容帶了丫鬟全部退下。身後的人緊緊貼了上來，氤氳的水霧模糊了視線，其他感官卻是越發敏銳。李明允灼熱的呼吸灑在她的耳際，溫熱的唇落在她的頸項，林蘭身體裡的熱浪便不可遏制地次第翻湧，席捲而來。

「這樣不好，會被丫頭們笑話的……」林蘭羞澀呢喃著。

他低笑，吻沿著頸項到鎖骨，一手解開她的衣帶，「男主人疼愛女主人，天經地義，有什可笑的？過幾天我可能要去趟天津，這一來一回的，少說也得好幾日……」

林蘭驚訝，「你要去天津？去做什麼？」

「有件要事，去見個人。」

「見什麼人啊？」林蘭很好奇，他這樣說，分明是去辦私事。

林蘭說話間，已被褪去了衣裙，只剩一件藕荷色的肚兜，她來不及阻止，帶子又被解開了。

「明允……」一聲嬌嗔很有欲拒還迎的意味。其實她是真的想拒絕，他還沒把話說完呢！

「水要涼了……」他扯下最後一道屏障，將她打橫抱起，放進了浴桶。

水溫剛好，林蘭將自己肩部以下都縮進了水裡，漂浮的花瓣讓她有了一絲安全感。水一漾一漾的，溫暖地包裹著身軀，像是最溫柔的撫摸，真的很舒服。罷了罷了，既來之則安之，好好享受便是。

嘩啦水響，李明允也跨了進來，林蘭趕緊往遠處躲，可惜浴桶雖大，人家長臂一伸，便將她撈了過去，讓她跨坐在他身上，那灼熱的堅挺像鐵杵頂住了她的臀部。

林蘭扭了扭，卻引來他一聲悶悶的呻吟，她立刻嚇得不敢動。

李明允一手攬著她的腰身，讓她的豐盈半露出水面。細白如瓷的肌膚、紅豔如火的花瓣、若隱若現的粉色蓓蕾，強烈的視覺衝擊，讓李明允熱血沸騰，雙眸幽深，濃郁如墨，喉結滾動了一下，沙啞著道：「蘭兒，妳真美……」

染了情慾的眸光灼灼如鑽石閃爍，在蒸騰的水氣中似真似幻，魅惑人心。

林蘭癡癡地望著，心說：你才美，美得跟個妖孽似的。

李明允一手托起一方豐盈，吻了上去，含住那顆粉紅，吮吸著，舔弄著，如同品嘗三月裡最香甜美味的草莓。

一陣快感直竄入四肢百骸，林蘭仰起頭，弓起了身子，禁不住嚶嚀出聲。

「蘭兒，只有和妳在一起的時候，才是最快樂的……」他喘息著，揉得越發用力。最初不盈一握的小乳，在他的滋潤下，日漸豐盈，如今已是相當可觀。這是他的功勞，他的驕傲。

林蘭很驚訝自己在如此意亂情迷的情況下，還能敏銳地找出他的語病。

「你試過和別人在一起嗎？」她撲過去咬住他的耳朵，如果他敢，她一定毫不留情咬死他。

李明允呼吸一窒，平日裡他總拿這招對付她，百試百靈，弄得她渾身顫慄不已，今日自己嘗到了滋味才知道，這裡是她的弱點，也是他的弱點。

她柔軟的舌尖鑽入他的耳蝸，甜蜜地懲罰，「快說！」

他艱難地嚥了口口水，呼吸越發沉重，嗓音越發沙啞，「妳知道這是不可能的……」

感受到李明允的變化，林蘭唇角輕揚，眼中閃過一絲狡黠。平日裡都是他欺負她，今日也叫他嘗嘗被欺負的滋味。

林蘭如法炮製，細細的吻從耳蝸慢慢轉移到他的胸前，舔弄他那小小的凸起，又用貝齒輕咬，嬌聲威脅：「你若是敢，我就把它咬下來！」

李明允倒抽一口氣，突然之間的攻守轉換，讓他有片刻的怔忡，隨即驚喜莫名。他的蘭兒還是頭一次這般主動，看來這番功夫沒白費，早知如此，就早早把大浴桶搬回家了。

本想按捺住任她自己發揮，可是身下已經脹到發痛，他低吼一聲，托起她的身子，將灼熱對準了嬌穴，用力一頂，藉著水的滋潤，一觸到底，盡根沒入。

林蘭渾身輕顫，咬住了他的肩頭，發出一聲似痛苦又似舒服的嗚咽。

「蘭兒，喜不喜歡這樣？」他扣著她的腰身迫使她上下動作，一面含住她的粉嫩蓓蕾。那緊致又溫熱的花徑將他的分身層層包裹，彷彿有無數張小嘴吮吸著，製造出一波又一波的快感。如此美好，哪怕是溺斃其中也心甘情願。

他的堅硬每一下都深深抵住她的花心，有些承受不住這樣猛烈的撞擊，林蘭嬌吟著想要逃，又想要得更多，「明允……嗚嗚……」

「別壓抑自己，我要妳快樂……」他低柔沙啞的嗓音充滿了誘惑，配合著她的動作，頂了上來。她退他也退，她進他也進。退是為了更深地進入，更有力地撞擊，更緊密地結合，彷彿永遠都不夠。

林蘭覺得靈魂都要被頂出去了，周遭的水也變得滾燙起來，一聲聲嬌媚的呻吟無法壓抑地溢出，眼前只有一片朦朧水光，以及他深情如墨、灼熱如火的眼眸。

「蘭兒……」感受到她的花徑猛地一陣收縮，他極力隱忍住才沒洩出來，緊緊地抱著她。

許久，林蘭的心跳才平緩下來，伏在他的肩頭，幽幽嘆道：「好累！」

李明允啞然笑，「妳才動了幾下就累了？」

林蘭憤憤地咬了他一口，「你來試試！」

李明允壞笑道：「這可是妳說的，接下來換我。」

林蘭推開他，「不來了，我累了！」

李明允故作委屈狀，「妳舒服了，便不管我了。」還停留在她體內的堅挺抗議地動了動。

林蘭臉上一陣發燒，捶了他幾下，嗔道：「你這人怎麼這麼壞！」

一場鴛鴦浴洗得林蘭筋疲力盡，本想回正屋去睡的，最後還是睡在了東廂。難怪他要叫人鋪床，原來早就準備使勁折騰她。

林蘭狠狠地抱怨：「你知道明天是林記開張的日子，你還這麼沒分寸，我恨死你了！」

李明允賠笑道：「明日我告假陪妳，到時候我去幫妳應酬，妳只管歇著。」

林蘭視線在他臉上一轉，「當真？」

李明允挑眉，「當然，我什麼時候騙過妳？明日大舅爺也會派人過來幫襯，再說還有妳師兄、老吳和福安他們，妳盡可以放心。」

「那倒是，該安排的事我都已經安排妥當了，明日按著程序來便是。」林蘭又有了笑臉，想著自己多年的心願終於可以達成了，很是激動。

「我的夫人是最能幹的，誰也比不上！」李明允抓了她的手，在她手心親了一下。

林蘭癢得直笑，兩人又鬧了一會兒，她想起之前中斷的話題，躺在李明允的臂彎裡，懶洋洋地問道：「你之前說去天津見個人，是誰啊？」

李明允有一下沒一下地撫著她的背，慢吞吞說道：「早年，父親曾在天津擔任過轉運使，葉家在天津港有個一艘海船，每年都會運絲綢出海，那邊的人地頗熟，這幾年多方打聽，終於找到一個人，一個掌握父親貪污受賄證據，又肯出賣證據的人。事關重大，我得親自去一趟。」

林蘭一怔，「你準備拿了父親貪污的證據，然後揭發他嗎？」

李敬賢道貌岸然，滿口忠孝節義，忠君愛國，骨子裡卻是渣透了。騙婚不說，還是個貪官。林蘭在心裡默默地鄙視了一通。

李明允道：「我自然是不能去揭發，兒子揭發老子，儘管證據確鑿，有充分的理由，也會被人視為大不孝。先把證據弄到手再說，到時候看情況再做決定。關鍵是，我得弄清楚父親手裡有多少積蓄，父親的私房，恐怕連老巫婆都不知道。」

這倒也是，明允要整李渣爹，只能通過迂迴的手段，不能明著來，只能暗著進行，只有摸清了李渣爹的底細，才能有的放矢。明允對付老巫婆的計畫已經很周詳，不能在關節點上出問題。

「父親任戶部尚書也有好幾年了，他掌管著一國的錢糧捐稅，想來也撈了不少好處。」林蘭思忖道。

「在京城不能有大動作，會打草驚蛇。」

林蘭贊同地點點頭，問道：「那你什麼時候出發？要去幾天？」

「等林記開張以後再去，少則三四天，最多也就五六天。」

林蘭放下心來，好在去的時間不長。

◆ ◆ ◆

林記藥鋪開張，京城以德仁堂為首的幾大藥鋪醫館都來祝賀，李明允的朋友及想結交李明允的人趁此機會都來祝賀。林蘭自己在京中貴婦圈中也有好些相熟的，相熟的帶了不相熟的也來湊熱鬧，所以那場面是相當壯觀。

忙了一整日，好在事事順利。

晚上，林蘭坐在燈下看福安整理的賀禮單子，不時發笑。

李明允悠然地喝著茶，看她小財迷的模樣，不禁失笑，「都看多久了，還看！」

林蘭不以為意，「我喜歡！我樂意！」

玉容進來說：「二少爺，您的行李都準備好了。」

李明允點點頭，「可別大包小包的，本少爺不日就回。」

玉容笑道：「都按二少奶奶的吩咐準備的。」

林蘭抬起頭，問：「你明天什麼時辰出發？」

「也不用很早，辰時出發差不多吧！」

林蘭笑嘻嘻地說：「那能不能先幫我辦一件事？」

李明允微微一笑，「何事？」

林蘭放下單子走過來，挨著他坐下，「這事我想了幾天了，我決定捐三千顆保寧丸、三千顆藿香丸、三千顆六神丸給平西大軍。你想啊，等大軍到了西南，差不多就入夏了，西南的夏季，濕熱重，北方的士兵肯定不太適應那邊的氣候，到時候中暑、得瘧疾的人一定不在少數，我這幾味藥是最合適不過了，讓軍醫帶著以備不時之需。於公，咱們也算為國出了一份力，於私，林記剛開張，雖然要想在京中站穩腳跟不難，但要想在最短時間內迅速擴大影響力，那麼，此舉便是最好的辦法，名利雙收啊！」

玉容一旁聽著小聲咕噥：「九千顆藥丸，那得多少銀子？」

林蘭笑道：「這妳就不懂了，只要這幾味藥打響了名氣，到時候，咱們得到的好處可不止九千顆，說不定是九十萬顆。」

李明允斟酌著，露出一絲讚許的笑意，「那妳的意思是，讓我明日幫妳去捐這九千顆藥丸？」

林蘭用力點點頭，「今日靖伯侯府的人來，我問了下，說是三日後大軍就要出發，等你回來說不定他們已經走了。」

李明允笑了笑，「好吧，明日我就先去趟靖伯侯府再去天津。」只要她不再提去疫區的事，什麼都好商量，而且，他真心覺得蘭兒這算盤打得很好，非常之好。

林蘭歡喜得想親他一口，猛然想起玉容還在屋子裡，便又生生忍住，「那太好了，藥我已經準備好了，明日讓老吳取出來便是。」

第二天，夫妻兩早早去了藥鋪，林蘭命老吳把裝了匣的藥丸取出來，讓人搬上馬車，附上這幾味藥的功效使用方法的說明，還有一包自己配的烏雞白鳳丸，這是林蘭下一步準備退出的新產品，先送給喬雲汐試用。

「這包藥是給侯夫人的，是補氣養血的良藥，你讓侯爺轉交就是，侯夫人自會明白。」林蘭叮囑道。上次去看喬雲汐，聽說她的經期不是很準，時不時冒虛汗，當時她就想到了烏雞白鳳丸，就答應喬雲汐，回頭給她製幾顆藥丸來。

李明允轉交給文山放好，林蘭又叮嚀了幾句讓他路上注意點、早些回來之類的話。李明允一一應下，讓她放心，也讓她要多注意老巫婆，別吃了虧，真有什麼事儘管往他身上推，不要緊的云云。

林蘭又囑咐文山和冬子要伺候好少爺，兩人堅決保證，一定看好少爺，不讓少爺去不該去的地方，把少爺伺候得舒舒服服的跟在家時一樣。

李明允給他們一人一記爆栗，「少拍馬屁，本少爺什麼時候用你們看著？本少爺什麼時候去過不該去的地方？」

冬子嘻嘻笑道：「這不是說給二少奶奶聽的嗎？好讓二少奶奶放心啊！」

林蘭掩嘴輕笑，「好了，別貧嘴了，好好伺候少爺才是正經。」

李明允先去靖伯侯府，讓人通傳了來意，馬上就有人來請他入內，說侯爺在書房等候。巧的是，四皇子也在。

靖伯侯此人行事低調，與幾位皇子皆是不遠不近，不親不疏，四皇子早就有心籠絡，這次隨靖伯侯出征，是個良機，故而他日日前來，商討平亂事宜。

四皇子見到李明允，似乎很高興，「昨日林記開張，本想親臨道賀，怎奈軍務纏身不得閒。」

李明允忙拱手施禮，恭敬道：「多謝殿下厚愛，微臣愧不敢當。」

靖伯侯溫和笑道：「李夫人醫術高超，又有如此仁德愛國之心，令人敬佩，值得嘉許。」

四皇子道：「侯爺說的極是，若是我朝人人都有李學士夫婦這等為國之心，還有誰敢進犯我朝，待回稟父皇，定要重重嘉獎。」

李明允謙遜道：「微臣惶恐，微臣與內子不過略盡綿薄之力，實在當不得殿下盛讚。」

「哎……李學士就不必謙虛了，我與四殿下昨日正討論，大軍南下，恐怕將士們水土不服，可巧今日你們林記就送來了良藥，解了我等燃眉之急。」靖伯侯哈哈笑道。

李明允謙遜地笑了笑，靖伯侯招呼他落座，又命人上茶。

「早就想與李學士一敘，今日總算是如願以償。」四皇子頓了頓，問道：「不知李學士對此次大軍南下有何高見？」四皇子知道文臣們大都是主張招安的。

李明允心說，皇上都已經下令了，他敢說此舉不妥嗎？李明允去看靖伯侯的眼色，靖伯侯幾不可察地點點頭，其實前些日子他和靖伯侯在散朝之時有過那麼一番談話。李明允斟酌了一會兒，謹慎道：「苗人作亂，西南不寧，導致吐蕃和百夷也蠢蠢欲動，若是叛亂不平，西南危矣。只是，臣聽聞苗人驍勇善戰，他們又藉著密林山川作屏障，圍剿起來，怕是不容易……」

這些四皇子早就考慮到了，他道：「我就不信二十萬大軍剿滅不了區區幾萬苗人。」

李明允道：「殿下神勇，侯爺又是身經百戰，要剿滅幾個苗人自然不在話下，但若是吐蕃和百夷趁機發兵……」

四皇子冷笑，「我就怕他們不來，若是敢來，我朝將士也不是泥捏的，定叫他們有來無回。」

靖伯侯心中暗嘆，四皇子是年輕氣盛，又急於求功，過於盲目了。

「李學士對形勢分析得很透徹，但不知你可有何良策？」靖伯侯慢悠悠問道。

李明允微微一笑，「良策不敢當，不過是微臣的一點愚見而已。據臣所知，我朝對苗人的政策頗為嚴厲，苗人所交苛捐雜稅是漢人的好幾倍，同樣觸犯刑法，苗人所受的懲罰也比漢人要嚴厲許多，想來，這才是苗人動亂不休的緣故。且苗人驍勇善戰，不畏生死，若是大軍壓境，他們必將拚死一搏，即便我軍能取勝，也會付出慘痛代價。臣以為，苗人就是一頭猛虎，而咱們與其費力打虎，不如馴虎，利用這頭猛虎去對付吐蕃和百夷，豈不兩全其美？」

靖伯侯眼中露出一絲讚許之意。

四皇子沉吟，「照你這樣說來，朝廷派個安撫使前去招安便是，還須勞師動眾派大軍南下？」

李明允笑道：「非也非也，吐蕃和百夷覬覦我朝已非一兩日，即便沒有苗人作亂，他們趁著西北突厥進犯，也會橫插一足，不給他們一個教訓，他們是不會甘心的。殿下要立奇功，這次是個絕佳的良機，殿下可先暗中派人前去招安，然後大軍南下，做出平亂之勢，引得吐蕃發兵，到時候殿下便將苗人這頭猛虎放出去……這樣，既可不費一兵一卒平了動亂，又添了一隻虎翼，痛擊吐蕃，此乃曠世奇功也。」

四皇子雙眼發亮，對啊，打虎不如馴虎，做打虎之勢，引蛇出洞，再一舉殲滅，太妙了。

靖伯侯看著四皇子的神色變化，唇角微微一揚，這些話早就盤旋在他心頭，也試探過，可四皇子立功心切，根本聽不進去，今日李明允正巧來了，四皇子倒是耐心聽進去了，所以說，同樣的話，不同之人說出來，效果天差地別。

四皇子一拍桌案，站了起來，激動地走來走去，片刻後，頓住腳步，目光灼灼地看著李明允，「李學士，你這招計謀甚妙！來來來，咱們再來細細商量！」

李明允也是暗暗鬆了一口氣，他一直潔身自好，與幾位皇子刻意保持距離，平時朝上見面，不過是恭恭敬敬打個招呼，像這樣長篇大論還是第一次。若不是靖伯侯示意，有些話他是不會說的。為臣之道，便是在其位謀其職，這些是軍部的事情，他一個文臣不適合說太多，接下來就是靖伯侯與四皇子自己的事情了。

李明允謙虛道：「軍務之事，微臣實在不懂，剛才所言不過一些妄語，還請殿下莫要怪罪。」

「沒有沒有，你說的很好。」四皇子連忙搖頭。

靖伯侯哈哈一笑，「殿下，您就別為難他了，事關機密，詳盡事宜，你我再慢慢商討便是。」

四皇子頗有些遺憾，暗暗決定，將來一定要將李明允收歸旗下，此人若是投靠了太子，對他十分不利。

◆　◆　◆

昨日開張太過熱鬧，所以，今日上門來買藥看病以及前來觀望之人不少。王大海和莫子游兩人在前面坐堂，林蘭就在後院配藥，忙了一上午，正要歇口氣，福安進來了。

「二少奶奶，裴大學士府上來人，說要請二少奶奶出診。」

林蘭蹙眉，裴大學士可是明允的頂頭上司，一直對明允照拂有加，這次明允能晉升，裴大學士出了不少力，既然是裴大學士府上來請，必然是要去的。

「有沒有說是誰病了？」林蘭問道。

「小的問了，是裴夫人，說是偏頭風。」福安回道。

林蘭回頭喚正在忙碌的銀柳：「銀柳，先別弄了，帶上藥箱，隨我去趟學士府。」

裴大學士府裡，裴芷箐坐在病床前，勸母親喝藥：「娘，再不喝，藥都涼了……」

裴夫人一手扶額，病懨懨地說：「這藥喝了好幾天了，一點也不見起色，不喝也罷！」

裴芷箐好言道：「華大夫去了陝西，不然就請他改個方子。或者，咱們請別的大夫瞧瞧吧！」

裴夫人嘆道：「也不是沒請過，都不如華大夫，只有他的藥才有幾分效果。」

一個丫鬟進來回稟：「夫人、小姐，老爺讓奴婢前來知會一聲，老爺已經請了林記的林大夫來給夫人看病，林大夫稍後就到。」

裴芷箐默了默，問：「哪位林大夫？可是位女大夫？」

丫鬟支吾道：「這個奴婢不清楚。」

裴夫人懶懶道：「定是明允的夫人，聽說她的醫術是不錯，可惜，我這病，怕是大羅神仙也醫不好了。」

裴芷箐嗔道：「娘，瞧您又胡說了！」

裴夫人的眼眶便紅了起來。

裴芷箐揮揮手讓丫鬟退下，柔聲勸慰：「這一次爹是過分了些，可那女的已然有了身孕，這麼多年來，爹一直很疼愛女兒，可娘也知道，爹心裡其實是很想要個兒子的……」

裴夫人忍不住抹了抹淚，悶悶道：「不孝有三無後為大，我知道。」

「所以，這次爹是鐵了心要將人接進府來。女兒知道娘心裡恨，可事已至此，論是非對錯已經沒有意義，您若死活不依，只會讓爹更加憐惜那女人，反倒覺得娘不通情理。娘不若遂了爹的心願，爹必定心存感激，等將來那女人生下孩子，若是男的，定是要養在娘的名下的，娘的地位照樣穩固。娘，退一步海闊天空啊！」裴芷箐嘴上勸道，心裡也是很無奈，可又有什麼法子呢？一個是親爹，一個是親娘，她說誰的不是都不好，只能勸娘忍耐些，鬧得不可開交，最終吃虧的還不是娘？這世上，一生一世一雙人，真的只能是奢望了。

裴夫人神情戚然，「妳說的娘都明白，只是……娘心裡不甘啊！」

裴芷箐暗嘆，她理解娘的不甘，這麼多年來，爹和娘一直很恩愛，在家中，爹什麼都聽娘的，身邊也不曾有別的女人，如今，突然冒出個女人來，還懷了孩子，娘一時不能接受也是正常，可是為了爹的錯誤，弄得自己半死不活的，又何苦呢？

生氣歸生氣，勸還是要勸的，裴芷箐道：「這幾日，娘病了，爹心裡也不好受，每回來瞧您，都被您冷言冷語趕了出去，我瞧著爹那委屈自責的模樣……唉……」

正說著，外頭有人稟道：「林大夫來了。」

裴芷箐忙掏出帕子給母親拭去眼淚，「請進來吧！」

林蘭聽得這聲音，知道是裴芷箐，進得內室，裴芷箐起身相迎，微一欠身，溫婉笑道：「我聽聞是林大夫，便想著是不是李夫人。」

林蘭欠身還禮，「裴小姐，許久不見了。」

裴芷箐微笑不語，心說，妳是許久不曾見我，我卻是不久前剛見過妳。

林蘭目光轉了轉，朝床榻上的裴夫人施了一禮，「晚輩不知夫人身體有恙，本該早些來看望夫人的。」

裴夫人想坐起來，可是頭一動，就是一陣眩暈，不由得哎喲一聲。

裴芷箐緊張得去按住母親的肩膀，「娘，您別動！」

林蘭看裴夫人如此情形，想來這裴夫人的偏頭風挺嚴重的。她給銀柳遞了個眼色，銀柳忙打開藥箱，把脈枕遞給少奶奶。

「裴小姐，請您先讓一讓，我好替伯母診脈。」

裴芷箐起身讓過，輕道：「有勞妳了。」

林蘭微微一笑，坐下來替裴夫人細細診脈，良久才道：「夫人此疾，乃是舊疾、頑疾。觀夫人脈象乃肝體失養，肝陽逆動而擾上竅，氣血逆亂，引發頭風。」

外間將林蘭的醫術傳得神乎其技，可裴芷箐一直不太相信，林蘭年紀那麼輕，像華少那樣年輕醫術又高明的大夫已是少見，而華少的醫術在京城是有口皆碑的，但林蘭似乎也醫治過靖伯侯夫人，想來傳言有誇大的成分，現在聽得林蘭準確地說出病由，裴芷箐不禁收起了輕視之心，急切問道：「可有法子醫治？」

林蘭笑道：「能不能根治，我不能保證，但緩解病症還是可以做到的。」

林蘭一伸手，銀柳就很有默契地遞上銀針。

「晚輩先替夫人試試針灸之法。夫人，您閉上眼，只管放輕鬆。」林蘭語聲柔和，如沐春風，這樣有利與病患放鬆心情。

裴夫人看著那細長銀光閃閃的銀針，有些犯怵，「一定要施針嗎？」

林蘭笑道：「夫人放心，不會痛的。」

林蘭將銀針消了毒，對準率谷穴沿皮直刺入皮膚到一寸左右，又從旁開的率谷穴向其前後扇刺，三針呈竹葉狀，然後提插。

裴芷箐緊張地看著林蘭施針，見母親只是眉頭微蹙，尚能忍耐，又見林蘭針法嫻熟，這才漸漸放寬心。

半個時辰後，裴芷箐親自送林蘭出門。

「裴小姐不必相送了，夫人的藥，我回頭讓下人送過來，以後每日午後，我都過來替夫人施針。」林蘭道。

「真是麻煩妳了，叫妳大老遠跑一趟，還不肯收診金。」裴芷箐不好意思道。

林蘭笑說：「妳若提診金那邊是見外了，裴老爺是明允的恩師，一直對明允照拂有加，這份恩情可不是用金錢能報答的。」

裴芷箐也不是扭捏之人，便道：「如此多謝妳了。」

目送林蘭的馬車遠去，裴芷箐暗忖：許是她多心了，林蘭和華少同為杏林中人，認識也沒什麼好奇怪的。那一日，在長亭，應是華少遠赴陝西疫區，說不定，他們是商討如何解決疫情。

李明允不在，林蘭白天忙碌倒也不覺得十分想念，可一到晚上，一個人睡覺還真有些不習慣，輾轉反側，久久不能入眠，睡眠品質大大降低。

老太太得知林記開張，那麼多有頭有臉的人物都來道賀，想法便有了轉變，當然，她認為，這些人前來道賀都是看在明允的面子上，所以，林蘭若是不好好幹，到時候丟的可就是明允的臉面了，故而，幾次三番叮囑林蘭要用心些。

一眨眼，李明允離家四天了，林蘭今日回來得遲些，一回府，匆忙換了身衣裳就去朝暉堂跟老太太請安。今日李敬賢似乎特別高興，一見到林蘭，笑得格外慈祥，連老太太也是如此，只有韓秋月笑容淡淡。

「林蘭啊，妳和明允給平西大軍捐藥，事先怎不跟為父說一聲？今日聖上找為父談話，為父還一頭霧水。」李敬賢笑道。

林蘭微笑著，「不過是想略盡綿薄之力罷了，怎敢興師動眾？」

李敬賢哈哈笑道：「說的好，今日聖上對妳和明允此舉大為讚賞，等明允回京，還要封賞。」

老太太笑咪咪地說：「為人臣子，忠君愛國是本分，這一點，明允做得很好。」

林蘭趁機拍馬屁：「那還不是祖母平日教導有方，又得父親言傳身教。」

這通馬屁拍得兩人極為舒坦，那眼角的皺紋都深了幾分。

韓秋月心裡貓爪撓似的難受，為什麼好事總落在明允頭上？她勉強打起精神，露出僵硬的笑容，「明允去天津也有四天了，怎的還不回來？按說他剛晉升，正是該好好表現的時候，怎麼選在這個時候去萬松寺還願？」

李敬賢不同意她的看法，「百善孝為先，當今聖上亦是最重孝道，明允為母還願，也是盡人子孝道，聖上又豈會怪罪？」

老太太雖不喜葉氏，但對明允的行為還是贊同的，不鹹不淡說了一句：「天津離此甚遠，又不是一兩日便能回的，聖上都准了假，妳又何必操這份閒心？」

韓秋月訕訕道：「媳婦也是擔心明允。」

李敬賢不以為意，「明允又不是三歲孩子，再說還有文山和冬子跟著，有什麼可擔心的？」

林蘭看老巫婆吃癟的模樣，心裡就痛快極了。老巫婆在這個家中是越來越不討喜了，等到山西那邊動作起來，看李渣爹怎麼收拾她。

吃過晚飯，李敬賢就把李明則拎到書房去檢查功課。李明則一聽說檢查功課就垂頭喪氣，跟被霜打了的茄子似的。

丁若妍說有些咳嗽也先告退了，林蘭有點累，很想早點回去休息，韓秋月卻道：「林蘭，妳留一下，祖母有事要跟妳說。」

老太太有什麼吩咐呢？林蘭瞅著老巫婆似笑非笑的模樣，心裡打鼓。一個老巫婆、一個老昏庸湊起一塊兒，還能有什麼好事？

林蘭復又落座，面帶微笑，洗耳恭聽。

老太太喝了口茶，潤潤嗓子，笑說：「這些天看妳早出晚歸的，忙歸忙，自個兒的身子也要注意些才好。」

「多謝祖母關心，現在藥鋪剛開張，有些事還沒有理順，等過些日子，大夥兒都上手了，便可省力些。」

老太太點點頭，「說起來，開藥鋪也是行善積德的好事，可不是一般做生意能比的，明允已經幫妳開了個好頭，接下來就看妳自己的本事了。」

林蘭默然，明允忙著對付妳們兩個老虔婆，哪有時間幫我打理藥鋪來著？算了，把功勞記到明允頭上她也不介意，反正夫妻是一體的。

「是。」林蘭謙恭應聲。

「只是妳藥鋪裡要忙，家裡的事難免會顧不上。」韓秋月插了一句。

林蘭眨巴眨巴著眼睛，「家裡……也沒什麼事啊！」

韓秋月笑了，「怎麼會沒什麼事呢？就看妳是否有心罷了。」

呃？這麼說來，她屬於沒心一類的了？不過，她真想不出來有什麼事。內務有周嬤嬤在打理，外務她和明允自己都能解決，雜七雜八的瑣事都有丫頭們做去，還能有什麼事？

老太太和韓秋月交流了下眼神，那神情彷彿在說，看吧，到底是年紀小，不懂事的，還得咱們長輩來操心。

老太太說：「妳是覺得沒事，可過日子點滴都是事兒，尤其是現在，明允的官越做越大，事務也越來越忙，回到家來，總得有個人貼心的伺候照顧……」

怎麼沒人照顧啦？明允一回家，丫頭們上茶的上茶，端水的端水，連衣帶都不用自己解，鞋子都不用自己脫，還要怎麼伺候啊？難道連飯也要一口一口餵他吃？丫頭們倒是樂意的，可明允不樂意啊！又不是殘疾人士……

林蘭算是明白了，醉翁之意不在酒，嫌她沒時間伺候，嫌她伺候不好，就是想往她屋子裡塞人了，俞蓮俞白蓮花是吧？

「妳祖母的意思是，給妳找個好幫手，這樣妳就可以一心一意把藥鋪開好，家裡也有人照應周全，一舉兩得。」韓秋月這會兒笑得分外燦爛，幸災樂禍的勁頭很足。

林蘭故作懵懵然的樣子，「好啊，回頭我再去買兩個丫頭來，添置人手。」

老太太道：「丫頭哪有枕邊人貼心可靠。」

「哦，祖母的意思是給明允納個妾？」林蘭恍然道。

韓秋月一派篤定地笑道：「沒錯，老太太和老爺就是這個意思，老爺說妳是個明事理的，雖說出身農家，見識胸襟都堪比大家閨秀，如今就看妳的意思了。」

林蘭乾笑兩聲，把渣爹和老昏庸搬出來了，還把高帽子給她戴上了，她還能有什麼意思？

「嗯……這事孫媳是不會反對的，關鍵還是要看明允的意思。明允的脾氣祖母您是知道的，有時候很拗，他認定的事，誰也說不聽，孫媳可不敢自作主張替他應承。」林蘭無辜道。她把伏筆先打下，不是她不同意，有本事妳們自己去說服明允吧！

「這男人啊，總是喜歡口是心非，嘴上說的和心裡想的根本不是一回事。」韓秋月輕飄飄地說了一句。

林蘭笑咪咪地看著她，心說：那是妳老公以及妳兒子那樣的渣男才會口是心非，我家明允才不是這種人！

「既然妳不反對就好，明允是我的孫子，我的孫子我自己清楚，他最是孝順，斷不會辜負長輩們的心意。」老太太自以為是地說。

一旁的祝嬤嬤嘴角抽了抽，老太太啊，您這哪裡是疼孫子，簡直就是害人家。

「還是祖母心疼孫兒。」一個爽朗的聲音響起，旋即李明允走了進來。

林蘭看見李明允風塵僕僕趕來，又是歡喜又是激動，迎了上去，問：「什麼時候到的？」

李明允雖然略顯疲憊，但笑容愉悅，目色溫柔，輕聲道：「剛回。」說著上前兩步向老太太行了一禮，「孫兒知道祖母惦記孫兒，所以一到家便先來給祖母請安。」

韓秋月悻悻，暗道：來得可真巧，嘴上說得好聽，來給祖母請安，其實是來找林蘭的吧！

老太太老懷寬慰，笑呵呵地問：「路上可還順利？」

「託祖母的福，一切順利。」李明允恭謹道。

「那就好，吃過了嗎？」老太太關心著，李明允越來越爭氣，老太太心裡自然也看重起來。

「還沒呢，不過孫兒已經讓文山去吩咐桂嫂準備點吃的。」

「快別站著了，坐坐……祝嬤嬤，給二少爺上茶。」老太太吩咐道。

李明允在林蘭邊上坐下，林蘭故意笑咪咪地說：「剛才祖母和母親在說給你納妾的事呢，妾身不敢替你做主。」

李明允笑得和煦如風，「妳答應？」

林蘭笑道：「只要你喜歡，我自然是答應的。」做足了一派溫柔大度的好妻子形象，暗地裡一記凌厲眼刀飛過去，目光有意無意在他褲襠掃過，潛臺詞，你真敢要，我就廢了你。

李明允先是覺得頭皮一涼，後見她眼風往下，頓覺全身發麻，腦海中浮起林蘭手握兩把無敵菜刀，臉上掛著邪魅冷笑。

「明允啊，你和林蘭如今都忙，身邊多個貼心之人，既可以照顧你，又能替林蘭分擔些……」韓秋月急忙開口。

李明允目光微轉，帶著一絲嘲弄的笑意，閒閒說道：「道理上是如此，不過，這人選十分要緊，若是多了個不如意的人在身邊，那就不是順心，而是堵心了。」

「你放心，老太太挑中的人，一定是最溫柔嫻靜的，保准合你的意。」韓秋月討好道。

李明允微蹙起眉頭，「溫柔嫻靜？我卻是不喜歡這一類的，性子太沉靜，處起來沉悶無趣。」

老太太一聽，那俞蓮豈不是沒戲了？轉念一想，俞蓮不行，另外找一個就是，便和聲問道：「那你喜歡哪一類的？」

李明允看看林蘭，若有所思道：「孫兒還是喜歡蘭兒這樣的，活潑可愛，率真坦白，最關鍵的是善良。」

林蘭嗔了他一眼，心裡卻是喝了蜜一般甜，耳根子也熱了起來。

這傢伙真不害臊，這誇得也太直白了吧？

老太太和韓秋月面面相覷，這個標準，說起來似乎容易，可明允的意思分明就是，除非是林蘭這樣的，否則免談。

「孫兒瞧著明珠表妹還不錯，雖然任性了點，不過年紀還小，不懂事也是有的，慢慢調教就是。若是納明珠表妹，孫兒便應下了，蘭兒，妳覺得呢？」李明允很誠懇地詢問林蘭的意思。

砰的一聲，老太太手裡的茶蓋掉了下去。祝嬤嬤忙拾起來，拿帕子擦擦，「還好，沒摔壞。」

林蘭瞄了上座的老太太和老巫婆一眼，兩人面如土色，端的是愕然窘迫，林蘭很艱難才忍住沒笑出聲來，李明允啊，你太狠毒了。

她故作認真思考，說：「嗯，親上加親也是好的。」

餘光瞥見兩人的神色更加尷尬，面色越發難看。林蘭再下一劑猛藥，說：「你喜歡就好，想來母親也會喜歡的。」

李明允得到了林蘭的首肯，轉而對老太太一拱手，「就請祖母成全了。」

老太太此時的感受簡直比吃了蒼蠅還難受，明珠的身分明允是不知，他們可是同父異母的兄妹啊，怎麼可以成親？老太太十分煩悶地看了看韓秋月，似在說，這個主意是妳出的，現在妳自己來解決吧！她索性放手不管了。

韓秋月心中不僅是難受，更是忐忑不安。李明允夫婦幾次三番聯手對付明珠，叫明珠吃了好大的虧，現在卻說喜歡明珠這種性子，要納明珠為妾。他們是故意要納了明珠去，好繼續為難明珠，還是他們知道了什麼？後一層顧慮才是韓秋月最擔心害怕的。

韓秋月心思轉得飛快，很快鎮定下來，柔聲道：「明珠任性慣了，你父親極不喜歡她，說了好幾次，要早點把她嫁出去，這不，一開春，我便託了媒婆幫她尋找合適的婆家，眼下正談著呢！」

李明允無不遺憾道：「這樣啊，那是可惜了，其實孩兒早就想提的，不過一直以為大哥喜歡明珠，便沒有開口，哎……既如此，我也就收了納妾的心思。蘭兒，還是妳多辛苦一些了。」

韓秋月又是一陣堵心，李明允是真知道，還是裝糊塗？

林蘭憋得肚子都要抽筋了，還要做出賢淑的模樣，「伺候自己的夫君，再辛苦也是應該的。」就看見李某人的眼睛閃過狼眼一般的光芒，林蘭頓覺自己的態表得很有問題。

老太太已經被李明允的奇思妙想弄得完全沒了心思，悵然一嘆，「明允啊，你車馬勞頓也累了，快回去歇著吧。納妾之事，以後再說。」

李明允和林蘭連忙起身告退。

等兩人走了，老太太面色一沉，冷聲道：「納妾之事以後莫提了，今日之事也不可對老爺說，免得老爺聽了鬧心。」

韓秋月非但目的沒達到，反而碰了一鼻子灰，被李明允狠狠噁心了一回，心裡別提多鬱悶，還想著到老爺那裡去告一狀，老太太又先下了封口令，讓她氣得是渾身氣血不暢，胸口都疼了起來，低聲應道：「媳婦記下了。」

林蘭回到落霞齋再忍不住，倒在床上捂著肚子大笑，笑得上氣不接下氣，「明允……哎喲……我不行了……笑死我了！你看到沒？老巫婆的臉都綠了……哎喲，肚子好痛……」

李明允淡定道：「禮尚往來，這是應當的。」

玉容接了李明允的外套，「二少爺，熱水準備好了，晚飯也準備好了。」

李明允點點頭，「準備擺飯吧！」看著笑個不停的林蘭，他嘴角一揚，問：「我若沒能及時趕來，妳預備怎麼應付？」

林蘭好不容易緩了口氣，笑說：「我當然是沒意見了，不過我也不會順她們的心，你不是說了，有什麼事，只管往你身上推。」

李明允笑得耐人尋味，「孺子可教也！」說罷進淨房去洗臉淨手。

銀柳聽得稀裡糊塗，問：「二少奶奶，什麼禮尚往來啊？」銀柳只知道老巫婆指的是夫人，二少奶奶也就在她和玉容面前會用這個稱呼。

這個事情真要解釋起來還挺複雜的，李明珠的身世還得保密。林蘭坐起身，揉了揉酸痛的肚子，撇嘴道：「也沒什麼，就是老太太和夫人想給你家二少爺納個妾。」

「什麼？給二少爺納妾？」銀柳柳眉倒立，誇張得嚷了起來。

林蘭趕忙做了噓聲的手勢，小聲嗔道：「妳小聲點，這麼大聲幹什麼？」

銀柳很緊張，壓低了聲音道：「那二少爺怎麼說？」

林蘭忍不住又笑，「放心，你二少爺不是那種花心大蘿蔔。」

銀柳這才鬆了口氣，忽而又擔心起來，「可是夫人既然起了這樣的心思，怕是不會輕易甘休吧？上回白蕙的事……這才過去多久，夫人幹麼總惦記著要往咱屋塞人？」

林蘭冷笑一聲，譏誚道：「她能安什麼好心？不過妳倒是提醒了我，為了安全起見……」林蘭琢磨著，老巫婆明著不敢再提納妾的事，可難保她會故技重施，把俞蓮和明允送作堆，到時候明允不納也得納。雖然她和明允已是處處小心，可這樣多累，必須徹底解決掉這個麻煩。俞白蓮花啊，妳別怪我坑妳，妳若是會掉坑裡，說明妳自己心思也不正。

「二少奶奶待要怎樣？」銀柳一臉好奇，眼巴巴地望著林蘭。

林蘭挑眉一笑，「沒什麼，趕緊擺飯，二少爺餓了呢！」

一刻鐘後，兩人面對面坐著，林蘭一手托著腮幫子看李明允吃飯。

「這幾日藥鋪的生意挺好的，保寧丸都賣完了，不過是因為原本也沒剩幾顆。我準備再找幾個夥計，把烏雞白鳳丸也製出來，有這幾味招牌藥在，生意想不好都難。二師兄的醫術似乎又進益了，以前看他診脈要診好久，現在速度大有提高……」林蘭彙報這幾日藥鋪裡的情況。

李明允喝了口湯，閒閒地說：「可別是為了趕速度亂診一氣，小心砸了招牌。」

林蘭白他一眼，「二師兄是老實人，五師兄或許會，所以我讓五師兄做二師兄的幫手，還是要二師兄來把關的。」

李明允笑笑，「妳心裡有數就好。」

「我當然有數，人手還是不夠啊！哎……明允，我有個想法，去請幾個醫術高明的老郎中來鋪子裡坐鎮，診金歸他，咱就賺藥材的錢，這樣一來，那些郎中們也不用每日東奔西走，病患自會找上門來，也省得坐堂大夫不夠，忙不過來。」林蘭想到在現代很多中藥堂都是這種經營模式，大家截長補短，互惠互利，不過她還是黑了點，現代的模式，藥材的錢，坐堂大夫是可以抽成的。有些東西抽成是可以，但藥這東西抽成不太合適。有些大夫利慾薰心，為了多賺幾個錢，小病往大了治，大病往絕症治，藥開得你當飯吃，那就不是救人，是坑人了。

李明允略一思忖，便道：「可行，不過這人得請好，徒有虛名的可不行。」

「那是，肯定要請口碑好的，最好還要簽個協議，相互有個制約。」

李明允瞧她那認真思考的模樣，皺起了眉頭，不悅道：「看來我不在的時候，妳想的挺多，豈不是沒時間想我？」

林蘭滿不在乎道：「那沒辦法啊，忙都忙死了，哪有時間想你？」

李明允瞪眼，「當真不曾想？」

在他如狼似虎的兇惡眼神逼視下，林蘭妥協道：「想過那麼一下。」

李明允給自己裝了滿滿一碗雞湯，自言自語地說：「多喝點，有力氣。」

林蘭頓時打了個寒顫，忙表態：「還是挺想的，你不在，晚上都睡不著，真的，不信你問銀柳。」林蘭一臉的誠懇。可惜銀柳不在，要不然，銀柳肯定也會一臉誠懇地用力點頭。

李明允終是沒憋住，笑著點了下她的鼻尖，寵溺道：「這還差不多。」

林蘭悲催地蔫了下去，忽又想到什麼，道：「對了，裘夫人病了，裘大人今天請了我去看，以後我每天都要去裘府給裘夫人針灸，先試上十日，若是效果佳，就再置一個療程。」

李明允正經了神情，說：「那我改日去探望，明天妳先送些滋補品去吧！」

「還用你說？我今日已經吩咐福安備了一根百年人參、兩斤上好的燕窩，跟著藥材一起送去了。裴大人是你的恩師，孝敬一下是應該的。」

李明允忍不住又去捏她的鼻子，疼愛地道：「妳真是我的賢內助。」

林蘭拍掉他的手，抗議道：「你能不能不要捏我的鼻子？被你越捏越長了，本來我自己鼻子長得挺好的。」

看著她似嗔似羞的神情，自然流露出小女人的嬌羞與嫵媚，李明允的眸光微微一閃，輕笑道：「在我眼裡，妳怎樣都好看。」

之後，林蘭又跟李明允討論了陳子諭和裴芷箐的事，聽到李明允說陳子諭愛慕裴芷箐多年，可裴芷箐依然心意不明，林蘭很是慚愧，追悔莫及，痛心疾首，「瞧瞧人家，那才叫一個矜持，我真的太不矜持了，這麼快就被人騙上手！」

李明允的臉黑了一半，「妳怎麼不說是陳子諭太沒用？這傢伙在外頭嘴貧得跟抹了油似的，一見到裴小姐就成結巴，不似妳相公我，該出手時就出手，絕不拖泥帶水，這才是真本事。」

林蘭懷疑地看著他，「我記得某人曾經很害羞的，被人調戲得臉紅得跟什麼似的。」

李明允握拳在唇邊乾咳了兩聲，「好吧，我承認我的厚臉皮是跟某人學的。」

林蘭瞪了他三秒，猛地撲過去咬他。

「哎……別咬嘴，明天要上朝的……」

「我管你……」

兩人嬉鬧作一團。

韓秋月這會兒躺在床上扶額呻吟。

姜嬤嬤給她按揉太陽穴，「夫人，您這樣可不行，得請個大夫來瞧瞧。」

韓秋月聽到大夫兩個字，頭更痛，「請個大夫，請誰啊？如今裡家裡有了林蘭這個大夫，我想請個別的大夫都不合適，旁人會說，自己的兒媳婦都信不過，是不是做了什麼虧心事？讓林蘭看病，我更加不放心。」

姜嬤嬤也很惆悵，「這倒是，如今連看病都成問題了，可夫人妳這樣拖著也不是辦法，今年都痛了好幾回了。」

韓秋月有氣無力道：「還不是被他們夫妻倆給氣的。今日明允的話妳也聽見了，我差點一口血噴出來。」

姜嬤嬤道：「老奴當時也嚇了一跳，這明允少爺是不是知道些什麼？」

韓秋月腦仁抽了抽，「妳也這樣認為？」

「老奴不敢確定，按說表小姐跟二少奶奶有過好幾回過節，二少爺怎麼會看上表小姐？」

韓秋月嘆了口氣，「不說了不說了，等明則考取明經，等山西那邊成功了，找個機會分家吧，眼不見心不煩。」

姜嬤嬤遲疑道：「如今老太太在，怕是不會同意分家。老家那邊，幾位老爺到現在都還沒分家呢。老太太就喜歡大家子人，熱熱鬧鬧的。」

韓秋月很是懊惱，「妳說我費老勁把老太太請來做什麼？一點都忙沒幫上，反倒弄了尊佛來伺候，時不時聽幾句訓，我這不是自找麻煩嗎？」

姜嬤嬤面上一訕，這餿主意可是她提出來的，忙勸道：「夫人，您也別氣餒，老太太在，還是有些用處的，起碼可以壓制著老爺，二少爺也不敢對您不恭。像這次納妾之事，若不是二少爺把表小姐扯出來，老太太出面鐵定就成了。」

「我看老太太已經徹底打消了這個念頭。」韓秋月挫敗道。

「夫人何必著急，尋個時機，把兩人……二少爺還能不要俞小姐？」姜嬤嬤陰陰地笑道。

韓秋月眸光一冷，恨恨道：「他不讓我舒坦，他們倆也別想舒坦！這人，我定要塞進去！」

「只要想做就一定能成，上回白蕙的事之所以不成，老奴打聽了下，原是二少爺早就對白蕙有所防備了，今日幸好咱們沒提到俞小姐，還是有文章可做的。」

韓秋月又振奮起來，頭也不覺得疼了，說：「今日之事莫要讓小姐知道，她那個臭脾氣，知道了只會壞我的事。」

第二天，林蘭照例去裴府給裴夫人針灸，正巧碰見陳子諭從裡面出來。

「嫂子……嫂子真乃神醫啊，我聽說夫人的頭風昨日就減輕了許多。」陳子諭抱拳施禮。

林蘭想起昨日跟李明允討論的那個問題，不禁笑道：「你去看過夫人了？」

「沒有沒有，夫人正在靜養，不便打擾。」

「來都來了，怎不去看看呢？見見裴小姐也好啊！」林蘭笑容裡有幾分揶揄的味道。

陳子諭一本正經地說：「裴小姐要侍疾，也是不便打擾的。嫂子您請進，我還有要事，就先告辭了，改日請大哥和嫂子吃飯。」

陳子諭一溜煙跑了，送陳子諭出來的管家禮貌地說：「林大夫請進，我家夫人正等著您。」

林蘭一邊走一邊問：「陳公子常來探望嗎？」

管家回道：「陳公子以前便常來，夫人病了後，他更是每日都來，哦，林大夫也是陳公子向老爺推薦的。」

林蘭心說，難怪剛才陳子諭見到她格外客氣，原來是替他長臉了。

給裴夫人針灸完，裴夫人氣色又好了些，叫丫鬟扶她坐起來，溫言道：「真是太麻煩妳，還讓妳破費，怎好意思？」

「夫人這麼說就見外了，都是自家藥鋪裡的東西，往後缺什麼，派人來說一聲就是。」

裴夫人笑了笑，「真看不出來，妳年紀輕輕，卻有這等醫術。昨日施針後，我這頭風竟是鬆快了許多，比喝藥見效的快。」

「藥也是要喝的，雙管齊下，夫人再保持好自己的心情，病就好得快了。」林蘭把銀針交給銀柳收起來。

「這世上，不如意事十有八九，哪裡高興得起來？」裴夫人嘆道。

「正因為不如意的事多，您才更要愛惜自己。痛快也是一天，不痛快也是一天，何不開開心心的呢？」

一旁的裴芷箐微微動容，「這話說的甚好，看來李夫人是位豁達之人。」

林蘭開玩笑道：「豁達談不上，有時候沒心沒肺倒是真的。」

裴夫人笑了起來，「妳這性子，我是真喜歡，明允好福氣，能娶到妳這樣的妻子。」

「夫人既不嫌棄林蘭，那林蘭以後常來陪您說話。」

「那是再好不過了，妳說話可要算數。」裴夫人笑呵呵地說。

林蘭鋪子裡還有事，陪裴夫人聊了幾句便告辭了，裴夫人一定要裴芷箐替她送林蘭。

兩人一邊往外走，裴芷箐說：「我娘難得這麼喜歡一個人，妳以後可要常來。」

林蘭看著裴芷箐如畫般美麗的側臉，存在心底很久的一個疑問又浮了上來。去歲在靖伯侯府，裴芷箐曾有意刁難過她，雖然適可而止，但憑女人的直覺，裴芷箐對她確實有那麼一點敵意，或者說是酸味吧！都說裴大才女心氣極高，這樣的女人眼界也高，只有像明允這樣優秀的男子才入得了眼，裴芷箐一直不接受陳子諭，會不會是因為明允呢？

「那是一定的，裴夫人很是和藹可親，明允也說裴夫人很親切。」

說到李明允，裴芷箐長長的羽睫顫了顫，笑容似透著些許無奈，「以前李公子和陳公子倒是常來家裡。」

這個李明允也說起過，裴大人雖不是李明允的啟蒙恩師，也教過他不少學問。

林蘭道：「我適才來的時候，碰見陳公子了。」

裴芷箐淡淡地笑了笑，沒說話。

林蘭默了默，「其實，咱們做女人的，能找一個兩情相悅的固然好，可惜談何容易？倒不如找一個真心喜歡自己的，也是一種幸福。」

裴芷箐抬眼，有一瞬的怔忡，旋即微微一笑，「確實，像妳和李公子這般兩情相悅的，可遇而不可求，妳很幸福。」

林蘭並不否認，笑道：「妳也可以很幸福的，就看妳願不願意？」

裴芷箐似自嘲又似驕傲地一笑，「我當會找到自己的幸福，絕不會比妳差。」

兩人相視一笑，林蘭知道，不管裴芷箐是不是曾經喜歡過李明允，她都不會成為她的敵人了，像她這樣心高氣傲、才華出眾的女人，是不屑去搶別人的丈夫的。但願，裴芷箐和陳子諭能早成好事，到時候，裴芷箐還得叫她一聲嫂子呢，想想都樂。

林蘭回到鋪子裡，見幾個夥計正在拆林記的招牌，李明允在下面指揮。

「明允，這是做什麼？好端端的，幹麼把招牌拆下來？」林蘭納悶道。

李明允神情愉悅地拉著她往裡走，「來，快來看看是什麼？」

文山正拆開一塊匾額，幾個鎏金大字赫然眼前。

「回春堂？」林蘭不解，「你要換上這塊回春堂？可林記才掛了幾天啊，這名還是你起的，這麼快就嫌棄了？」

李明允笑得高深莫測，「妳猜這塊匾額是誰送的？」

「誰啊？四皇子？還是太子？」林蘭歪著頭細看那塊匾額，只見落款處有御賜字樣，頓時驚得捂住了嘴，不敢相信地看著李明允，「這……這是聖上賞的？」

李明允笑著點頭，「聖上讚妳妙手仁心，回春有術，故而賜林記金匾，賜名回春堂。」

店裡的人都圍了上來，王大海和莫子遊擁抱著慶賀。

「太好了，御賜匾額，這可是天大的榮耀啊！師妹，妳要發達了！」莫子遊歡喜道。

王大海豎起了大拇指，「師妹，妳厲害，以後妳便是林神醫了！」

銀柳自豪地說：「那以後我便是林神醫的丫鬟了。」

大家哈哈大笑，都很激動。

「這……這太讓人難以置信了，我不過是捐了幾千顆藥丸而已啊？」林蘭覺得自己像在做夢，這御賜金匾可是無上的榮耀，據她所知，連德仁堂都不曾有過這樣的殊榮。林記要是掛上這塊牌子，京城地界，誰與爭鋒啊？林蘭歡喜得都要哭了。當初想要謀一個名利雙收，沒想到名這麼快就來了，而且來得這般出人意料。

李明允笑呵呵道：「高興吧？走，一起去把匾額掛上。」

對面葉家綢緞鋪的管事得到消息，趕緊去報了葉大老爺。匾額剛掛好，葉德懷就趕了過來。

「沒聽到敲鑼打鼓，我還以為管事的誆我，沒想到是真的。」葉德懷抬頭看著回春堂幾個鎏金大字，又是激動又是羨慕，「皇恩浩蕩啊！咱們葉家什麼時候也能掙到這樣一塊匾額，死也無憾了！」

林蘭掩嘴輕笑，「我不過是沾了明允的光，聖上是看重明允才會特別恩賜的。」

李明允睨了她一眼，小聲笑道：「這會兒妳倒是挺謙虛的。聖上本來是要大張旗鼓賜匾額以褒獎妳捐藥之舉，可妳想想，陝西痘疫爆發，也有別的藥鋪捐了藥材，為何獨獨獎勵妳？這乃是聖上對咱們的特別眷顧，故而我費了一番口舌，才說動聖上低調行事。」李明允得意地揚了揚眉，瞅著匾額，悠悠道：「回春堂，這幾個字真是好，不知道的，還真以為妳是妙手回春。」

林蘭暗地裡在他胳膊上狠狠擰了一下，笑咪咪低聲道：「第一，我謙虛是為了寬慰大舅爺，沒看大舅爺羡慕得眼淚都要掉下來了？第二，你的低調處理還是值得肯定的；第三，御賜回春幾個字絕對名副其實，你夫人我，絕對稱得上妙手回春，明白嗎？」

李明允吃痛，倒抽一口涼氣，一疊聲道：「明白明白……」

葉德懷唏噓感嘆了一陣，心情總算平復了下來，說：「這是天大的喜事，得好好慶祝慶祝。今晚舅老爺作東，咱們擺他幾桌酒席，好好慶祝一番。對了，還要趕緊給老太太老太爺報個喜。」

李明允拱手道：「舅父，酒席是一定要擺的，不過這東，理應由外甥來作。明日好了，明日溢香居，專請舅父和大表哥。」李明允說著壓了壓嗓子，「順道談談要事。」

葉德懷心神領會，李明允這是要找機會跟他說天津那邊的事，便笑呵呵地說：「也好，那就明日吧。」又對林蘭說：「外甥媳婦，妳是好樣的，哎，可惜了，明允不姓葉。」

林蘭笑道：「明允不姓葉，也是半個葉家人。」

葉德懷又高興起來，拍拍李明允的肩膀，「不錯不錯，言之有理。明允，你的優點，全像咱們葉家的。」

李明允被他拍得晃了晃，可見大舅爺羡慕嫉妒之心有多強烈。

林蘭極力忍住笑意，大舅爺太逗了。

李府裡，李明珠從微雨閣出來，噘了嘴咕噥：「最近越來越不好玩了，大表哥要備考，大表嫂整日神情懨懨的，看到她都覺得沒氣力。俞蓮也不出來玩了，這日子過得真沒意思，無聊透了。」

阿香出主意道：「表小姐，要不，咱們去園子裡放風箏，您看今天的天氣多好。」

李明珠抬頭望著碧藍如洗的晴空，心思微動，「去年買的風箏還在嗎？」
阿香忙道：「在呢，奴婢收得好好的，奴婢現在就回去取？」
李明珠揮揮手，「去吧，我先到園子裡逛逛。」
「是。」
李明珠一人悠閒往園子裡去，已是三月中，園子裡的花都開了，嫩黃的薔薇爬滿了矮牆，紫色的丁香、紅色的月季、粉色的桃花，裝點得春色滿園，李明珠摘了朵芍藥在手上把玩。
「我聽說，老太太要給二少爺納妾呢！」
「妳聽誰說的？二少爺和二少奶奶成親還不到半年呢，就要納妾？」
假山後的對話，吸引了李明珠的興趣，李明珠踮著腳尖靠近，豎起耳朵偷聽。
「這有什麼好奇怪的，大少爺成親才多久，不也納了魏姨娘？我聽說是老太太怕二少奶奶開了藥鋪疏忽二少爺，才想到給二少爺納妾的。」
「二少爺才學出眾，又英俊瀟灑，不知道誰這麼有福氣能給二少爺作妾。」
「哎……妳就別流口水了，就算二少爺納一百個妾，也輪不到妳！」
「我羨慕一下不行啊？噯，說真的，老太太看中誰了？咱們府裡的，還是外面的？」
「這個不清楚，不過前幾天老太太總是把俞小姐叫去說話，我只知道，二少爺說，如果是納表小姐的話，他會答應的。」
「表小姐？不會吧？上次表小姐受罰，還不是因為二少爺發火了？」
「就是啊，所以說，想不明白。」
「啊，我知道了！」
「妳知道什麼？」

「一定是二少奶奶把表小姐恨上了，故意讓二少爺納表小姐為妾，以後就可以隨便整治表小姐了！妳想啊，二少奶奶進門頭一天，表小姐就給她難看，二少奶奶能不記恨嗎？」

李明珠聽得七竅生煙，手裡的芍藥被她扯了個稀巴爛，心裡咒罵：好你個林蘭，心思真夠惡毒的，上次就往我身上潑髒水，這次更加可惡！

「小姐？小姐……」遠處傳來阿香的呼喚。

李明珠一驚，腳下一滑，差點摔跤，不禁「哎呀」叫了一聲。

假山後的人驚呼：「糟了！」頓時倉促逃走。

李明珠本想把兩人抓過來問問仔細，卻被她們逃了，更是氣得直跺腳。

阿香跑了過來，興奮地揮舞著風箏，「小姐，您看，這風箏還好好的。」

李明珠狠狠瞪她，「好什麼好？都是妳，大呼小叫的，叫魂啊……」

阿香不知道自己怎麼又惹小姐生氣了，委屈得癟了癟嘴，低著頭不敢說話。

李明珠憤憤然，也不知剛才那兩個丫頭是誰，聽聲音沒聽出來。不管了，林蘭，妳這個賤人，想害我，我也不會讓妳舒坦。

周嬤嬤正在院子裡焦急得走來走去，見雲英和文麗慌慌張張跑回來，忙上前詢問：「怎麼樣？事情辦妥了嗎？」

雲英拍拍胸口，安撫急跳的心，回道：「我們跟著表小姐到了小花園，把您交代的話說了七八成，要不是阿香來了，驚了表小姐，我們就能把話說完了，不過，要緊的，我們都說了。」

周嬤嬤趴在門縫往外瞧，「妳們沒被表小姐發現吧？」

文麗道：「我們溜得快，表小姐應該沒發現我們。」

周嬤嬤定下心來，緩和了神情道：「這回的差事妳們辦得不錯，最近妳們倆少出去，也不得再議此事。」

兩人忙應聲。

周嬤嬤冷冷一笑，這個沒腦子的表小姐，倒是枚好棋子，二少奶奶的計畫能不能成，可就看她的了。表小姐，您可得好好表現，千萬不能叫人失望才好。老虔婆，很快妳就會知道什麼叫自作孽，不可活了！

李明珠氣沖沖地去找老巫婆。

「姨娘……」李明珠委屈地撒著嬌。

韓秋月正和孫先生在談利息的事，見李明珠闖了進來，不由得皺了皺眉頭，對孫先生說：「就按我說的辦，先頂過這一陣，下個月就寬鬆了。」

孫先生很識趣地躬身告退。

姜嬤嬤送他出去，順手把門關上。

「妳又怎麼了？沒見娘在議事？這樣冒冒失失地闖進來！」韓秋月薄責道。

李明珠嘴巴翹得可以掛油瓶，挨著母親坐下，「娘，二哥他是不是說要納我為妾？」

韓秋月一怔，「妳從哪裡聽來的渾話？」

李明珠嗔道：「您還瞞我？府裡都傳遍了。」

韓秋月看看姜嬤嬤，姜嬤嬤也是莫名其妙，「昨日就老奴和祝嬤嬤，其他丫頭都在外面候著呢，是誰把話傳出去的？」

韓秋月眼中閃過一絲寒芒，咬牙切齒道：「還有誰？定是那兩個賤人，我竟沒想到這招，毒啊，真是毒！知道我在給明珠找婆家，他們故意放話要納明珠為妾，這話若是傳出去，外面的人會怎生猜想？」

姜嬤嬤汗涔涔，不消說，外人肯定會以為二少爺和明珠小姐有什麼曖昧之情，還有哪戶像樣的人家肯要明珠小姐？

李明珠來之前還未想到這一層害處，現在越想越害怕，越想越著急，慌張地搖著韓秋月的手臂，「娘，那現在該怎麼辦啊？總不能叫他們這樣壞女兒的名聲！」

韓秋月拍拍李明珠的手，「妳放心，娘不會讓他們得逞的。姜嬤嬤，妳去查查有誰私底下議論此事，抓住一個，不論是誰，一律亂棍打死，以儆效尤。」

姜嬤嬤抹了把冷汗，忙道：「老奴現在就去查。」

「娘，二哥這樣欺負人，爹難道都不管管嗎？我也是他的骨肉啊！」李明珠嚶嚶哭了起來。

韓秋月苦笑，「妳爹現在恨不得把明允捧上天去，對明允就是和顏悅色，對著妳大哥就是橫眉怒目，他心裡，哪裡還有咱們娘仨？」

「那就去告訴祖母，祖母不會不管的。若是連祖母也不管了，那我還委委屈屈做這個表小姐幹什麼？我也什麼都不管了，昭告天下，我是他李敬賢的親生女兒，這個家毀了拉倒，咱們回老家去，反正那邊有田有地有宅子，我再不要做什麼勞什子的表小姐！」李明珠氣昏了頭就什麼也不顧。

韓秋月忙勸道：「妳可別亂來，撕破臉還不容易？可咱們不能白白便宜了人家，咱們走了，這偌大的家產豈不都歸了那對賤人？妳哥的前程也沒了。」

李明珠又茫然起來，「那該怎麼辦嘛？」

「妳別急，現在是艱難些，等妳哥考取明經，再過了吏試，慢慢有了出息，妳爹的心思自然會轉過來的。」

「若是大哥考不中呢？」李明珠擔心地問。

韓秋月瞪了她一眼，「妳少烏鴉嘴，呸呸呸！」

李明珠訕訕的，韓秋月嘆道：「真要走到那一步，我也要掏空了這個家再來撕破臉。」

◆◆◆

姜嬤嬤留意了幾天，也沒抓到一個可疑分子，只好把府裡的管事、管事嬤嬤集中起來訓話，說如今二少爺升了官，咱們李府就更惹眼了，樹大招風，大家更要謹守本分，遵守規矩，尤其是妄議主子這一條，有違者從重處罰。

府裡是風平浪靜，韓秋月又擔心外邊有不好的傳言，可她也不能到處打聽，這事就像根刺扎在她心裡，總是不安。更讓她堵心的是，李明允剛升了官，林蘭又得了御賜匾額，兩人在李家的地位直線上升，老爺一開口訓明則就是，你瞧瞧明允……你怎麼就不學學明允……

後天就開考了，韓秋月特意把李明則叫來，屏退了左右，問道：「這次的考試，你心裡有幾分把握？」

李明則這段時間被父親罵慘了，罵得跟龜孫子似的，越來越沒底氣，「這個……這個……」

韓秋月不耐煩道：「什麼這個那個，你到底有幾分把握？」

「兒子本來是有七八分把握的，可是父親……」李明則低聲咕噥。

「我就瞧不得你這副窩囊樣，難怪你父親要罵你，你媳婦也瞧不上你，你怎麼就不知道爭氣？一天到晚念書，這書都念到狗肚子裡去了？」韓秋月恨鐵不成鋼，氣罵道：「道理都跟你說盡了，你是一句也沒往心裡去！往日見你倒還有幾分雄心壯志，如今是越發不堪了，你說說，你到底是怎麼想的，還想不想出人頭地了？」

李明則囁嚅：「母親，兒子怎會不想？兒子已經盡力了，但……謀事在人，成事在天，絕對能中這種話，兒子……不敢說。」

韓秋月氣得頭疼，扶額哀嘆：「我怎麼生了你這麼個窩囊廢……罷了罷了，你且給我打起精神來，好生應考，成與不成，就看天意吧！」說罷她無力地揮揮手，懶得再看他。

李明則如釋重負，行了一禮，趕緊溜了。

韓秋月長吁短嘆，真是不問還好，一問更加心煩，自己的兒子不爭氣啊！葉氏人都死了，還留下個禍害，李明允怎麼就不像葉氏呢？葉氏心氣多高啊！她不過是告訴葉氏，她生明允的那一天，老爺為什麼會不在家，這些年老爺外出公幹其實都是去看她，其實老爺真正愛的人是她韓氏，娶她葉氏不過是看上她的錢財而已……結果葉氏就氣得離家了。在葉氏心裡，愛情勝過一切，她就是抓住了這一點，一擊即中。

葉氏好對付，好對付的出人意料，可李明允就像一根難啃的骨頭，軟硬不吃，油鹽不進，不是一般的難對付，哎……真愁人！

李明允天天吃過晚飯就去老爺書房，儼然成了裡李敬賢的得力助手。

「父親，大哥的事，當真不用打招呼嗎？」李明允試探道。

李敬賢撂下一本摺子，不悅道：「連考個明經都要去打招呼，丟不丟人？」

李明允心笑：是夠丟人的！

他面上故作擔憂的神色，「可是，看大哥自己似乎沒什麼信心，若是當真沒考好……父親臉上豈不更無光？」

李敬賢皺了皺眉頭，說的也是，考不上更丟人，頓時頭痛不已。

「不若……兒子去拜託裴大人，就說是兒子自己的意思。」李明允很貼心地說。

李敬賢瞅著明允，長長嘆了一口氣，「明允啊，你有這份氣度胸懷，為父很欣慰，你繼母真該慚愧。」

李明允謙遜道：「在兒子心裡，大家都是一家人，理應互相照應，不分彼此。」高調儘管唱就是，至於裴大人那邊，他有說沒說，誰知道。

「這事就你為難一點，幫你哥去打聲招呼，為父看他有點懸。」

「是。」明允恭敬應下。

阿晉進來回稟：「老爺，剪秋來過了。」言下之意，便是劉姨娘等急了。

李敬賢嗯了一聲，眉頭漸漸鬆開來，面上也有了笑意。這幾天有了李明允幫忙，他可以早點脫身去劉姨娘那，一想到劉姨娘那豐腴的身子、柔膩的肌膚，心裡就熱呼呼的，更坐不住。

李明允面色如常，趁他們不備，朝父親的茶杯裡倒了點白色粉末進去，拿了茶壺將水斟滿，又給自己也斟了一杯，然後故意手一抖，灑在了身上。

「啊……」

李敬賢回過頭來，見李明允身上濕了一大片，忙問道：「燙著沒有？」

李明允抽了口涼氣，「還好，都是兒子自己不慎。」

李敬賢關切道：「你趕緊回去換身衣裳。」

李明允看看自己下腹處的水漬，懊惱地說：「還請父親借孩兒一身衣裳遮擋一下，要不然，這樣走出去，極為不雅。」

李敬賢忙叫阿晉把書房裡備著的衣裳拿來，李明允去套了父親的衣裳走出來。李敬賢看兒子穿著自己的衣裳，那模樣、那神態更像年輕時候的自己，心裡是越發喜愛，又不禁感慨，真是不服老都不行了。

李明允瞅著桌上一疊尚未處理的文摺，說：「不若，兒子把這些文摺帶回去看，父親也好早些休息。」

李敬賢想了想，道：「也好，這幾份要緊的，為父自己處理，其餘的你帶回去看，也別看得太晚，遲兩日不要緊。」

李明允應了聲，去拿文摺，卻是嘶的吸了口涼氣，李敬賢這才發現李明允手上燙得通紅，便道：「不若，今日就歇歇，趕緊回去叫林蘭替你瞧瞧。」

「沒事沒事，這些文摺叫阿晉捧一下好了，兒子回去抹點藥膏就好。」

參之章

嬌女敗跡任拿捏

書房外，阿香遠遠躲在柱子後面，看見老爺從書房裡出來，阿晉捧了一疊摺子跟在後頭，連忙跑回去報信。

「小姐，老爺走了。」

李明珠喜道：「可看仔細了？」

阿香用力點頭，「看仔細了，阿晉還在後頭跟著呢。劉姨娘身邊的剪秋來催，不一會兒老爺就出來了。」

李明珠撫掌，太好了，她已經觀察了好幾日，父親日日都提早離開，留下二哥一人在書房，父親今日離開得早些，俞蓮的時間就更充裕了。

一旁的俞蓮怯怯道：「這樣……不妥吧？」

李明珠正色道：「都這個時候了，妳可不能反悔。這可是千載難逢的好機會，錯過了，妳會後悔一輩子的。」

這幾天李明珠一直洗腦俞蓮，軟硬皆施，口水費盡，好不容易才鼓動得俞蓮點頭，眼看著就要成功，豈容俞蓮退卻？

「咱們都說好了的，就說我姨娘讓妳給老爺送參茶，妳進去後只當失手翻了茶水，我隨後就帶人衝進去。俞蓮，妳也清楚，就妳的條件，能給二少爺做妾室已是不易，老家的人都知道妳來京的目的是什麼，難道妳想灰溜溜地回去？那妳以後在家中在街坊面前還能抬得起頭？笑也被人笑死了。」李明珠毫不客氣地說道。

俞蓮咬著唇，臉色發白，渾身發抖。李明珠每句話都像把刀直戳到她痛處，刺得她鮮血淋漓。她知道自己身分低微，能給二少爺做妾已是抬舉，她不是不滿足，只是她不敢啊！萬一二少爺翻臉怎麼辦？以後大家又會怎麼看她？

李明珠再接再厲，「妳不用有負擔的，到時候我們就說是二少爺企圖非禮妳，又不是妳去勾引二少爺，沒臉的是他不是妳，就算他要發火也不會衝著你去。俞蓮，時間來不及了，阿香，把參茶交給俞小姐。」

阿香端起放在欄杆上的托盤，送到俞蓮面前。

「俞蓮，過了今晚，妳就是李家的俞姨娘，二少爺心地善良，斷不會虧待妳的。妳對他而言，就是個誤會，美麗的誤會……」李明珠蠱惑著，托起俞蓮的手，逼她接下參茶。

俞蓮的手不住顫抖，茶盞和托盤碰撞，發出咯咯咯的聲響。

李明珠推著俞蓮往前走，「快去吧，我會在外面聽著，待會兒茶杯碎了，我就帶人衝進來。」

俞蓮猶豫不決，走兩步又回頭，一回頭就看到李明珠朝她瞪眼揮手，她又硬著頭皮走兩步。

李明珠火了，「我這是在幫妳，妳若不領情，我便再不理妳了！」

俞蓮咬了咬牙，給自己打氣，不過是送一盞參茶而已，只要她把茶水送進去就可以了。

螳螂捕蟬，黃雀在後，李明珠和俞蓮的舉動早落在了別人眼中。

周嬤嬤聽了冬子的回稟，大喜，等了這麼些日子，終於動手了。

「趕緊回去稟報二少奶奶，好戲要開鑼了。」

雲英歡歡喜喜跑了回去。

「冬子，你再去盯著，可不能錯過這場好戲，二少爺和二少奶奶可都還等著聽戲呢！」

書房裡，李敬賢已經喝了三杯茶下去，可還是覺得渴，不僅渴，還有些熱。他鬆了鬆衣襟，疑惑道：「奇怪，這才三月裡，怎就這般悶熱了？」

腦子裡又浮現劉姨娘那細白的身子，身上更是燥熱起來。罷了罷了，這些文摺還是帶過去處理，一邊溫香軟玉，一邊看文摺，也是一大享受，只是阿晉怎麼還不回來？莫不是又到韓秋月那邊討賞去了？這個阿晉，總有一天要修理他。

李敬賢胡亂收拾了一下，起身準備去劉姨娘那，走得急，在門口處砰的撞上了一個人。

李敬賢眼疾手快，一伸手，撈住了翻倒的茶杯，正要斥責這個冒失鬼，卻有一股幽香順著鼻息鑽入心底，就好像一片羽毛輕輕劃過心尖，頓時心頭一顫，定睛一看，卻是俞蓮。那驚慌失措的模樣，就好比受了驚嚇得小鹿，叫人忍不住想要憐惜。

「妳怎麼來了？」李敬賢這樣問的時候，其實心裡考慮的並不是這個問題，而是……印象中的俞蓮是個黑瘦的小姑娘，一直未曾注意，今日一見，卻是出落得水靈而楚楚動人。

俞蓮沒想到書房裡的人是老爺，嚇得魂飛天外，腿腳發軟，怎會是這樣？

俞蓮的大腦一片空白，怯怯地低著頭，顫著聲：「叔……叔父……」

李敬賢看著手裡的茶杯，還有一股人參的味兒，和顏悅色道：「妳來送參茶的？」

俞蓮下意識點點頭，忽地又搖搖頭，不知該如何解釋，驚慌失措得就想要逃。她往後退去，卻忘了身後有道門檻，一時沒站住，整個人往後仰去。

俞蓮以為這下又要出醜了，不料一雙臂膀有力地將她往回一扯，她重重撲向叔父的懷裡。

好香、好柔軟，李敬賢心中越發燥熱，嗓子發乾，身體裡彷彿燒起一團火，十分難受，強烈渴望找一個人抒解。他低下頭，對上懷裡人兒那雙驚惶的眼，再也無法克制，鬼使神差吻了下去。

俞蓮徹底傻掉了，叔父怎麼能吻她？那灼熱的唇、灼熱的呼吸，終於讓俞蓮意識到自己身處在怎樣尷尬又危險的境地。要是明珠闖進來，那就完蛋了。俞蓮激烈地掙扎起來，「叔父，您不能這樣……」

李敬賢也昏頭了，此時此刻，他只需要一個女人，而他的懷裡就有一個，他只想將這個可人兒狠狠壓在身下，狠狠把自己的灼熱埋進她的身體……他不顧俞蓮的反抗，驀然將她抱起，快步往書房中的臥榻走去。

俞蓮當真是傻了，哭求道：「叔父，不要這樣，不可以的……」

可惜李敬賢此刻已經沒有理智可言。

李明珠已經讓阿香去請夫人和大少爺，請他們來看好戲，自己帶了幾個僕人和婆子候在外頭，等著俞蓮摔杯子。

奇怪，俞蓮進去好一會兒了，怎麼還不摔杯子？難道跟二哥聊上了？

韓秋月得到消息匆匆趕來，見一眾人圍在老爺書房外，皺眉道：「明珠，妳這是在幹什麼？」

李明珠趕忙噓聲，指指書房裡，「姨娘，再等一會兒，一小會兒便好。」

李明則和丁若妍也趕了來，韓秋月慍怒道：「你不好好念書，跑來這做什麼？」

李明則無辜道：「是表妹叫我來的，說出大事了。」

李敬賢把人死死地按在榻上，瘋狂扯了俞蓮的褻褲。俞蓮掙又掙不開，喊又不敢喊，只能低聲地哭求，沒幾下就被李敬賢上了手。

俞蓮只覺身下一陣撕裂的痛，更是沒命地掙扎，一不小心將放在床頭的一隻花瓶打翻了。

李明珠聽到一聲碎響，喜道：「是時候了，快進去！」小手一揮，大家一窩蜂往裡面湧。

姜嬤嬤道：「莫不是二少爺在裡面做什麼見不得人的事？」

韓秋月目光一凜，跟了進去。

李明則和丁若妍面面相覷，也跟了進去。

李敬賢此時正在興頭上，聽見外面有人闖進來，不禁大怒：「外面是哪個死奴才？」

一干人怔在書房裡，望著那道屏風，大氣不敢喘，都傻了眼。

李明珠更是莫名其妙，怎麼是爹的聲音？爹不是走了嗎？

裡面又傳來女人嚶嚶的啜泣聲。

韓秋月明白過來，差點氣得絕倒，幸虧姜嬤嬤扶住，小聲提醒道：「夫人，還是趕緊把人都散了吧！」

韓秋月心裡恨啊，恨不得掀翻了屏風，臊臊這個老不修的臉，可出了這樣的事，她這個當家主母面上更是無光。她深深呼吸，強壓住心頭的怒火，低聲喝道：「還不快都退下去！」

下人們撞見這種事，都嚇得不知道該如何是好，夫人一開口，連忙逃離這是非之地，個個無不一身冷汗，今兒個居然捉了老爺的姦……

李明珠還是不敢相信，是不是自己聽岔了？李明則一把拉了她往外走，低聲斥責道：「這回妳可是闖了大禍了！」

李明珠弱弱地辯解：「本來裡面應該是二……」

丁若妍被噁心到了，後悔自己跟了來，這個地方多待一刻都覺得髒，「明則，我先回去了。」

李明則吩咐紅裳：「好好扶著少奶奶。」

等丁若妍走遠了，李明則回頭狠狠瞪著李明珠，教訓道：「妳還說，沒腦子還要幹壞事，妳還是趕緊想想怎麼向父親解釋吧！」

阿晉辦完事回來，見許多人從書房這邊出來，覺得奇怪，拉了個人問，那人一臉驚恐，低頭就走，其他人亦是如此。阿晉納悶不已，走到書房外，見大少爺和表小姐也在，阿晉上前行了個禮，「大少爺，表小姐。」

李明珠紅著眼睛問阿晉：「阿晉，你剛才去哪兒了？」

阿晉道：「二少爺倒茶燙了手，老爺讓小的幫二少爺把摺子捧到落霞齋去，小的就去了一趟落霞齋啊！」

李明珠這才確信自己剛才不是幻聽，頓時慌了神。

李明則道：「你先退下，待會兒叫你，你再過來伺候。」

阿晉茫茫然地哦了一聲，退了下去，嘴裡嘀咕：「真是莫名其妙……」

「大哥，怎麼辦？我不是故意的，我真的以為是二哥在裡面，是阿香說她親眼看見爹帶著阿晉走了……」

李明則恨不得一巴掌扇過去，「妳也不想想，妳什麼時候算計人家成功過？那兩人誰不是比妳精一百倍？沒這個金剛鑽，妳攬什麼瓷器活，真是夠有出息的，把自己的爹都給算計去了！」

李明珠嚇壞了，拉著李明則，「大哥，要不我先回老家去，等父親氣消了再回來，要不然……」她哭著道：「要不然，爹一定會殺了我的！」

韓秋月等人都退走了，深吸一口氣，緩聲說道：「老爺，時候不早了，您看摺子也別看得太晚，妾身……先告退了。」

這麼一受驚嚇，李敬賢整個人都清醒過來，忙從俞蓮身上下來，手忙腳亂地穿衣，心裡也是慌亂不已。聽動靜，剛才外邊應該有不少人，是韓秋月帶人來捉姦？

李敬賢冷冷地盯著縮成一團，哭得梨花帶雨的俞蓮，再無半點憐惜之情，冷聲問道：「是不是夫人讓妳來誘惑本老爺？」

俞蓮連忙搖頭，沒想到事情會弄成這樣子，她失了身，丟了人，更是得罪了夫人，她哪裡還敢說是夫人讓她來的，只怕回頭夫人就會將她送回老家去浸豬籠了。

「那麼，是妳自己想要來誘惑本老爺？」

俞蓮頭搖得更厲害了，她想說出實情，可是又能怎樣呢？夫人那麼疼明珠，定是護著明珠的，她在這個家什麼都算不上，誰會幫她？俞蓮腸子都悔青了，不該聽明珠慫恿，不該一時發昏迷了心智，這下全都完了。

李敬賢已經失去了耐心，今日他的臉面怕是已經丟盡，為了保全自己的面子，他這個罪名只有讓俞蓮來承擔。

他俯下身，一手扣住俞蓮的下巴，迫使她抬起頭，威脅道：「記住，今日之事，只能說是妳對本老爺心存愛慕，故意前來勾引本老爺，如若不然，妳知後果會怎樣？李家絕不允許傳出一星半點不名譽之事，為此，本老爺會不擇手段！」

俞蓮被動地點點頭。

李敬賢這才鬆了手，拍拍她的臉，瞄了眼這具柔嫩的身子，慢悠悠地說：「只要妳聽話，本老爺不會虧待妳。」

落霞齋裡，林蘭一面幫李明允塗藥膏，一面埋怨道：「只是演個戲，你這麼認真做甚？把自己傷成這樣！」

李明允不以為然，笑道：「既然要演戲，就要演得逼真，不然我如何讓阿晉跟了我出來？這點小傷不礙事，抹了藥膏一點也不痛了。」

「不知道事情會發展到哪一步？父親會不會真把俞蓮給辦了？」林蘭猜測著。

李明允歪了歪嘴角，閒閒說道：「不管辦沒辦，我只知道以後老巫婆想把俞蓮塞我屋子裡來，是不可能了。」

「明允，你說，我這計策是不是太狠毒了些？父親要是被人當場捉姦……」林蘭嘖嘖兩聲，想像著那慘不忍睹的畫面，心裡偷笑。

李明允斜了她一眼，哼哼道：「是夠狠毒的，那話是誰說的？最毒女人心啊，十分有理。」

林蘭剜了他一眼，「去，我這叫人不犯我我不犯人，人若犯我，我會叫她連人都不想做了！難道只准她老巫婆往我屋子裡塞人，我就不能往她屋子裡塞人？她下次再塞，我還塞回去。」

李明允笑道：「誰惹了妳誰倒楣！」

林蘭也歪了歪嘴，「彼此彼此，你也不賴。」說罷，眼巴巴地望著門口，很是希冀地說：「不知道現在發展到哪一步了？冬子怎麼還沒回來？」

◆◆◆

一回寧和堂，姜嬤嬤就趕緊把下人都趕出內院，夫人這回是氣瘋了。

韓秋月死死盯著惶惶不安的李明珠，李明珠被母親幾近猙獰的表情嚇到了，害怕得扯著衣袖發抖，暗暗給一旁的李明則遞眼色，希望大哥關鍵時刻能幫襯一把。

李明則只作沒看見，一副愛莫能助的樣子。

「這就是妳安排的好戲？」一句問話帶著滿腔的怒火從齒縫中迸出。

李明珠縮瑟著，怯怯地看著母親，怯怯地申辯：「本來不是這樣的，女兒以為屋子裡的人是二哥，是阿香說看到父親走了，所以女兒就讓俞蓮進去了……女兒也沒想到會這樣……」

韓秋月怒不可遏，罵道：「我警告妳多少回了，不要去招惹那對賤人，這下好了，偷雞不著蝕把米，把人送妳到妳父親床上去了，還叫人去捉姦，妳……妳……妳真是氣死我了！」

韓秋月罵得一口氣上不來，姜嬤嬤趕緊給她揉背順氣，也埋怨了小姐幾句：「小姐，妳這回可真捅了大婁子了。」

李明珠囁嚅道：「我也不是故意的……」

李明則用胳膊肘頂了頂李明珠，小聲道：「妳少說幾句。」

韓秋月這口氣緩過來，撫著胸口哀道：「我這是做了什麼孽啊，生了妳這麼個成事不足敗事有餘的孽障！我苦熬了十六年，為的是什麼？還不是為了你們倆，可你們是怎麼報答我的？一個不思進取，一個整天就知道惹事，我沒叫別人先害死，倒叫你們先氣死……」

姜嬤嬤忙勸道：「夫人，您別激動，消消氣，事已至此，您生氣也無濟於事，還是想想怎麼補救吧！」

韓秋月氣道：「還能怎麼補救？指不定老爺以為是我設的圈套，害得他沒臉！」這個老不修，平日裡一副假正經，原來早就盯上年輕漂亮的，要不然，這麼一會兒功夫，就能把人弄床上去？真叫人噁心！待會兒可能還會來找她算帳，得了便宜還賣乖。

李明珠最怕的就是父親，現在還不知道俞蓮是怎麼解釋的，要是把她供出來，父親肯定會剝了她的皮。

「真沒想到，俞小姐看起來柔柔弱弱的，竟也有這等心機！」姜嬤嬤緩緩道。

李明珠腦子裡靈光一現，忙附和：「就是就是，我只讓她送茶進去，沒叫她做別的事，我還讓她捧杯子做暗號的，難怪她一直沒捧杯子，原來是在勾引父親，等勾上手了，才暗示我，她真壞，虧我還這麼相信她！」李明珠幾句話，把自己從始作俑者成功轉型為受害人。

韓秋月怒罵道：「妳還有臉說？若不是妳自作主張，別人怎有機會鑽空子？一個劉姨娘已經讓我夠頭疼了，再來一個，這日子還怎麼過？」

李明珠癟癟嘴，古噥道：「與其讓劉姨娘專寵，不如把俞蓮也抬作姨娘好了，讓她們倆去爭寵，去鬥，最好鬥得妳死我活，娘不就省心了？」

韓秋月心頭冒火，冷聲道：「妳這真是個好主意！」

李明珠受到稱讚，很得意地笑了起來，總算還能將功補過。下一刻，臉上就重重挨了一耳光，半邊臉都麻了，人也傻了，李明珠捂著臉，不可思議地看著盛怒的母親。

「妳這個混帳東西，妳是嫌娘命太長，巴不得早點把娘氣死是不是？」韓秋月臉都黑了，指著李明珠鼻子罵。

李明則也嚇了一跳，忙上前勸道：「娘，您千萬保重身子！」

姜嬤嬤也來勸：「夫人，別動怒……」

韓秋月眼睛都要滴出血來，恨恨地道：「我如今才看明白，原來妳是一隻白眼狼，我算是白疼了妳這麼多年了！姜嬤嬤，把小姐帶回去關起來，從今以後，不許她再踏出房門半步，直到出閣為止！」

李明珠嚇壞了，噗通跪下來，扯著母親的裙襬哭求道：「娘，您別生氣，是女兒不懂事說錯了話，女兒再也不敢了，娘，女兒不敢了……」

李明則見母親這回氣大了，依明珠的性子，關她比打她更難受。李明則不忍，也跪下來求情：「娘，妹妹是有口無心，您知道她就是這樣的性子。今日的事，是妹妹思慮不周，可她也是想為娘分憂，娘，您就消消氣，饒過妹妹這一回吧！」

韓秋月怒道：「你給我閉嘴，你們倆，一個比一個不叫人省心，我若不關著她，還不知她又會做出什麼渾事來！」

「娘，女兒不敢了，真的不敢了，女兒以後一定聽娘的話……」李明珠哭得上氣不接下氣。

韓秋月不為所動，「姜嬤嬤，妳還愣著做什麼？」

姜嬤嬤看看哭成淚人兒的小姐，暗暗嘆氣，去拉她。李明珠不肯起來，一味哭求。

韓秋月冷聲道：「妳儘管在這哭鬧，待會兒妳爹來了，知道妳做的好事，看妳爹怎麼罰妳！」

李明珠頓時蔫了下去，不敢哭了，她再沒腦子也知道，父親若是發起火來，不是她能承受的。

李明則看妹妹被帶走，心急很是焦急，卻是一點忙也幫不上。

韓秋月喝道：「你還杵在這裡幹什麼？等你父親來發作你不成？」

李明則趕忙爬起來，「娘，您且消消氣，兒子明日再來請安。」

人走了個乾淨，韓秋月神情委頓下來，從來沒有一刻像現在這樣心力交瘁，一雙不爭氣的兒女、一個薄情寡義的丈夫，還有兩個難纏的對手，她真的是累了……

李明則怏怏地回到微雨閣，丁若妍已經躺下歇息。李明則坐在床邊發了一會兒呆，心裡悶得慌，這陣子考試的壓力已經讓他喘不過氣了，其實他一點也不愛讀書，可是從小母親就告訴他，你若不好好念書，爹就不會喜歡你，你不能讓明允比下去……曾經他也努力過，曾經他以為自己不比明允差，只是明允比他命好，有父親照拂而已，後來才知道，他和李明允差的不是一星半點，他便是再刻苦，再努力也是望塵莫及，可是，母親的期望、父親的責難，逼得他不得不向明允看齊……他不是怕考試，可他真的怕大家又拿他和明允比。他也是個人啊，為什麼一定要他活在明允的陰影裡，誰能了解他的痛苦？

李明則看著靜靜睡著的丁若妍，無聲嘆息：父親不懂，母親不懂，連若妍也不懂，他們都嫌他沒出息，只有碧如，碧如從不嫌他不好，只有碧如那樣崇拜他，可是碧如也不在了……

李明則猶豫再三，推了推丁若妍，他真的很難受，希望能得到丁若妍的一絲安慰，哪怕只是一個微笑。

丁若妍早就知道他回來了，可她實在懶得跟他說話，今天的事讓她覺得很悲哀，外人眼中多麼風光無限的李家，其實是多麼的齷齪不堪。

「幹麼？」丁若妍被他推得煩躁起來。

李明則可憐兮兮地說：「若妍，陪我說說話吧，我心裡難受。」

丁若妍並沒轉身，只冷冷說道：「你讓我陪你說什麼？是說說公爹多麼風流，還是說說你表妹多麼自以為是？」

李明則聞言如被人當頭澆了一盆冷水，透心的涼，他默默起身離開臥室，在書房門口徘徊著，竟不知該何去何從。

李敬賢沒有急於去找韓秋月，而是叫阿晉去把俞蓮的丫鬟叫來，並帶上乾淨的衣裳。俞蓮身上的衣裳已經被他撕破了，這樣走出去，丟的就是他這個老爺的臉。

等俞蓮換好衣裳，李敬賢道：「妳知道該怎麼做。」

俞蓮含淚點頭，事已至此，她只能指望叔父言而有信，不然，這天底下便再沒她立足之地。

李敬賢擺擺手，「那妳去吧！」

俞蓮走後，李敬賢問阿晉：「你何時回來的？」

阿晉雖沒瞧見當時的情形，卻也猜了七八分，不由尋思著，這話可不能隨便回，說早了說晚了都不成，便道：「奴才送二少爺回了落霞齋，看著二少奶奶幫二少爺上了藥，便回來了。」其實他才不是看二少奶奶給二少爺上藥，而是二少奶奶賞了他一碗桂圓蓮子湯，他喝完才回的。

李敬賢抬了抬眉毛，若無其事地問：「你回來時可瞧見了什麼？」

阿晉低著道：「奴才回來時，看見好多人……從書房這邊出來，表小姐在外面哭，大少爺好像在訓她。奴才本想進來伺候，大少爺又把奴才趕了出去，後來是夫人叫奴才在門外候著……」阿晉一五一十回答，這事可怪不到他，他不來是大少爺不讓，他來是夫人讓來的。

李敬賢面上肌肉抖了抖，心裡冒火，好多人……韓秋月啊韓秋月，妳想抓我的把柄！

「表小姐為什麼哭？」李敬賢壓抑著心頭怒火，故作平靜。

阿晉支吾道：「這個奴才也不清楚，只隱約聽見大少爺說算計之類的話。」

李敬賢臉上肌肉抽搐得更厲害了，果不其然，當真是韓秋月要算計他，還不惜叫兒子女兒來做幫手，叫明則和明珠親眼看到做父親的出醜……韓秋月，妳以為妳玩了這一手，就能把本老爺踩下去？就能以此要脅本老爺好抬高妳的地位？做夢！

這邊是焦頭爛額、愁雲慘霧，那邊卻是精神振奮、興高采烈，林蘭先前聽了冬子的回稟，大呼解氣，老巫婆，看這回氣不氣死妳。

林蘭又吩咐錦繡去寧和堂盯著點，看看有什麼動靜。

李明允已經洗漱完畢上床了，看林蘭那興奮的樣子，皺著眉頭，拍拍床鋪，「好戲這才剛開始，妳就這麼激動，今晚還睡不睡了？」

林蘭笑嘻嘻走過去，坐在床邊，歪著腦袋說：「反正也沒外人，你還不許我高興一下？這口氣我憋很久了。」

李明允哂笑，寵溺道：「妳啊，那邊估計有得鬧，難道妳還一直等著？」

林蘭在他臉上親了一口，「我精神好得很，就等著。你明日還要上朝，你早點睡，明早告訴你最新戰況。」

李明允抱著她，抱怨道：「妳看我手都受傷了，妳得安慰安慰我。」

「受傷了更該早點歇息，乖，趕緊睡。」林蘭從他懷裡掙開，替他掖好被子，柔聲哄道。

李明允也知道她脾氣，不好的事反倒能忍，高興起來就克制不住，只好隨她去，叮囑道：「妳也別太晚，當心明天精神不濟，迷迷糊糊給人診錯了脈。」

林蘭瞪他一眼，「你少咒我！」

韓秋月正愁腸百轉，煩惱著這事該如何解決，春杏進來稟報：「夫人，俞小姐在外頭跪著。」

韓秋月眉頭一擰，憤然道：「她還有臉來？」

春杏道：「是否讓俞小姐進來？」

「就讓她跪，她愛跪多久就跪多久！」韓秋月恨不得撕了俞蓮那張臉。

春杏欲言又止，默默退了出去。

不一會兒，姜嬤嬤回來了。

「夫人……」

「明珠怎樣了？」韓秋月低聲問道。

「老奴勸了幾句，已經平靜下來了。」

「你勸她做甚？就該讓她好好反省反省，都說吃一塹長一智，她卻是一點記性也沒有！」韓秋月恨恨道：「就她這樣，心不平，本事又沒有，還喜歡瞎折騰，以後到了婆家，怎麼被整死的都不知道！」

姜嬤嬤默然，實在不知道該說什麼，想了想，道：「夫人，您是不是把俞小姐喚進來問一問她跟老爺是怎麼說的？」

韓秋月冷哼，「有什麼好問的？從她嘴裡能問出真話來？」

姜嬤嬤暗嘆，夫人真是氣糊塗了。

「夫人，您好歹問問她有沒有把小姐供出來，您也好早做打算呀！」

韓秋月呼吸一滯，醒過神來，她竟忘了這碴。

「去把人帶進來。」

姜嬤嬤剛要掀簾子，簾子卻被人刷的高高掀起。李敬賢面若覆霜，渾身寒氣走了進來。

「老……老爺……」姜嬤嬤不禁打了個哆嗦。

韓秋月心頭一凜，本想起身相迎，可是一想到那叫人吐血的場景，腳就如同被黏在了地上。

李敬賢瞥了眼一臉冰冷的韓秋月，一撩衣襬，漠然地在上首位坐下。他還沒發火呢，她倒是先擺臉色給他瞧。

兩人都黑著臉不說話，屋子裡的氣氛凝重得叫人喘不過氣，姜嬤嬤識趣地叫春杏趕緊上茶。

李敬賢端著茶，只撥著上面的茶葉，並不喝，口氣淡淡的：「夫人身邊的耳報神不少啊！」

韓秋月也冷冷開口：「妾身也是關心老爺，生怕有些不醒事的小蹄子壞了老爺的清譽。」

李敬賢眼皮也不抬一下，譏誚道：「只怕想壞本老爺清譽的是另有其人。」

韓秋月就知道老爺會反咬一口，冷笑道：「身正不怕影子斜，老爺，您行得正坐得端，誰能壞得了老爺的清譽？」

李敬賢把茶盞重重一放，砰的一聲，在寂靜的屋子裡格外刺耳，姜嬤嬤的心猛地提了起來。

「妳別以為我不知道妳打的什麼主意，我告訴妳，不管俞蓮是不是妳安排來的，今日，我就要了她了！」李敬賢口氣硬冷：「若是今日之事，有誰敢在外面嚼半句舌根，不管是誰，我一定拔了她的舌頭，叫她一輩子開不得口！」

韓秋月心頭怒火翻湧，好你個道貌岸然的偽君子，她冷笑道：「俞蓮不過是送盞參茶而已，老爺就這麼迫不及待，急不可耐？怕是老爺心裡早惦記上了吧？」

李敬賢沉著臉，無半分愧色，事已至此，拚的就是底氣，他作為一家之主，上個女人算什麼？

「難道妳帶著一幫人來……就不怕失了自己的身分？」

韓秋月幾乎要破口大罵，可是姜嬤嬤一直在搖頭，她只好忍了又忍，強迫自己鎮靜下來。看情況，俞蓮並沒有說出是明珠指使的，要不然，老爺一來，定先罵教女無方。

韓秋月冷冷一笑，「老爺都不要臉面了，妾身還顧這身分做什麼？老爺倒是憐香惜玉，只是老爺可否想好了怎麼跟大哥大嫂交代？老家的人知道了又會作何感想？老家的人可是都知道大嫂把俞蓮帶到京城來，是託咱們幫俞蓮尋一門好親事的，結果老爺卻把人弄到自己床上去了。」

李敬賢羞惱道：「她俞家是什麼身分，到京城來尋好親事？別往自己臉上貼金了，怎麼尋也是給人做妾，難道做我李敬賢的妾室還委屈了她？」

韓秋月不甘示弱，「老爺好大的口氣，妾身卻是不敢做主。俞蓮是大嫂帶來的，明兒個妾身就寫信讓大嫂來把人帶回去，老爺您想納她為妾，自己去跟大嫂說便是。」

李敬賢動怒了，「韓秋月，妳別以為我什麼都不知道，妳心裡打的那點小算盤，我一清二楚！我明明白白告訴妳，妳若是安分一點，妳我便相安無事，妳若再敢算計於我，我定不饒妳！」

韓秋月激動起來，「我算計你？我為什麼要算計你？就算我再傻，也不會把別人的女人送到自己丈夫床上去！」

李敬賢忽然笑了，「納劉姨娘不是妳主動提出來的？葉氏不是妳拱手相讓的？這一招妳已經不是第一次用了。」

韓秋月一陣語塞，如同吃了蒼蠅般噁心。劉姨娘倒罷了，他竟有臉提葉氏？

「那還不是你哄騙我的？是你說葉家有錢，葉家能助你平步青雲，等你出人頭地就休了葉氏，結果呢？你發達了，卻絕口不提休了葉氏，還要我屈居她之下，我才是你的原配啊！我苦苦等了十六年啊！你竟拿葉氏來堵我的口……李敬賢，你到底還有沒有良心啊？」韓秋月氣得要抓狂。

姜嬤嬤見兩人越說越擰，忙上前來拉住夫人，勸道：「夫人，您別激動，好好說話，叫外頭的人聽了去不好，老爺也不是這個意思。」

既然撕破了臉，李敬賢也不顧什麼情面了，反駁道：「我哄騙妳？當初妳答應，不就是為了能過上錦衣玉食的好日子嗎？這些年，我虧待過妳？」

韓秋月氣得直發抖，心口一陣一陣抽痛，捂著心口，臉色慘白。

姜嬤嬤忙道：「老爺，天地良心，夫人真的沒有算計您，不信您去問俞小姐。」

韓秋月急了，姜嬤嬤糊塗了嗎？真是哪壺不開提哪壺！萬一俞蓮被逼急了，把明珠供出來，明珠還有命在嗎？哪怕她自己受點委屈，也得護著明珠啊！

李敬賢冷哼，「俞蓮已經承認是她自己主動來引誘的，是我吩咐她這麼說的！為了顧全大家的顏面，妳若是還嫌丟人不夠，儘管鬧！」說罷，李敬賢甩臉走人。

俞蓮已經在院子裡跪了好久了，沒有一個人來理會她，大家看她的眼神都是十分的鄙夷與厭棄，淚流乾了，腿跪麻了，心也漸漸麻木起來。屋子裡傳來吵架的聲音，卻不是很清楚。是啊，她現在要擔心的不是丟不丟人，而是夫人會不會放過她……

也不知過了多久，一陣急促的腳步聲漸近，在她身邊停了下來。俞蓮遲鈍地轉動目光，看見一雙黑絨靴子、石青色長衫，是老爺。

李敬賢面無表情地看著這個瘦弱的女人，心裡也是無比煩躁。之前一見到她就心動無比，無法克制，這會兒再看她，卻是興不起半點波瀾。這麼多年從不曾如此過，哪怕是對劉姨娘，哎……當時也只有用鬼迷了心竅來解釋了。如今，不管喜不喜，都只能納她為妾，才能給大哥大嫂一個交代。

「今夜妳就跪在這，夫人不叫妳起來，妳就一直跪著。」李敬賢冷漠地吩咐道。不是他不憐香惜玉，俞蓮跪在這裡認錯，才能把他的過失和韓氏的過失都背負起來。別人可以勾引他，他卻不能強要了別人，這性質完全不同。更不能讓人知道，他被自己的夫人算計了，所以，只有讓她跪著。

「是……」俞蓮聲若細蚊，跪一夜，便能逃過這一劫嗎？

老爺摔門走了，韓秋月又是生氣，又是傷心，更是痛恨，諸般負面情緒齊齊湧來，叫她再也忍不住掩面痛哭。

姜嬤嬤苦心勸解：「夫人，您何必跟老爺吵架？老爺要納妾就讓他納，事已至此，總得給老家那邊有個交代不是？老奴知道您心裡不好受，可是您也得為了大少爺想想。大少爺馬上就要考試了，可別影響了大少爺的心情才好，今後的路還長著呢！夫人十六年都忍下來了，還怕再忍這一時三刻？就像夫人說的，等山西那邊的事妥了，夫人再來收拾這些賤人也不遲啊……」

韓秋月嗚咽著：「我知道，我都知道，我就是氣不過，忍不住，老爺實在是太無情了。」

「沒有男人不喜歡偷腥的，老爺，也是個普通人罷了。」姜嬤嬤嘆息道。

林蘭等到大半夜，先前說是李明珠哭著被姜嬤嬤送回了綴錦軒，之後李渣爹一臉烏雲密布地進了寧和堂，又一臉烏雲密布地出了寧和堂，直接回了書房，連劉姨娘那都沒去。俞蓮這小可憐還在寧和堂外跪著，顯然是成了替罪羔羊，估計這膽小怕事的小可憐都不敢說是李明珠讓她去的。哎，真是可憐之人必有可恨之處啊！罷了罷了，睡覺！

等林蘭睡醒了，天已是大亮，枕邊也沒了人影，林蘭叫來銀柳伺候她洗漱更衣，抱怨道：「這都什麼時辰了，妳也不早早叫醒我，藥鋪裡還有很多事呢！」

銀柳笑道：「二少爺不讓叫您的，說不耽誤請安的時辰就行。」

林蘭咕噥了兩句，趕緊梳洗整齊，一邊吃早飯一邊聽錦繡說八卦。

「俞小姐跪到後半夜就支持不住，暈過去了，被人送回房，今早老太太身邊的祝嬤嬤去看她了，哦，表小姐身邊的阿香一早就被牙婆帶走了……」錦繡知無不言，言無不盡。

林蘭點點頭，「真是辛苦！了。」

錦繡嘻嘻笑道：「奴婢一點也不覺得辛苦，這事多有趣啊！」

林蘭斜睨她，錦繡果然很有八卦精神，要是擱在現在，保准是一名出色的狗仔，不畏辛苦半夜蹲點，什麼深層內幕都給挖出來。

「嗯，妳覺得有趣就好，好好幹！」林蘭鼓勵道。

錦繡用力點頭，一種被主子賞識重用的自豪感油然而生。

吃過早飯，林蘭去向老巫婆請安，到了寧和堂，翠枝說夫人病了，林蘭故作擔憂道：「母親不要緊吧？要不要我替母親瞧瞧？」

姜嬤嬤掀了簾子出來，笑說：「二少奶奶有心了，夫人只是有些頭疼，歇歇就好了。」

「那就請姜嬤嬤代為轉告母親，就說我來過了，晚上再來請安。」

出了寧和堂，林蘭又去朝暉堂，也沒見到老太太，估計也正頭疼。

祝嬤嬤出來說：「老太太這會兒心情不好，二少奶奶若是有空，去看看俞小姐吧！」

「怎麼？俞小姐不舒服嗎？」林蘭關切道。

祝嬤嬤驚訝，「二少奶奶還不知道？」

林蘭故作茫然道：「知道什麼啊？」

祝嬤嬤訕訕的，「沒、沒事，俞小姐發著燒，人都燒糊塗了。」

林蘭心說：小可憐受了驚嚇，又跪了大半夜，能不發燒嗎？

「那我去看看她。」林蘭是求之不得呢！為了避嫌，她不能去找俞蓮，不過祝嬤嬤發話了，她當然要趕緊去。

俞蓮面上泛著不健康的紅潮，雙目微合，氣息微弱，林蘭試了試她的額頭，當真燙得嚇人。

俞蓮的丫鬟沫兒抹著淚，哭訴道：「二少奶奶，小姐流了好多血……」

呃？林蘭隱約猜到，問：「哪兒？」

沫兒一副難以啟齒的表情，林蘭可以肯定了，暗罵：李禽獸啊！不對，明允也姓李，李渣爹啊你可真是個名副其實的禽獸！

林蘭讓銀柳打開藥箱，取了幾顆藥丸出來，吩咐沫兒：「妳去倒碗溫水來，把這藥丸子化開了，餵小姐喝下。」又讓錦繡幫忙把俞蓮扶起來，解開她的衣裳，用白酒幫她擦身子。

好一陣折騰，俞蓮才慢慢恢復了血色。見到林蘭，俞蓮的眼淚就跟斷了線的珠子，直往下掉。她本來是去算計二少爺的，沒想到把自己賠了進去，老太太一早來將她痛罵了一頓，沒有半句安慰的話，如今，只有二少奶奶還肯來幫她治病……俞蓮又是慚愧又是悔恨，哽咽著：「二少奶奶……」

林蘭示意她不要說話，回頭吩咐銀柳：「銀柳，妳帶沫兒回去取放在藥架第三層白瓷瓶裝的藥膏，告訴沫兒該怎麼使用。」

銀柳心知二少奶奶有話要對俞小姐說，便應聲帶了沫兒退下。

屋子裡沒了旁人，林蘭溫言道：「她們都說是妳的錯，我卻是不信，妳一貫謹慎小心，安守本分，怎會做那種荒唐事！」

俞蓮心中感激不已，淚掉得更凶。

林蘭拿了帕子替她拭淚，又道：「事已至此，這錯卻只能落在妳身上，是無法更改了，畢竟關係到老爺的體面、夫人的體面，還有李家的聲譽。不過，妳也不能白受了這委屈，總得有個人知道妳是替人受過，若不然，以後妳在這個家中的日子也不好過，夫人恨妳，定會想方設法整治妳……」

「可是，我還能找誰去說呢？」俞蓮淒然無助的神情，端的是萬分可憐。

林蘭嘆了一口氣，「我是見妳實在可憐，才幫妳出出主意，若是叫母親知道，我的日子也不好過了。」

俞蓮一把抓住林蘭的衣袖，如同抓住一根救命的稻草，眼巴巴地望著她，「還請二少奶奶教我，俞蓮可以發誓，絕對不會讓任何人知道，二少奶奶此恩此情，俞蓮來世做牛做馬再來報答！」

林蘭嘆息道：「我會幫妳，不然我也不會來看妳，不過，妳得先告訴我實情。」

俞蓮猶豫再三，把李明珠怎麼逼迫她慫恿她去對付二少爺的經過一五一十說了出來，末了又道：「二少奶奶，對不起，是俞蓮昏了頭，迷了心。」

林蘭摸摸她的頭，憐惜道：「這不怪妳，妳也是被逼無奈。」說罷，林蘭俯身過去在俞蓮耳邊一陣耳語，俞蓮的眼睛漸漸亮了起來。

「旁的人知道了都無用，只有老太太才能幫妳。記住，要一口咬定自己是被逼的，事後，妳為了大家的體面，只好將過錯都攬了下來。妳既然已經蹚進了這池渾水，就不能再像以前一樣懦弱，要學會保護自己，凡事多長個心眼。目前妳唯一要防備的就是夫人，懂了嗎？」林蘭指點道。她不是因為心裡愧疚才幫俞蓮，她早就說過，俞蓮會掉進她挖的陷阱，說明俞蓮自己心思不正，被逼也罷，半推半就也罷，都不可原諒。她幫俞蓮，只是應了那句話，敵人的敵人就是戰友，她只是不希望這位新戰友的戰鬥力太弱。

◆◆◆

「師妹，香附、當歸、地黃、柴胡用得差不多了，該進一批了。」莫子遊提醒正在教銀柳配藥的林蘭。

林蘭把手中的活交給銀柳，「多練練，熟能生巧。」接著拍了拍手說：「我已經讓老吳找過供應商了，說是今年這幾味藥材緊俏，他們手頭上的存貨也不多，明後天先勻一批過來救救急，等新貨到了，先保證咱們的供給。」

莫子遊笑呵呵地說：「御賜的匾額就是管用啊！我聽說濟安堂、懷仁堂都快斷藥了，急得不行，到處求爺爺告奶奶，沒用啊，如今誰不得先賣咱們面子！」

林蘭擰著眉頭思忖道：「如今戰事起又逢痘疫，藥材肯定吃緊，我得想辦法多備些貨才行。」

「那是必須的，誰知道這仗要打多久。」莫子遊說著，看銀柳配藥儼然有了幾分老夥計的架勢，不禁笑道：「不錯嘛，這才幾天，就上手了。」

銀柳淡定地瞟了他一眼，學著他的語氣，拖了長音：「那是必須的，強將手下無弱兵。」

「喲，口氣不小啊，馬屁也拍得順溜！」莫子遊戲謔道。

銀柳自信滿滿地說：「再過兩月，我就能贏你了。」

莫子遊哈哈一笑，「那咱們來打個賭？」

林蘭嗔了莫子遊一眼，這傢伙有事沒事就愛調戲銀柳，該不會是看上銀柳了吧？

「銀柳，別怕，就跟他賭，他若是輸了，就讓他當一輩子鰥夫。」林蘭給銀柳壯膽。

銀柳下巴一揚，挑釁地看著莫子遊，「好，賭就賭！」

莫子遊垮著臉道：「師妹，妳太狠毒了吧？我是絕不會拿我後半輩子的幸福當賭注的。換別的，誰輸誰請客成不？」

林蘭鄙視道：「你真有出息，趕緊幹活去，病患都等著呢！」

莫子遊灰溜溜地走了，邊腹誹著：我可不是怕銀柳，主要是師妹妳太變態。

銀柳咯咯笑著，瞥見玉容提了個三層的食盒進來。

「玉容。」銀柳趕緊打招呼。

自打藥鋪開張後，玉容每天中午都送飯過來。

「都說不用送了，這有小廚房，跟大家一起吃就好，送來送去多麻煩。再說，桂嫂每天做這麼多好吃的，就我一人吃，叫別人眼饞著，很不道德的。」林蘭道。

玉容笑說：「奴婢可做不了主，周嬤嬤讓送來，奴婢就得送。今日桂嫂多做了幾個菜，說給大家加餐。」

林蘭無奈笑了笑，讓銀柳去通知大家，準備一下可以開飯了。

正巧福安送病患出來，林蘭喚他：「福安，你幫玉容把食盒拎到後院去。」

「哎！」福安應聲就來，「玉容姑娘，我來。」說著接了食盒過去。

玉容有些靦腆地道：「麻煩徐大哥了。」

福安憨憨笑著，「不麻煩不麻煩！」面上也泛起一層微紅。

林蘭瞧在眼裡，心中暗暗歡喜。福安見銀柳就從不會臉紅，倒是每次看到玉容就會不好意思。這說明什麼？事情正朝著她希望的方向良性發展。

玉容悄悄告訴二少奶奶：「大少爺不見了。」

林蘭錯愕，「什麼叫不見了？」

玉容道：「就是不見了啊！府裡已經炸開鍋了，夫人急著派人到處找大少爺，錦繡打聽到，說是大少爺一早出府，說去看看考場，馬夫把大少爺送到考場外，大少爺就讓車夫找地方把車停下，回頭再去接他，可車夫在考場外等了快兩個時辰，找遍了周圍都沒見到大少爺，這才急了，跑回來稟報。」

林蘭問：「會不會是被人綁走了？」

玉容搖頭，「車夫問過考場附近的人，有人看到大少爺往西華門那邊去了。」

「那……通知老爺和二少爺了嗎？」

玉容回道：「應該是通知了，這事也瞞不住，大少爺明兒個就考試了，這會兒不見了人影，夫人急瘋了。」

林蘭思忖著，李明則不會是怕又考不中，心裡壓力太大，乾脆離家出走了？還是昨晚被老巫婆罵慘了，一氣之下……

「算了，這事咱們管不著，找人也不用咱們去找，二少爺得到消息，自然會去尋的。」林蘭淡淡說道，心想著，倘若李明則當真離家出走，那可真有好戲瞧了，李渣爹會吐血，老巫婆會瘋掉。

韓秋月此刻的確離崩潰不遠了，她怨恨地盯著丁若妍，不客氣道：「妳嫁到李家，我這個做婆婆的從未說過妳一句重話，是真心把妳當自己的親閨女來對待，我圖什麼？不就圖妳能對明則好一點，圖你們夫妻和睦，可你呢？把自己的丈夫當陌生人，不聞不問，不理不睬，我們明則哪點配不上妳？是家世不及你們丁家顯赫，還是品貌不如妳丁若妍出眾？我們明則就這麼不入妳的眼？魏姨娘都知道明則這幾日心情不好，妳呢？一問三不知，出了這種事，事前怎能沒有徵兆，丫鬟說了，明則昨夜從妳房裡出來，在書房坐到天明，妳說，是不是妳跟明則吵架了？」

韓秋月估摸著是因為昨晚的事，丁若妍臊了明則幾句，明則一時想不開……

丁若妍無聲地抹著淚，雖然她不喜歡明則，對明則失望透頂，可明則畢竟是他的丈夫，這會兒人不見了，她心裡也是慌亂得很，婆婆的問話更叫她心虛。昨晚明則是說過他心裡很難受，求她跟他說說話……她那兩句話應得確實狠了些，但她真沒想到明則會走掉。

「哭，妳就知道哭，早幹什麼去了？但凡妳能對明則好一點，多關心一下他，他至於這般可憐，一個人在書房獨坐到天明嗎？」韓秋月越想越心疼，不禁嗚咽起來。

姜嬤嬤只好勸她：「夫人，您別著急，大少爺說不定只是心情不好，出去散散心。大少爺知道輕重的，一定會回來的。」

韓秋月哭道：「他若是不回來了怎麼辦？」

過！」

「不會的不會的，這麼多人去找，還怕找不回來？」姜嬤嬤安慰她。

韓秋月一想到明則現在不知去向，想到明則找回來後，還要挨老爺的訓，這心就被刀子剜了一樣疼，越看丁若妍就越生氣，恨恨地道：「明則能找回來便罷，若是找不回來，妳也別想有好日子過！」

祝嬤嬤進來問：「還沒消息嗎？老太太都急死了。」

姜嬤嬤道：「已經派人去告訴老爺和二少爺了，一有消息馬上就會告訴老太太。您勸著點老太太，讓她老人家別太心急上火，當心著自己的身子。」

祝嬤嬤看看夫人和大少奶奶，都哭得兩眼通紅，嘆了一口氣，這府裡就沒有幾日是安寧的。

李敬賢在尚書房得到消息就心頭大怒，這個不成器的孽障，可是礙於諸多同仁在場，不好發火，藉口家中有點急事，告假出來，又託了個侍衛把李明允也從宮中叫出來，一起聽府裡下人把事情的來龍去脈說了一遍。

李敬賢暴跳如雷，「這個逆子，不用找了，走了就永遠別再回來！」

李明允忙勸道：「父親且莫著急，想必大哥是壓力太大，出去散散心，兒子估摸著大哥不會走遠，這事也不宜大張旗鼓，傳了出去，外頭那些不知內情之人定會妄加猜測。父親，您且回家去安撫祖母，免得她老人家擔心，兒子去找大哥。只要大哥還在城裡，兒子定會將大哥帶回來。」

李敬賢覺得李明允說的甚是有道理，不過還是很惱火，氣哼哼道：「你找到你大哥，告訴他，我饒不了他。」

李明允哭笑不得，若真這樣說，李明則還敢回家？李明允拱手勸道：「父親，大哥明日就要應考了，若是大哥回來，還請父親不要責怪他，一切等考完再說也不遲。」

李敬賢悶悶地哼了一聲，上了李府的馬車。

李明允叫來文山：「你去回春堂跟二少奶奶說一聲，今日不能陪她去裴府了，讓她忙完了也早些回家，不必在藥鋪等我。」

文山應聲離去。

冬子愁苦道：「二少爺，京城這麼大，怎麼找啊？」

李明允嘴角抽了抽，「瞎找當然找不到，走吧，咱們去趟衙門。」

冬子奇道：「二少爺，您要報官？」剛剛不是說不宜大張旗鼓嗎？

李明允給他一記爆栗，「報什麼官？找鄭巡捕去！」

既然有人看到李明則往西華門去了，那定是在西邊。衙門每日都會派官差四處巡邏，請他們幫著找應該比較容易些。

李明則在大街上漫無目的走了很久，一直走到西城門，望著城門呆了許久，又折回來漫無目的亂走。他只想這樣走下去，隨便去哪裡，只要不回那個家。那個家冷冰冰的，沒有一絲溫暖。

自從明允回來後，父親對他就沒有過半分好顏色，動輒得咎；母親一門心思要對付明允，可是對付來對付去，只弄得自己狼狽不堪，只會罵他不成器；明珠小小年紀，也學著母親使陰謀耍手段，可次次都是搬起石頭砸了自己的腳……而若妍，若妍是座冰山，他怎麼也捂不暖的冰山；還有碧如和他那未出世的孩子，他是個沒用的人……

曾經那麼期待認祖歸宗，期待著做堂堂正正的李家大少爺，期待著全新的不一樣的人生，不料幸福是那麼的短暫，才三年，明允一回來，一切都變了，父母不再恩愛，父親不再慈祥，母親不再溫柔，明珠不再可愛，而他身上所有的光環都被明允掩蓋，變成一個沒用的人，窩囊廢……

不知何處飄來酒香，方覺自己已是走了大半日，飢腸轆轆。

李明允找到李明則的時候，已是快申時了。看到坐在溢香居二樓，喝得醉醺醺的李明則，李明允不禁蹙起了眉頭，可真能跑啊！溢香居在城東，他從城北走到城西，又從城西來到城東，幾乎繞了大半個京城。

「小二，上酒……」李明則又倒空了一壺酒，大著舌頭，嚷著要酒。

小二為難地看著李二公子，「李二公子，您看……」

李明允道：「就再來一壺吧，上最淡的酒。」

小二樂呵呵地應聲：「得咧，公子請上座，小的這就上酒！」管你們是來喝悶酒喝花酒還是喝什麼酒，只要喝了酒給銀子就成。

「冬子，你回去稟報老爺，就說大少爺找著了，也沒去哪，就在湖邊靜靜心。我和大少爺就不回家用飯了，我們兄弟倆喝一壺，聊幾句再回，叫大家不用擔心，回頭叫車夫來接。」李明允吩咐道。

冬子擔心道：「少爺，您讓奴才回去這麼說，待會兒夫人指不定怪您把大少爺灌醉了呢！」

李明允沉下臉來，「叫你去就去，這麼多廢話！」

冬子癟了癟嘴，不甘願地走了。

李明允慢慢踱了過去，在李明則對面坐下。

李明則瞇著醉眼瞅了他良久，含糊著：「你……怎麼來了……」

看來還是有幾分清醒。李明允微微一笑，接過小二上的酒，給李明則滿上，也給自己滿了一杯。

「大哥真是好雅興，明日都要大考了，還能如此逍遙自在。」李明允揶揄道。

李明則自嘲地笑了笑，「二弟，你就別挖苦我了，我這是借酒消愁……醉了多好，醉了就什麼也不用想。」說著仰頭把杯中酒一飲而盡。

「可是，醉了還是會醒，該面對的還是要面對。」李明允又替他斟上。

李明則看著杯中酒，笑容苦澀，「是啊，還是會醒，醒來一切還是老樣子。」

「老樣子有什麼不好嗎？」李明允輕啜了一口酒，雖然這已是這裡最淡最柔和的梨花白，但對於他這個不算會喝酒的人來說，一樣難以入口。

李明則的苦澀加深了幾分，醉眼朦朧地笑道：「二弟，說句真心話，我真羨慕你，雖然大娘不在了，可有父親疼著你，還有個貼心的好妻子，還有葉家……你金榜題名，名動天下，入仕翰林，又連升三級，當真是風光無限……跟你一比，我這個做大哥的實在太慚愧。」

「大哥何須妄自菲薄？」李明允道。

李明則搖搖頭，「不，我說的是事實。我也曾以為自己不比你差，現在才知道自己樣樣不如你，父親看到我就生氣，母親只知道逼我念書，若妍……更是理都懶得理我……」李明則又喝了一大口酒，眼眶微紅，灰心地說：「我知道他們都在拿我跟你比，越比越生氣，越比越失望。」

他又戳戳自己的胸口，痛苦道：「他們的每一個冷眼、每一句譏諷都戳在我的心上，我的苦又能向誰說。我是李明則，我不叫李明允，我想過我的生活，為什麼每個人都逼迫我跟隨你的腳步……偏偏你又走得那麼快，那麼遠，我追不上。二弟，你說大哥是不是特別沒用，大哥是不是特別窩囊……」

李明則說完用力抽了抽鼻子，可眼睛裡還是泛起了淚光。他一口喝完杯中酒，伸手拿過酒壺給自己倒酒，雖然意識還有幾分清醒，但手已經不怎麼聽使喚，這一倒，大半都灑了出去。

李明允也不攔他，任由他發洩，在他的認知裡，李明則就是一個紈絝子弟，華而不實，不思進取，只知風流快活，卻不知他內心深處藏了這麼多苦楚。

「大哥，有句話叫愛之深責之切，他們都是因為對你有所期待，所以才會如此。」

「不，你不懂。」李明則擺了擺手，打了個酒嗝，說：「這不叫愛，最起碼他們愛的不是我，父親愛的是名利，母親愛的是面子，若妍……」他笑起來，「我與若妍一年夫妻，但我從未看懂過她，不過，有一點我很清楚，她不愛我……二弟，你知道嗎？」李明則探頭過來，小聲地說：「若妍有一次說夢話，她叫一個人的名字，叫……叫什麼逸之……」

李明允腦子裡轟的一下，宛如晴天裡劈下一道雷，炸在他頭頂，臉色陡變。當年陳子諭等人評說他的書法，俊逸瀟灑，飄若浮雲，頗有王大家之風範。王大家字逸少，索性他就叫逸之好了。事後他把這事當笑話說給丁若妍聽，丁若妍卻極喜歡這號，說，那我以後便喚你逸之，記得，只有我可以這麼喚你……

李明允愣了好一會兒，方才鎮定下來，笑得十分窘迫，「大哥聽岔了吧！」

李明則笑著拍拍李明允的肩膀，醉態可掬地說：「這個祕密，我從未對人說過，你……也不許說出去。」

李明允尷尬地點點頭。

「那明日的考試，大哥預備如何？」

李明則悵然長嘆，「我也不知道。」

李明允默了默，問：「大哥是怕考不中？」

「我已經厭倦了這樣的生活，有時候常想，還不如回老家去，買上幾畝地，置間小宅子，不求錦衣玉食，只求個自在悠閒，不活在別人的陰影裡。哪怕我李明則再不濟，我總還是我自己……」

李明允微微動容，他和李明則從未這樣坐下來好好說幾句話，想必清醒的李明則也不會對他說出心裡話。大家互相客套著，不親不近，不疏不遠，今日李明則酒後吐真言，讓他對他有了一種別樣的感覺，第一次萌生了手足之情。

「大哥，其實每個人都有自己的長處和優點，你也有。」

李明則苦笑，「你不必安慰我，我自己有幾斤幾兩，我自己清楚。」

「大哥並不清楚，你一直在跟我比，你早已經迷失了自我。不錯，論學問，大哥比不上我，可是天底下比不上我的人何止你一個？要不然，狀元的頭銜怎會屬於我？所以，大哥比不上我很正常，不是你太差，而是我……太優秀。」李明允說著，耳根子有些發熱，咳咳，可能是喝了酒的緣故吧！

李明則有些怔忡，他從未這樣想過，可是李明允說的似乎很有道理。

李明允清了清嗓子又道：「非但比不上我不倒楣，便是考不上進士也是尋常事。天下莘莘學子何止千萬，三年一考，中舉不過寥寥數十人，你可知裴大學士當初考了幾次才中？」

李明則茫然搖頭。

李明允伸出四根手指，說：「四次。裴大人出身書香世家，裴閣老曾任太子少傅，可謂家學淵源深厚。裴大人屢考不中，當初多少人嘲笑他，譏諷他，可裴大人並不氣餒，連考四次終於一朝揚名天下，如今還有誰敢嘲笑他是個廢物？還有左相寧大人，他更是考了二十幾年，入仕之時已是不惑之年，不照樣出將入相？姜太公更是直到暮年，才有了施展才華的機會……」

李明則的眼神漸漸清亮起來。

「大哥錯就錯在找了個不合適的對象，時時比刻刻比，越比自然越灰心。我也看過大哥的文章，雖稱不上驚豔絕才，但也不差，大哥實在不必妄自菲薄。依大哥的才學，考明經還是有幾分把握的。人不怕失敗，就怕連嘗試的勇氣都沒有。失敗了可以再來，但若是放棄了，別人的感受先不談，大哥難道不會後悔？你想要做你自己，想要得到大家的認可，一味灰心喪氣，一味逃避是不可行的，那樣，你永遠只能是個逃兵，是個窩囊廢。大哥，只有讓自己變得強大，才能給身邊的人更多的幸福。即便做不成參天的大樹，起碼也要做一棵挺直的松柏。咱們的血液裡起碼流著一半相同的血，我能行，你如何不行？」李明允鼓勵道。

李明則盯著杯中酒良久不語，腦子裡是越來越清明，酒意也淡了去，驀然，他抬起頭，眸中已是一片堅定之色，把酒杯一放，握住李明允的手，「二弟，謝謝你，就憑你今日這番話，我真心當你是我二弟！走，我這便跟你回家！」

李明允看著李明則，微微一笑，猛灌了自己一杯。

李明則怔了怔，不知李明允何意，忽而像是想明白了，也端起酒杯，說：「今日你我兄弟飲了此杯，以後就是好兄弟。」

李明允忙攔住他，「大哥，你是不能喝了，再喝就真醉了。我讓冬子回去告訴父親，我陪你喝兩杯，總不能你喝得爛醉，我還十分清醒，故而我多飲一杯。」

李明則感動道：「好兄弟，為難你了！」

林蘭等到一身酒氣的李明允時，不禁埋怨道：「你把人找到帶回來就是，要開解讓老巫婆去開解就是，何必攬這吃力不討好的活？沒得叫老巫婆又抓到由頭胡言亂語。」

李明允淡然一笑，「大哥也是可憐。」

林蘭不認同，「有什麼可憐的？別忘了，他是老巫婆的兒子。」

李明允拉了林蘭的手，無奈道：「妳不知，今日大哥跟我說了許多話，我聽了心裡也不好受。我知道他是老巫婆親生的，可他從未算計加害於我。」

「反正你自己心裡有數。」林蘭也不多說什麼，她相信李明允還是有大局觀的。

李明允笑笑，「我知道，我有分寸。」

那邊，李敬賢想要動家法狠狠教訓這個逆子，李明則打了個酒嗝說了一句話把李敬賢的沖天怒火全給憋了回去。

「爹，這頓家法暫且記下吧。等兒子考完明經，您再發落兒子。」

李敬賢愣了半晌，忽然生出這到底是不是自己的兒子的錯亂感，居然會頂嘴了？

韓秋月忙來替兒子解圍：「老爺，明則明日就開考了，您總不能讓人抬著他去考試吧？再說明則只是覺得這陣子讀書太辛苦，壓力大，出去散散心，現在人都回來了，您就先饒過他這一回吧！」

李敬賢生氣歸生氣，輕重還是分得清，可又不甘心這麼輕易饒了明則，正巧老太太派人來叫老爺夫人過去說話，李敬賢只好黑著臉喝道：「還不快滾下去！」

李明則蒼白著臉色，踉踉蹌蹌地走了。

老太太今日一天都糟心透了，先是李敬賢和俞蓮的事，還沒解決好，李明則又出了問題。好不容等到李明則回來，她知道兒子那脾氣，怕明則吃虧，就讓人把李敬賢和韓秋月都叫過來。

李敬賢來到朝暉堂時，還是一臉的慍怒之色，不過他已儘量克制，恭敬地向母親請安問好，韓秋月也跟著行禮問安。

老太太一看兒子的臉色，臉就更陰沉了，「都一把年紀了，性子也不學著穩重些。」

李敬賢還沒領會過老母親此話的精神要領，說：「明則行事太過荒唐，毫無擔當，母親放心，兒子定會好好教訓他。」

韓秋月腹誹：你自己行事就不荒唐了？還有臉教訓兒子？

老太太冷冷一哼，「你不荒唐？你有擔當？你若是個穩重的，會做出那樣的事情來？虧你還有臉教訓明則，我說明則就是被你這個爹給刺激的！」

李敬賢頓時額間生汗，惶惶地低著頭，不敢辯駁。

老太太這幾句話算是說到她心裡去了，總算出了口惡氣。

「你也不想想，俞蓮是你大嫂的內侄女，你這樣做，叫你大嫂面子往哪擱？老家的人會怎麼想？你……你真是糊塗啊！」老太太惱怒道。

李敬賢頭垂得更低了，底氣不足地說：「是俞蓮她……」

話沒說完，就被老太太厲聲打斷：「你別以為娘老了，就好糊弄了！俞蓮素來膽小怯懦，連句大聲一點的話都不敢說，看人連個正眼都不敢瞧，說她勾引你？你這些說辭騙騙外頭的人也就罷了，還能瞞得過生你養你的娘？」

韓秋月委屈地落淚，李敬賢只有一疊聲告罪：「是兒子糊塗，請母親千萬保重身體。」

老太太痛心疾首，「當年我就說過再也不管你的事，可你畢竟是我親生的，一把屎一把尿地拉扯大，總不能眼睜睜看著你一錯再錯。你若是看上誰，要納哪個妾，娘都不說什麼，只要你媳婦能同意，可你偏偏要惹上俞蓮，你說，如今這事該如何解決？」

李敬賢被說得面紅耳赤，羞愧道：「兒子會給她一個名分的。」

韓秋月像被刺蝟扎到，嚷了起來：「我不答應！」

李敬賢瞪她，「那妳倒說說看，此事怎生解決？」

韓秋月負氣道：「我不管，你自己惹出來的禍事你自己解決，但是給她名分，除非我死！」

老太太急喘了幾口氣，祝嬤嬤趕忙要給她揉背，老太太示意她不用，自己揉了揉心口，緩了緩情緒，對韓秋月說：「我知道這事讓妳受了委屈，但妳自己也清楚這事是誰一手造成的。」

韓秋月一怔，看老太太渾濁的老眼卻是犀利地盯著她，不禁心虛起來，一時不知如何接話。

老太太又說道：「今兒個下午，就在你急著四處找兒子的時候，俞蓮在自己屋子裡差點上吊自盡了。」

李敬賢和韓秋月俱是一凜。

「這孩子才是受了一肚子的委屈沒處說，幸虧沫兒發現得早，要不然，這會兒你們哪裡還能好端端站在這裡說話？倘若人真死了，你們預備怎麼向老家那邊交代？俞蓮雖然出身低微了些，總是正經人家的姑娘，你大嫂又是一片好心想替她娘家辦件好事。人送到咱們府上才幾個月就上吊自盡了，任你們想出什麼冠冕堂皇的說辭都難辭其咎。且不說老家那邊，如今敬賢位高權重，明允的仕途又是一番風順，多少眼紅之人，眼巴巴等著揪咱們的錯，若是有心人拿此事作伐，參你個荒淫無度逼死人命，便是能逃過責罰，也是敗壞了名聲……」老太太想到俞蓮奄奄一息的樣子，還有她說的那些話，真是恨不得把明珠這個蠢貨給逐出家門。

李敬賢聽得冷汗涔涔，韓秋月越發忐忑，她下午就光顧著著急明則的事，那個小賤人上吊她竟不知，也不知那小賤人是否跟老太太供出了明珠，這個賤人，怎不吊死算了！

「媳婦，我老婆子別的就不多說了，妳若是堅決不應，那我這個老婆子只好帶始作俑者回老家去，給俞家做個交代。」老太太說著，別有意味地橫了韓氏一眼。

韓秋月即便再愚鈍，也聽出了老太太話裡的意思，老太太是拿明珠要脅她。

李敬賢只道母親要他回老家去請罪，慌忙對韓秋月道：「事已至此，妳還想怎樣？非要鬧到人盡皆知嗎？這樣對妳又有什麼好處？明則此次若是考中明經，緊接著還要考吏治，若這緊要關頭，李家有什麼不名譽的事傳出去，明則就什麼都別想了！」

一邊是女兒的名聲，一邊是兒子的前程，韓秋月被逼進了死胡同，除了妥協，還有什麼法子？她不由得掩面悲戚哭道：「我怎麼這麼命苦啊……」

送走了這對叫人糟心的夫妻，老太太疲累得倚在軟靠上，閉目嘆道：「當初就不該來，眼不見心不煩……」

祝嬤嬤勸道：「虧得來了，若不然，這會子還不知會鬧成什麼樣，也就只有您出馬，才能將這事壓下去。」

老太太搖搖頭，「我若不早早將事定下，俞蓮那孩子若是又想不開，哎……一個個的都叫人不省心，我這把老骨頭遲早有一天被他們給氣死。」

祝嬤嬤安慰道：「經過了這次，明珠小姐應該能吸取教訓了。」

老太太睜開渾濁的雙眼，露出一絲寒意來，「這次是秋月替她擔著，我也只好替她瞞著，她若再不知悔改，有她哭的時候。」

◆◆◆

丁若妍親自端了醒酒湯給李明則送去。

「明則，先喝碗醒酒湯吧！」

李明則看書，頭也不抬，「放著吧！」

丁若妍小心翼翼地放下，站在一旁猶豫了良久，輕聲道：「昨晚，我不是有心說那些話的，實在是……」

李明則淡淡道：「我知道。」

丁若妍看他今日神情甚是冷淡，好像變了個人似的。李明則不見後，她也反省過，雖說李明則很窩囊，有時候還渾，但是……她也沒有盡到一個做妻子的責任。

「你還在生我的氣？」

李明則抬起頭來，目光平靜，「沒有，我只是想通了一些事。妳先去睡吧，我再看會兒書。」

說完又低下頭專注看書。

這樣的李明則讓人很陌生，很不習慣，他想通了什麼？丁若妍遲疑著，欲言又止，最後還是悄悄退離書房。

等她走後，李明則看著那道門，默然道：若妍，以前我說過很多話，說的時候都是真心的，可最終都食言了。我總埋怨是妳對我太冷淡，是妳心裡沒有我，我是現在才想明白，逃避消沉不是辦法，自我放縱不是理由，我會努力改變自己，希望有一天，妳做夢的時候也能喊我的名字……

第二天，吃過早飯，林蘭讓銀柳給俞蓮送藥去。沒多久，銀柳回來，帶回來俞蓮一句話，說二少奶奶開的方子甚好，已經見效了。

林蘭聽了微微一笑，銀柳卻有些琢磨不透，「二少奶奶，您昨日不是只給了俞小姐幾顆藥丸和一瓶藥膏嗎？又不曾開方子，俞小姐怎說您開的方子甚好？」

林蘭故作神祕，「誰說方子就是藥方子？」

銀柳愣了一下，似乎有點明白了，「二少奶奶，您說老爺會納俞小姐為妾嗎？」

林蘭抬眼望了望窗外的一樹芭蕉，綠得滴翠，慢悠悠地說：「俞小姐不是說已經見效了嗎？」

銀柳這才恍然大悟，「原來二少奶奶開的是這方子，難怪今兒個俞小姐氣色好多了。」

李明允練完字過來了，聽見主僕談話，笑道：「銀柳，跟著妳少奶奶多學學，不光要學會治病，還要學會醫心。」

銀柳撇了撇嘴說：「奴婢腦子笨得很，能學好醫術，做好二少奶奶的幫手，就很好了。」

李明允哂笑，「我看妳一點也不笨。」

林蘭示意銀柳下去，問道：「你今日不用去幫裴大人嗎？」

李明允慢吞吞地說：「我得避嫌，哪能緊趕著往上湊？算是白撿一日休息了。待會兒去趟陳府，下午我去藥鋪找妳，陪妳一起去裴府。」

「你是該好好開導開導子諭，再拖下去就成剩男了。」

李明允挑眉，「剩男？什麼東西？」

林蘭支吾了一下，「剩男不是東西，是指一把年紀還找不到老婆的男人。」

李明允恍然，玩味地一笑，「這說法挺有意思的。」

林蘭訕訕，一不小心又蹦出新詞了。

◆◆◆

林蘭就猜到李明允會把陳子諭帶過來。陳子諭說中午他請客，林蘭也不跟他客氣，最近她天天和裴芷箐見面，可是幫他說了一缸子好話，吃他一頓飯還算便宜他了。

林蘭吩咐銀柳在鋪子等她，待會兒玉容送來的午飯，就當給大家加餐了。

三人一起到了離裴家較近的一家酒樓，包了間雅座。

陳子諭問李明允要喝點什麼，李明允看看林蘭，說，上茶吧！

「那我也喝茶。小二，上一壺最好的碧螺春。」陳子諭乾脆道，又把菜單交給林蘭，拍了拍胸脯，「嫂子，愛吃什麼點什麼，別替我省錢。雖然兄弟我沒你們夫妻倆錢多，但兄弟我氣量絕對不比你們小。」

林蘭瞥了眼菜單，「你太客氣了，我們吃東西很隨便的。」說著笑看李明允：「是吧？」

李明允從善如流，笑了笑，「隨意就好。」

小二笑呵呵地介紹該店的特色菜，林蘭漫不經心地把菜單一合，「那就隨便吧，就把你們店裡最貴的最有特色的每樣來一份。」

陳子諭愣了愣，看李明允。

李明允抬眼看看四周，道：「嗯，這間酒樓規模雖不大，布置得倒是雅致。」

陳子諭一手悄悄摸了摸錢袋，忙想想自己今天出門帶了多少銀子。

茶和菜上來，三人邊喝茶邊吃菜邊聊天，當然林蘭是只管吃，聽他們兄弟倆聊。

「……最近朝廷要增兵西南，寧興所在的西山大營說是也要抽調一部分兵力前去支援。寧興那小子早盼著打仗了，肯定不會錯過這次機會。」陳子諭道。

林蘭頓時緊張起來，「那我哥是不是也會被調派去西南？」林風去西山大營後就在寧興手下，頭都去了，他還能不去？

陳子諭摸著下巴，沉吟道：「大約是要去的。」

林蘭又看李明允，「不是已經調派十萬大軍過去了嗎？就對付幾萬苗人而已，用得著出動那麼多人嗎？」

「哎……那可不一定，我朝許多將士已經閒很久了，真正能打的沒幾個。靖伯侯算一個，懷遠將軍算一個，以及鎮守西北的安將軍算一個，其他的……」陳子諭冷笑兩聲，「大概紙上談兵還行，苗人多兇悍，十萬大軍恐怕還搞不定。」

李明允桌子底下踢了陳子諭一腳，陳子諭疼得抽了口涼氣。這招是他常用來對付寧興的，沒想到李明允也學會了。

林蘭問：「你怎麼了？」

陳子諭笑得僵硬，「沒事沒事，剛吃了香辣豆豉爆雞，覺得有兒辣。」

李明允琢磨著，這個時候，四皇子的前鋒營都尚未到西南，那邊什麼情況都不明了，朝廷這麼快就增兵，只能說明一個問題，朝廷有更大的目標。回想當日靖伯侯的暗示，以及他說的那番話，這個可能性很大。

李明允瞥了陳子諭一眼，面上沉靜如水，對林蘭說道：「別聽子諭瞎扯，我朝將士哪有他說的那麼慫？我以為，聖上不過是擔心四皇子的安危，怕四皇子有什麼閃失，故而多調派些兵馬前去。像寧興這樣的，就算去了，只怕也是去充充人數。如果妳擔心大哥，不希望他去，那我回頭給寧興捎個信，把大哥留下就是。」

林蘭糾結了好一會兒，道：「還是算了，看大哥的意思吧。他自己若想去，我也不能攔著他去建功立業。」

話雖這麼說，但心裡總歸是不安的，一提上戰場就不免會想到那個一去不復返的爹，娘每次提起爹都會黯然神傷，所以，她問都不敢問，心想著，爹可能早已英勇捐軀了。

陳子諭看林蘭情緒有點低落，覺得自己這個話題起得不好，趕緊換個。

「老大，現在都察院和鴻臚寺都有空缺，你說我上哪兒好？」

李明允認真地想了想，道：「從你能說會道這一特長來說，這兩處你都合適。不過當御史的話，總是盯著人家的小辮子，今天參這個明天參那個，容易得罪人，這與你素來左右逢源，誰也不得罪的處事原則相違背，估計會做得十分痛苦，還是去鴻臚寺吧，比較適合你。」

陳子諭悻悻道：「兜了一圈，還是去鴻臚寺，沒勁！」

李明允笑道：「你就知足吧。多少人擠破腦袋想進都進不去。關鍵是，你再不找份正經差事，可真要耽誤你的終身大事了。」

陳子諭歪了歪嘴，「我也就是為著這緣故，才應了我父親，要不然我就再等，非要等到大理寺的空缺不可。」

林蘭建議道：「你何不去問問裴小姐，看看她喜歡你去哪？」

「哎，那不行，她會笑我沒主見的！」陳子諭連忙搖頭。

「笨啊你，你不會旁敲側擊嗎？平時怪會說的，鬼主意也是一籮筐一籮筐的，一見裴小姐就笨嘴笨舌！當初是誰大發狂言，說什麼要叫她們肚腸悔烏青，尤其是那個裴芷箐來著？」林蘭鄙夷道。

陳子諭急道：「這話可不能叫她聽見，不然我就完蛋了！」

林蘭白他一眼，「沒出息！像裴小姐這樣心氣高的人，只有比她更厲害的，她才會折服！你每次見她都一副小樣，她怎會看上你？你就該拿出渾身本事來，該狂就狂，該傲就傲，再說，你陳子諭又不差，當然，比我家明允是差遠了，可好歹你也是同進士出身，天底下有幾個同進士出身的？你已經很厲害了，怕什麼啊！」

陳子諭愣了愣，看向李明允，李明允很中肯地點了點頭。

陳子諭摸著下巴，看向房樑，自言自語道：「是啊，我也覺得我不錯來著……」

林蘭看他那欠扁的表情，真的很想把那盤香辣雞塊糊他面上去。

三人磨磨蹭蹭吃完午飯，一起去了裴府。

裴老爺今日忙得很，他是這次明經科考試的監考官。說起來，本來這活是派給李明允去做的，但因為李明則在考，李明允必須避嫌，故而這活又落到裴老爺頭上。

聽說裴閣老在後花園釣魚，李明允和陳子諭便先去見裴閣老，林蘭去給裴夫人施針。

「這十多日下來，我這頭都輕快了許多，也不暈了。」裴夫人揉了揉施針過的穴位，笑道。

「針灸見效快，不過夫人的頭風是舊疾，想要根除，還需要醫治幾個療程，再保持好心態，平日裡多注意保養，我保證不會再復發。」林蘭看裴夫人恢復得很好，心裡也很高興。

「若是早遇到妳就好了，我娘也可以少吃許多苦頭。」裴芷箐笑道。

林蘭莞爾，她已經知道裴夫人的病以前都是華少在看的，林蘭道：「其實華大夫的醫術很精湛了，只是他是個男大夫，又年輕，也沒咱們這樣的交情，有些開解的話不能說罷了，有時候醫病還須醫心。」

裴芷箐笑道：「妳說的也是。」

裴夫人無奈地笑了笑，對林蘭說：「這陣子跟妳說說話，我這心裡啊，確實舒坦了許多，也想開了。人活一世不容易，何苦跟自己過不去？妳若是不急著回去，待會兒幫我去看個人吧！」

「誰啊？」林蘭奇道。

裴芷箐咳了兩聲，「母親，待會兒女兒帶李夫人過去好了。」

出了裴夫人的房間，裴芷箐才道：「我爹昨日已經把人接回來了。」

林蘭一下明白過來，小心翼翼地問：「妳娘點頭了？」

裴芷箐撇了撇嘴，「我娘不點頭，我爹他敢？不過不想夫妻鬧得太僵罷了。人是已經接回來了，看起來也是個柔和的，不過時日還短，是真賢慧還是假溫柔，日後慢慢觀察。若是她安守本分，大家相安無事便罷，若是個心眼多，心機重的，還不知有多麻煩。」

「那有什麼麻煩，她若是不聽話，不謹守本分，就好好治她，這點小事，妳娘還能擺不平？」

裴芷箐噗哧笑道：「好像什麼事從妳嘴裡說出來就沒什麼大不了似的，難道妳就沒有遇上很為難、很麻煩的事嗎？」

林蘭眨巴著眼，「當然有啊！不過妳不把她當一回事，她就什麼也不是，不管跟誰鬥都是如此，本著你不犯我，我不犯你，你若犯我，就別怪我不客氣的原則，橫掃一切牛鬼蛇神，所以，我是從不會有什麼心理負擔！」

裴芷箐感嘆道：「跟妳作對的人，估計都會很慘。」

「那是她們活該，誰讓她們沒眼力來著，其實我這人最好不過了。」林蘭自誇道。

裴芷箐忍俊不禁，掩嘴笑了起來。跟林蘭相處久了，這才發現，她當真是個很有趣的人。諸多的奇思妙想，性格又開朗豁達，看似大大咧咧，心思其實細膩得很。

「在說什麼呢？這麼開心？」李明允和陳子諭迎面走來。

裴芷箐福了一福，笑問道：「兩位怎麼這麼快便回來了？」

陳子諭道：「閣老在釣魚，嫌我們倆太聒噪，把他的魚都嚇跑了，就把我們趕出來了。」

李明允兩眼又望天上白雲。

裴芷箐笑了笑，心知肚明。爺爺最喜歡他們倆來了，每次都會拉著說話，不說上一個時辰都不放人，估計這兩人是找了藉口溜出來的。

「不過，閣老說，今晚請我們吃魚。」李明允閒閒道：「可惜，我家裡還有事，子諭，只好你一人留下了。」

陳子諭驚訝，「那怎麼行，你都答應閣老了！」

李明允嘆道：「哎，我是真有事，你也知道我大哥今日考試。」說著又對裴芷箐抱拳道：「請裴小姐代為向閣老告罪一聲，就說明允改日登門賠罪。」

林蘭偷笑，明允這是在給陳子諭和裴芷箐製造機會呢！

裴老爺的新寵估計是最近要擔心的事情比較多，故而有些寢食難安，面色難看了些。胎象倒還是穩定，林蘭給她開了寧神安胎的藥，囑咐她多休息，便收拾醫具和裴芷箐出來了。

「妳可以告訴妳娘安心些了，這位姨娘懷的是女娃。」林蘭邊走邊說道。

「當真？」裴芷箐眼睛一亮，隨即又黯淡下來，「那我爹可要失望了。」

林蘭安慰道：「妳爹若是會失望倒是好事，說明妳爹只是想要個兒子來傳宗接代，並不真的有多喜歡這位姨娘。」

裴芷箐悵然道：「也只能在這樣安慰自己了。」

出了院子，林蘭就看見李明允在等她，兩人別過裴芷箐，先去了藥鋪。福安和莫子遊正在盤點剛送到的藥材，玉容和銀柳在櫃檯幫著抓藥，眾人各自忙碌著。林蘭轉了一圈，沒看到文山和冬子，問銀柳這兩人去哪兒了，也不來幫個忙。

銀柳說，文山去了葉家綢緞鋪看他爹，冬子跟過去蹭茶喝了。

「銀柳，妳先把活放下，過去把人給我叫回來，早點忙完也好早點休息。」林蘭吩咐道。

銀柳很是積極，應聲就要去，李明允抬手道：「還是我去吧，順便看看舅父在不在。」

李明允去了不一會兒，就把冬子給提回來了。

「文山在幫他爹盤貨，快好了，我讓他忙完了再過來。這小子在那邊礙手礙腳，我就把他先拎回來了。」李明允說著瞥了冬子一眼，這小子，大家都在忙，他倒好，跟兩個丫鬟聊得火熱。

冬子嬉皮笑臉的，一捋衣袖，「福安老弟，我來幫你！」

林蘭瞅著李明允直搖頭，李明允乾咳兩聲，「春天到了，那個，妳曉得的。」

林蘭把帳本丟過去，「我啥也不知道，幫我記帳，我去幫二師兄坐堂去。」

「叫我記帳？不是有帳房先生嗎？」李明允捧著帳本喊道。

林蘭頭也不回，「帳房先生今天休假。」

李明允悻悻地翻開帳本，咕噥著：「你這帳房先生可真會挑日子！」

銀柳和玉容捂了嘴竊笑。

大家齊心協力，又忙了大半個時辰，才把藥材都盤點清楚，歸置整齊。差不多時間，文山也回來了，說大舅老爺剛才來過一下，讓小的跟您說一聲，表小姐的日子已經定下了，五月初五。

「定了啊？定了好，定了好，明允，看來咱們得準備賀禮了！」林蘭聽到這信事，心情大好。到了五月，葉馨兒關禁閉就滿半年了，不知道是想通了，還是執念更深了。不過，不管她怎麼想的，只要嫁出去，就再也妨礙不到明允。

李明允淡笑道：「妳是女主人，這賀禮就交給妳去準備了。」

「行，沒問題，我保准送一份大禮給表妹！」林蘭爽快道。

銀柳和玉容暗鬆了口氣，表小姐嫁了人，總不會再纏著二少爺了。

一行人開開心心地回到家，一進門，門房就稟道：「二少爺，老爺讓您回府就去書房。」

李明允點點頭，「大少爺回來了嗎？」

「早回來了，也在老爺書房呢！」

林蘭道：「那你快去吧，我先回落霞齋。」

門房卻說：「二少奶奶，老太太也讓您去朝暉堂。」

呃？這麼多事？兩人同情地看看對方，一個帶著銀柳徑直往內，一個帶著冬子往右去了外書房。文山和玉容面面相覷，不用他們跟著，那只好先回去了。

肆之章

坑拐惡母陷霜雪

林蘭去了朝暉堂，碰巧祝嬤嬤從裡面出來，便問她：「祝嬤嬤，您可知祖母喚我來何事？」

祝嬤嬤未語先嘆氣，「本來下午就想請二少奶奶回來了。」

林蘭一驚，「到底出了何事？」

「本來是件喜事，如今卻又鬧得一團糟。」祝嬤嬤把大致情形說了一通，林蘭才知道她白天不在，錯過了一場好戲。

事情是這樣的，今天劉姨娘吃午飯的時候突然犯噁心，吐得稀裡嘩啦。老爺又不在府裡，剪秋就去找夫人，想讓夫人給請個大夫。大夫請來一看，說是劉姨娘有喜了，韓秋月得到消息，當場就暈了過去。

老巫婆能不暈過去嗎？剛剛出了俞蓮的事，劉姨娘又有了身孕，如果殺人不犯法，估計她這會兒早拿菜刀砍人了。

林蘭故意關切道：「那母親現在怎樣了？在裡面嗎？」

祝嬤嬤搖搖頭，「夫人在寧和堂。老太太過去安慰了她大半日，回來不久，這家中一團亂的，所以老太太叫二少奶奶過來。」

林蘭琢磨著，叫她過來頂多也就是幫劉姨娘保保胎，給老巫婆治治頭痛什麼的，別的她又幫不上忙。就算能幫上，她也懶得幫，巴不得越亂越好，把老巫婆氣死最好。

「那我這便進去瞧瞧。」

「二少奶奶趕緊去吧，老奴去廚房交代一聲，給老太太弄點清淡的吃食。」

林蘭以為老太太也是愁眉不展，唉聲嘆氣，卻見老太太神情無異，似乎還有些高興，見她來了，忙叫人看座。

「我叫妳來，是有件要緊事。中午妳不在家，劉姨娘突然不適，便請了個大夫來瞧，說是有了身孕，這可是件大喜事，咱們李家如今啥都不缺，就是人丁單薄了些。說起來，這也是妳的功勞，若不是妳幫劉姨娘調理好身子，她也不會這麼快便有身孕，祖母想問問妳，劉姨娘先前的病可都好全了？」老太太問道。

林蘭對這位老太太真是嘆為觀止，連祝嬤嬤都對老巫婆有幾分同情憐憫之心，可老太太隻字不提老巫婆氣暈之事，只關心劉姨娘肚子裡的重孫子……實在是太冷血了。

林蘭微微一笑，「劉姨娘的身體本就沒有大礙，只是宮寒體虛，不易受孕而已。如今既然有孕，自是已經好了。」

老太太明顯鬆了口氣，笑道：「那我就放心了，以後，劉姨娘的身子還要妳多留心照看著，確保這孩子能健健康康的。」

林蘭起身福了福，「孫媳一定盡心盡力。」

老太太笑嘆了一口氣，「最近糟心事太多，總算是盼到件高興的事。」

林蘭默然，妳是高興，老巫婆卻是要抓狂了。

「不過……孫媳怕婆母會不高興……」林蘭輕聲說道。

老太太眉頭一凜，「她不會的，這點度量都沒有的話，還當什麼主母？」

回到落霞齋，李明允已經回來了。

「父親叫你去何事？」

「祖母喚妳去何事？」

兩人異口同聲，各自都愣了下，又笑了起來。

李明允道：「妳先說吧！」

銀柳泡了杯蜂蜜水來，「二少奶奶，奴婢這就去擺飯？」

林蘭揮揮手，「去吧，我也餓了。」

林蘭喝了口水，方道：「劉姨娘有孕了，祖母讓我多照看下劉姨娘的身子。」

李明允閒閒地倚在靠背上，一手搭在扶手上，一手有節奏敲著桌面，嘴角噙了一絲譏誚之意，道：「當初我娘懷了我，她老人家也不見得這麼關心。」

老太太當初對明允母子的各種冷淡，她已經聽說過了，若不是明允如今有了大出息，只怕老太太也瞧不上明允，再說李渣爹又不是沒後，哎……她老人家的思維非常人能理解。

「這下老巫婆又要氣瘋了。」李明允漠然道。

「沒瘋，暈了。」

李明允挑眉看她，忽然笑道：「她如今可真是四面楚歌啊！」

林蘭擺擺手，「先不說這個，我有問題要問你。」

「妳說。」李明允一副洗耳恭聽的樣子，笑看著她。

「如果……我是說如果，萬一將來我生不出兒子怎麼辦？你會不會也去納妾？」這個問題林蘭早就想問了，被裴大人的事刺激的。

李明允知道這種問題是不能隨便回答的，林蘭既然起了這層憂慮，若不及時幫她消除，她心裡會一直存著這麼一個疙瘩。李明允斂了笑容，鄭重了神色，俯身過來握住她的手，說：「這個問題，我是這麼想的，有子無子是命裡註定的事，我是不會去強求的。有也好無也罷，我只求和妳，就我和妳兩個人，一輩子恩愛相守。」

林蘭沒什麼信心，囁嚅道：「你現在是說的好聽，等時間久了，情也淡了，你年紀也大了，說不定就不會這麼想了。」

李明允輕笑，「那好辦啊，我立個字據，如果將來我以無子嗣為藉口想要納妾，李家的所有財產都歸妳所有，妳把我掃地出門。」

林蘭陡然兩眼放光，「你是說真的？」

李明允直了身子道：「君子一言，駟馬難追。」

林蘭砰的放下茶盞，起身跑去書房，須臾拿了紙筆出來，「那咱們就來立個字據吧！」

李明允看她那得意的神情，不禁滿頭黑線，「還真立啊……」

「難道你是哄我的？」林蘭癟了嘴，很憂鬱的樣子。

「怎麼會？」李明允忙道：「我是可不是哄妳的，如果立了字據能讓妳安心，立十張八張的，我都樂意！」

林蘭繼續裝可憐，「我也不是信不過你，只是，你知道，身邊有太多這樣的例子，讓我很沒有安全感。」

李明允袖子一揮，「我寫，這樣妳就不用胡思亂想了。」

林蘭在心裡歡呼，有了這字據，就不怕他將來反悔。做女人千萬不能太心軟，一定要留一招後手。如果留不住男人的心，那就留下他全部財產，等他身無分文了，想治他還不容易？

林蘭喜孜孜地把字據鎖進了她的專屬百寶箱裡。

李明允還保持著擱筆的姿勢，逐字逐句回想，適才應她要求，自己似乎還添了一句話，以後他寫的字以及他得到的俸祿賺的銀子得到的饋贈統統歸她……呃？那豈不是意味著，倘若他惹毛了她，很可能會落到身無分文的下場？而且是一輩子身無分文？

「那個……蘭兒，我覺得有個地方不太妥當……」李明允喊道。

林蘭已經放好了字據，回眸一笑，那笑容是由內而外散發的愉悅，「你說什麼？什麼不妥？」

難得看到她如此高興，李明允做了深呼吸，唇角緩緩牽出一個完美的弧度，「沒什麼，妳覺得妥了便妥了。」反正他是不會再納妾的，這字據立不立都一樣。

「現在來說說父親叫你過去何事？」林蘭把錦杌搬到他身邊，挨著他坐下，還難得親暱地挽著他的手臂。

「不過是叫我去評定下大哥這次考得如何。」李明允似乎很享受她的小鳥依人，真心覺得一張字據換她一世心安，十分值得。

「那你覺得大哥考得怎樣？有希望嗎？」林蘭吃了定心丸，連語聲都格外溫柔起來。

「希望還是有的，大義十條均無差錯，時務策嘛……有一條答得不錯，其餘兩條馬馬虎虎。」

◆◆◆

韓秋月徹底頹了，一口氣堵在心口，上不去也下不來，本來關起門來咒罵幾句發洩一下也能舒坦些，沒想到老太太來了，一坐就是大半日，說是來安慰她的，可那些安慰的話簡直就是往她傷口上撒鹽，慪得她差點當場吐血。

好不容易老太太走了，韓秋月已經連罵都罵不出來了，翻著白眼，幾乎又要暈過去。

翠枝倒來熱茶，姜嬤嬤扶住韓秋月，餵她喝兩口，又幫她揉背順氣，許久韓秋月才緩過氣來。

「林蘭不是一直當劉姨娘是宮寒之症在治的嗎？怎麼突然就懷上了？」韓秋月百思不得其解。

姜嬤嬤給翠枝遞了個眼色，叫她下去，翠枝連忙退下。

「夫人，也許是個意外……」姜嬤嬤安慰夫人也是自我安慰，要不然怎麼說？興許咱們都被二少奶奶給騙了……若真是這樣，那就太糟糕了，這就意味著，老爺已經知道了有人下毒，更可怕的是，老爺知道了還能這麼久隱忍不發。

「意外？真是意外嗎？」韓秋月雙眼透著恐懼，心裡的那層隱憂越來越強烈。聽到劉姨娘有孕那一刻，她並不是氣昏的，而是嚇的。照那個大夫說，用了那樣分量的水銀，是不可能懷上孩子的，而林蘭又是當宮寒症在治，可現在千真萬確有孕了，說明什麼？

「興許是……時間長了，那水銀的毒性淡了吧！」姜嬤嬤很了解夫人的心思，「而且，剪秋把藥渣子偷出來，老奴也拿去驗過，的確是治療宮寒之症的藥。」

韓秋月默然良久，道：「還是謹慎些，明日妳去請個大夫回來，叫他仔細瞧瞧劉姨娘的身子是否有不妥之處。」

「是，老奴明兒個一早就去辦。」

韓秋月忍不住又是吁聲長嘆，「俞蓮這個賤蹄子還沒解決掉，劉姨娘又懷上了小孽種。我這是犯了哪門子的煞，諸事不順啊！」

「老奴就說這俞小姐不簡單，看起來老老實實，唯唯諾諾，誰知道一回頭她就來個一哭二鬧三上吊，還把小姐給捅了出來。老太太一口一個要給俞家一個交代，那誰來給夫人一個交代？」

韓秋月銀牙暗咬，「我是真後悔請了她來，一點忙都沒幫上，反倒處處受她壓制。話說得甭提多好聽，說什麼妳的委屈娘都知道，娘心裡從來就只認妳這媳婦……其實說穿了，她心裡就只有她自己的兒子，一天到晚公正掛嘴邊，我看上樑不正下樑歪這句話就是應在她身上了。」

「可不是？聽到劉姨娘有了身孕，老太太高興得都合不攏嘴了。」姜嬤嬤憤憤然，「本指望老太太能憐惜夫人，多少也幫襯著夫人一些，結果呢？老爺那些混事經了她的嘴，都變成名正言順了。」

韓秋月揉了揉心口，「姜嬤嬤，幫我想個法子，把這老太婆早早送回老家去。我也不指望她幫我什麼了，等著吧，我就不信我就一條道走到黑了。」

第二天一早，姜嬤嬤就請了大夫來，到了劉姨娘房裡，老爺也在，被老爺一句話打發了出來……以後劉姨娘的身子和腹中的胎兒就交給二少奶奶調養了，無須旁人來操心。

韓秋月得了回稟，氣得早飯午飯都沒嚥下去。

李明允的評定還是比較準確的，三日後放榜，李明則果然中了，名次中下。韓秋月大喜過望，連日陰霾，今日總算見到了陽光，讓她相信自己快要轉運了，同時心胸也開闊起來，目光也放得遠了。婆婆、丈夫都是靠不住的，只有自己的兒子才是最可靠。只要明則有出息，還怕你李敬賢，怕你李明允？更別提那些個姨娘，跳樑小丑而已！

李明則考取了明經，接下來就要準備參加吏部的吏試。李敬賢與吏部葛尚書頗有交情，恰逢四月初十，葛尚書的老母七十大壽，韓秋月決定趁此機會送一份大禮，跟葛夫人再套套近乎，為明則鋪鋪路。

「夫人，您要小的找的田黃石，小的找到了，質地上乘，色澤豔麗，絕對是田黃中的極品，是聚寶齋裡的鎮店之寶。」趙管事回道。

韓秋月問：「你只管說，他開價多少？」

趙管事慢慢伸出三根手指。

「三百兩？」姜嬤嬤倒抽一口冷氣。

「是黃金。」趙管事補充道。

「這麼貴？前兒個那幅字已經花了一千兩銀子，這又三百兩黃金……」姜嬤嬤心疼肉疼。

「極品田黃，這個價不算貴了，有錢還未必買得到。那東家知道是咱們府裡要買，才忍痛割愛的。」趙管事說道。

「三百兩就三百兩，只要對大少爺有幫助，花多少都是值得。趙管事，你去跟聚寶齋的東家說一聲，東西我們要了，這兩天就付銀子。」韓秋月乾脆道。若是在平時，三百兩黃金算什麼，她眼睛都不會眨一下，問題是現在是非常時期，上個月她還是東挪西湊才還了印子錢的利息，這筆錢還得想辦法。

「夫人，是黃金。」趙管事提醒道。

韓秋月不耐煩地揮手，「我知道，你只管這樣去回便是。」

「是。」趙管事拱手行禮，退了下去。

「夫人，這份禮林林總總加起來得有五六千兩銀子，是不是太重了？」姜嬤嬤試探道。夫人的難處她是最清楚的，難道非得送這些東西？庫房裡不是還有好幾件寶貝？

韓秋月嘆氣道：「妳不懂，這吏試可是關鍵，若能評個優，老爺再去活動活動，到時候派個好差事就容易多了。再說，送禮不是光貴就好，還得送得別人滿意，這叫投其所好，才能事半功倍。我已經打聽過了，葛大人喜愛書法雕刻，就這麼定了，再難也就這段時日，山西那邊說是四月會有好消息，咱們再堅持堅持吧！」

話是這麼說沒錯，問題是銀子從哪兒來？姜嬤嬤提醒道：「這個月還要付印子錢的利息呢！」

韓秋月煩躁地說：「妳就別提醒我了，一說到利息，頭都要炸開來。」思忖良久，她又道：「我記得那家錦繡坊說過想買下東直門的鋪面……」

姜嬤嬤心一緊，「夫人，您打算……可那鋪子是二少爺的。」

韓秋月面一沉，「什麼二少爺的？那都是老爺的。妳去問問，她們可還要買。」一個鋪面賣出去，什麼送禮的銀子、印子錢的利息，都是小事一樁了。

「老奴只怕將來二少爺知道了，會……」姜嬤嬤猶豫不決。

韓秋月冷笑道：「他知道了又如何？還能去告我賣了他的鋪子？他抹得開這張臉的話，那他儘管去告好了，我看他以後還怎麼在官場上混。」

那個葉氏也真是刁，居然把十八間鋪子和一座莊子都寫在了明允名下，給她造成了許多麻煩，不過，任憑妳葉氏怎麼謀算，到了她手上的東西還想她交出去？門都沒有！她會慢慢地把這些鋪子都處理掉，然後置辦新的產業，全寫在明則名下。李家人不都好面子嗎？底子裡爛掉了，面子上還要光鮮，她就索性爛得再徹底些，做得再絕一些，看他們能把她怎麼樣。

老巫婆到處收羅寶貝，李明允和林蘭是知道的。

「難道老巫婆還有壓箱底的銀子？」林蘭能理解老巫婆為子心切，但她實在不解，老巫婆哪來這麼多銀子。每月上萬兩的印子錢就已經夠她受的了，還有偌大一個家的開銷。

李明允譏誚道：「她有什麼壓箱底的銀子？除非父親把他的體己拿出來，不過據我所知，父親並未給老巫婆銀子，倒是偷偷給劉姨娘置辦了兩處產業。」

林蘭驚訝，「看不出來，父親還真喜歡劉姨娘。」

李明允嘲笑道：「那是父親給他未出世的兒子準備的。老巫婆如今是挖空心思四處弄錢，我估摸著，是要打我那幾間鋪子的主意了。」

◆　◆　◆

姜嬤嬤和錦繡坊的掌櫃一談即合，說好了第二天一手交產權證一手交錢，誰知第二天去官府辦產權交易文牒的時候，被告知必須得業主親自前來辦理。趙管事拿了授權代理書出來也不頂用，主簿大人道：「李學士不是就在京中嗎？讓李學士親自來一趟不就行了？」

趙管事藉口道：「我家少爺公務繁忙，且少爺他從不管這些……」

「那我也沒辦法，凡事都得按規矩辦事，要不然，將來發生什麼糾紛，官府可不受理。」主簿大人輕飄飄地說道，還意味深長瞥了錦繡坊的掌櫃一眼。

趙管事心下奇怪，以前不是有授權代理文書便可以辦的？趙管事試圖塞錢，被擋了回來，好話說盡也沒用。

錦繡坊的掌櫃心裡也不安起來，說：「既然官府有這條例，那咱們還是按規矩辦事的好。」

事情最終沒辦成，韓秋月甚為惱火，這樣一來，她想偷偷轉賣東直門鋪面的算盤豈不落空？

「明天你再去找那主簿，多帶點銀子去，我就不信天底下沒銀子擺不平的事。」

韓秋月想把鋪面過戶的消息，當天李明允就知道了。

文山回道：「主簿大人說了，他會按少爺的意思辦的。」

李明允抬頭看著藍湛湛的天空，慢悠悠道：「今兒個天氣不錯，走，咱們去聚寶齋逛逛。」

第二天，趙管事帶回來兩個不好的消息，一是，主簿大人那裡說不通，還被訓斥一頓；二是，聚寶齋裡那塊田黃石，被人買走了。

韓秋月一聽急了，「不是咱們訂下了嗎？聚寶齋怎能這般不守信用？」

趙管事謹慎道：「夫人，咱們只是口頭訂下，並不曾付訂金，而且，說好了是昨日付款。」

韓秋月生了會兒悶氣，問道：「可知是誰買走了？」

趙管事回道：「奴才問了，聚寶齋的掌櫃說，他們有義務替客人保密。」

韓秋月嗤道：「不就一塊破石頭，還保密？」風涼話說了，可她心裡很是遺憾，眼看著就到初十，她還上哪找比這更好的田黃石？最後只好無奈地從庫房裡挑了座紅珊瑚作為賀禮。

李敬賢看了韓秋月準備的禮單，並不是很滿意，只怕這些東西入不了葛大人的眼。不過想想他與葛大人之間的交情，便是平日閒談時半開玩笑地提上那麼一提，葛大人也會賣他這個面子，便不說什麼，把禮單遞還給韓秋月。

「明日帶若妍同去？」李敬賢悠閒地撥著茶水問道。

韓秋月溫婉道：「若妍是李家長媳，將來這個家總歸是要交給她打理的，而且，明則以後做了官，這交際應酬更少不了，妾身看她性子太過沉靜，不善交際，只好帶在身邊多教教她。」

李敬賢認同地點了點頭，「丁家夫人說話行事俱是風風火火，許是做娘的太能幹了，凡事都替她想得周到，安排妥貼，若妍在這方面難免就弱了些。」

韓秋月嘆息，心道：只怕若妍不是不行，而是根本不用心啊！

李敬賢忽地問道：「這陣子怎麼不見明珠？」

韓秋月眼皮一跳，馬上反應道：「明珠年紀也不小了，馬上就要議親了，是該靜下心來多學學女紅什麼的。」

李敬賢這陣子心情大好，添了個妾室，又即將添丁，明則也順利考取明經，喜事接二連三，故而對李明珠的不滿也淡了幾分，說：「妳說的極是，明珠是活潑有餘，嫻靜不足，是該好好磨磨她的性子。議親的事，妳可有合適的人選了？」

韓秋月有些惆悵道：「這事不太好辦，說了幾家，門第高的看不上明珠的身分，門第低微的，妾身又捨不得。」

李敬賢面有愧色，「此事是有些為難，依我看，門第什麼的差不多就可以了，關鍵是後生要上進，以後我多提攜著便是，還怕他沒有出頭之日？」

「話雖這麼說，可妾身心裡……總捨不得。」韓秋月嘆道。

李敬賢默了默，道：「這次葛老太太大壽，妳帶明珠一起去，會有收穫也不一定。」

四月初十，吏部尚書府葛老太太大壽，因著今年正值朝廷多事之秋，葛大人原本想低調一些，但人生七十古來稀，七十大壽甚為難得，連皇上都派人送了賀禮，想低調也低調不起來了，一時間葛府門口車馬如龍，府上更是賓客如雲。

大家先去向葛老太太見禮，恭賀壽誕，夫人們便坐下來喝茶聊天，年輕的媳婦們湊一堆，小姐們湊一堆，偌大個花廳偏廳、院子裡，到處都是人。

韓秋月今天帶李明珠出來可是再三吩咐，行為舉止一定要得體，話儘量少說，免得言多有失，李明珠一一應了。因為她跟在韓秋月身邊的表現當真可圈可點，加上樣貌出眾，引得好幾位夫人對她產生了興趣，後聽得韓秋月介紹，說是李府的表小姐，都頗為遺憾。不過，李夫人能把表小姐帶到如此重要的場合，說明李家對這位表小姐是極為疼愛的，這樣想著，就有幾位夫人動了心思，其中以工部員外郎黃大人的夫人興趣最為濃厚，拉了韓秋月問東問西。

黃夫人今日也帶了女兒黃鶯來，黃鶯熱絡地要拉了李明珠去偏廳跟小姊妹們說話。

李明珠今日受了好些讚美，便有些飄飄然，此時又有人對她這麼殷勤，就更高興了，希冀地看著娘，希望娘能應允。

韓秋月思忖著工部員外郎雖說只是從五品的官階，但卻是個肥差，若是他家的公子年紀合適，倒可以考慮考慮，便有心深入了解一下。又看明珠今日又還乖巧，她便道：「妳且跟姊妹們玩去，記得姨母說過的話。」

李明珠興奮地用力點頭，和黃鶯手挽手去了偏廳。

丁若妍自出閣後就鮮少出來應酬，今日出來，見著了幾位舊時閨閣中的好友，倒也不寂寞。

李明珠和黃鶯來到偏廳，只見裡面七八位小姐正聊得熱乎，兩人一旁坐下聽趣事。

「以諾姊姊，妳的臉怎的這般光滑，您瞧我，額上總是長痘子，討厭死了，怎麼遮都遮不掉！」一位小姐抹開劉海給大家看她額上惱人的痘子，鬱悶道。

「晴芳不說，我還真沒發現，這樣細看，以諾，妳的膚色當真比以前透亮多了，快跟大家說說，得了什麼好東西，也讓姊妹們分享分享！」另一位小姐笑道。

邱以諾摸了摸臉頰，赧顏道：「真有這麼明顯嗎？」

「當然啊，妳自己每日照鏡子都沒發現嗎？現在妳的臉都可以用粉面桃花、凝脂如玉來形容了。」一人羨慕道。

眾人直催著以諾快說。

邱以諾笑道：「也沒什麼了，就是家母前陣子面上起了一層黃斑，得人介紹請了回春堂的林大夫給開了幾味藥調理，那林大夫還給家母擬了一份食譜，說是能養顏，我便跟著家母一起用了。」

「那邱夫人面上的黃斑都去了嗎？」一人關心道。

「已經淡很多了，稍拍些粉就看不出來。林大夫說，再按著方子吃上一個月，便可全消。」

眾人皆驚嘆，這麼神奇？

邱以諾點頭，「是啊，林大夫說，要想皮膚好，就必須以內養外，只要把身體調理好了，比塗什麼都有效。」

眾人更加好奇，纏著邱以諾說說那份食譜是怎樣的。

李明珠很不爽，怎麼走哪都能聽到林蘭的名，她真有這麼厲害嗎？

「就這麼簡單？那回頭我也去試試！」

「我聽說林大夫對食補很有研究……」

「能得到御賜匾額的，肯定醫術不凡，我看聖上這回春堂幾個字賜得極好，回春回春，誰不想青春永駐……」

「哈哈，梅姊姊這解釋還真妙……我也見過那林大夫，她自己的膚色便是極好的，白皙細嫩，一點也不像鄉野裡長大的。」

眾人七嘴八舌說得高興，只聽一人冷冷哼了一聲，「妳們知道什麼？林記得到御賜匾額又不是因為林大夫醫術超凡，而是因為林大夫向南征大軍捐了藥材的緣故。」

「魏姊姊，您說的是真的，應該不至於吧？前些日子陝西痘疹疫情爆發，不也有許多藥鋪都向朝廷捐了藥材嗎？德仁堂的華大夫二話不說就趕赴陝西了，照這樣說來，朝廷也該給他們賞賜才是呀！」

「就是就是，我聽說，聖上御賜匾額是因為林大夫給宮裡某位娘娘治好了頑疾。」一人很篤定地說道。

魏子萱冷笑道：「晴芳，妳哪聽來的謠言？」

張晴芳反駁：「妳怎知我聽到的便是謠言？」

只聽得一人道：「事實如何，我最清楚不過了。」

眾人皆看向那位面生的小姐，坐在李明珠邊上的黃鶯忙介紹道：「這位是李尚書府上的表小姐明珠。」

林大夫是李府的二少奶奶，李府的表小姐那肯定比外人知道的要清楚。

李明珠見自己一開口就成了眾人矚目的焦點，而且此刻大家皆是十分期待地看著她，不禁有些得意，林蘭啊林蘭，大家把妳說得神乎其技，今日我便好好揭揭妳的老底。

李明珠小姐目光在眾人面上一轉，低頭捋平裙上一處不太明顯的褶皺，不緊不慢道：「據我所知，我二表嫂並未進過宮。」

魏子萱立即得意地瞥向張晴芳，張晴芳撇了撇嘴，不甘地說：「即便不是如此，那林夫人的醫術也定是十分精湛的，以諾，妳說是不是？」

張晴芳挽了以諾的手臂，以尋求同盟。

邱以諾道：「那是一定，聖上才不會無緣無故賜匾額。」

「就是，林大夫的醫術是有口皆碑的。」一人附和道。

魏子萱笑了起來，神態輕蔑道：「林大夫來京也才半年，回春堂開張更是只有月餘，這口碑來得也太快了吧？若論有口皆碑，這京城裡能稱得上這四個字的，也只有德仁堂的華家吧？」

「我想，聖上眷顧，多半是因為我二表哥的緣故吧！」

李明珠的話一出，眾人皆默。是啊，李家的二少爺李明允絕對是個不容忽視的存在，自小便才名遠播，被譽為神童，就在大家都以為我朝歷史上最年輕的狀元就要應在他李明允身上時，他卻銷聲匿跡了三年，重回京城後就一直是人們關注的焦點。先是放著門當戶對的魏家小姐不要，執意要娶一個鄉野村姑，後又輕而易舉中了狀元，入仕翰林，緊接著又連升三級，成了我朝史上最年輕的翰林學士，風頭之盛，無人能及。

這樣一想，聖上愛屋及烏，賜塊匾額也沒什麼大不了的。哎……可憐的魏家小姐啊，若是婚事成了，此時她便是狀元夫人，翰林學士之妻呀！照這個勢頭發展下去，將來很有可能掙上個二品誥命，夫貴妻榮，也是風光無限，絕對不是今日這般都十八了，還沒有嫁出去……眾人不約而同朝魏子萱投去同情的目光。

魏子萱被大家瞧得尷尬起來，難道她們以為她是懷恨在心，故意要詆毀林蘭？呸，那個村姑她也配？魏子萱虛張聲勢道：「妳們看我做什麼，我不過是實話實說，人家明珠小姐不是已經道明真相了嗎？」

張晴芳笑容裡帶了三分譏誚，道：「我們又沒說什麼，魏姊姊何必這麼著急？」

一位小姐溫聲說道：「林大夫的醫術如何，不是我們說了算。上回我路過回春坊，看到上回春的卻大有人在。」

坊看病抓藥的人可真多。總之，你信她便請她看，不信她，京城裡別的大夫也有，你不信她，信她

「我二表嫂的醫術如何我是不太清楚，我只知道我二表嫂對吃食確實很有講究，頗懂養身之道，不過嘛……我姨母她們身體不適，都是請外面的大夫來看的。」李明珠笑道。

「這是為何？」張晴芳奇道。

魏子萱掩了嘴，輕笑道：「這還用問嗎？自然是自己家人最清楚是不是信得過……」

眾人皆驚訝，難道林大夫果真是徒有虛名？

「我看是因為某些人心裡有鬼，不敢請林大夫看病吧？誰不知道這位李明珠小姐的口中所說的姨母，是個繼母呢！」一個聲音清脆如鈴，毫不客氣地譏諷道。

眾人循聲回頭，只見裴芷箐同一位身穿淡黃色衣裙，裙襬繡著大朵盛開牡丹的女子款款走了過來。那女子一雙鳳眼微微上挑，目光淡淡，唇角微揚著，神情很是高傲。

有人已經認出，來人是舞陽郡主，當今太后的孫侄女，而且深得太后的喜愛。

李明珠因為甚少來，不認得舞陽郡主，只聽她言語不善，當眾譏諷母親，心中很是不悅，冷冷說道：「繼母又怎樣？妳又不知別人家事，憑什麼信口雌黃？」

舞陽郡主將李明珠上下打量，神情更是輕蔑，冷笑道：「李家的表小姐，妳雖說只是李家的表小姐，但總歸也是李家人，聽到別人稱讚李家人，妳應該很高興才對，即便妳心裡不喜歡妳的二表嫂，也該知道什麼叫家醜不可外揚，哪有像妳這般一味拆臺的？我們這些外人自是不清楚妳家的事，但就憑妳今日所說的這些話，也不難猜出一二分。在外頭都已是這般刻薄，在家裡還不知如何囂張呢！大家說，是不是這個理？」

且不說舞陽郡主分析得很有道理，就舞陽郡主的身分，也沒人敢反駁她的話，眾人不由紛紛對

李明珠投以鄙視的目光。

李明珠見情勢陡然逆轉，心裡著急，又看大家對這位小姐頗為忌憚，一時間也不敢造次了，只癟著嘴憤憤不平。

裴芷箐也笑道：「都說人怕出名，林大夫年紀輕輕，醫術不凡，有人嫉妒眼紅也是正常。」

舞陽郡主目光一轉，又落到了魏子萱身上，嗤地一笑，「還有人吃不到葡萄就說葡萄酸呢！」

眾人明白話中之意，忍不住笑出聲來。

魏子萱一張臉漲得通紅，羞憤難當，掩面跑出了偏廳，大家笑得更大聲了。

李明珠悄悄問黃鶯：「這位黃衣女子是誰？」

黃鶯也沒見過舞陽郡主，搖搖頭。

舞陽郡主笑著坐了下來，掃了一圈，道：「許久沒回京城了，好些姊妹都不認得了，芷箐，幫我介紹介紹。」

裴芷箐道：「這兩年我也鮮少出來，還是叫梅家妹妹來介紹吧！」

姓梅的小姐十分榮幸地起身，逐一介紹在場的人。

「這位是大理寺邱大人家的小姐，邱以諾。這位工部員外郎黃大人家的小姐黃鶯……」

「黃家的小姐？」舞陽郡主特別問了一句。

黃鶯連忙站在起來，向舞陽郡主行了一禮。

舞陽瞥了她身邊的李明珠一眼，緩緩對黃鶯說：「看妳年紀甚小，交友可得謹慎，別把誰都當姊妹，尤其是那些背後會說自己家人的人，保不齊，下回她便要道妳的不是了。若是哪家不知情的把這種人娶回去當兒媳婦兒，那就更要倒楣了。」

黃鶯回頭瞅了瞅李明珠，挪開了幾步，與她保持距離。

李明珠一張臉漲成了豬肝色，忍無可忍了，上前一步，憤怒地質問舞陽：「我怎麼妳了？妳要這麼跟我過不去？我只是實話實說而已，妳不愛聽不聽就是，說實話還犯法了嗎？妳以為妳是誰啊？」

舞陽郡主冷笑地看著她「沒犯法，我只是不信妳說的話，而且我就是看不慣妳這種人，至於我是誰，回去問問妳姨母舞陽郡主是何許人，她若不知，妳再問問妳姨父。」

李明珠啞然，她是不知道舞陽郡主是何許人，有什麼背景，但她知道，就郡主的身分，已不是她一個尚書家的表小姐能比的。李明珠忿忿然扭頭就走，再待下去，只怕這個舞陽郡主還會給她更大的難堪，她還是識趣一點的好。

那邊韓秋月和黃夫人越聊越投機，兩人恨不得馬上就交換庚帖把這親事定下來。

「……這事咱們可就說定了，我明日便請媒婆上門說親。」黃夫人樂呵呵道。跟李尚書家結親，不僅對老爺的仕途有利，對琪兒的前程也是大大有利。表小姐就表小姐吧，若是正兒八經的李小姐，哪還輪得到她家琪兒？

「我先回家問問老爺的意思，不過，我想我家老爺肯定也會喜歡的。」韓秋月笑道。這門親事她是太滿意了，黃家的公子這次也中了明經，才學不必質疑，樣貌嘛，看黃小姐俏麗可愛，黃公子也不會差到哪兒去，不過為了謹慎起見，她還是留了餘地，先去打聽一下黃公子的人品如何。

「對了，有件事冒昧想問一問。」韓秋月道。這件事當真是她一直想問的，不過交情沒到這分上，不好意思問，而現在都到談婚論嫁了，問一問也無妨。

「您說。」黃夫人還以為韓秋月要進一步了解琪兒的事。

韓秋月默了默，不好意思道：「我聽說你們家在山西那邊開了煤礦？」

黃夫人笑道：「您這是聽誰說的？哪有的事？」

韓秋月一愣，旋即笑道：「您就別瞞我了，我得的消息可是真真切切的，我只是想了解下，您家的礦山生意如何？」

這下輪到黃夫人愣了，「真沒有的事，若是有這事，我還能不告訴您？」

韓秋月腦子裡嗡的一下，古先生不是說黃家的礦山生意也是他打理的？

「那您認不認識一位姓古的先生？」韓秋月抱著一線希望問道。

黃夫人更奇怪了，「哪位古先生啊？我可從來沒聽說過。」

韓秋月看著黃夫人，她的神情不似在說謊，一顆心不由往下沉，如墜冰潭，渾身發冷。

黃夫人看韓秋月面色不對，關切道：「李夫人，您不會是投資了礦山吧？我聽說那生意風險極大，投對了就等於抱到了聚寶盆，投不對，血本無歸也是有的。」

韓秋月不知道自己是哭還是笑，勉強扯了嘴角，支吾道：「沒、沒有的事，我只是感興趣，想問問。」

黃夫人道：「那就好，咱們的老爺在京為官，雖說不能金玉滿堂，也算是富貴之家，何必去冒那風險？不瞞您說，我倒是在經營一樁生意，雖然賺的不多，幾年累積下來，也是可觀，李夫人若是感興趣，我可以給您介紹介紹……」

韓秋月只看到黃夫人的嘴一張一合，說些什麼已經聽不清了，現在她滿腦子只有一個念頭，她被騙了……她的全部家當，還有那麼多印子錢，她該怎麼辦？

李明珠灰溜溜地從偏廳出來找到了娘，本想跟娘訴委屈，卻見娘面色蒼白得嚇人。

「姨母，您怎麼了？」李明珠心慌地問。

「李夫人，我看您臉色不好，是不是不舒服？」黃大夫也關切道。

韓秋月遲鈍反應著，「啊……沒、沒什麼，可能是這裡面太熱的緣故。」

「那我扶姨母去外面透透氣？」李明珠建議道。

韓秋月點點頭，對黃夫人虛弱一笑，「不好意思，先失陪一下。」

「要不，請個大夫來瞧瞧？」黃夫人好心道。

韓秋月勉強笑道：「不用了，免得擾了老太太的興。」

李明珠扶著娘，心裡很是擔心，從沒見過娘這樣失魂落魄，可之前明明還好好的。

「明珠，妳去把妳嫂子叫過來。」走到外面人少處，韓秋月吩咐李明珠，她已經無心在這裡逗留了，眼下，最要緊的是弄清楚山西那邊的狀況。

舞陽郡主和裴芷箐站在窗邊，望著李明珠和韓秋月離去。

「妳今日這番話若是傳了出去，李明珠再想嫁個好人家，怕是難了。」裴芷箐幽幽說道。

舞陽郡主冷笑一聲，「我這可算得上是行善積德了，這種攪屎棍進了誰家，誰家倒楣。」

裴芷箐失笑道：「去西山吃了兩年齋飯，怎的說話還這般粗俗？」

「說她攪屎棍還抬舉她了呢！也不瞧瞧自己是什麼身分，還敢在我面前囂張狂妄！」舞陽不以為然地翻了個白眼，頓了頓，又道：「噯，那個林大夫真有妳說的那麼有趣？」

裴芷箐笑道：「什麼時候妳和她相處一下不就知道了？」

舞陽郡主抿嘴笑道：「過幾天吧！我剛回來，太后天天召我進宮呢！」

韓秋月一回李府，就命人立即去把孫先生找來。

姜嬤嬤見夫人面色不豫，忙迎上來，「夫人，您這是……」

韓秋月一揮手，叫春杏等人都下去。

「姜嬤嬤，出大紕漏了。」韓秋月兩眼空茫，語聲飄忽，彷彿已經魂遊天外。

姜嬤嬤心裡一緊，「怎麼了？」

外面春杏稟報：「孫先生來了。」

不等孫先生行禮，韓秋月急急問道：「那位古先生到底是什麼來路？你是如何認得他的？」

孫先生愣了一下，這個問題夫人不是早就問過了？

「你倒是快說啊！」韓秋月急聲催促。

「那位古先生曾經做過漕幫的師爺，前兩年做糧食生意的時候認識的，夫人，有什麼不對嗎？」孫先生還是老話。

韓秋月沉默片刻，道：「你現在能聯繫上他嗎？」

孫先生回道：「二月裡古先生來送紅利的時候，說過四月底要回京一趟，估計這會兒應該在來京的路上了。」

提到那十萬紅利，韓秋月更慌，萬一古先生是用這十萬紅利來騙她六十萬……她不敢往下想，心裡生出前所未有的恐慌，她輸不起。

姜嬤嬤聽出點苗頭，擔心道：「夫人，是不是那個古先生……靠不住？」

孫先生笑道：「怎麼可能？古先生在漕幫可是有口皆碑的。」

「可他說黃員外郎家也在做煤礦生意，我今日碰到黃夫人，她卻說根本沒這回事。」韓秋月質問道。

孫先生驚訝道：「不可能啊，估計是那黃夫人不想讓人知道這事吧！」

「是啊，夫人，這生財之道，一般人都不肯道與外人知曉的。」姜嬤嬤也安慰她。

韓秋月又茫然起來，會是黃夫人對她有所隱瞞嗎？可是看著不像啊！如果四月底古先生能來的話，應該是沒問題吧？

韓秋月強迫自己冷靜下來，「孫先生，你趕緊去了解一下古先生這個人，還有他說的那幾家參與開礦的，是不是確有其事。」

孫先生道：「小的馬上就去辦。」

「你謹慎點，這事不得有半點馬虎，有了消息，速速來回我。」韓秋月鄭重吩咐道。

姜嬤嬤心裡也是慌亂，早就勸夫人要謹慎些，可夫人那時已經頭腦發熱了，現在再說來不得半點馬虎，會不會太遲了？但願事情沒那麼糟，多賺點少賺點都無所謂，千萬不能血本無歸啊！

韓秋月只顧著山西的事，根本就沒留意到明珠今天也有些不對勁，她強按著心中的不安，跟老爺提了與黃家結親的事，老爺覺得不錯，只等黃家上門提親了。

可是等了三天，黃家一點動靜也沒有，韓秋月急了，又不好上門去催，可這樣拖著也不是辦法，忽然想起那日黃夫人說過，她有一門好生意要介紹給她，便以此為藉口，給黃夫人下了帖子，邀請黃夫人上門一敘。這邊請帖才送出去，那邊趙管事來報，說是打聽到買了田黃石的買主，不是別人，正是二少爺李明允。

韓秋月這幾日本就是惶惶不安，心浮氣躁，這一聽之下，更是燃起怒火，二話不說，帶了姜嬤嬤就衝到老爺書房裡。

「老爺，這事您得給評評理，妾身瞧上的一塊田黃石，本是要買了來送給葛大人的，好讓葛大人多照拂著點明則，誰知臨了讓人半道上給搶了，您知道這人是誰？不是別人，正是明允！您說他這是安的什麼心？他分明是在拆明則的台！」韓秋月一進門就氣沖沖地告狀，也沒注意到李明則和李明允都在書房裡。

李敬賢皺起眉頭，手中的文摺往桌案上一扔，不悅道：「妳別說風就是雨，事情都沒了解清楚，發什麼牢騷？」

韓秋月氣道：「這還用了解嗎？事情不是明擺著嗎？他就是見不得明則好，巴不得明則一輩子抬不起頭！」

「母親……」李明則聽不下去了，起身說道：「您誤會二弟了。」

韓秋月一回頭，發現李明允也在，一副淡定自若的樣子，適才確有那麼一下下的尷尬和窘迫，頓時又被滿腔的憤怒所取代。她真的是忍這個人忍得太久了，別的事就算了，但他居然敢算計到明則頭上，她絕不允許。

「誤會什麼？你想說他根本不知道這事？明則，你別太天真了！」韓秋月索性撕破了臉。

「夠了！」李敬賢臉沉下來，大聲喝道。

「我看該好好清醒清醒的人是妳，滿口胡言，哪裡還有當家主母的風範與氣度？明允是買了塊田黃石，還親自送到葛大人那裡，希望葛大人能好好指點明則。這事還沒來得及跟妳說，妳就不分青紅皂白地冤枉他，妳真好意思啊妳，以小人之心度君子之腹，說的就是妳種人！」李敬賢斥責道。

李明則見父親動怒，忙勸道：「父親息怒，一場誤會而已。」

李明允淡淡一笑，道：「兒子讓母親產生誤會，兒子也有責任，不過，兒子當真不知那田黃石是母親看中的，只是知道葛大人喜歡收集這些東西，才特意去尋了來。兒子也是想幫大哥一把，以後兄弟之間也好相互扶持，還請母親寬恕兒子不知之過。」

韓秋月明明知道李明允謙恭的外表下是藏著怎樣的一顆心，李明允絕對不可能有這麼好心，說不定這是他精心設計的一個圈套，可是，就算知道這是圈套又如何？裡子面子全叫他占了去，她能說什麼？再說下去只會讓老爺覺得她不可理喻，心思狹隘。

韓秋月權衡了一下，勉強緩和面色，不鹹不淡地說：「你也別怪母親責難於你，實在是這件事太過湊巧，讓人不得不產生懷疑。既然誤會已經澄清了，那就沒事了，以後有什麼事情一定要早早與你父親商量，免得再生出什麼誤會。」

「兒子謹遵母親教誨。」李明允依舊有禮，看不出半點不悅。

韓秋月吃了記悶虧，悻悻道：「老爺也別忙太晚，注意身體，早些安歇。」說罷轉身離去。

李明則拍拍李明允的肩膀，抱歉道：「二弟別介意，母親不是故意為難你的。」

李明允無所謂地笑笑，略有些傷感地說：「母親也是為了大哥著想，我怎會介意？不過，有些羨慕大哥是真的，有個這麼疼愛你的娘親。」

李敬賢想到葉氏，對韓秋月就越發厭惡，冷哼道：「你母親真是越來越不像話了！」

韓秋月憋了一肚子氣，問姜嬤嬤：「二少爺說的話，妳信嗎？」

姜嬤嬤思忖道：「可二少爺買了那田黃石又的確是為了大少爺……說不定當真是湊巧了。」

「我覺得事情沒這麼簡單，他這是黃鼠狼給雞拜年，沒安好心！」韓秋月篤定道。

「二少爺到底安了什麼心，現在咱們還不得而知，老奴會讓人好好盯著二少爺的。」

回到寧和堂，趙管事又來回話，說黃夫人身體有恙，只怕明日之約是不能來了。

「怎麼好端端的身體有恙？」韓秋月疑惑道：「你可見著黃夫人了？」

趙管事回道：「奴才沒見著黃夫人，是黃府府上的管事出來回的話。」

姜嬤嬤揣測道：「莫不是真病了？按說，夫人給她下帖子，那是抬舉她了。」

韓秋月默然良久，嘆道：「既然她病了，那我便去瞧瞧她。」

◆◆◆

「二少奶奶，要不要再放點熱水？」銀柳試了試水溫，詢問道。

林蘭撈了一捧玫瑰花瓣往手臂上抹，愜意道：「不用了，這樣剛剛好。」

這幾天真是累得夠嗆，藥鋪裡生意火紅不說，她也是四處趕場，現在她已是多位官太太的美容顧問，都快分身乏術了，還要製作保寧丸什麼的。九千顆藥丸換一塊御賜匾額，她真有些心虛，所以這次她打算再追加九千顆。

「二少奶奶，咱們藥鋪的生意雖好，但才開張一個多月就捐了這麼多藥，而且，那些付不起藥費的，您都給人免了，這一傳十十傳百的，沒錢的都來咱們藥鋪看病，這樣下去，豈不得虧本？」銀柳一邊拿了細棉帕子幫二少奶奶擦背，一邊發牢騷。

林蘭笑道：「我這是秉承師訓，濟世救人嘛！難道還眼睜睜看著窮人因為沒錢抓藥，就得忍受病痛的折磨，因此而喪命嗎？」

「可是天下窮人這麼多，您救濟得過來嗎？說不定有些人是裝窮來蹭藥的。」銀柳反駁道。

林蘭默了默，道：「妳說的也有道理，不過，我打一開始開藥鋪就沒想過從窮人身上賺錢，榨乾了也沒幾滴油水。」

「銀柳，妳少奶奶精明著呢，哪裡會做虧本生意？妳放心吧，我心裡有數，做好人也得在我可承受的範圍之內。」李明允掀了軟簾走進來。

林蘭趕緊身子往下沉，皺眉道：「你怎麼進來了？我在泡澡呢！」

銀柳忍道：「哎呀，奴婢忘了，周嬤嬤讓奴婢過去一趟呢！」說著起身朝李明允福了一福，麻溜地退了出去。

「哎，我還沒洗好呢！」林蘭急嚷，回應她的是「吱呀」的關門聲。林蘭心罵，這個叛徒。

李明允笑呵呵道：「銀柳是越來越機靈了。」

林蘭白他一眼，「父親今日沒什麼要事嗎？這麼快就把你放回來了？」

「父親有客來訪，就讓我和大哥先回了。」李明允說話間，已經寬了衣裳，跨進了浴桶。

林蘭讓了讓，抱怨道：「想好好泡個澡也不行！」

李明允扯過棉帕子，嬉皮笑臉地道：「為夫伺候妳還不好？有這待遇妳該偷著樂了。」

林蘭推了他一把，「去去去，離我遠點，咱們各泡各的澡！」

李明允失笑，「我又不會吃了妳，要吃也是妳吃我。」

林蘭面上一紅，大眼瞪過去，咕噥道：「越來越沒正經了！」

「妳想哪兒去了？不是每次都是妳咬我的嗎？妳看，這裡還有證據。」李明允指著肩膀上的一圈牙印，以證明他的無辜，是某人自己思想不純潔，想偏了。

林蘭羞惱地拍了他一臉水，「叫你壞，叫你壞……」

李明允趁勢一把將人拉進懷裡，朗聲笑道：「好了好了，不鬧了，跟妳說件正事。」

「呸，少拿正事敷衍我！」林蘭掙了下。

李明允嚴肅地警告道：「別亂動啊，出事我可不負責。」

感覺到身後已是頂了根鐵杵，林蘭也不敢造次了，撐著他的肩膀與他保持距離，板著面孔，道：「你不是要說正事嗎？我洗耳恭聽了，快說。」

李明允瞧她那瓷白水潤的肌膚，也不知是因為害羞還是被水氣蒸了的緣故，透著一片緋紅，宛若熟透了的櫻桃，格外誘人。想到過兩天便是她的小日子，他不禁蠢蠢欲動，不過……還是先說正事吧！

「這幾日老巫婆派孫先生四處打聽古先生的事。」李明允說道。

這還真是要緊的事呢！林蘭思忖道：「她急了吧？」

「著急是一定的，只是現在不知她是因為著急了，還是聽到了什麼風聲，總之那日葛老太太壽誕，老巫婆沒等壽宴開始就先回來了。據門房說，老巫婆臉色難看極了，一回來就把孫先生叫了去。」李明允蹙眉道。

「聽你這麼一說，我倒想起一件事來，昨日我去邱大人府上，邱家小姐憤憤不平地跟我說，明珠在一眾小姐面前說我壞話，後來叫芷箐和什麼舞陽郡主給狠狠教訓了一頓。舞陽郡主還特別囑咐黃家小姐，交友要謹慎，以後誰家娶了明珠，誰家要倒楣之類的話。」林蘭回憶道，這個裴芷箐，有這麼有趣的事居然都沒告訴她，她明明天天去裴家來著。李明珠啊李明珠，我不給妳挖坑，妳就這麼迫不及待地自掘墳墓，叫我說妳什麼才好呢？妳到底是不是渣爹親生的呀？怎麼盡幹這麼些蠢事？

「黃小姐，哪家的黃小姐？」李明允問道。

林蘭想了想，道：「似乎是工部員外郎黃大人家的小姐吧！」

李明允恍然，「原來如此。」

林蘭好奇，「你想到什麼了？」

「那工部員外郎黃大人這幾年貪沒公款，中飽私囊，家底倒是殷實豐厚，對外只說是岳家經營茶葉生意，故而當初古先生就拿黃家做誘餌，引得老巫婆上鉤。想必是那日葛老太太壽誕，老巫婆問了黃夫人，這才慌了。」李明允分析道。

林蘭不禁擔心起來，「那對你的計畫有沒有影響？」

「那還不至於，知道癥結所在，到時候古先生另找一套說辭就是了。」李明允閒閒道。

「嗯，古先生幫咱們的忙，可別累得他吃了官司才好。」林蘭很厚道地說。

李明允微微笑道：「怎麼可能累他吃官司，妳也太小瞧為夫的本事了。這一次定要打擊得老巫婆毫無招架之力，咱們不僅要把我娘留下的鋪面莊子全拿回來，還要叫父親也好好放一次血。」

「父親會替老巫婆收拾爛攤子？他不會把鋪面賣了去還債？」林蘭深表懷疑。

「放心，京城裡的產業，父親他是不敢隨意亂動的，要不然，御史台那些順風耳一聽到風聲，馬上就能從中捕捉到蛛絲馬跡，而且父親他也丟不起這個人，他只有拿出自己的體己來補漏。問題是，他要補漏的地方可不止這一處。」李明允冷笑，頓了頓，又道：「父親早就已經對老巫婆不耐煩了，山西的事一旦發作，父親絕對不可能再容忍老巫婆，老巫婆捲包袱滾蛋的日子不遠了。」

林蘭長舒一口氣，「等這日已經等了很久了，我在想，要不要給老巫婆添把柴火，讓她毀滅得更徹底？」

李明允哂笑道：「好啊，妳又有什麼好主意？」

林蘭眼珠子一轉，笑道：「你使了一招請君入甕，我也來上一招願者上鉤。劉姨娘不是有孕了嗎？我只要放出風聲去，說劉姨娘懷的是兒子，你猜老巫婆會不會抓狂？她若是還有一絲人性便罷了，若是徹底黑了心，那誰也救不了她。」

李明允笑道：「妳可得掌握著分寸，別叫劉姨娘肚子裡的孩子遭了殃，孩子是無辜的。」

林蘭剜他一眼，「我是這麼沒分寸的人嗎？」

李明允賠笑道：「我只是提醒妳。」

「水都涼了，我得起來了。」林蘭說著就要起身，卻被李明允緊緊抱住，在她耳邊曖昧道：「我來給妳加加溫……」

林蘭耳朵一紅，嗔道：「不用你這麼好心……啊……你這個壞蛋……」

第二天，丁若妍和林蘭去寧和堂請安，韓秋月心不在焉的，春杏來回話，說給黃夫人的禮物都準備好了。

丁若妍神色微有異樣，欲言又止。

韓秋月點頭道：「妳讓趙管事備好馬車，待我去向老太太請了安就出發。」

林蘭心道：莫非老巫婆要親自登門詢問山西的事？

丁若妍輕聲問：「母親是要去工部員外郎黃大人家拜訪嗎？」

韓秋月淡淡一笑，「是啊，昨兒個聽說黃夫人身體不適，便去探望探望。」

林蘭馬上請求道：「黃夫人身體不適，要不，兒媳跟母親一起去吧？」

韓秋月正要回絕林蘭的請求，丁若妍猶豫道：「母親……兒媳以為，黃家還是莫要去了。」

林蘭和韓秋月俱是詫異，丁若妍在家中從來話不多，今日怎麼說出這樣一番話來。

「為何？」韓秋月奇怪道。

丁若妍看看林蘭，又看看屋子裡的丫鬟，一副難以啟齒的模樣。

韓秋月心頭一凜，莫非丁若妍知道些什麼，卻不好當著大家的面說，便對林蘭道：「妳鋪子裡還要忙，就先去吧！」

林蘭狐疑著，莫非韓秋月去黃家還為了別的事？既然韓秋月存心打發她走，她自不好死皮賴臉留著聽八卦，只好先告辭。

林蘭一出門，裡面的丫頭也被趕了出來。

林蘭故意放慢腳步，等翠枝走過來，小聲問道：「夫人去黃家做什麼？」

翠枝小聲回道：「似乎是為了表小姐的婚事。」

林蘭怔了怔，這下可算明白了，老巫婆原來是想跟黃家結親，難怪那日舞陽郡主專門警告黃家小姐。林蘭嘴角牽出一抹冷笑，看來老巫婆還不知道李明珠幹的好事，要不然，就算她臉皮再厚，也沒這個勇氣上門去自取其辱啊！

丁若妍啊丁若妍，妳真不該攔著，要不然，老巫婆今日出門去，肯定吐血被人抬回來。許是韓秋月最近被頻繁打擊，有了較強的抗壓性，也許是這次打擊得猛了，一時回不過神來。

本來這事丁若妍是不打算說的，李明則也是這意思，省得婆母煩心，省得公爹生氣，可婆母若是去了黃家，這事怕是瞞不住，說不定還會受人埋汰，與其別人來說，還不如她來說，可現在說完了，婆母卻彷彿靈魂出竅，只怔怔地發呆，丁若妍很是忐忑。

姜嬤嬤小聲道：「大少奶奶，要不您先回，這裡有老奴看著呢！」

丁若妍無聲嘆息，這個明珠表妹實在是蠢鈍，在那種場合，哪怕是一言有失都會招來非議，她還……這女兒家最要緊的就是名聲，如今舞陽郡主這番話，怕是早已傳遍京城，誰還敢娶她？

「姜嬤嬤，妳多勸著點，有事速來稟我。」丁若妍小聲道。

「噯，老奴省的。」姜嬤嬤恭恭敬敬把大少奶奶送出了門。

屋子裡靜悄悄的，姜嬤嬤也不知該如何安慰夫人，夫人為了明珠小姐真是操碎了心，可明珠小姐實在太不懂事了，不但壞了自己的名聲，更是毀了自己的將來，夫人這會兒該多心痛啊！

許久，韓秋月頹然開口：「姜嬤嬤，妳去把小姐叫來。」

姜嬤嬤猶豫道：「夫人，您可千萬別動氣。」

韓秋月自嘲地冷笑一聲，「事已至此，我就算氣死了，也無濟於事。」

李明珠也知道這事肯定瞞不住，當時只覺得氣憤委屈，回來後越想越害怕，若是讓爹知道了，非得打死她不可。

「姜嬤嬤，姨母她是不是很生氣？」李明珠惶惶不安地問。

姜嬤嬤看著她直搖頭，怨嘆道：「小姐，別怪老奴說話不好聽，您在家裡再怎麼胡鬧都行，可您怎麼能在外頭胡鬧呢？您叫夫人怎麼辦？就是想護著也護不成啊！」

李明珠委屈地咕噥：「我只是聽不慣大家都誇二表嫂，她算什麼東西嘛！」

姜嬤嬤頭搖得更厲害了，「小姐，說您糊塗您還真是糊塗，得了，您自己跟夫人去解釋吧，老奴是幫不了您了。」

李明珠害怕得不敢進去，可憐兮兮地問道：「姜嬤嬤，我能不能不進去啊？」

姜嬤嬤都忍不住想罵人了，「小姐，您說呢？」

韓秋月瞅著地上跪著的女兒，半天都找不出一個合適的詞來表達此刻的心情，如果一切可以重來，當初懷上這個孽種的時候，她一定毫不猶豫地打掉。為了明珠，她黑鍋也背了，多少氣她都受了，只盼著明珠許個好人家，平平安安送出去，這顆心也就安了，誰想得到她這般能幹，把自己的前程毀得如此徹底，如今，她便是有通天的能耐，也無法力挽狂瀾了。

「明珠啊，這一次，娘幫不了妳了，趁妳爹還不知情，娘替妳尋個由頭，妳先回老家去吧！」

韓秋月面上帶了幾分倦意，語聲裡透滿無力感。

李明珠怯怯地看著母親，怯怯道：「那女兒什麼時候才能回來？」

韓秋月目光陡然一凜，呼吸也粗了起來，冷聲道：「妳以為妳還能在京城待下去嗎？莫說妳只是李府的表小姐，便是正經的小姐，這京城中也無妳容身之地了！」

李明珠身子一軟，癱坐地上，慌亂道：「娘，女兒不過是與那舞陽郡主口角了幾句而已……」

韓秋月瞧著這個不曉事的孽障，真想一巴掌拍死她算了，她咬著牙恨恨道：「幾句口角？妳知不知道舞陽郡主是何人？她是忠國公的嫡孫女，是太后最疼愛的孫侄女，便是我見了她都要討好三分，人家一點唾沫星子就能淹死妳！妳倒好，還跟人家口角，妳到底有沒有腦子？」

李明珠淚眼汪汪，抽泣道：「女兒當時不知道她的身分嘛！」

韓秋月氣得渾身發抖，「就算沒有舞陽郡主在場，妳就能在一眾小姐們面前說那些沒腦子的話？那裡面有哪一個不是身分尊貴的？林蘭好不好，需要妳去爭？妳去辯？為了那個賤人壞了自己的名聲，妳可真有本事！」

李明珠哭得更大聲，心裡也是很後悔，當時怎麼就沒忍住呢？

「哭，妳還有臉哭！」韓秋月恨道：「妳回老家好好待著，娘替妳在那邊尋一戶風光體面的好人家，妳就安安生生過日子！再這般缺心眼沒腦子的，妳就只能出家做姑子去了！」

「姜嬤嬤，傳出話去，今年是大老爺五十整壽，老爺和我暫時都走不開，就讓明珠先回去送賀禮。」韓秋月果決道。

姜嬤嬤應聲，看明珠小姐哭得傷心，勸道：「小姐，您就別哭了，小心叫外頭的人聽見，傳到老爺耳朵裡，到時想走都走不成。」

李明珠趕緊收聲，可哭得太厲害一時收不住，整個人一抽一抽的，看起來越發可憐。

韓秋月覺得心疼，可不能再縱著她了，索性閉了眼，叫姜嬤嬤把人帶下去，眼不見心不煩。

李明珠邊走邊扭著頭哭道：「娘，您不能不管女兒，您一定要接女兒回來……」

回來？回來嫁誰啊？韓秋月一手支在炕几上扶著額頭，一手捶著胸口，這一波未平一波又起，心力交瘁啊！

丁若妍回微雨軒把這事告訴了李明則，李明則呆了半晌，嘆道：「這事反正也瞞不住，若是先傳到父親耳朵裡，只怕更糟糕，罷了，也該讓她學點教訓。」

晚上，眾人去朝暉堂請安，韓秋月就提了讓明珠先回去向大伯祝壽的事。

李敬賢忖了忖道：「大哥五十整壽，按理，我該回去，就算我去不成，或者明則、明允去一個，可明則若是過了吏考，就要在京候職，誰知道什麼時候走馬上任？明允就更不用說了，剛剛升了職，哪裡走得開，哎……也只有讓明珠走一趟了。」

老太太道：「不若，我和明珠一道回吧，出來也好幾個月了。」

韓秋月微一喜，這可真是無心插柳了。

只聽得李敬賢說道：「母親難得來，少說也得住上幾年，最好是不走了，也好讓兒子盡盡孝心。大嫂臨走的時候不是說了，讓母親安心住在這，大哥的整壽，大嫂會妥善安排的，再說了，劉姨娘已經有了身孕，母親不是一直叨念著要抱孫子嗎？」

老太太又猶豫起來，這最後一個理由，的確充滿了誘惑。

林蘭和李明允目光交流，心裡都明白老巫婆把李明珠打發回老家是為了什麼，這理由還真是名正言順，冠冕堂皇啊！明明是京城裡待不下去了，灰溜溜地滾回老家的。

李明允唇角一彎，起身附和：「祖母照拂大伯、三叔這麼些年了，怎麼也該輪到我們家了。父親可是日日都盼著能在祖母跟前盡孝的，好不容易把祖母給盼來，祖母卻只住幾個月，父親該多失望，便是我們也極捨不得的。再說，外面那些不知情的，還道父親不賢孝，讓祖母待不下去了呢，豈不累及官聲？」

幾句話都說到李敬賢心坎裡去了，李敬賢一疊聲道：「明允說的極是。」

「後年便是祖父七十冥壽，到時候，大哥也當官了，咱們再一起回處州替祖父辦四十九天水陸道場，好好風光一回，豈不是好？」李明允又道。

「是是，這事，兒子早就考慮過了，到時候把宗祠也重新修葺一番。」李敬賢哈哈笑道，那時候回去才叫榮歸故里，風光無限。

老太太從善如流：「那便再住些日子，只是明珠一人回去，這路上……」

韓秋月痛恨李明允多管閒事，又不能發作，強作笑顏道：「母親不必擔心，媳婦讓趙管事辛苦一趟，親自送明珠回去，不會有事的。」

李明則擔心地看著低著頭一言不發的妹妹，心裡嘆息：先回去避避風頭也好，等大家都把這件事淡忘了，再回來便是。

回到落霞齋，林蘭讓玉容幫她卸了頭飾，邊道：「李明珠若是走了，我還真覺得無趣。」有這麼個愚蠢又愛挑事的小姑多有趣啊！留著這個惹事精，時不時膈應下老巫婆，多痛快啊，當真是捨不得！

李明允閒閒地坐了下來，悠悠道：「走是必須得走，只是卻不能叫她走得這般容易。」

林蘭一怔，回頭問道：「怎麼說？」

李明允意味深長地笑道：「她每次闖禍都是老巫婆替她瞞著擔著，她就不長記性，這次也是，老巫婆這麼急著打發她回老家，還不是怕父親知道了，雷霆震怒。我覺得茲事體大，該讓父親知道的還是得讓他知道，養不教，父之過也，父親也該盡盡他做父親的責任了。」

「你想告訴父親？」

「哪用得著我去說，這事父親遲早會知道，我只是讓父親知道的時間稍微提早那麼幾天而已。」李明允徐徐說道：「我還想明珠留下來看老巫婆的好戲，到時候，她們娘倆一塊回老家，路上也好做個伴。」

林蘭噗哧笑了起來，「行啊，到時候，她們也好相互安慰一下。」

玉容眼睛一亮，試探道：「二少奶奶，夫人真的快倒楣了？」

林蘭抿嘴笑道：「那得看妳們二少爺的本事了。」

李明允一派篤定地笑著，「等著吧，好戲就快開鑼了。」

◆ ◆ ◆

韓秋月一邊緊鑼密鼓安排李明珠回老家，一邊焦急地等待古先生的消息。

這日，城北一座半舊宅子裡，孫先生急得六神無主，「古先生，你這不是害我嗎？這陣子我可是打聽過了，黃家根本沒參股山西的煤礦，寧王孫倒是開了礦，走的卻不是你這條道，這些我可都還替你瞞著，只要賺到銀子，這些都不是問題，可現在你跟我說，夫人投的兩座礦山都是廢礦，你叫我如何跟夫人交代？」

對面的古先生皺著眉頭遺憾道：「你以為我想這樣？我自己還參了一股呢！這幾年的積蓄全賠進去了，我怨誰去？想發大財就得冒大風險，賺了是你運氣好，賠了也是你的命，誰知道這礦煤層這般淺，還就那麼一丁點……」

孫先生一拉袖子，擺出了無賴架勢，這事可不是鬧著玩的，弄不好是要吃官司的。

「你虧不虧的我可不管，當初是你跟我打包票，說什麼千載難逢的好機會，我才在夫人面前慫恿的，你得想辦法把這錢吐出來，要不然，夫人一定拉你我去見官！」

古先生抬起頭，盯了想要橫的孫先生半晌，嗤的笑了一聲，譏誚道：「我說孫先生，千載難逢的好機會就意味著穩賺不賠？您好歹也念過書吧！」

孫先生被堵了一下，隨即道：「那黃家和寧王孫的事怎麼解釋？」

古先生不慌不忙道：「我提了黃家和寧王孫了嗎？」

孫先生再度被噎到，指著古先生，大著舌頭道：「你……你這是想要賴不成？」

古先生慢慢起身，走到孫先生身邊，拍拍孫先生的肩膀，讓他坐下，慢吞吞道：「孫老弟啊，事情變成這樣，誰也不想，我虧了，夫人也虧了，但是孫老弟，您可一點都沒虧，不是嗎？」

孫先生面上一僵，神色驚疑不定。

「我古某反正是一人吃飽全家不餓，夫人若是硬要拉了我去見官，我也不怕。開礦所需的一應文牒我都備得齊齊的，夫人參股也是心甘情願按過手印的，想告我行騙？呵呵，沒那麼容易……再說了，我若是倒了楣，對你有什麼好處？難道你要把到手的銀子都吐出來？讓你的妻兒老母從新宅子裡搬出去？天津桂花巷二進的小院子比原來的破瓦房可是舒適多了……」

古先生一席話，讓孫先生更加驚訝，驚惶地看著古先生，「你怎知……」

古先生朗聲道：「別忘了我曾當過漕幫的師爺，不敢說兄弟遍天下，不過，若是想知道點什麼事，還是容易的。」

孫先生面色發白，坐不住了，騰的站起來，「你想怎樣？」

古先生示意他坐下來，笑容溫和，眼神卻是犀利，透著明顯的威脅之意，「孫老弟稍安勿躁，我只是希望你明白，夫人若是知道你從中得了這若干好處，她還能信你？說不定還以為是咱們倆合夥騙她。我這個外人固然可惡，你這個家賊更是不可饒恕，所以啊，咱們如今是一條船上的人，翻了船，誰也跑不了。」

孫先生痛苦地抱著頭，沉默良久，啞著嗓子問道：「那你說該怎麼辦？」

古先生淡淡一笑，緩緩道：「只要你好好與我配合，這事不難解決。李家官大家業大，虧這麼點銀子小意思，事後，你還照樣住你的新宅子，開你的雜貨鋪。」

孫先生斟酌再三，到了手的銀子他可不想再吐出來，反正李家多的是產業，虧不死他們，不由目光一凜，拍案道：「好，一切都聽你的！」

◆ ◆ ◆

韓秋月和姜嬤嬤、姚嬤嬤一起在庫房裡挑選給大老爺的賀禮。

「夫人，老奴覺著這匹暗花羅挺合適的。」姜嬤嬤抱了一匹赭色的花布來。

韓秋月摸摸料子，嘆道：「這本是給老爺留的，罷了，添上吧，再把那匹妝花羅一併捎上，送給大伯母。」

姚嬤嬤趕緊命人把兩匹布都抱出來，在庫房物品出入登記冊上記下。

「姜嬤嬤，妳再去挑兩匹緞子。我記得還有兩幅翠紗帳子，也一併捎上，再加上一對玉如意，算是送給俞家的聘禮。」韓秋月極不情願地吩咐。若不是老太太一再叮囑，她才懶得給那個賤貨準備聘禮。

姜嬤嬤和姚嬤嬤對望一眼，姜嬤嬤抬了抬下巴，給姚嬤嬤使眼色，姚嬤嬤又去挑了兩匹去年剩下的錦緞。

春杏來報，說孫先生求見。

韓秋月神色一凜，說：「姚嬤嬤，妳趕緊把東西準備好。姜嬤嬤，妳隨我去花廳。」

韓秋月急急來到花廳，見是孫先生把古先生帶來了，先是一喜，可看這古先生一臉愁苦，上次來送紅利時他可是一臉喜色，韓秋月不禁心裡一沉，目光轉向孫先生，孫先生心虛地低下了頭，她更是不安了。

古先生上前行禮，「見過李夫人。」

韓秋月開門見山，單刀直入：「古先生，山西那邊一切太平吧？」這幾天叫孫先生去打聽，他什麼消息也打聽不到，把她氣得夠嗆，又不敢有大動作，生怕老爺知道，愁得她吃不下睡不著，人都老了一大截，老太太還以為她在為俞蓮的事鬧情緒，一再勸解她，要想開點，她現在哪有心情管俞賤人的破事。

古先生面有難色，「李夫人，這事，古某真不知該如何開口。」

韓秋月只覺手腳發涼，聲音都在打顫：「你直說便是。」這段時間她想了很多，也做了最壞的打算，就是被古先生騙了，血本無歸，但是今天古先生能站在這裡，騙局的可能性應該可以排除，剩下的可能性就是她參股的礦山不那麼賺錢，一時半刻回不了本，甚至會虧一點。沒關係，這些她都能接受，可是，如意算盤落空的滋味實在不好受。

「李夫人，這礦山，當初古某是親自去看過的，出的煤成色極好，且是在淺層，容易挖掘。大家都說這座山是能賺大錢的，確實頭兩個月是賺了不少銀子，可是……挖到底下，盡是些廢石，煤渣少得可憐，古某不甘心，命人繼續深挖，還是……一樣的情形。」古先生抱歉道。

「那另一座礦山呢？」韓秋月急問道。

古先生搖頭嘆息，「這兩座礦山是連在一塊的，情形都一樣。」

韓秋月半晌回不過神來，心慌道：「那你的意思是……賺不了銀子了？那本錢呢？本錢能拿得回來嗎？」

古先生再度搖頭，「只怕是難。」

姜嬤嬤急道：「可你當初不是說，這兩座礦山都是極好的，一定能賺錢？」

古先生慚愧道：「按常理是如此，可是連當地有經驗的礦工都看走眼了，我也是有苦說不出啊！畢竟這東西埋在地底下，咱們又沒那透視眼，看不見是不是？這開礦山本來就風險極大，開對了，就是挖到座金山，開不對，就是一堆廢石。」

韓秋月渾身發冷，搖搖欲墜，撐了這麼多日，本就已經心力憔悴，這一下真有點承受不住。胸口起伏了幾個回合，韓秋月強壓住心中的失望與焦慮，目光如炬地審視著古先生，冷聲問道：「當初你說黃家也入了股，可據我所知，黃家並不知此事，你要作何解釋？」

古先生故作驚訝道：「難怪黃家夫人責怪我口風不嚴，哎呀，李夫人，您怎好去問黃夫人？當初我可是答應她絕不將此事外傳的，是看您確實有心想入股又猶豫不決，才道出黃家，讓您安安心。」

韓秋月懷疑道：「是嗎？我們這麼多銀子交在你手上，現在你一句話，銀子沒了，賺不了了，這事難道就這麼算了？你讓我們心裡怎麼想……」

古先生打斷道：「李夫人，古某知道這事讓夫人很失望，不瞞李夫人，在來李府之前，古某已經去過黃家和另一位東家府上，對這件事做了交代。當初古某就說過，這事不能保證，是有風險的。你們若是不信，每家只管派出最可信的人隨古某去一趟山西，看看便知古某是不是在誆騙你們。」

韓秋月強作鎮定，「你道我不敢嗎？我這便讓人聯絡黃家，一起去山西看個究竟。」

「李夫人，聯絡一事，古某還是勸李夫人打消這個念頭，投資礦山需要多少本錢，您是知道的。您兩座山，一座占了兩成，一座占了三成，他們下的本錢可比您多多了。你們若是商賈之家，沒關係，隨便嚷嚷都行，可你們偏巧都是官家，幾位老爺又是身兼要職，就憑那麼點俸祿，哪來那麼多銀子去開礦？當然，古某是知道李夫人的銀子來得清白，李家那麼多產業，這麼多年積蓄下來，這點銀子還不是小意思？可御史台的人不會這麼想，外邊的老百姓不會這麼想，到時候惹出點閒話，只怕對幾位官老爺不利。古某是肺腑之言，還請李夫人三思。黃家那邊是再三囑咐不得宣揚出去，至於夫人您也參了股，古某可是跟誰也沒提起過。當然，如果幾位老爺都不介意的話，古某也沒意見。」古先生誠懇說道。

這話是正中了韓秋月的要害，一百多萬兩銀子啊！說出去誰信你這銀子是清白得來的？若是實話實說，傳出去，李家借印子錢去投資礦山，結果得的一場糊塗，只怕她還沒愁死，老爺就會把她給掐死了。韓秋月態度緩和下來，畢竟現在主動權掌握在古先生手上，怎樣能把損失降到最低才是關鍵。

「古先生，我也不是信不過你，實話跟你說，我家老爺為官清廉，就靠著以前置辦下的幾處產業還有點進項。這次投資礦山，已是用掉了所有積蓄，大部分還是借的，古先生，我這確實是有難處，你看，能不能想想辦法，我實在是虧不起呀！」韓秋月低聲下氣道。

古先生心裡冷笑，這個婆娘剛才威脅不成，現在又來裝可憐了。李家的底細他是一清二楚，不需要她來說明，原本就不是她的銀子，哭什麼窮，裝什麼可憐啊！

「李夫人，不是古某不想幫您，這事實在不好辦，古某估計，就算挖穿了地底，這產出還不夠付人工費的。」古先生苦笑道。

韓秋月面色發青，用力咬著牙死撐著，才沒癱倒，顫聲道：「那可如何是好？那些銀子就這樣打了水漂？」

古先生面色也不好看，只無聲嘆息。

韓秋月深吸了口氣，態度堅決道：「古先生，我家的情形已經跟你直說了，我現在不要求能賺多少銀子，但這本錢我必須要回來，要不然，我便是豁出臉面不要，也要與你打官司。當初你可是說得千般好萬般好，我才信了你。」

古先生怔了怔，鼻子裡哼出不屑的笑來，「李夫人，您是想告古某欺詐？」

韓秋月冷聲道：「到時候一切就讓官府來定奪。」

孫先生急了，想開口勸夫人，被古先生眼神止住，古先生從容道：「李夫人，做生意本就有虧有賺，您若是想做穩賺不賠的生意，這天底下怕是難找。當初古某就有言在先，這事有一定的風險，是誰說富貴險中求？入股的合約是您自己簽的，手印是您自個兒按的，古某可曾脅迫您？開礦的文書您手上也有一份，您可以拿去官府驗證是不是偽造的。古某孑然一身，無名小卒一個，怕什麼啊？夫人要不要告官請自便，古某保證隨傳隨到，孫先生知道古某何處落腳。」

姜嬤嬤見兩人鬧僵了，忙來轉圜，「古先生，我家夫人也是一時情急，告官能有什麼用，能讓廢礦變成金礦不成？大家還是坐下來好好商量商量，看怎麼把損失降到最小才是。」

孫先生忙打哈哈：「就是就是，辦法總會有的……」

韓秋月一記眼刀飛過去，辦法會有的，你哄三歲小孩呢！都成廢礦了，還能有什麼辦法？

姜嬤嬤見古先生神色緩和下來，又道：「古先生，難道一點剩餘的銀子都沒了嗎？」

古先生道：「包礦山差不多已經去了七成，還要打點關係，雇礦工，運送煤炭，已經所剩無幾。」他說著掏出一本帳冊交給姜嬤嬤，「所有開支上面都有記錄，李夫人一看便知。」

姜嬤嬤接了帳冊又轉交給夫人，笑得十分溫和，「古先生，我們李家的情形與別家不同，別人家這點銀子虧了不打緊，可我們李家虧不起啊！古先生，您看，能不能剩下的銀子都勻給我們李家？」

韓秋月也是屏住呼吸，迫切地望著古先生。適才她已是軟硬皆施，可都叫古先生駁得無話可說，人家是走江湖出身的，水裡來火裡去，見慣了世面，真要比誰更能豁出去，她絕對是輸家。姜嬤嬤這番提議讓她又重新燃起了希望，哪怕是二十萬兩，不，有十萬兩銀子也是好的呀！

古先生皺起眉頭，沉吟道：「這事真不好辦？所有開支都有明細帳目，另兩家一算便知還剩多少，我如何勻給你們？」

韓秋月和姜嬤嬤俱是心一涼，充滿了絕望，但聽古先生又道：「我再想想辦法吧！」

孫先生去送古先生，韓秋月身子一軟，癱在了椅子上，失神地自言自語：「完了，這回真的完了，一切都完了……」

姜嬤嬤不知該如何安慰她才好，現在說什麼都晚了，虧本已成定局。老本虧了便虧了，可這前前後後七十萬兩印子錢該怎麼還？每月光利息就得四萬多，還有二十萬印子錢下個月就到期……庫房裡能賣的東西差不多都賣掉了，東直門那十八間鋪面沒有二少爺出面根本就賣不掉，這該如何是好？

「姜嬤嬤，我該怎麼辦？我做夢也想不到會是這樣的結果，我所有的希望、我的心血全都完了……老爺若是知道，他一定會殺了我的……我現在真的是走投無路了啊！」韓秋月哭喪著臉道。

姜嬤嬤輕拍她的背，苦澀道：「夫人，先別慌，古先生不是說會想想辦法嗎？」

韓秋月哽咽著：「他就是把剩下的都給我，也是遠遠不夠呀！」

「夫人，這事還是跟老爺商量商量吧，瞞下去不是辦法。老爺再生氣，您終歸是他的結髮妻子，老爺不會不管的。」姜嬤嬤勸道，事態的發展已經不是夫人可以控制的了，那些個放印子錢的大多背後有靠山，又是些窮凶惡極之徒，要錢不要命，官府也怕他們三分，真要鬧起來，後果不堪設想。

韓秋月抬頭，悽惶地看著姜嬤嬤，「可是……我怕呀，我不敢！老爺早就對我不耐煩，厭棄得很，巴不得我早點死了，省得礙他的眼，我要是把這事告訴老爺，他還不趁機把我給休了……」

姜嬤嬤抹了把老淚，真想說早知今日何必當初，可夫人已經這般淒慘，怎好再數落她。

「夫人，紙包不住火啊。與其等人家找上門來，還是您自己跟老爺說明的好。老爺如今對夫人是冷淡了許多，可夫人好歹還有大少爺，有小姐，老爺便是不顧念夫妻情分，看在大少爺的面子上，也不會坐視不管的。」姜嬤嬤勸道。

韓秋月心裡微微動搖，旋即又搖頭，淒然道：「明珠已是這般光景，自身都難保，明則又這般懦弱，我如何指望得上他們？」

姜嬤嬤腦子裡一個念頭閃過，「要不，跟大少奶奶商量一下，她那些嫁妝起碼值得十幾二十萬兩銀子，下月二十萬的印子錢可就要到期了。」

韓秋月一愣，猶豫道：「她會同意嗎？」

「她不同意也得同意，這女人就是嫁雞隨雞嫁狗隨狗，夫人您若是倒了楣，大少爺不得跟著不受待見？她也撈不著好。只要幫著夫人度過這次難關，以後不怕沒有東山再起之日。」

韓秋月思忖再三，道：「還是不妥，若是動了若妍的嫁妝，讓丁家夫人知道了，依她那個火爆性子，定會滿京城的去嚷嚷，不得更糟？」

說話間，孫先生回來了，耷拉著腦袋站在廳中央。

韓秋月抹了把眼淚，狠狠瞪著他，一雙怒目幾乎要噴出火來，她抓起茶几上的杯子朝地上狠狠一砸。清脆的碎裂聲，嚇得孫先生兩腿一軟，跪了下來。

「這就是你給我找的可靠又穩妥的人，這就是你給我介紹的賺大錢的好生意，現在，你去想辦法把銀子弄回來，去啊！」韓秋月指著孫先生的鼻子怒罵道。

孫先生重重磕了兩個響頭，「夫人息怒，小的也沒料到事情會這樣。不瞞夫人，那古先生他自己也是投了全部身家進去，半生跑江湖辛苦賺的銀子都沒了。」

「我呸！他虧多少與我何干？便是死了也與我無關，我只要拿回我的銀子！你今兒個若是不替我想出法子，要回這銀子，我就治你個勾結外人，欺詐主子之罪！」韓秋月怒道。

孫先生冷汗涔涔，古先生果真有先見之明。

「夫人，小的怎敢做這種背主忘義之事，夫人明鑒啊！」孫先生連連磕頭。

姜嬤嬤喝道：「若不是你在夫人面前說得天花亂墜，這銀子能打水漂嗎？打水漂還能聽幾聲響呢！你趕緊替夫人想個法子，這個坎要是過不去，咱們一個也跑不了，都得倒楣！」

孫先生惶恐地抬起頭，用袖子擦了把額上的冷汗，溫吞說道：「辦法也不是沒有……」

姜嬤嬤催促道：「你別吞吞吐吐的，有話趕緊說。」

「夫人不若把這兩座廢礦轉手……」孫先生定了定神說道：「反正外人又不知道這是廢礦，只要咱們籌畫得周詳。」

韓秋月眼睛一亮，直起身子，道：「你起來說話。」

孫先生站起來，上前兩步，小聲說道：「小的也是聽古先生說的，他想找個商賈，把他的份額轉出去，然後遠走他鄉，到時候誰還找得到他？」

韓秋月猶疑道：「他是孑然一身，走哪都不要緊，可咱們不行啊！」

孫先生眼中閃過一絲狡黠之意，嘿嘿笑道：「夫人，您把您的份額都委託給古先生不就成了？到時候，誰知道您也有份？出了什麼事，人家只會找古先生，跟咱們……沒關係。」

韓秋月眉頭漸漸舒展開來，看向姜嬤嬤，姜嬤嬤點點頭，認為這招可行。

「不過，怕是轉不出好價錢，但小的以為，能拿回一點是一點。」孫先生道。

韓秋月慢慢起身，在廳中走來走去，孫先生和姜嬤嬤的目光就跟著她轉來轉去。

良久，韓秋月停下腳步，說：「你去跟古先生說，讓他幫忙把我的份額也轉了，能拿回多少算多少。」

◆ ◆ ◆

工部員外郎黃大人府上。

「聽說您家公子要娶李尚書家的表小姐？」一位身材豐腴，頗顯富態的夫人湊近了，壓低聲音問道。

黃夫人意外地一愣，「趙夫人，這話您聽誰說的？沒這事兒啊！」

「外面可都傳遍了，您不知道？」趙夫人奇道。

黃夫人瞠目，拔高了聲音，氣憤道：「這是誰造的謠啊？缺不缺德呢！我家琪兒怎麼可能娶那種品行的女人！」

趙夫人恍然道：「我說呢，您一世精明，怎會在這種大事上犯糊塗？咱也不是嫌棄人家是個表小姐、家世什麼的，過得去也就行了，關鍵是品行。這娶妻要娶賢，要是娶個嘴碎的，成天說三道四，搬弄是非，那就家無寧日了。您別怪我多事，咱們兩家什麼交情，我一聽說這事，就趕緊過來問問，既然您沒這念頭，那我也就放心了，可這謠言是哪傳出來的呢？照這樣傳下去，三人成虎，眾口鑠金，黃公子的聲譽可得受影響了。」

黃夫人那日聽女兒轉述了舞陽郡主的話，當即就斷了結親的心思。前日李夫人送來帖子邀她過府敘話，她也裝病推了，沒想到，外面盡是流言滿天飛，這以後琪兒還怎麼找像樣的媳婦？

黃夫人急得想罵娘，礙著趙夫人在，生生忍住了，暗暗咬牙道：「若叫我知道是誰造的謠，我定叫她好看！」

趙夫人若有所思地說：「有可能是那起子嘴碎之人說著玩的，也有可能是誰故意想壞我大侄子的名聲，也說不定是李家自己傳的……哎，總之啊，嘴長在別人臉上，咱們也沒辦法不是？」

黃夫人越想越有道理，李夫人主動找她，定是急於將親事定下來，怕她後悔，見她無動於衷，便故意放出消息，逼她就範也不一定。這樣想著，她心裡更是氣憤得不行，但面上只能溫婉笑道：「多謝趙夫人來告訴我，不然我還蒙在鼓裡呢！這事我自有計較，定不會叫那些居心叵測之人得逞的！」

而韓秋月初時被打擊得手忙腳亂，可冷靜下來細想想，又生出幾分懷疑，將古先生留下的帳冊細細看了一遍，這帳做得很細緻，根本瞧不出破綻。不行，還是得找黃家問問。

伍之章

得寸進尺迫分裂

林蘭照例在藥鋪等李明允下值，然後一起回家，可今日李明允似乎特別遲，申時都快過了，還沒來。銀柳看看天色，焦急道：「二少奶奶，是不是叫文山去看一下？」

林蘭倒是無所謂，反正鋪子裡的事還沒忙完，便不以為然道：「妳急什麼？二少爺定是公務還沒忙完，就跟妳二少奶奶我一樣，慢慢等吧！」

銀柳撇了撇嘴，繼續幹活，麻利地把藥包好了，就要交給等候取藥之人。

莫子遊「喂喂」叫了起來，從銀柳手中把藥包奪了過去。

「你幹什麼呢？」銀柳不解地看著他。

莫子遊道：「我看妳剛才茯苓都沒秤過，就用手這麼一抓，可別失了準頭。」

銀柳柳眉輕挑，自信滿滿地指著藥包，「那你驗驗，若是不準，我叫你師父。」

林蘭看他們倆又鬥上了，笑道：「叫師父可不行，我已經是妳師父了，難道妳想另投師門？我可不答應。」

銀柳面上一窘，急道：「我……我不是這意思！」

莫子遊不懷好意地道：「按理呢，妳該叫我師伯的，這樣吧，也不用妳另投師門了，妳若是輸了，以後老老實實叫我師伯。」

銀柳雙手插腰，斜眼瞧著莫子遊，「那我若是贏了呢？」

莫子遊眨巴著眼睛，「那我就叫妳小師侄唄！」

「哎……這藥到底要不要驗啊？」等候取藥的男子糾結道。

銀柳笑咪咪地對那男子說：「大叔，您稍等一下。」回頭對莫子遊凶巴巴道：「你要驗就快點，別叫大叔等！」

莫子遊翻了個白眼，悲催地想，銀柳見誰都客客氣氣，怎麼就跟他紅眉毛綠眼睛的，一點也不溫柔，哎，可憐啊！

莫子遊不是信不過銀柳的準頭，不過是找個藉口跟她開幾句玩笑，不過看那位大叔神情很是擔憂，還真怕這藥沒按大夫開的劑量配，於是，只好打開藥包，把茯苓片揀出來放在秤上。

「不多不少，正好三錢。」文山湊過去瞧，再看藥方一眼，頓時豎起大拇指，讚道：「銀柳，真看不出來啊，竟然有這本事！」

銀柳挑釁地瞪了莫子遊一眼，閒閒道：「二少奶奶說過，做什麼事都要講究方法，只要掌握了其中的竅門，就能事半功倍。難怪當年你們五個師兄弟加起來都比不過二少奶奶，就是你們做事不動腦筋。」

莫子遊被她噎得說不出話來，「哎，妳還真得意上了……」

銀柳把藥重新包好交給那男子：「大叔，您放心拿著，我們回春堂的大夫醫術高明，抓藥的夥計也個個是能手，準頭賽過桿秤，您就放心拿好吧！」

男子這才放心，笑呵呵道：「姑娘說的沒錯，我可是就認準你們回春堂了。」

林蘭不禁哂笑，銀柳這丫頭被五師兄訓練得也是能說會道了，看來鬥鬥嘴也不是沒有好處。

那邊莫子遊好奇地問：「妳別吹牛皮，得正兒八經地說出點門道來，我們才能信服不是？」

銀柳大言不慚地說：「這可不能隨便教的，不然你先叫我聲師父。」

「我說妳這個臭丫頭，想逆天不成？」

正鬧著，李明允和冬子走了進來。

文山趕緊上前迎接，林蘭也放下手裡的活，交給一旁的福安，「你按這張方子抓好藥，待會兒就給孫府送去。」

福安拿了藥方就去辦事。

「忙好了嗎？」李明允走到櫃檯前，笑著問。

林蘭邊收拾東西，邊問道：「今兒個公務繁忙？」

李明允不置可否，溫言道：「路上說吧！」

上了馬車，林蘭看李明允唇角微揚，一副氣定神閒的模樣，心思一轉，小聲問道：「山西那邊的事發作了？」

李明允偏過頭來，伸出手指輕點了下林蘭的鼻尖，笑嘆道：「妳能不能不這麼聰明？」

林蘭拍掉他的手，笑嘻嘻往李明允身邊靠了靠，挽住他的胳膊，催促道：「快說給我聽！」

李明允開懷一笑，抽出胳膊，反攬住她的纖腰，溫潤的聲音透著愉悅：「古先生今日應該去見過老巫婆了。」

林蘭不禁心跳加速，終於等到這一日了，老巫婆會不會氣吐血了呢？

「那你剛才是去見古先生了？」林蘭問。

「沒，在塵埃落定之前，我最好還是不要與他見面的好，反正該商量的都已經商量妥了，各自分頭行事便可，以防被老巫婆識破。」李明允輕聲道。

林蘭點點頭，「這倒是，小心能駛萬年船。」

「今天本該通知妳早點回去看好戲的，不過我想想，咱們還是置身事外的好，讓他們盡情折騰去。」李明允說。

「不用看了，光想想就覺得過癮，老巫婆這會兒肯定又倒下了。」

李明允嗤地一笑，譏誚道：「她就是想躺著也躺不成。」

林蘭一怔，「怎麼說？」

「父親已經知道明珠的事了。」

今天，對於韓秋月來說，絕對是有生以來最黑暗的一天。

先是盼了許久的生意黃了，所有積蓄打了水漂，還欠下一屁股的債，直弄得焦頭爛額。這事還不知如何解決，下人來報，老爺一回來就氣沖沖地到綴錦軒去了。

本來已經半死的韓秋月硬是驚跳起來，急忙趕了過去。

還沒進院子，就聽見裡面傳來李明珠殺豬般的慘叫：「我錯了，我再也不敢了，爹……娘……救命啊……」

韓秋月聽了，好似心肝被人挖了一塊去，極是疼痛。她跌跌撞撞衝了進去，只見院子放了一張寬凳，四五個家丁按著李明珠，還有一人正拿著板子結結實實往李明珠身上打。李明則跪在地上拽著父親的衣襬苦苦哀求，而李敬賢臉色鐵青，恨恨地喊道：「打，給我重重地打！」

韓秋月心頭一陣急痛，兩眼發黑，幾乎要暈過去，又被李明珠撕心裂肺的慘叫給驚醒過來。「住手，都給我住手……」韓秋月也不知哪來的力氣，衝上去，一把推開拿著板子的下人，整個人撲在了李明珠身上。

那眼淚都不知何時淌下來的，只是一張嘴，就滲進滿口的鹹水，韓秋月悽楚地望著老爺，痛心哭喊道：「老爺，就算明珠再不懂事，犯了大錯，您就瞧在她從小就沒爹的分上饒她一回！您這麼重的板子，她如何受得了啊？難道您真要打死她嗎？」

李明珠聽到娘來了，哭得越發淒慘。

李敬賢怒視下人，喝道：「是哪個死奴才去通風報信？」

下人們都膽戰心驚地低下了頭。

李明則忙道：「爹，您就消消氣吧！表妹這回是真知道錯了，您就饒她一回……」

李敬賢一腳踹翻李明則，指著韓秋月和李明珠，怒罵道：「妳就知道護著她，什麼都替她遮著掩著瞞著，如今好了，捅了這麼大個婁子，全京城都知道我李家出了個刁鑽跋扈、品行不端的小姐，李家的聲譽都被她敗光了，妳還要護著她？妳走開，我今天非打死這個孽障不可！」

韓秋月見老爺如此狠絕，壓抑了許久的委屈、憤懣、恐慌等各種情緒便如火山爆發般噴湧出來，她紅著雙眼，聲嘶力竭地怒喊道：「我就護著她了，怎麼著？你打呀！你連我一塊打死了，正好遂了你的心，稱了你的意！」

李敬賢指著幾近瘋狂的韓秋月，氣得咬牙：「妳……妳簡直不可理喻！」

韓秋月爭鋒相對，憤恨道：「不可理喻的是你！沒事的時候你不聞不問，現在出了事，你就要打要殺，你敢說明珠落到今日的地步，你沒有一點責任？我告訴你，李敬賢，今天你若是再敢動她一下，我就跟你拚了！」她算是看透了，李敬賢就是一徹頭徹尾的王八蛋，薄情寡義的偽君子，真把她逼急了，管你什麼臉面不臉面，大不了一拍兩散。

姜嬤嬤心著急，夫人不勸著點，怎麼還跟老爺頂上了，這不是越弄越擰嗎？

當著這麼多下人的面被韓秋月數落威脅，李敬賢感覺自己身為一家之主的威嚴受到了嚴重的挑戰，明珠捅了這麼大個婁子，讓他顏面掃地，讓李家蒙羞，難道還教訓不得？

李敬賢暴怒，指著幾個僕人，喝道：「把夫人拉開，打，給我重重地打，我看誰敢攔著！」

李明珠嚇得從凳子上滾下來，躲進母親懷裡，驚恐地看著父親，瑟瑟發抖，「娘，救我……」

在場的下人們聽見了都是瞠目結舌，驚訝地看著李明珠，剛才明珠小姐叫夫人……娘？

韓秋月和李敬賢怒目相視，根本就沒注意到李明珠喊了什麼。

姜嬤嬤豆大的汗刷的掉了下來，忙上前打圓場，「表小姐，您現在喊娘也沒用，您的娘遠在處州，您還是趕緊向老爺磕頭認錯，才是正理。」

姜嬤嬤這話給韓秋月提了個醒，她抱著李明珠痛哭道：「我可憐的明珠啊，妳爹若是還在，妳何須寄人籬下，受這份委屈……」

李明珠這會兒放聰明了，倒不是裝的，想到爹近在眼前，卻不能相認，還要大板子招呼她，那種委屈由心而生，淚珠滾滾，哭訴道：「爹啊爹，您怎麼忍心拋下女兒，留下女兒在這世上無人疼無人愛，爹，您乾脆帶女兒走吧！爹……」

李敬賢一通怒火被這一聲聲「爹」，硬生生給憋了回去，對明珠，他心裡是有虧欠，礙著輿論的壓力，他不僅不能父女相認，還刻意冷漠相對，可是……就因為他的這點顧慮，不能過分管束明珠，而韓秋月又一味寵溺，才導致明珠嬌縱如斯，才有了今日的羞辱。一想到同僚們那嘲諷的眼神、譏誚的話語，李敬賢心頭的怒火就不可遏制地燃燒。

李明則焦急地看向院門，若妍去請祖母，怎麼還不回來？

「妳不用在這裡哭爹喊娘，妳住在李家，姨父就是妳的爹，妳犯了錯，姨父就該管教妳！」李敬賢狠下心來，若是再由著韓秋月，明珠這輩子就真的毀了。

「你們一個個都是聾子嗎？二十大板數夠了嗎？」李敬賢臉色一沉，冷冷喝道。

下人們哪敢違抗老爺的命令，再說，這明珠表小姐平日裡確實不怎麼討人喜歡，老爺是該好好教訓教訓表小姐，讓她長長記性。大家一擁而上，要去把夫人和表小姐拉開。

韓秋月死死抱住李明珠，可哪裡敵得過身強力壯的男子，姜嬤嬤怕夫人受傷，也去幫忙，一時間，院子裡亂作一團，只把李明則急得跳腳。

「李敬賢，你這個沒良心的王八蛋，也不想想你今日的榮華富貴是怎麼得來的，我們娘幾個為了你的前程爵位受了多少年的委屈？你口口聲聲要報答，你就是這麼報答我們的……」韓秋月一急之下，口不擇言地嚷嚷起來。

姜嬤嬤嚇得魂飛魄散，連忙去捂夫人的嘴，「夫人，老爺正在氣頭上，您就少說幾句……」

李敬賢一張臉，一陣青一陣白，這個賤人，膽敢胡言亂語，活膩味了嗎？

「都給我住手……咳咳……」老太太被丁若妍和祝嬤嬤扶了來，看到院子裡的情形，差點背過氣去，恨不得一人一拐敲過去。

李明則長出了一口氣，幸好祖母來了，這場面，除了祖母，沒人鎮得下來。

大家見是老太太來了，忙住了手，退到一邊。

韓秋月和李明珠經過這麼一陣拉扯，都是衣衫不整，頭髮散亂，滿面淚痕，癱坐在地上，要多狼狽就有多狼狽。老太太看了，氣息不順又是一陣急咳。

李敬賢忙上前拱手施禮，「母親，您怎麼來了？」

老太太一眼瞪過去，「我若不來，你是不是準備鬧出人命才肯甘休？」

李敬賢惶恐道：「兒子不敢。明珠在外頭犯了事，兒子身為她的姨父，管教她也是為她好，可秋月她……」

老太太已經聽丁若妍說了個大概，心裡明瞭。明珠的確不懂事，難怪敬賢發火，官家最忌諱的便是名譽受損，秋月素來心疼一雙兒女，最是護犢子，難怪兩人起衝突，可是當著這麼多下人的面鬧成這樣，成何體統？

老太太冷冷一哼，「打也打過了，罵也罵過了，是不是可以消停了？」

李敬賢垂首不語，母親的話他不敢違抗，可韓秋月實在太不像話，越想越恨。

老太太目光一轉，落在哭得一塌糊塗的李明珠身上，悶悶地嘆了口氣，沉聲道：「祝嬤嬤，把表小姐扶下去，請個大夫瞧瞧。」

祝嬤嬤應聲，示意兩個丫鬟把表小姐1扶了下去。

「今天的事，誰也不許往外說，誰要是多嘴多舌，小心板子伺候。」老太太威嚴地掃了一圈，喝道：「都杵著幹什麼？還不去幹活？」

一院子的下人頓時走了個乾乾淨淨。

老太太看看李敬賢，又看看韓秋月，道：「你們倆隨我進屋。」說著拄了拐杖進了綴錦軒。

姜嬤嬤扶起夫人，幫她整了整衣衫鬢髮。

李敬賢狠狠瞪了韓秋月一眼，跟了進去。韓秋月猶豫了一下，也跟了過去。剛才情急之下，失去理智，現在回想起來，不禁有些害怕。

院子裡只剩下李明則夫妻。

李明則埋怨道：「怎這麼久才來，剛才差點就控制不住了……」

丁若妍卻是怔怔出神，琢磨著婆母那番話。婆母和公爹不是說當年家鄉發大水，走散了，公爹一直以為婆母沒了，這才另娶了葉氏，可剛才婆母質問公爹的話聽起來，似乎這其中另有玄機……

李明則見丁若妍走神，還以為她嚇到了，扶住她的雙肩，柔聲道：「好了，現在沒事了，妳先回去歇著，我在這裡再盯一會兒。」

丁若妍心不在焉地點點頭，由紅裳扶著出了院子。

李明則一個人站在院子裡嘆氣：二弟今日怎麼還沒下值？若是剛才二弟在，一定有辦法勸阻父親的。

老太太把下人都遣了出去，一雙慍怒的眼恨不得在兩人身上盯出個洞來，最終決定先罵兒子：「你如今當大官了，官威不小啊……對自己親生女兒也下得了手了。」

李敬賢惶惶道：「兒子是想讓她長點記性。」

老太太罵道：「你給我住嘴！明珠是有錯，是該罰，可你罰的也得有個度！她是個嬌滴滴的姑娘家，不是那些個皮糙肉厚的，你這幾板子下去，若是將她打壞了，你不心疼，我這個老婆子心疼！」

李敬賢不覺得自己有錯，就明珠犯下的過錯，打她二十大板還算輕了。女人家就是心慈手軟，慈母多敗兒啊！心裡是不服，可面上是一丁點不敢表露，做出一副誠惶誠恐的樣子，以示虛心受教。

韓秋月一旁掩面抽泣起來。

老太太發作完了兒子，轉移目標，口氣硬冷地數落道：「秋月，我一直覺得妳是個識大體的，覺得妳這些年不容易，可今日，妳真叫我開了眼界。」

韓秋月委屈道：「兒媳也是一時情急，您老是沒瞧見，那麼重的板子打在明珠身上，那孩子哭得都快斷氣了，可老爺還在那裡不依不饒。這打在兒身，痛在娘心，媳婦能不著急嗎？」

「妳便是再著急，也該注意點分寸。妳剛才說的那些話，若是叫有心人聽了去，妳知道是什麼後果？妳勸不住敬賢，家裡還有我這個老婆子呢，妳急什麼？這麼大年紀了，怎麼就這麼沉不住氣？」老太太數落道。

韓秋月眼淚更多了，她心裡也正後悔著呢！

老太太深吸了口氣，緩和了語氣道：「妳也別把當年的事老掛在嘴邊，當年敬賢是對不住妳，可敬賢也是迫不得已，誰叫那葉家財大勢粗，是那葉氏死皮賴臉地賴上敬賢，不是敬賢有心拋棄你們母子。這些年妳是受了委屈，可敬賢也沒忘記你們母子三人，一直對你們照拂有加，好不容易如今一家團聚，總算熬出頭了，這以後的好日子還長著，妳一遍遍地翻舊帳有什麼意思？」

韓秋月腹誹道：你兒子才不是迫不得已，而是精心算計！沒錯，這幾年你兒子是沒少我們吃，沒少我們穿，可若非我自己有本事，如今坐在尚書夫人位置上的，還是那個葉氏，您老有可管過？

林蘭和李明允回到家時，鬧劇已經接近尾聲。

廚房裡，錦繡正跟大夥兒說綴錦軒發生的事，末了錦繡無不遺憾地嘆氣，「可惜二少爺和二少奶奶今天回得晚了，沒趕上這場好戲。」

正在洗碗的桂嫂不以為然道：「這種破事誰稀罕看？二少爺和二少奶奶若是在家，袖手旁觀嘛，人說你只顧著瞧熱鬧，居心叵測，去勸嘛，為了那些人下跪作揖，求爺爺告奶奶的，犯得著嗎？還不如躲得遠遠的。」

如意道：「桂嫂說的沒錯，老爺和夫人鬧起來，二少爺肯定得勸，難不成還像大少爺一樣挨一記窩心腳？不值啊！」

錦繡想想，道：「說的也是，當時大少爺可慘了，被老爺一腳踹出去，一骨碌爬起來還得繼續勸！嘖嘖，我們瞧了都心驚肉跳的！」

雲英好奇地問：「表小姐當真叫了夫人……娘？」

「當真啊！好多人都聽見了，不過後來姜嬤嬤出來圓場，但是，我聽著覺得很怪。」

雲英把小凳子搬到錦繡身邊，「怎麼個怪法？」

錦繡兩眼望房樑，「說不上來，就覺得姜嬤嬤當時那話說得怪彆扭的。」

周嬤嬤走進來，拿了個勺子敲敲灶台，沉聲教訓道：「一個個都很閒是吧，在這嚼舌根？我平時是怎麼囑咐妳們的？府裡的事少議論，小心禍從口出。」

雲英和錦繡縮了腦袋，趕緊低頭切菜。

如意道：「我去看看二少爺回來沒。」

周嬤嬤喊住她：「等等，叫錦繡去吧，今天妳跟錦繡換一換。」

眾人忍俊不禁，周嬤嬤唬著臉道：「笑什麼？出了這麼大的事，二少爺和二少奶奶也總該知道知道。這裡只有錦繡最清楚，難不成還妳們去啊？」

錦繡欣然領命，「如意姊，剩下這點活就麻煩妳了。」

另一邊，李明珠挨了板子，幾天不能下地，回老家一事暫時擱置。

韓秋月想著山西的事若不能妥善解決，還得靠老爺，不能跟老爺鬧得太僵，幾次找機會想要緩和夫妻矛盾，可李敬賢見到她都愛理不理的，吃完晚飯不是去書房，就是去兩位姨娘那，韓氏定下的妻妾輪流伺候的規矩也置之不理，總之就是不理韓秋月。

黃夫人那邊她送了好幾張帖子去，黃夫人初時都是稱病，到後來索性說去莊子裡休養了，避而不見。

韓秋月讓孫先生去打聽寧王孫的消息，又聽說寧王孫離京了，也不知去哪。種種跡象聯繫起來，韓秋月不得不相信，礦山的事真的沒戲了。內憂加外患，韓秋月一顆心猶如放在油鍋裡煎著熬著，惶惶不可終日，不消幾日，直熬得個面色蠟黃。

林蘭和李明允一切如常，該上朝的上朝，該去藥鋪的去藥鋪，只作什麼也不知。

轉眼到了五月初六，葉馨兒大婚的日子。

林蘭早就讓周嬤嬤備好禮物了，看在大舅老爺和大舅母的面子上，林蘭下了血本，送了一份誠意十足的厚禮。

二舅老爺因為生意忙走不開，就由二舅母帶著葉珂兒從豐安趕過來參加婚禮。

林蘭許久沒見二舅母戚氏，當初林蘭跟李明允還是假婚，也沒真把戚氏等人當親人，只覺得戚氏為人爽快又熱情，對她頗有幾分好感。現在弄假成真，真成了明允的妻子，這感覺就不一樣了，見到戚氏，格外的親切。

戚氏拉著林蘭的手左看右看，嘖嘖道：「都說江南的水土養人，我看外甥媳婦妳來了京城不過大半年，變得越發水靈了。」

林蘭笑道：「我瞧著二舅母也是越來越年輕了，可見二舅舅的生意做得紅火啊！」

戚氏輕啐道：「我才管他生意做得如何，這是他們大老爺兒們要操心的事，我是能吃就吃，能睡就睡，沒心沒肺，心寬體胖。」

「我就沒弟妹想得開，這裡裡外外的事忙得我啊，恨不得多長個腦子才好。」王氏自嘲道。

戚氏掩嘴打趣道：「大嫂就別訴苦了，所謂能者多勞，誰叫您這麼能幹來著？」

「呸呸呸，妳直接說我是勞碌命得了。」

三人聊得熱乎，容氏笑盈盈地過來，說：「娘，小姑都準備好了，阮家的花轎也到了。」

戚氏喜道：「那趕緊瞧瞧新娘子去。」

林蘭猶豫地看著大舅母，她去了，葉馨兒會不會不高興？

王氏會意，微笑道：「一道去吧！」

繡樓裡，葉珂兒看著一身大紅喜服，妝容精緻，卻是神情木然的堂姊，很替她委屈，「馨兒姊姊，這就是咱們女兒家的命嗎？自己喜歡的人不能嫁，然後對著一個不喜歡的人過一輩子……」

丫鬟五兒忙小聲提醒道：「珂兒小姐，今天可是大小姐大喜的日子呢！」

五兒心裡埋怨，老爺和夫人為了叫大小姐死心，都關了大小姐快半年，大小姐好不容易才不鬧騰了，現在人家花轎都到門口了，您怎好在這個時候說這些不該說的話？

葉珂兒癟癟嘴，沒繼續往下說。

葉馨兒依然木木然地看著鏡中的自己，是啊，這就是她的命。她抗爭過，可是她掙不過命，世間最可怕最讓人無奈的就是「認命」這兩個字，而她，不得不認命。

「新娘子在哪兒呢……」

樓下傳來二嬸爽朗的笑聲，葉珂兒喜道：「我娘來了！」

只聽得咚咚咚的一陣腳步聲，一干人上了繡樓。

王氏知道自己女兒的脾氣，這幾個月來，她是好話說盡，道理說遍，可是馨兒她……雖然迫於老爺的威壓，馨兒不得不認命，但是馨兒這樣不甘不願嫁過去，只怕跟夫婿也相處不好。王氏心裡很擔憂，一看到呆坐在菱花鏡前盛裝的女兒，笑容也變得苦澀起來。

戚氏不知其中緣故，只拉著馨兒一味誇讚：「天仙似的人兒，真是誰娶了誰福氣……」

葉馨兒目光微轉，看見了跟容氏站在一起的林蘭，眸光微微一冷。

林蘭朝她淡然一笑，許久不見，葉馨兒清減了不少。

葉珂兒白了林蘭一眼，這個討厭的人來做甚？難道她害堂姊還不夠嗎？來炫耀她的勝利嗎？

林蘭笑容不改，腹誹著：這又關妳葉珂兒什麼事？真是的！

葉馨兒別過眼去，看著那大紅喜帕，外面已是鞭炮喧天，嗩吶吹得甚是喜氣，而她的心情卻是如此慘澹。葉馨兒深吸了一口氣，淡淡道：「娘，吉時到了吧？」

王氏忙道：「到了到了，花轎已經在門口了。」

葉馨兒伸出雪白柔荑，撿起喜帕，一旁的喜娘忙接過去，笑嘻嘻地說：「小姐，讓老身來替您蓋上。」

喜娘扶著葉馨兒下樓，經過林蘭身邊的時候，葉馨兒頓住腳步，用幾不可聞的聲音冷冷地說：「我便是嫁了，也不會讓妳好過。」

容氏離得近，聽得清楚，不由得臉色一變，擔心地看向林蘭。

林蘭輕笑一聲，「妳表哥讓我替他祝表妹和表妹夫，鸞鳳和鳴，白首到老，當然，這也是我的心願。」

她才不怕葉馨兒的威脅，嫁都嫁了，除非葉馨兒不顧葉家的顏面、夫家的體面。她若當真做出什麼出格的事來，不用她動手，葉家和阮家就會先把葉馨兒給收拾了。她也不會對葉馨兒心存內疚，初時是為了捍衛明允的名譽，後來是為了捍衛自己的婚姻和愛情，名正言順，理所當然。愛的本身沒有錯，但是若是愛錯了人，便是愛到天昏地暗，海枯石爛，除了給別人增添煩惱，讓自己更痛苦，別無益處，那……便是錯了。

容氏怕葉馨兒又鬧起來，今日這麼多客人在，可不好看，忙吩咐喜娘：「快扶小姐上花轎，別耽誤了吉時。」

葉馨兒終於出嫁了，喝過喜酒，林蘭和李明允坐在回府的馬車上。

林蘭笑得格外舒心，李明允見她面色緋紅，眸光瀲灩，笑得如花燦爛，不由得笑道：「今天妳很高興？」

林蘭斜睨著他，笑道：「難道你不開心？」

李明允握了她的手，與她十指緊緊相扣，柔聲道：「表妹有了好歸宿，我當然開心。」

「你怎麼知道阮家就是表妹的好歸宿？」林蘭笑問道。

李明允仰頭看著車頂，悠悠說道：「那阮家公子，我打聽過，是個不錯的男子，表妹若是能放下心中的執拗，跟他好好過日子……」

「倘若她永遠都放不下呢？」

李明允看了林蘭一眼，「人之所以痛苦，往往是因為追求了不該追求的東西。幸福就在她自己手中，就看她自己怎麼選，誰也幫不了她。」

林蘭低頭一笑，雙眸清亮，「好吧，聽你這麼一說，我不覺得自己是在幸災樂禍了。」

李明允輕笑出聲，打趣道：「難不成妳覺得內疚？」

林蘭誠懇地點頭，「是有那麼一點點，有那麼一小會兒，我覺得她挺可憐的，但這是沒辦法的事，如果她喜歡的是別的東西，我不介意讓讓她，唯獨愛情，我不願與任何人分享。」

李明允寵溺地揉揉她的小腦袋，說：「妳不用趁機教育我，我對妳的心，堅如磐石。」

林蘭依進他懷裡，輕柔的語氣帶著一絲嬌蠻，「那……我對你的心就韌如蒲草，纏死你。」

李明允笑看著她，溫柔地說：「榮幸之至！」

◆◆◆

古先生那邊還沒消息，放印子錢的卻是找上了孫先生，讓孫先生提醒韓氏，這個月，二十萬印子錢可就到期了。

韓秋月很清楚到期不還的後果，合約上寫得明白，逾期不還，利上加利，且是七日一翻，也就是說，月中若是不能把本利都還上，那麼七天後，利息就從六千滾到九千，再七天後就是一萬二……當初是信心滿滿，篤定以為這錢能還上，誰知會發生意外……這還是第一筆款項，若是三個月後那五十萬兩的印子錢到期……韓秋月不敢想了，除非把李明允的鋪子和莊子都賣掉才有可能填上這個無底洞。

「你趕緊再去催催古先生，都好幾日了還沒消息。」韓秋月急切地吩咐。

孫先生為難道：「小的已經催過古先生了，古先生說，這種事得看機緣巧合，越著急越難轉手，而且價格也抬不上去。」

「理是這個理，可咱們哪有時間等？你去告訴古先生，價錢差不多就轉手，再拖下去，可就要瞞不住了。」韓秋月鬱悶道。

孫先生口上應諾，心裡默然：您老以為這事還能瞞得住？遲早的事！等礦山轉了，他也還是早點離開的好，夜長夢多啊！

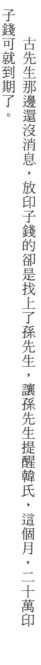

孫先生走後，韓秋月讓姜嬤嬤把黃花梨四角銅葉包鑲的箱子打開。

姜嬤嬤即刻就明白的夫人的意思，驚訝道：「夫人，那可是您給小姐準備的嫁妝呀！」

韓秋月唇角抽動，痛苦得閉上眼，良久才徐徐睜開，聲音發苦：「火燒眉毛，且顧眼下吧！只要度過這場危機，嫁妝以後可以再備。」

可這也不夠啊！姜嬤嬤無奈地去打開箱子，想想又不甘心，建議道：「夫人，您還是跟大少爺商量商量，讓大少奶奶……」

韓秋月沉聲打斷她：「還沒到那個地步，妳慌什麼？」

又過了幾日，眼看就是月中了，古先生那邊終於有了消息，說是找到一商賈，願意出十八萬兩買下韓秋月手中的份額。

韓秋月失望至極，「這麼少？」原本還想著能訛一半回來也好。

孫先生道：「這個價錢已是不錯的了，那些商賈都猴精猴精的，若是賺錢的礦山，誰捨得轉手啊？古先生還不敢說這份額原是夫人您的，稱這份額是他自己的，因為家中出了急事，急需用銀子，這才忍痛割愛，要不然，鐵定轉不出去。」

韓秋月飛快地盤算，這樣一來，她明面上就虧了九十幾萬兩進去，四十幾萬兩的本金打了水漂，還得背上五十幾萬兩的債。

「古先生說了，不管怎麼說，這樁生意總是他介紹給夫人的，沒能讓夫人賺到銀子，還虧了這麼多，他心裡也是過意不去，所以，餘下的那些銀子，他那份就不要了，勻給夫人，一共是五萬兩，夫人……這事得趕緊做決定，萬一那人反悔了，可就又沒著落了……」孫先生低聲道。

姜嬤嬤一臉惶然，「夫人，您可得想好了，這礦山一轉，咱就真的什麼都沒了，是不是，讓古先生再找找別的路子？」

韓秋月慘然一笑，「咱們還有時間等下去嗎？」

孫先生惴惴道：「眼下最要緊的是那二十萬兩的印子錢，那些都是天不怕地不怕的混世魔王，他們可是什麼事都做得出來的。」

一提這碴，姜嬤嬤也蔫了，憂心忡忡地看著夫人。

「讓我再想想……」韓秋月頹然扶額。

韓秋月把自己關在屋子裡想了一下午，腦袋都快想炸了，還是猶豫不決。這兩座礦山已成雞肋，食之無味，棄之又可惜，她還抱著那麼一絲絲僥倖，希望古先生能找到別的買主，能多賣幾個錢。

姜嬤嬤端了參湯進來，看夫人還在苦苦掙扎，心疼道：「夫人，您這幾日都沒怎麼吃東西，晚上也睡不好，這樣下去，身子若是熬垮了可如何是好？老奴叫廚房熬了參湯來，夫人，您多少喝一點。」

韓秋月有氣無力地擺擺手，「我不想喝，放著吧！」

姜嬤嬤放下參湯，嘆了口氣，「夫人，老奴有句話不知當講不當講？」

韓秋月道：「妳說便是。」

姜嬤嬤咬了咬下唇，說：「為今之計，只有把二少爺的鋪子和莊子賣出去。」

韓秋月怔怔地望著她，「怎麼賣？若是能賣，我早就賣了。」

姜嬤嬤湊近了，小聲說：「如果能說動老爺出面，二少爺他敢不答應？」

韓秋月心頭一凜，「此話怎講？」

「夫人，您就跟老爺說，如今家中的產業都是二少爺名下的，若是外人知道了，還道咱們一大家子都是靠著葉家吃飯。不若，把原來葉氏的產業都變賣，再重新置業，真正變成李家的產業，再說了，大少爺過了吏試，將來肯定是要做官的，大少爺名下怎能一點產業也沒有？」姜嬤嬤謀劃道。

韓秋月聽著不住點頭，心裡逐漸敞亮起來。她一直想賣掉葉氏留下的產業，只是找不到藉口，姜嬤嬤這主意好，老爺最好面子，若是拿這個由頭去說，老爺八成能答應。到時候，她只須從中做點手腳，摳出幾十萬兩銀子根本不成問題，反正摳的是明允的銀子，她心疼什麼？高興還來不及。

韓秋月眼中漸漸有了神采，面上也浮起了笑容，端起參湯抿了兩口，道：「姜嬤嬤，妳讓孫先生去給古先生回話，就說礦山我轉了，不過，為了以防萬一，最好我不親自出面，讓他直接跟買家去簽，叫孫先生跟去拿銀子。」

姜嬤嬤看夫人又有了精神，總算鬆了口氣，笑道：「老奴，這便去吩咐孫先生。」

韓秋月打定了主意，心裡也安穩下來，便叫來春杏，梳洗一下準備去看看明珠。

出了寧和堂，過一條巷子，轉個彎便是後院。

「聽說劉姨娘懷的是男胎呢！」

「瞎扯的吧？還不到三個月，如何知道是男是女？」

「是真的，聽說是按宮裡傳出的一個法子，根據劉姨娘的生肖、懷孕的月份，還有月事的時間推算出來的，準得很，而且劉姨娘愛吃酸，酸男辣女……」

「我也聽說了，二少奶奶給劉姨娘診過脈，說是男胎的可能性很大。妳們沒瞧見老爺這幾日天天往劉姨娘屋裡去，笑呵呵的，心情好得不得了。」

偏院的角門內，幾個丫鬟正聊得起勁，冷不防聽到厲喝：「都閒了？在這裡亂嚼舌根？」

幾個丫鬟循聲看去，只見夫人帶著春杏走了進來，出聲呵斥的正是春杏，眾人嚇得魂不附體，連忙跪下。

韓秋月居高臨下看著幾個抖若篩糠的丫鬟，漠然道：「春杏，把這幾個偷懶的丫頭名字記下，報與姜嬤嬤，罰俸半月，若是下次再犯，從重處罰。」

「是！」春杏應聲，一眼掃過去，這幾個她都認得。

幾個丫頭大氣不敢出，今日撞到夫人手裡，只能自認倒楣。

韓秋月剛剛好轉的心情又被劉姨娘肚子裡那團血塊破壞殆盡，自從劉姨娘有了身孕，更成了老爺心尖上的人，俞蓮再怎麼青春無敵，也敵不過劉姨娘的狐媚之術。怪就怪她自己，當初怎就鬼迷了心竅，還主動抬了劉姨娘這個狐媚子，純粹是自己給自己添堵。

李明珠已經靜養好些日子了，可那幾大板子挨得重，到現在走路都還疼。她也知道惹火了爹後果很嚴重，但以前只見識過禁足罰抄，不痛不癢，無聊一點罷了，這次總算是見識到什麼叫動真格。爹發起火來真的會要人命，而娘也有罩不住她的時候，她終於明白，上次她攛掇俞蓮的事，娘為什麼這麼緊張。

「瘀青退得差不多了，不過也大意不得，妳再忍耐些時日，等妳好全了，娘再安排妳回老家。」韓秋月檢查完李明珠的傷勢後，安慰道。

李明珠嘛著嘴，嬌滴滴地央求：「娘，我板子都挨了，爹的氣也出了，還非得回老家去嗎？」

韓秋月安撫道：「妳且回去，等大家淡忘了這件事，娘再接妳回來。」

李明珠快快道：「那得等多久？」

韓秋月戳了下她的腦門，「現在知道後悔了？早幹麼去了？娘這般與妳說，妳把娘的話都當耳邊風！」

李明珠撐著床，想要坐起來，屁股一沾褥子，忍不住倒抽一口冷氣。

韓秋月見了又心疼，「起來幹麼呀？快趴下。」

李明珠轉了個身，趴在了娘的腿上，嬌聲嬌氣地說：「娘，女兒是不想離開娘，女兒從來沒離開過娘……」

韓秋月輕拍她的背，嘆息道：「娘又何曾捨得妳離開……」可是不離開行嗎？她很清楚，明珠在京城已是名聲掃地，不可能找到好人家了。那個舞陽郡主也太狠了點，又不是有什麼深仇大恨，有這麼毀人名聲的嗎？

等韓秋月回到寧和堂，姜嬤嬤也回來了。

「都吩咐下去了？」韓秋月屏退左右，問姜嬤嬤。

「孫先生已經去找古先生了。」姜嬤嬤回道。

韓氏默了默，道：「有了這二十三萬兩銀子，再加上明珠的嫁妝，應該夠應付一陣子了。賣鋪子的事也得抓緊，妳讓趙管事先去了解一下，看看誰有這意向？」

姜嬤嬤應下。

韓氏挑了眉，沉吟道：「府裡下人們都在傳劉姨娘肚子裡的是個男胎，這事妳可有聽聞？」

姜嬤嬤怔了怔，如實道：「老奴是有聽說過。」

韓秋月的眉毛挑得更高了，表情不豫，「那妳怎不來回我？」

姜嬤嬤忙道：「老奴以為才幾個月，怎知她懷的是男是女？大家不過是瞎猜罷了。夫人的煩心事已經夠多了，老奴怎敢拿這些捕風捉影的事來讓夫人添堵。」

韓秋月面色稍霽，「這事也馬虎不得，妳讓剪秋留心點，一有確切消息，馬上來回我。」

◆◆◆

今日輪到李明允入值侍班，這幾日聖上接連收到西北、西南的捷報，還有陝西疫情得到控制的好消息，正是龍顏大悅，當即命內侍傳來華太醫。

「文柏這次研製出的種痘之法，不僅大為控制了陝西的疫情，對將來痘疹的抑制也十分是重要，稱得上功在社稷，朕一定要重重封賞！」皇帝哈哈笑道。

華太醫謙遜道：「普濟蒼生，本是醫者分內之事。」

「噯，華愛卿此言差矣，朕聽聞文柏為了驗證種痘之法，在自己身上做實驗，就這份勇氣和膽量就值得嘉獎。古往今來多少名醫鑽研痘疹治療之法，有誰會想到讓自己先去感染痘疹呢？」

李明允在一旁聽著，怎麼覺得這種痘之法跟林蘭說的如出一轍？是華文柏和林蘭不約而同想到這個法子，還是……

一直到下值出宮，李明允還有些心不在焉。

宮門口的侍衛見到李明允，客氣地與他打招呼。

「李大人，今兒個下值得早啊！」

李明允抱拳回禮，笑道：「近來捷報頻傳，聖上龍心大悅，我等也沾了點光。」

此時，一輛華麗的馬車進了宮門，侍衛們一看那車子，立即放行。

馬車裡，舞陽郡主緩緩放下車簾，竟有些失神。如果她沒認錯，剛才那位年輕的大人應該就是李明允吧？許多年前曾遠遠見過一面，並無大多印象，只知他才學出眾，更寫得一手好字，是本朝不可多得的人才，後來她離京去了西山慈恩寺替太后祈福，一去就是兩年，這次回來，幾乎各種聚會場所都能聽到他們夫妻倆的事，風頭比當年更勁，她也禁不住好奇，一直想找機會見見林蘭，可這陣子太后身體不適……沒想到在這裡見到李明允。

今日的他身著官袍，舉止優雅，氣度從容，那唇角的弧度、那溫潤的嗓音，叫她的芳心沒來由得一陣急跳。當年的青澀少年，如今已如天上明月，溫潤如玉，沉靜如水。
舞陽郡主再次掀開車簾，卻已不見李明允的身影。
李明允本應照例去回春堂，卻是先進了葉氏綢緞莊，一刻鐘後才出來。
正巧林蘭送馮淑敏出來，大家打了個招呼，馮淑敏笑著跟林蘭說：「那咱們便這麼說定了。」
林蘭笑道：「一定一定。」
送走馮淑敏，李明允問：「妳們說定什麼了？」
林蘭一邊往裡走，一邊道：「妳還記得蘇州知府夫人吧？就是林夫人的姊姊。」
「記得啊，怎麼了？」
「她不日要來京城，林夫人特意來邀我去將軍府做客，也算是見見故人。」
李明允笑道：「那還真是該去見一見，若不是她，妳和林夫人也不會認識。」
「可不是？這就叫緣分。對了，文山說早看到你來了。」
兩人說著進了後面的休息室。
一進屋，李明允就抱住她，在她櫻桃小嘴上親了一口。
林蘭雙手推著他，嗔怪道：「也不怕人看見！」
李明允笑道：「今兒個，我高興。」
林蘭斜眼瞅著他，抿嘴笑道：「什麼事讓你樂成這樣？」
李明允鬆開手，從懷裡取出一份文書遞給她，「妳看看。」
林蘭打開一看，喜道：「是礦山的轉讓文書，這事成啦？」
李明允找了個座坐下來，愉悅道：「事情進展得很順利，今天是二十萬兩印子錢到期的日子，我就是瞅準了這個時機。老巫婆已經把所有的銀子都投了礦山，為了支付前幾個月的利息，我估摸著她把庫房裡能賣的東西都變賣了，除了答應轉讓礦山，她還能有什麼轍？」

林蘭看完了文書，不得不佩服李明允的謀略，環環相扣，步步緊逼，先榨出了老巫婆三年多的積蓄，還讓老巫婆背上了七十幾萬兩的高利貸，然後放出風聲，逼得黃夫人不敢跟老巫婆接觸，又叫陳子諭帶了寧王孫出遊，再讓人上門逼債，逼得老巫婆走投無路，方寸大亂，心甘情願、迫不及待地將礦山拱手相讓……等老巫婆知道自己轉掉的其實不是廢礦，而是貨真價實的寶礦，老巫婆會是什麼反應？

「真好，才花了三十六萬兩銀子就把礦山拿到手了。」林蘭喜道。

「非也非也！」李明允搖頭道：「其實一共只花了二十五萬兩，其中礦山轉讓價是十八萬兩，五萬兩是以古先生的名義補償給老巫婆的，還有兩萬是給孫先生。若不是孫先生見財起意，哪肯這般配合我的計畫？」

「可這上面明明寫著三十六萬兩啊！」

李明允微微一笑，揚眉道：「老巫婆是先把礦山轉給古先生，然後古先生又轉給了徽州商人，而葉家是從徽州商人那裡轉的礦山，當然，這些不過是形式，為了謹慎起見，將來即便父親知道了，也追究不到妳我身上。」

林蘭恍然，「原來那徽州商人也是你安排的。」

李明允笑得諱莫如深。

林蘭瞇著眼打量李明允，嘖嘖道：「奸詐，太奸詐了，難怪老太爺說你若是去經商，定能富甲天下。」

李明允坦然受之，「過獎過獎！」

林蘭噗哧笑出聲來，合上文書慢慢踱過來，把文書交還給李明允。

李明允笑咪咪地推了回去，「說好了，妳管家，這可是兩座極掙錢的礦山，說它是聚寶盆也不為過，妳可得收好了。」

林蘭歡喜地在他額上輕啄了一口，李明允趁勢將她摟在懷裡，抵著她光潔的額頭，微笑道：「以後咱們便是什麼也不做，也花不完了。」

林蘭笑道：「那可怎麼辦呢？人生最悲哀的事莫過於……人死了，錢還沒花完。」

李明允點了下她的小鼻尖，寵溺道：「那還不好辦？咱們多生幾個孩子，孩子又生孫子，這麼多子子孫孫，還怕花不完？」

「那咱們豈不是生了一堆米蟲？」林蘭笑著，兩人鬧作一團。

寧和堂裡，韓秋月總算鬆了一口氣，二十萬兩的印子錢可算是還上了，另外五十萬兩還有三個多月才到期，有三個月的時間籌畫，應該夠了。

韓秋月這陣子都沒心情去討好老太太，今日心情好，下午就過去陪老太太說話，其間也抱怨幾句，說事情都過了這麼久了，老爺還在跟她置氣。老太太抱著家和萬事興的想法，晚飯後就把李敬賢留下來好好做了一番勸解，當晚李敬賢去了韓秋月房裡。

韓秋月少不得又做了番深刻的反省，淚光閃閃，期期艾艾地說：「妾身縱有千般錯，您也瞧在二十多年的夫妻情分上，瞧在明則的面子上，就寬恕了妾身吧！」她很識趣地不提明珠。

想到李明則，李敬賢心中一動，雖然李明則不如李明允，可如今也知道上進了，有出息了，心情稍稍好轉，又想到老娘的話，李敬賢心中暗嘆了一口氣，罷了罷了，這個妻室休又休不得，若一直這般僵著，也不是個法子。

「妳護兒心切，我能理解，可明珠她……她也實在太不像話。」李敬賢對這事耿耿於懷。

韓秋月怯怯道：「妾身事後也去了解過，其實明珠也沒說什麼過分的話，是那舞陽郡主太跋扈了些。」

李敬賢手中茶盞往几上一頓，瞪眼過去，「妳還替她狡辯？舞陽郡主會無緣無故說出那些話來？凡事都有個由頭，明珠自己嘴巴不檢點，叫人拿了錯處，便是她的不是！」

韓秋月見老爺火氣又上來，趕緊說好話：「是是，老爺教訓的是！妾身也不好，沒能看住明珠，以後，妾身一定好好管教她，定不叫她再犯錯！」

「她若再犯，這輩子都休想嫁人了，唯有出家做姑子。」李敬賢冷哼道。

韓秋月委屈地說：「這回她是真知錯了。這孩子從小到大，不曾受過一點皮肉之苦，這回差點被打斷骨頭，妾身昨兒個去瞧她，那腿上的瘀青還觸目驚心，妾身問她可怨爹，您猜她怎麼說？」

李敬賢默不作聲，卻是動了心思。

韓秋月察言觀色，身子也挨了過去，細聲道：「這孩子說，老爺教訓她也是為她好，老爺心裡疼她她都知道，這次是她錯大了，怨不得老爺，只是擔心老爺還生她的氣，不要她這個女兒了……」她說著，盈在眼眶裡的眼淚便落了下來，時機拿捏得十分精準。

李敬賢聽了，不由得鬆開了眉眼，緩和語氣：「這番苦心總算是沒白費。回頭妳告訴她，只要她真心改過，便還是李家的女兒，她的婚事，我自會替她做主。」

韓秋月喜極而泣，更是做出千般柔情，萬般後悔的樣子，「妾身就知道老爺也是心疼孩子的，可當時妾身怎就糊塗了呢？讓老爺差點下不了台！」

戲做得極其真切，李敬賢憋在心頭的一口怒氣重重嘆了出去，「妳這護犢子的性子也得改改，別忘了，慈母多敗兒。」

韓秋月拭著眼淚，「這陣子老爺不理妾身，妾身腸子都悔青了……」

李敬賢心說：妳知道後悔就好。

夫妻冰釋前嫌，洗漱了，躺在床上接著敘話。

「老爺，妾身這陣子為了明珠和明則的事，都無暇顧及劉姨娘，她和腹中的孩子可都還好？」韓秋月枕在老爺的臂彎裡，柔聲問道。

李敬賢淡淡地應著：「嗯，還好。」

韓秋月道：「明日我讓姚嬤嬤多買些補品來。劉姨娘先前得了宮寒之症，只怕身子底子虛了點，該好好補一補。」

李敬賢想起水銀之事，扭頭定定地看著韓氏，「妳若當真關心她，便少管她的事。」

韓秋月愕然，老爺這話分明是警告她，她驀然支起身子，委屈道：「老爺何出此言？」

李敬賢收回目光，望著帳頂，「我說什麼妳心裡清楚，別越了老爺我心裡這條底線，否則，大家面上都不好看。」說著懶懶地閉上眼。

韓秋月聽得幾乎背過氣去，老爺是多看她一眼都不情願，一顆心全叫那劉狐狸給占了去。她顫著身子，咬著牙，忍了又忍，為了下面的計畫，她不能再跟老爺鬧僵了。

韓秋月悻悻地躺下，咕噥道：「算了算了，好心被人當成驢肝肺也不是第一次了，老爺心裡如今是只有劉姨娘了。」

李敬賢默不作聲，繼續裝死。

韓秋月心思轉了轉，用胳膊肘捅捅老爺，「噯，老爺，有件事，妾身想和您商量商量。」

身邊之人沒反應，韓秋月知道他沒睡著，繼續說道：「如今明則也有出息了，不管派什麼職務，大小也總是個官，若是將來劉姨娘、俞姨娘再給老爺添個兒子……雖說嫡庶有分，但總歸都是姓李的子孫，老爺，您也得想著給他們置辦一份像樣的產業，要不然，等咱們將來閉了眼，幾個孩子一分家，明則他們就什麼也沒有了。」

李敬賢眼皮抽動了一下，莫不是自己給劉姨娘置辦產業的事叫韓氏知道了？

他含糊道：「妳想得也太遠了。」

韓秋月支起身子，「這叫未雨綢繆，老爺，您想啊，如今咱家的產業都是葉氏留下的，那些鋪子，還有一座莊子寫的可都是明允的名字，雖然現在收益都妾身管著，可萬一哪一天明允說要拿回去，這是她娘留給他的東西，咱們怎麼辦？給嗎？」

李敬賢暗鬆了一口氣，原來不是為著那件事，「那些產業遲早是要交到明允手上的。」

韓秋月急了，「那明則呢？老爺不能太偏心了。」

李敬賢睜開眼，皺眉道：「那些東西葉氏是留給明允的，我有什麼辦法？反正沒分家之前，所有收益都由妳存放，將來再用這些銀子給明則置辦產業不就行了？」

韓秋月譏誚道：「老爺這話說得好輕巧，您當明允是傻子？他能答應？」

李敬賢不耐煩道：「明允不是這種雞腸小肚之人！」

「人心隔肚皮，那可說不定。」韓秋月話鋒一轉，又說：「先不論明允心裡怎麼想的，妾身卻知道外頭的人怎麼想的。這些年，妾身出去應酬，時常有人說起，什麼東直門的鋪面又漲了，京郊的良田現在不容易買到了……前李夫人可真有遠見，早早置辦了這麼大一份家業，你們便是什麼也不做也夠吃穿一輩子之類的話。前陣子不是有人參了工部尚書虞大人，說他貪贓嗎？就有閒話說那虞大人是寒門出身，可惜沒娶個富家小姐，沒有岳家扶持倚仗……老爺，您聽聽這話，這不明擺著是在諷刺老爺是靠著葉氏才有今日榮華嗎？」

李敬賢面色沉了下來，冷哼一聲，「妳們這些婦道人家，整天就只會嚼舌根！」

「怎知是婦人們嚼舌根，不是老爺們床頭說的風涼話？」

李敬賢心中抑鬱，其實這些話在他還未坐上戶部尚書之位時也曾聽過，當面嘲諷也是有的，這兩年，他身居高位，沒人敢當面放肆，但難保背後不非議，這已是他的一塊心病。

韓秋月知道老爺聽進去了，嘆息道：「妾身每每聽聞，心裡實在不好受。她們諷刺妾身坐享其成也罷了，可他們詆毀老爺的名聲……老爺兩榜進士出身，才學過人，又勤於政務，兢兢業業，方才有了今日，卻被那些人惡意詆毀，妾身想想都替老爺不值。」

李敬賢深感無奈，鬱鬱道：「嘴長在別人身上，他們愛說什麼說什麼。」

「憑什麼讓人家說三道四呀？老爺是宰相肚裡能撐船，可妾身嚥不下這口氣！」

李敬賢也坐了起來，韓秋月拿軟枕給他靠著。李敬賢沉思了片刻，道：「那妳的意思？」韓秋月不會無緣無故跟他說這些，定是有什麼想法。

韓秋月又嘆了一口氣，「妾身也沒什麼好法子，只是想著，葉氏留下的產業還在一日，大家對老爺的非議就是一日不會消除，它就像刻在老爺身上的一個印記一般，所以，妾身以為，是不是把葉氏留下的產業都變賣了，用這些銀子重新置辦，然後一部分寫到明則和明允名下，咱們留一份。將來咱家若是添了丁，也好從這裡劃出一部分給庶出的孩子。關鍵是，以後這些產業就是姓李的了，慢慢的，旁人也不會說三道四……」她說完，期待地看著老爺。

韓秋月的用心李敬賢一清二楚，就是怕明則什麼都撈不著，可這番話著實叫他動了心，尤其是那句……以後這些產業就是姓李的。雖然他有一筆可觀的體己，只是如今身在要職，不得不謹慎，不敢明目張膽拿出來，想著等將來告老還鄉再拿出來用。

「這個主意雖好，可明允未必會答應。」李敬賢沉吟道。

韓秋月道：「明允不是一直很聽老爺的話嗎？一直以賢孝著稱的嗎？老爺此舉又不是想霸占他的產業，老爺是為了李家呀！明允他若是真孝順，真有兄弟情誼，就該體諒老爺的苦心，再說了，林蘭開了鋪子，那生意紅火得很，他們倆根本不缺銀子。」

看老爺不語，韓秋月又慫恿道：「按理說，葉氏又不是被老爺休掉的，是她自己離家的。她死了，她留下的東西應該都歸老爺所有，這理放哪兒都說得通。老爺知會明允，那是老爺寬厚，就算不知會他，老爺隨便處理了也是應當的。」

李敬賢默然許久，把軟枕拿掉，重新躺了下來。

韓秋月推他，「這法子成不成，老爺，您倒是說句話呀？」

李敬賢嘆道：「改日再說吧，今兒個睏了。」說著轉過身去，這次徹底裝死。

韓秋月坐了一會兒，想想也不能把老爺逼得太急，那就改日再加把勁，便又躺了下來，只是事情還沒個定數，怎麼也睡不著。

這晚，林蘭也睡不著，一來是來了月事，肚子不舒服，二來是聽到了太多消息，有喜有憂。鬥老巫婆可以說取得了階段性的勝利，其實依著明允的能力，要整死老巫婆很容易，但要不漏痕跡地把人逼瘋，的確有些難度。如今老巫婆已是甕中之鱉，正在做困獸之鬥，根本沒心思來找她麻煩，她又整日待在藥鋪裡，忙是忙了點，日子卻是過得充實又自在。

西北和西南捷報頻傳，還有山西的疫情得到控制，都讓林蘭很高興，只是……剛才明允說到華文柏研製出種痘之法時，語氣裡似乎有些懷疑。

她本想實說來著，可是……又有些猶豫。她若直說了，明允會不會不高興？明允對華少原本就心存芥蒂，當時不坦白，現在才解釋，明允肯定要多想的。罷了，多一事還不如少一事，既然大家都以為是華少的功勞，那她還是不要橫生枝節的好，反正當初就沒想爭這一份功勞，若是明允去當安撫使，就另當別論了。

感覺到懷裡的人不安地動來動去，李明允閉著眼睛，低啞著嗓音問：「肚子不舒服嗎？」

林蘭點點頭，「有點兒脹。」

他溫熱的手掌伸進她的裡衣，在她平坦光滑的小腹上輕揉著，「這樣好點了嗎？」

他的手很暖，這樣輕輕揉著，身上的不適便減輕了許多。

林蘭往他胸口蹭了蹭，乖巧道：「好多了。」

「蘭兒，女人是不是每到這個時候都會這般不舒服？」李明允有些擔心地問。別的女人小日子的時候是怎樣一個狀況，他無從知曉，只是看林蘭這般難受，他很不安。

「不一定的，有些人就跟沒事一樣，有些人就比我還厲害，會痛得死去活來。」

「啊？會這般嚴重？這是一種病嗎？」李明允心頭一緊。

林蘭輕笑道：「你放心，我這樣是屬於正常反應。聽人說，這種狀況，生過孩子後，月子裡好好將養能養好的。」

明顯感覺到李明允長出了一口氣，又聽他嗓音微啞地說：「那就好，等妳生過孩子後，我一定替妳養好了，讓妳不再受這種苦。」

林蘭噗哧笑道：「你替我養啊？你要怎麼做？」

李明允樓緊了她，「妳說怎麼做我就怎麼做，錯不了。」

黑暗中，林蘭的雙眸閃過一絲狡黠的笑意，慢悠悠地說：「其實很簡單，生育過後一年不同房就會好了。」

「啊？」李明允驚呼：「一年？」隨即抽出了手，無力仰臥哀嘆道：「豈不是要憋死我？」

林蘭一邊偷笑，一邊期期艾艾地說：「那怎麼辦呢？給你找個通房？」

「不要，除了妳，我對別人沒興趣。」李明允想到一年不能碰她，就無比沮喪。

「那只好辛苦你忍著了。」林蘭嘆道，身子已經忍笑忍得顫抖起來。

李明允扭頭看她，這丫頭笑得這般奸詐，敢情是在騙他？

李明允一個翻身，將她壓在身下，做出凶狠的模樣，一手將她兩隻手扣在頭頂，一手伸進了她的裡衣，意圖來個刑訊逼供，「說，是不是誆我來著？」

◆◆◆

韓秋月不顧李敬賢的警告，第二天就讓姚嬤嬤送了一大堆補品過去。東西送了，她的心意也就到了，人家用不用就管不著了。同時也給俞蓮捎帶了一份，讓她好好養身子，爭取早日替李家開枝散葉。

此舉博得了老太太的讚賞，認為韓秋月還是肯聽她這個老婆子的勸，於是對她越發袒護。

李敬賢琢磨了幾日，決定先試探試探李明允的意思。

這日晚飯後，李敬賢又把李明允叫去了書房。

「明允啊，為父有個打算，想跟你商量商量。」李敬賢和顏悅色道。

李明允恭謹道：「父親有什麼話，只管吩咐便是。」

李敬賢笑著點點頭，張了張口，覺得這話總有那麼點難以啟齒，一聲輕嘆，似有濃得化不開的愁緒，慢悠悠地說：「當年為父一直以為你繼母和你大哥已經不在人世，娶了你娘以後，你娘就只生了你這麼一個孩子，沒想到啊沒想到，你繼母和你大哥大難不死，逃過一劫……」

李明允在考慮著是不是該配合父親作唏噓感嘆狀，其實這些年他一直很好奇，父親會不會跟他解釋，會怎麼解釋，或者說得確切一點，他想聽聽父親會把這個瞎話編成什麼樣，今天終於等到，沒想到父親的謊言這般沒有新意，而且還漏洞百出。

既然老巫婆和大哥逃過一劫，就算找不到父親，可老家總還認識的，祖母、大伯和三叔他們一直待在老家不曾搬家，為何偏偏要等十六年後才找上門？還演一齣苦情女千里尋夫十六載的戲碼……李明允當真想感嘆，為著父親這般拙劣的謊言。

「……為父與你娘鶼鰈情深，亦不想再納什麼妾室，所以，為父一直以來都以為此生只有你這麼一個兒子……當初你娘在京城置辦產業的時候，是詢問過為父的意思。為父想著反正就你這麼一個兒子，將來什麼東西都是你的，便讓你娘把產業都寫在你的名下。」李敬賢的語聲中滿是惆悵之意，說到這停了下來，眼神複雜地看著明允。

父親的意圖已經十分明瞭，因為以前只有他一個兒子，現在有了李明則，還有劉姨娘肚子裡的孩子，更甚者，將來還會有更多的兒子……所以，那些產業不能再只屬於他一個人了，兄弟皆有份……

李明允在心底冷笑，不消說，這一定是老巫婆的主意。老巫婆現在是削尖了腦袋弄銀子，不過，父親還真豁得出這張老臉啊！李明允更明白，父親此時的沉默所為何來，是希望他能識趣地把話接過去，主動提出均分配，共用產業。如果他真這麼做了，那他便是天下第一蠢人。李家的奇葩已經夠多了，他還是不要湊這個熱鬧的好。於是，李明允沉默，於是，屋子裡陷入一陣漫長的沉默。

李敬賢等了許久，李明允都不開口，這叫他有些失望。李明允一向心思通透，這會兒應該已經明白他的意思，卻不開口，多半是心裡不情願，可話都已經說到了這個分上……

「明允啊，為父也知道，這事挺叫你為難的，如今這個家中只有你是最叫為父放心的，有為父幫襯著，加上你自己的用心，前途似錦啊……可你大哥，他是遠不如你，便是你大嫂也不及林蘭能幹，將來你的兄弟姊妹就更不可能超過你，明允啊，以後你便是這個家中的頂樑柱，兄弟姊妹們可都得指望著你。」李敬賢語重心長道。

李明允謙遜道：「父親過獎了，大哥是家中長子，大哥才是家中的頂樑柱。當然大哥有需要的話，明允定會鼎力相幫的。」

見李明允只跟他打馬虎眼，李敬賢面色微微一沉，旋即又做出慈父模樣，欣慰地點頭，「我知你心地仁厚，這點很像你娘。」他抿了抿嘴，又說：「為父就跟你直說了吧！為父打算把家中現有的產業賣掉，重新置一份家業，你以為如何？」

終於攤牌了！李明允蹙眉，在袖中握成的拳，緊緊的，緊到骨節發白，骨骼發痛，慢慢地又鬆開，謹慎道：「父親，這事請容兒子與林蘭商議一下，母親給兒子留下產業一事，林蘭也是知道的。兒子對錢財之物素來淡薄，可林蘭是婦道人家，父親您也知道，婦人總是心眼要小一些。」

李敬賢哈哈一笑，「應當的應當的，你跟林蘭好好商議一下，林蘭這個兒媳婦我還是很看好的，明事理，氣量也大，比起你大嫂，著實強了太多。為父總是想，倘若你是長子，林蘭是長媳就好了，為父也就不用操心了。」

李明允一離開，李敬賢便去了韓秋月屋裡。

「怎麼樣？明允他……可應了？」韓秋月急切道。

李敬賢重重嘆氣，瞪了她一眼，「這事擱妳，妳能答應？」

韓秋月失望道：「他不答應？我就知道他的賢孝都是裝的，一試就試出來了。」

李敬賢不滿地瞪她，「妳急什麼？我說他不答應了？」

韓秋月換臉比翻書還快，立馬喜道：「那他應了？」

「這麼大的事兒，他總該跟林蘭商議一下吧？」李敬賢鬱鬱道，適才真是難堪啊！

李明允背著手回到落霞齋。

屋子裡，玉容正在熨衣裳，林蘭咬著筆頭在那苦思藥方，如意在整理床鋪。

「二少爺回來了？」玉容先看見了二少爺。

如意馬上道：「奴婢去沏茶。」

李明允輕輕地應了一聲，瞄了眼還在兀自沉思的林蘭，進了書房，攤開一方宣紙，往硯臺裡加了點水，開始研墨。

玉容覺得二少爺神情不對，擱了熨斗，走到二少奶奶身邊，輕喚道：「二少奶奶……」

「什麼事？」林蘭心不在焉地問道。

玉容指指書房，小聲說：「二少爺似乎不太高興。」

「是嗎？我去看看。」林蘭放下筆，走進書房。

只見李明允唇角緊抿，眉頭深皺，目無焦距，一副落寞惆悵的神情。

林蘭走上前，從他手裡接過墨條，「我來吧！」

李明允提筆沾了墨汁，捋了袖子，運筆如飛，不一會兒寫了一幅狂草。

李明允一般不寫狂草，只有特別高興或者心裡不痛快的時候才會寫。

林蘭看他寫完一張又換一張，那些字龍飛鳳舞，張揚至極，可見他心裡當真不痛快。

「父親……跟你談了些什麼？」林蘭輕柔地問。

李明允一言不發，運筆疾書，落下最後一筆，就這樣捋著衣袖，提著毛筆，看著自己寫的字。驀地，他把筆一扔，將寫好的那幅字胡亂揉了，遠遠拋了出去。

林蘭怔怔地看著他，不禁有些心疼。明允一向很能控制自己的情緒，尤其是在她面前，今日卻這般失態……

如意端了茶水要送進來，被玉容拉住，衝她搖搖頭。這會兒二少爺可沒心情喝茶，兩人悄悄退了下去。

林蘭放下墨條，趕緊把另一幅字抽走，省得他又揉了，又去把他扔出去的紙撿了回來。

「你撿它做甚？」李明允語氣中透著一絲煩躁。

林蘭一邊將字捋平，一邊認真道：「你難得寫兩幅狂草，揉了多可惜？要知道，的字可是很值錢的。」

李明允默默地看著她小心翼翼捋平宣紙，良久，低低說了聲：「對不起，剛才嚇到妳了吧？」

林蘭見他終於開口了，笑道：「哪能啊？是個人都會有不舒心的時候，不發洩一下，憋在心裡會憋壞的。不過，最好的辦法還是說出來。」林蘭說著頑皮地掏了掏耳朵，笑道：「我已經洗耳恭聽了。」

看她故意做出孩子氣的舉動哄他開心，李明允心情略好轉，苦笑道：「只怕汙了妳的耳朵。」

「沒事兒，在這個家裡，什麼汙糟事沒聽過，我也沒怎麼樣啊！」林蘭笑咪咪地將李明允按在椅子上，主動投懷送抱，摟著他的脖子，依偎在他懷裡。

李明允平復了悶息，悵然道：「一切都按著我的預想在發展，可是，當我聽到父親親口說出那些話，還是……還是很難過，失望透頂。」

林蘭愣了一下，遲疑道：「父親真的開口了？」

李明允痛苦地閉眼，長嘆一口氣，「我替母親不值啊，太不值了……」

李明允的痛苦，林蘭感同身受，李渣爹渣得沒邊了，連親生兒子也要算計。

「這樣不正好嗎？你也不用再掙扎了，該算的帳一併都算了。」林蘭輕聲道。

李明允睜開眼，望著遠處的虛空，「從小娘就教育我，要做像父親那樣的男子，做一個學富五車的才子，做一個勤勉為政的好官，做一個愛護妻兒的丈夫。那時候，父親在我心裡，是那樣高大，完美無缺。我一直都以父親為榜樣，勤奮苦讀，克己復禮，直到韓氏帶著大哥還有明珠出現在我娘面前……」

林蘭暗嘆，葉氏啊葉氏，是妳被愛情迷了雙眼，迷了心，還是李渣爹偽裝的手段太高明，十六年都看不穿？忽然間，她似乎能理解葉氏當初的感受，那般深愛著一個男人，一朝發現她不顧一切爭取的所謂的愛情，不過是一場精心策劃的騙局，這個自稱深愛她重過一切的男人不過是將她當成一塊鋪路的石子，踩著她一步步攀登榮華，她才萬念俱滅，連報復的心思都燃不起了。

「我一直都在猶豫，還抱著一絲希望，可是……」李明允頓了頓，一聲輕嗤，那笑容滿是苦澀，「天底下負心的男子不止他一個，可是連自己親生兒子都要算計的，怕是不多了。」

林蘭沉默，李明允真是倒楣啊，怎麼就攤上這麼一個爹？人家都說孩子是父母的債，到他這完全顛倒了。李渣爹不僅無恥至極，還演技高超，十幾年的演藝生涯，博了個賢明有加，人人稱頌，擱到現在，奧斯卡影帝非他莫屬。這種偽裝到牙齒的極品人渣，無恥是他的骨頭，卑鄙是他的血液，虛偽是他的皮囊，只有扒下他這層皮，才能讓世人看到他的真面目。

林蘭內心憤慨至極，面上倒還算鎮定，摟緊了他，柔聲道：「那……現在你不用猶豫了吧？」

李明允搖搖頭，深吸了口氣，斬釘截鐵道：「不會了，一切按原計劃進行。」

林蘭已經知曉李明允的計畫，第一步便是他們被迫答應，然後由葉家出面鬧，接著製造出李渣爹要賣掉明允的產業是為了填補貪贓的漏洞的傳言。最近御史們反腐正在興頭上，工部尚書快被拉下馬了，此時再傳出戶部尚書也有嫌疑，他們還不得打了雞血似的聞風而動？這種情況下，李渣爹絕對不敢再動京城裡的產業，然後貪污案和高利貸一併發作，叫這對無恥夫妻嘗嘗什麼叫惶惶不可終日，什麼叫窮途末路的滋味。

可是，這樣還是太便宜他們了！

「我想，你的計畫是不是可以做一點改動？」林蘭徵詢道。

「說來聽聽。」

「我覺得我們可以先把莊子拿回來，我們同意讓步，就說這些產業好歹也是你娘留下的，總得留一處做個念想，或者莊子，或者鋪子，現在就交給你，剩下的，你也不要了，隨他們賣掉後怎麼折騰。老巫婆現在急於籌錢，肯定會答應，你父親再不要臉也不能不答應……而且，莊子太大，要找買主不是那麼容易，鋪面可以分開來賣，容易脫手，老巫婆絕對會選鋪面。咱們現在先拿回來一部分，將來大舅爺去壓價也能省下一大筆銀子是不是？」林蘭平靜地說道。

李明允瞅了她半晌，輕笑出聲，伸手捏捏她的鼻子，又將她緊緊摟著，下頜貼著她微涼柔嫩的小臉，微微嘆息，將那滿腔的憤懣都嘆了出去，心底只餘一片柔情，似滿足地感慨道：「蘭兒，我覺得我應該謝謝妳的嫂子，謝謝王大戶！」

林蘭溫順地依偎在他懷裡，輕笑道：「當時我只是覺得你比較老實好欺負而已。」

「那現在呢？」李明允笑問。

林蘭很誠懇地說：「我真心覺得我看走眼了。」

如意和玉容一直在門外不安地候著，忽聽得裡面二少爺大笑，兩人傻眼，這是什麼情況？

翌日，林蘭去向韓秋月請安，韓秋月拐彎抹角地想探探林蘭的意思，林蘭躲躲閃閃，顧左右而言他，就是不給她答覆。老巫婆也太心急了吧？這又不是賣白菜，哪能說答應就答應，怎麼也得拖上幾日。

如此等了四五日，韓秋月不耐煩了，去催老爺：「老爺，這樣拖下去可不成，他們倆是不是想不了了之啊？」

「這事急不來，總得讓他們好好想想。」

「那怎麼行？」韓秋月脫口而出。

李敬賢睨了她一眼，不滿道：「有句話叫欲速則不達，妳越逼得緊，他們就越不情願。」

韓秋月哪能不急，三個月可是一晃就過去了，萬一到了期限事情還沒辦成，她就玩完了。

李敬賢突然皺眉，嘖了一聲，不解道：「哎？我說妳是不是有什麼事瞞著我？」

韓秋月一怔，支吾道：「妾身能有什麼事呀？」

李敬賢漠然道：「那妳整日催個什麼勁？我還道妳被人逼債了，等著這銀錢去救命。」

韓秋月脊背發涼，乾笑道：「老爺，您可真能想，這不是東直門的商鋪有好幾間馬上就要到期了，妾身想這事快點定下來，是續租還是變賣，心裡也好有個數。」

李敬賢想了想，道：「再等幾日吧，若是不成，我再去問問。」

李明則很快補了個光祿寺典簿一職，雖說只是個七品官，但同期通過吏試留任京中的只有三人，其餘的都是派到外地，且多是窮鄉僻壤，沒什麼油水可撈，還不知猴年馬月能回京，能給李明則這個職務，算是很給李敬賢面子了。

韓秋月樂得跟什麼似的，覺得自己的兒子實在了不起，得意地跟老太太道：「是咱們明則考得好，要知道，這次留任京中只有三人呢，咱們明則的安排算是最好的了。」

李明則聽了一陣臉紅，自己有幾斤幾兩他自己清楚，若非父親的面子，還有二弟幫他打點，這個職位還輪不到他。李明則心虛道：「也是多虧了父親和二弟。」

韓秋月不以為然，「你也無須妄自菲薄，若不是你自己爭氣，誰也幫不了你。」

老太太自然也是欣慰，官雖小，好歹也是個官，有他老爹罩著，有明允這個兄弟幫襯著，升官遲早的事。老太太笑咪咪地跟李明則說：「如今也算入仕了，須得恪盡職守，勤勉為政，不可辱沒了李家的名聲。」

李明則點頭，「孫兒一定牢記祖母的教誨。」

老太太鬆了口氣，笑呵呵地看了眼靜坐在一旁的丁若妍，對李明則道：「如今你的大事解決了，接下來也該好好加把勁，讓祖母早日抱上重孫子。」

李明則和丁若妍對上眼，兩人面上一陣發燙，李明則喃喃道：「這種事……還得順其自然。」

韓秋月笑道：「你們記著祖母的話就好。」

下午，李明則特意在溢香居訂了個包間，然後去藥鋪等李明允。

林蘭見李明則來了，很是驚訝，「大哥，您怎麼來了？」

李明則望著進進出出的病患，笑道：「早就聽說二弟妹的回春堂生意紅火，今日一見，果然名不虛傳。」

林蘭笑道：「小本經營，看著熱鬧而已，其實賺不了幾個錢。」

莫子遊閒閒插了句嘴：「再這樣施藥，就不是賺不賺的問題了，而是虧多少的問題。」

在等藥的大嬸感激道：「林大夫就是個活菩薩，要不是林大夫施藥，我家老頭哪還有命在？」

莫子遊笑道：「大娘，您回去啊，千萬別說這話，要不然，我們的藥鋪就得關門大吉了。」

林蘭啐道：「五師兄，你再胡說八道，我就扣你工錢。」

莫子遊聳聳肩，無奈道：「得，我不說，不說還不行嗎？」

銀柳噗哧笑出聲來，一臉的幸災樂禍。

李明則有一瞬的怔忡，他一直以為二弟妹開藥鋪很賺錢，沒想到二弟妹都在行善。再想想自己，一直渾渾噩噩的，衣來伸手飯來張口，不覺有些慚愧。

「大哥？大哥？」林蘭見李明則走神，喚道。

李明則回過神來，笑道：「我是來等二弟的，想請他去喝一杯，二弟妹不會不高興吧？」

林蘭笑道：「哪能啊？明允也快下值了，大哥且到裡面坐會兒。銀柳，去倒茶。」

李明則忙道：「弟妹不用管我，妳忙妳的就是。」

李明允按時下值來到回春堂，林蘭將他喚到一旁，小聲道：「大哥來了，在裡面等你呢！」

李明允驚訝，「大哥來做什麼？」

「不知道，說是想請你去喝一杯。」

李明允思忖了一下，笑道：「估計是補了個好差事，心裡高興。」

「啊？已經任命了？」林蘭還不知這事。

「光祿寺典簿。」

這是個什麼官？林蘭不了解，只道：「你快進去吧！」

李明允抱歉道：「那我今日不能陪妳回去了。」

「沒事沒事，難得。」李明允正要走，林蘭又拉住他，「哎……你也不能穿著這一身去喝酒，要不，先拿二師兄的衣裳換上吧！」

溢香居裡，兄弟倆面對面而坐，李明則親自給李明允滿上一杯，舉起酒杯真誠道：「二弟，這杯酒，大哥早就想敬你，若非二弟開解，大哥我如今還是渾渾噩噩，一事無成。這次得以順利補了個典簿一職，也多虧了二弟從中打點，大哥不知道該如何感謝二弟，大哥先乾為敬。」李明則說完，一口乾了杯中酒。

李明允笑道：「林蘭不許我喝酒，但是今日高興，二弟就意思一下，祝賀大哥步入仕途。」

李明則哈哈笑道：「看不出來，二弟還怕弟妹。」

李明允不以為然，「夫妻之道，貴在相互尊重，相互體諒，其實有時候懼內也是件好事。」

李明則贊同地點點頭，「弟妹是個值得尊敬的人，聰明能幹又心地善良，哎，其實你大嫂也不錯，就是性子冷了點。」

李明允端著酒杯，悠悠說道：「其實女人的心都是柔軟的，只要大哥真心以待，用心呵護，就是冰山也會化為春水。」

李明則聞言怔怔出神，其實這陣子他已經感覺到若妍對他的態度有了轉變，只是，他們夫妻間好像總隔著些東西，不知道該如何消除這層隔閡。

「那……我該怎麼做？」李明則求教道。

李明允靜靜地望著李明則，「大哥果真喜歡大嫂？」

李明則認真道：「當然。」

「那好，大哥只要記得一點，天底下所有女人都有一個心願，就是……願得一心人，白首永不棄。」李明允微笑著說。

李明則重複著這句話，若有所思。

哥倆跑出去喝酒，韓秋月對此很不滿，埋怨道：「我叫廚房做了一桌子好菜，本想一家人好好慶賀一番，他倒好，只顧跟兄弟尋開心去了。」

林蘭面上笑微微，心裡腹誹：那是你兒子聰明，知道跟明允交好沒壞處，哪像妳個老巫婆，有眼無珠，一肚子壞水，就知道算計人。

李敬賢笑呵呵道：「兄弟之間本就該多親近，有道是上陣父子兵，打虎親兄弟，將來也好相互扶持，相互照應。」

老太太深以為然，「明則和明允比不得那些從小一起長大的兄弟，難免生疏，是該多親近。」

丁若妍道：「明則說，這次多虧了二弟，要好好謝謝他。」

韓秋月臉上一點笑容也沒，心裡是極不服氣的，又氣明則沒出息，人家略施恩惠就把人家當親兄弟了，別被人家賣了還幫人家數錢。

李敬賢欣慰地點頭，「明則是大有長進啊！」

老太太笑道：「你三叔家的二小子明瑞也是個會讀書的，敬賢，你看看能不能把明瑞接到京裡來提點提點他。」

李敬賢欣然應允：「等大哥的壽辰過後，就讓他來吧！」

吃過晚飯，韓秋月和李敬賢特意把林蘭叫去了寧和堂。

林蘭冷笑，老巫婆這是要攤牌了吧？很好，她備戰已久，心裡正癢著呢！

屏退了左右，屋裡只剩下渣爹渣娘，林蘭好整以暇地坐著，看他們的狗嘴裡能吐出什麼牙。

韓秋月和李敬賢目光交流了一下，決定由韓秋月先出招。

「林蘭，那件事，明允同妳商量過了吧？」韓秋月儘量讓自己的語氣平和些。

林蘭坦白道：「商量過了。」

韓秋月笑了笑，「那你們是什麼意思？」

林蘭默了默，起身屈膝一禮，「請恕兒媳直言。」

韓秋月的臉刷的就沉了下來，李敬賢撩著茶蓋，撥了撥茶水，緩緩道：「妳但說無妨。」

林蘭不緊不慢地說道：「父親的想法，兒媳與明允都能理解，畢竟父親不是只有明允一個兒子，對父親而言，手心手背都是肉，希望每個子女將來都能有一份保障。」

李敬賢溫和地點點頭，林蘭這話說得中肯。

「不過……若是這些產業都是父親給明允的，如今父親要收回去重新分配，兒媳和明允絕不會有半點意見，只是父親為官清廉，朝廷上下多有讚譽，哪有多餘的銀錢置辦產業？那些產業都是明允去世的娘親留給明允的，是一個母親對兒子的一片拳拳愛護之心……」林蘭又道。

韓秋月不悅地打斷林蘭的話：「照妳的意思，是不同意了？」

李敬賢的臉色也有些難看。

林蘭莞爾一笑，「即便不同意，也是人之常情吧？」

韓秋月輕嗤一聲，「妳這話可就不對了，明允他娘既然嫁入李家，她的銀子便李家的銀子，她置辦的產業便是李家的產業，不管記在誰的名下，都改變不了這個事實。」

太無恥了，難怪那日明允氣壞了，跟這種人渣說話，沒有一顆強大的心臟還真是招架不住。

「再說了，明允他一人獨占這許多產業，叫兄弟姊妹們去喝西北風，是不是太不厚道了？」韓氏譏諷道。

林蘭唇角一揚，慢慢說道：「可不是嗎？我們明允就是太厚道了，總是顧念著父子之情，兄弟之情，既然父親開了口，別說是一點產業，便是割肉放血，也得答應不是？」林蘭說著微微側了側眼神，看向李渣爹。

李敬賢面上肌肉抽動了兩下，乾咳兩聲，低下頭，裝模作樣地喝茶。

韓秋月不露痕跡地鬆了口氣，換了笑臉道：「我就說明允不是這種自私自利的人，如今家中就數明允最有出息，將來出將入相也是有可能的，李家可就靠他光耀門楣了。」

李敬賢也道：「明允如此體恤父母的苦心，顧念兄弟手足，為父很欣慰。放心吧，為父心中有數，不會叫明允太吃虧的。」

林蘭腹誹著，好話歹話都叫你們說盡了，真叫人噁心。

林蘭淡淡一笑，「不過，這些產業畢竟是明允他親娘留下的，好歹也得留一處做個念想，總不能全賣了，要不然只怕明允的親娘泉下有知，會氣活過來。兒媳和明允的意思是，或是莊子，或是鋪面，現在就交由我們自己打理，其餘的就由父親和母親隨意支配。」

「什麼？現在就交給你們？這又不是要分家了，不行不行，此舉不妥！」韓秋月立即反對。

「當然不是分家，若說分家，也就只有分這間宅子，如今分的是明允的產業。」林蘭笑道。

韓秋月面上一僵，「這如何能說是分明允的產業？那些產業不過是暫時記在明允名下而已。」

「是嗎？按我朝律法，誰名下的產業便是屬於誰的，父親，兒媳沒記錯吧？」林蘭笑問。

李敬賢調整了下坐姿，清了清嗓子，無奈地說：「按律法，當是如此。」

林蘭笑看著老巫婆，溫聲道：「如果今日是母親憑著娘家的財力，憑著自己本事賺到的銀兩給大哥置辦產業，兒媳和明允絕不會動半點要分一杯羹的念頭。」

韓秋月面黑如鍋底，氣道：「妳這說的是什麼話？妳這是在譏諷長輩嗎？」

「母親何必動怒，兒媳只是打個比方。父親要明允顧念兄弟手足，明允便拿出一半的產業，這份氣量，可不是誰都能有的，母親，您說呢？」

韓秋月道：「產業重置後，我留一半給他便是，有何不一樣？」

林蘭輕嗤道：「這可完全不一樣，如今是我們明允同意讓出一半產業給兄弟，那是明允的氣量，若是產業重置，經母親這一轉手，就成了母親給我們的恩惠，這能一樣嗎？再說了，現有的產業是明允親娘留給他的，據我所知，李家也沒什麼祖業，就連老家的大宅子和良田也是明允他娘出錢置辦的，這些姑且算是祖業吧？只有不孝子才會賣掉父母留下的產業。母親，您可以叫父親忘了前妻，卻不能叫兒子忘了自己的娘，逼明允做個不孝子。」

李敬賢被林蘭說得啞口無言，那份愧疚之情又湧了上來。

韓秋月的呼吸粗了起來，瞪著林蘭，真是好一張利嘴。

「如果母親連這點也不同意，那我們也沒辦法了。雖說您是明允的繼母，明允也該孝順您，可明允總該先孝敬自己的親娘，若是自己的親娘都不孝順，又何談孝順您這位繼母呢？」林蘭咄咄逼人道。

林蘭態度堅決，韓秋月恨得直咬牙，沒想到林蘭死咬著一個孝字，硬要留下一半產業，把她的計畫又全盤打亂。

李敬賢想著明允的要求也合乎情理，怎麼說他也讓出了一半產業，若是逼得太緊，難免會落人口舌。他嘆了一口氣，道：「這也是明允的一片孝心，就依你們的意思吧。莊子還是鋪子，你們自己選一樣。」

韓秋月錯愕地看著老爺，老爺怎麼這麼快就鬆了口？這樣一來，她還能再說什麼？罷了罷了，一半就一半吧！不過，十八間鋪子時下最少也值一百五十萬兩銀子，京郊的莊子還要更貴些，只是莊子不可能分開賣，一時也找不到這樣的大買主，不易脫手……這樣比較起來，還是要鋪子的好。韓秋月擔心地看著林蘭，心裡琢磨著，若是林蘭要選鋪子，她該怎麼辦？

「明允說，他能留下一處便好，莊子還是鋪子都無所謂，就由母親來定吧！」

韓秋月暗暗鬆了口氣，說：「莊子雖說打理起來麻煩些，卻是比鋪子更值錢。如今京郊的地價可是一年比一年高，莊子就你們留著吧！」

果然如林蘭所料，老巫婆這會兒只能考慮方便脫手的，估計放棄莊子也是心疼得緊。

林蘭淡淡一笑，「可以，只是還有一點要說明，這十八間鋪子以後就跟明允沒關係了，當然，京郊的莊子以後也只屬於明允，跟任何人都無關。」

這對厚顏無恥的渣夫妻，什麼不要臉的事都做得出來。當然，明允是不會再給他們機會，她這樣說，不過是削削他們這張厚臉皮，警告他們，別再來打明允的主意，叫他們知道她和明允也不是好欺負的。

韓秋月氣得一陣哆嗦，李敬賢也綠了臉，一直說林蘭是個能幹的，那都是說說而已，今日卻是真真見識到了。

「母親什麼時候把莊子的地契交給媳婦，明允就什麼時候去官府辦理過戶文牒。」林蘭笑咪咪地福身，「若無其他事，兒媳就先告退了。」

林蘭挺直了腰背，施施然出了寧和堂，嘴角浮起一抹嘲弄的笑意。出來混，總是要還的。對付騙子，最好的辦法就是以其人之道還施彼身。老巫婆，暫且讓妳再得意幾日，李渣爹也且讓你再威風幾日，很快，報應就要來了。

韓秋月和李敬賢俱是沉默，良久，韓秋月悻悻開口：「這個林蘭，簡直目無長輩！」

李敬賢悶悶道：「好了，得了便宜就少說幾句吧！」說罷霍然起身，拂袖而去，目的雖說達到了，可心裡真不是滋味。

陸之章

輿論毀人道苟且

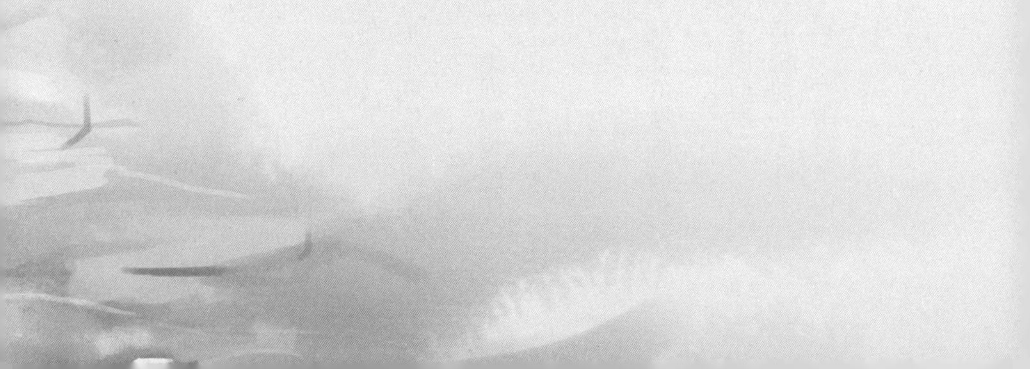

李明則喝得七分醉，李明允怕他有閃失，便將他送回微雨閣。

丁若妍聽說李明則回來了，迎下樓，「怎麼才回來……」

驀地，看見扶著李明則的李明允，丁若妍怔立在樓梯上。

李明允忙道：「大嫂，大哥今天高興多喝了幾杯，有點醉了。」

李明則腳下虛浮，身子搖搖晃晃，揮著手不讓下人相扶，大著舌頭傻笑道：「誰……說我醉了，我……沒醉，二弟，走……咱們哥倆接著……喝……」

丁若妍回過神來，忙吩咐道：「還不快扶大少爺上去？巧娟，叫廚房煮碗醒酒湯來！」

李明則定要扯著李明允去喝酒，幾個丫鬟哪裡扶得動他，李明允只好辛苦些，把李明則弄上樓去。好不容易把李明則按到床上，紅裳帶了兩個丫鬟替少爺脫鞋換衣裳。

丁若妍低著頭緊張地絞著手中的帕子，入府以來，還是第一次離李明允這麼近，她很想說些什麼，可是又不知道說什麼。

倒是李明允先開口了：「大哥就交給嫂子了，明允先行告退。」

丁若妍只怔了一下，李明允就從她身邊過去了，丁若妍慌忙轉身道：「我送送小叔。」

「若妍……若妍……」身後響起李明則微醺的呼喚，丁若妍腳步一滯，望向李明允的雙眸滿是眷戀與不捨，千言萬語梗在心頭，無奈如斯，天涯咫尺。

李明允亦回頭望她，她眼底濃濃的情依舊，比起往昔，除了不捨，更多了份深深的無奈。只是，這樣深情的目光，他承受不起。今時今日，她是他的大嫂，今生今世，她便只能是他的大嫂，不是他薄倖忘情，而是他從不追求不應該追求的東西。李明允垂下眉眼，拱手道：「請嫂子留步。」說罷，優雅轉身，步履從容地下了樓。

丁若妍張了張嘴，終是沒喊出口，眼睜睜看著他離去。

李明允回到落霞齋，林蘭親自伺候他更衣。

「瞧你滿身酒氣，大哥喝了不少吧？」

李明允笑道：「他今日高興，難免多喝幾杯，若不是我勸著，怕是要叫人去抬他回來了。」

林蘭嗔他一眼，「我看你也挺高興的，你在外頭喝酒作樂，讓我一個人對付老巫婆和你爹。」

李明允笑容一僵，「他們找妳談話了？」

林蘭皺了皺鼻子，「我看他們就是瞅著你不在，故意衝我下手，以為我比你好對付，可惜看走了眼。」

李明允忙拉了她坐下，道：「快說說，怎麼個情形？」

「還能怎麼樣？不答應就是不孝。既然他們拿孝字做文章，我便以牙還牙，寸土必爭，最後我讓老巫婆自己選，是要莊子還是鋪面，她果然選了鋪面。我說了，什麼時候她把莊子的地契交出來，你什麼時候去辦商鋪的過戶手續，估計你爹明日就會找你了。」

李明允擔心地看著她，「妳……沒氣壞吧？」

林蘭輕笑道：「哪能啊？跟他們置氣，不是自虐嗎？我只當他們放屁。」

李明允鬆了口氣，內疚道：「叫妳受委屈了。」

「自己覺得委屈那才是真委屈，不過我一點也沒覺得。看他們一步步走進咱們設下的局，我高興得很。」林蘭故作輕鬆道。

李明允親暱地捏她的小臉，「再忍耐些時日吧，很快咱們就不用再對著這些可惡的面孔了。」

果不其然，第二天韓秋月就通知林蘭，叫李明允早點下值去辦手續。

也是這日帳房的孫先生來請辭，說是家中老母病重，妻子又在坐月子，實在是脫不開身。

孫先生不同於其他下人，他是聘請的，不是賣身到李府，且人家又確有難處，韓秋月挽留不住，也不能強求，只得允了他，另聘帳房先生。

重置產業的事，韓秋月也跟老太太做了報備，老太太十分贊同，她也是一想到這家中的一切都是葉氏留下的就不舒服。

下午，韓秋月親自去官府辦了過戶手續，然後把莊子的地契交給李明允。

韓秋月拿到商鋪的房契，當晚就讓趙管事去通知錦繡坊。上次錦繡坊就想買鋪面，因著不能過戶而擱置了下來，如今聽說可以過戶了，自然十分高興，約好了明日就交錢辦手續。

翌日早上，東直門的店鋪陸續開門，辰時一過，街上便熱鬧起來，只是今日特別熱鬧，在一家商鋪門口圍了一大群人。

「大家都知道，這條街十八間商鋪的屋主是誰，是我那苦命的小姑子前戶部尚書李大人的夫人葉氏買給自己兒子的，他們李家什麼出身，一個窮得連飯都吃不上的窮書生，要不是我們葉家扶持，他李敬賢能有今日？他們李家哪一處產業不是我們葉家出錢置辦的，就連他們李家祖墳也是我們葉家出錢修的……好了，如今他李敬賢出人頭地了，就開始忘恩負義，生生逼死我家小姑子。這口氣我們葉家也忍了，誰叫自己當年有眼無珠瞧上了這種沒良心的貨色，可恨的是，如今他們還要把葉氏留給自己兒子的產業也霸占了去。鄉親們，大家評評理，咱們做父母的，從來只有為兒女掙家業的，可曾見過親爹霸占親兒子的產業，做人怎能無恥到這種地步……」站在人群中義憤填膺的是葉家的二夫人戚氏。

這活原本是葉大老爺準備自己幹的，戚氏正好還在京中沒走，就自告奮勇地把活給攬了過去。罵大街這種事，女人要比男人擅長，反正不久以後她就回豐安去了，做得再出格，罵得再過分也不要緊。

圍觀者議論紛紛，許久都沒有聽到這麼勁爆的八卦了，而且對富人、對官家，百姓都有一種仇視心理，平常是敢怒不敢言，現在有人當街罵戶部尚書，怎能不叫人熱血沸騰？

有人開始附和：「是啊，天底下哪有這種父母，真不要臉……」

「太不要臉了……」

戚氏說著抹起淚來，「我那外甥，就是去年的新科狀元，如今的翰林學士，大家莫看他表面風光，在家中不知受了後母多少氣。他為人敦厚，又是個極孝順的，從不肯跟我們說他父母的半點不是，若不是我家老太太不放心，派人去李府打聽，都不知道我那外甥竟是這般可憐，還差點被後母放毒蛇咬死……現在親爹和後母又聯合起來謀奪他的產業，我苦命的外甥啊……」

「原來是李學士啊！我聽說他是個極重情義之人……」

「是啊是啊，我也聽說了，李學士不僅才華橫溢，性情更是敦厚溫良！」

「我還聽說他夫人是位大夫，常常給窮人施藥，大家都稱她活菩薩呢！」

「哎，人善被人欺啊，最可恨的還是被自己的父母欺！像李學士這種好脾氣的人，就是被欺負死了，也不會說的！」

「太過分了，這吏部尚書還一直以賢明著稱，原來大家都被他騙了！」

「最可恨是那個後母，蛇蠍心腸的婦人，就該打入十八層地獄！」

大家你一言我一語地議論開來，矛頭紛紛指向渣爹和後娘。

忽然一人分開人群擠了進來，神情焦急地拉了戚氏就要往外走。

「明允，你拉我做甚？」戚氏武學世家出身，力氣大，一下甩掉了李明允。

「是李學士耶……」有人驚呼。

李明允很是尷尬道：「二舅母，就算明允求您了，有話回去再說。」

戚氏生氣地瞪著他，「為什麼要回去說？你親爹這麼對你，難道你還要替他隱瞞？」

李明允急道：「有些事，您不清楚……」

又一人擠了進來，神情威嚴，大聲道：「明允，放開你舅母！你顧念著父子親情，把你娘留給你的產業拱手相讓，你對得起你九泉之下的娘，對得起疼愛你的外祖父外祖母嗎？我告訴你，這些產業是我們葉家出錢買的，留給葉家的外甥，我們沒意見，但若是叫那對不要臉逼死我妹子的狗男女拿了去，葉家上下都死不瞑目！」

李明允無比汗顏，「一切都是明允的錯，還請舅父和舅母先回，這樣……實在是難堪。」

「有什麼難堪的？他們不要臉面，我還要！當官有什麼了不起，他這個官說難聽點，都是葉家出錢堆出來！忘恩負義的東西……」葉德懷罵道。

「就是，不能便宜了他們……」人群裡有人喊。

「李學士，你也不該軟弱了！」又有人喊道。

「諸位鄉親，我葉德懷今日就在這裡撂下話，誰若是敢動我們葉家的產業，我跟誰沒完！」葉德懷振臂大聲道。

這邊的情形，對面錦繡坊裡的人看得一清二楚，其中一個繡娘道：「姚掌櫃，李夫人約的時辰快到了。」

被稱為掌櫃的女子搖搖頭，「妳去回李夫人，這鋪子我們暫時不買了，讓她先把家中的糾紛解決了，要不然，我們不敢買。」

李明允好勸歹勸，好不容易把大舅爺和二舅母勸離了現場。

當日東直門大街這一齣戲碼在京中瘋傳開來，傳言的特點就是，每個傳播者都會有意無意加油添醋，傳到後來愣是傳出了渣爹和老巫婆諸多令人髮指的行為，而李明允則賺足了大家的同情。一個才華傾世的大才子，一個情比金堅的好男子，一個寧受百般委屈也不肯說父母一句不是的大孝子，怎能不被人同情？不受人尊敬呢？與此同時，林蘭為窮人看病施藥的善舉也被人廣為宣傳，當日，藥鋪的門檻都差點被人踏破。

御史們更是興奮得不行，連夜上摺子要彈劾李敬賢。

韓秋月滿心歡喜等待第一筆銀子到手，沒想到錦繡坊掌櫃臨時變卦，讓人捎來一句話……先把家中糾紛解決了，要不然不敢買。

在韓秋月的再三逼問下，來人才委婉地說，夫人還是去東直門看看吧！

等韓秋月派人趕去東直門，那邊早已經散場，不過街頭巷尾都在議論李府的事，隨便一打聽就知道出了什麼事。

韓秋月得到回報，氣炸了肺，立刻讓人去回春坊把林蘭叫回來。

今天葉家會有動作，林蘭是知道的，早就做好了心裡準備，這可是明允計畫中的重頭戲。同樣一件事，從不同之人口中說出來，效果完全不一樣。明允作為李家的兒子，絕對不能出面去壞親爹的聲譽，哪怕你理由再充分都不可以。孝，原本是美德的體現，但若是碰上渣爹這種無恥的長輩，孝，便成了桎梏。天下無不是的父母，只這一句話，就叫明允不能越這破雷池一步，但葉家可以，由葉家的人來發作，就能坐實渣爹渣後媽的卑劣無恥行徑。

葉家這幾年在京城不是白混的，有銀子開路，加上葉大老爺的交際手段，黑白兩道都關係匪淺，要不然明允的計畫也不可能進行得這麼順利。葉家到京城發展，說白了，就是來報仇的，就等著一個名正言順的機會重拳出擊。

所以，渣爹和渣後媽打葉氏留下的產業的主意，簡直就是自掘墳墓。

林蘭叫文山去葉家通知李明允，估計渣爹很快也會趕回來了，今天這場戰鬥絕對不輕鬆，但林蘭不會怯弱，反而精神振奮，渣爹越是暴跳如雷，老巫婆越是歇斯底里，就越說明他們心裡的恐慌。

林蘭一回府，就看見周嬤嬤就帶了五六個人在門口等著。

「二少奶奶……」周嬤嬤神情嚴峻地迎了上來。

「嬤嬤有事嗎？」林蘭訝然。

「二少奶奶，老奴陪您去朝暉堂，如果她們敢對二少奶奶不利，老奴這把老骨頭跟她們拚了。」周嬤嬤凜然說道。

林蘭怔了怔，將周嬤嬤拉到一邊，小聲道：「嬤嬤，我知道您是怕我吃了虧，可您這般興師動眾，倒顯得咱們早有預謀，豈不壞事？您趕緊把人都帶回去，安安心心在院子裡等著，我自己能應付。」

「可是……」周嬤嬤猶豫著。

「別可是了，這骨節眼上，咱們是一點錯都不能犯，要不然就前功盡棄了。老巫婆已是窮途末路，沒幾天蹦頭了，我自有應對之法。」林蘭一派篤定地說道。

周嬤嬤鎖著眉頭，反覆思量，最後說：「那二少奶奶自己當心點，別吃了虧。」

林蘭莞爾一笑，朝她揮揮手，示意她趕緊把人帶走。

周嬤嬤無奈，轉身朝眾人使了個眼色，大家無聲散了去。

朝暉堂裡，老巫婆和老太太早已經數落開。

「我說明允怎會這麼大方，原來是有後招，在這等著咱們！老太太，您說他這心裡得有多陰暗？他不情願就直說，又沒人逼他，卻要做出一副孝順模樣，故作大方，背地裡使陰招，攛掇葉家來壞老爺的名聲，心思太歹毒了！」韓秋月咬牙切齒地罵道。

「可不是？昨兒個剛辦了過戶，今兒個葉家就鬧開了，若說不是二少爺去攛掇葉家來鬧，誰信啊？即便不是二少爺攛掇的，他也不該把這事說出去。」姜嬤嬤附和道。

老太太一張老臉垮得越發厲害，悶聲道：「是誰的主意還兩說，我看明允還不至於如此惡毒，壞了老爺的名聲，於他有什麼好處？這事，八成是林蘭背地裡搞的鬼。」

「林蘭更不是什麼好東西，當初我就說這種鄉下的野丫頭不能要，可明允已經被她迷得神魂顛倒！」韓秋月恨得直咬牙，若非這個林蘭，她早把李明允給解決了。

祝嬤嬤一旁聽著，甚是無語。打從來了京城，韓氏對二少爺和二少奶奶是什麼心思，她冷眼旁觀，看得一清二楚。真要說心思歹毒，也該是那放毒蛇之人。老太太對葉氏頗有成見，是因為葉氏強勢逼二老爺休妻另娶，可是，後來她也想過，葉氏若當真如此強悍，怎能在十六年後，只因二老爺要迎韓氏進門就憤然離家？再說了，李家也的確是靠著葉氏發家的，且不說京城裡偌大的產業，就連老家的大宅、祖田，都是葉氏出錢置辦的。老太太一味說葉氏不好，可嘴裡吃的、身上穿的，哪一樣不是靠著葉氏？依她看，葉氏能不吝嗇自己的陪嫁，如此大方為李家撐門面，怎麼說也是李家的功臣。

二少奶奶就更不用說了，為人和氣大方，過年過節，府裡哪個下人沒得她的賞銀，也從不對下人苛責呵斥，落霞齋的下人們整天都樂呵呵的，規矩卻是一點不差，若不是主母和藹可親，整肅有方，下人們哪能過得這般輕鬆自在？反觀大少奶奶微雨閣的下人，偷懶散漫，喝酒賭博。老太太若是能撇開成見，便可知二少奶奶是多好的一個人。

可惜她人微言輕，說不上話啊！祝嬤嬤心底嘆息。

「這件事非同小可，如今還不知外邊都傳成什麼樣了。」老太太很是不安，對韓秋月道：「待會兒妳先別著急上火，問清楚了再說，她若當真做了大逆不道之事，這個家絕對容不下她。」

話剛落音，外頭丫鬟稟報：「二少奶奶來了。」

林蘭從容不迫進了朝暉堂，向老太太和韓秋月施禮請安。

「不知母親急急喚兒媳回來有何要事？」

韓秋月看見林蘭，一肚子火氣怎麼也按捺不住，冷哼一聲，「妳就別裝了，妳覺得事情鬧成這樣，妳心裡就舒坦了？高興了？」

林蘭錯愕地看著韓秋月，茫然道：「母親何出此言，兒媳委實不知。」

「妳還敢裝傻充愣，好，我來問妳，葉家是如何知曉東直門商鋪過戶一事？不是你們說的嗎？葉家今天在東直門大街鬧了好一齣戲，說我和老爺圖謀明允的產業，林蘭啊林蘭，真看不出，妳竟是這種當面陽背面陰之人。」韓秋月只差沒一掌拍到林蘭臉上去。

「林蘭，妳說實話，是不是叫你們讓出鋪面，你們心裡不情願，才想著用這種法子拿回去？」老太太口氣也是不善，硬邦邦，冷冰冰的。

林蘭怒極反笑，「母親，兒媳還真不是裝傻充愣，兒媳前日便說過不情願，那是因為這些產業是明允他親娘留給他的，意義非凡，但我們也能理解父親的心情。既然讓了，便讓了，絕對沒有要再拿回來的心思。明允前景光明自不必說，兒媳憑自己的醫術也能混口飯吃，說句大話，將來便是從別人手裡再將鋪面買回來也是做得到的，何須去向葉家哭訴，攛掇葉家來鬧？這樣鬧起來，毀了李家的聲譽，對明允又有什麼好處，豈不是讓自己淪為眾矢之的嗎？為了幾間鋪面，壞了自己的名聲，這種虧本的買賣，兒媳和明允才不屑於去做。」

「狡辯！滿口謊言！葉家的人在大街上罵得可都是我和老爺，把明允說得好似受盡迫害的孝子，你們倒是賺足了旁人的同情和眼淚，名聲好得很呢！」韓秋月想到下人回報的那些話，就氣得發抖。

林蘭正色道：「兒媳所言句句屬實，兒媳心中坦蕩，母親若是不信，只管拿出證據來。母親叫我們讓出產業，我們便讓了，如今出了事，又賴在我們身上，母親是想告訴兒媳，好人難做嗎？母親到底還要我們怎麼做？」

「妳……」韓秋月氣得臉色青白不定，對老太太道：「您瞧見了，她根本就是強詞奪理！」

老太太陰沉著臉，神情複雜地看著林蘭。林蘭的能言善道，咄咄逼人，她是領教過的，又看她正氣凜然，一派坦蕩無畏的樣子，其實……現在來追究是不是他們和葉家串通好的已經沒有意義了，關鍵是如何將局面扭轉回來。

「林蘭，既然妳說妳和明允不曾攛掇葉家，你們是心甘情願讓出產業，那好，你們即刻去向葉家說明，叫葉家的人出面澄清事實，盡快把這件事平息下去。」老太太沉聲道。

林蘭心裡冷笑，薑果然是老的辣，知道如何掌握關鍵，只是，妳們想得太天真了。這年頭又沒有媒體來個禁言封殺什麼的就能平息事件，壓制醜聞，而且傳言都是長了翅膀會飛的，事態的發展早已不是妳們能控制的，葉家更不可能配合。這一招殺手鐧是必殺，等待妳們的只有滅亡。

林蘭恭敬道：「即便祖母不吩咐，孫媳也準備這麼做。孫媳馬上就讓人去把明允找回來，一起商議如何解決此事。」

「是啊是啊，還是趕緊把二少爺找回來，一起商議商議的好。」祝嬤嬤附和。

韓秋月憤然一哼，她絕不相信這事跟這對賤人無關，只是苦於沒有證據，估計老爺此刻正往回趕，就先看看老爺的意思吧！

李敬賢怒氣沖沖趕回家，一到家就把兩個兒子叫到了書房，大老遠都能聽見老爺的怒吼。

「你去告訴葉家的人，如果不出面澄清事實，不鄭重道歉挽回李家的聲譽，就別怪我李敬賢翻臉不認人！」

李明允愧疚地垂首而立，李明則勸道：「父親，您先別動怒，說不定這裡面有什麼誤會，兩家坐下來說清楚就好了。」

「誤會？能有什麼誤會？他們葉家就是存心找碴！」李敬賢暴跳如雷，他多年謹慎為官，小心維護官聲，這一次卻叫葉家給抹黑了，他能不急嗎？

李敬賢指著李明允，指尖顫抖，「你說，這件事是不是你挑唆的？」

李明允惶恐道：「爹，兒子再渾也不至於做出這等糊塗事。兒子也曾猶豫過，是不是要跟葉家交代一聲，可又怕大舅父是個急性子，鬧起來，便想找個合適的機會再告知他，誰知昨日大表哥新買了幾塊地，去官衙辦手續，那主簿大人跟他也算相熟，隨口說了東直門商鋪的事……兒子今早一聽說大舅父去了東直門，就趕緊告假趕過去勸阻。兒子在葉家又費了好一番唇舌，被大舅父罵了個狗血淋頭。」

李明則幫襯道：「爹，二弟絕對不可能做這種事的，定是那葉家因著二弟他親娘的事耿耿於懷，借題發揮罷了。」

李敬賢狠狠地瞪李明允，「你平時不是很有主意的嗎？這會兒倒成了沒嘴的啞巴了！」其實當初他也想過，賣掉葉氏留下的產業，葉家會有意見，只是沒想到葉家的反應會這麼強烈。這幾年，大舅子在京城，他不是沒去示好，可每次去都是熱臉貼人家冷屁股。葉家對他成見太深。這次的事，就算明允什麼也沒說，葉家知道後估計也是不肯甘休，哎……還是他思慮不周啊！

李明允拱手道：「兒子再去跟大舅父說說。」

李明則道：「能不能約你大舅父出來談談？」

李敬賢冷冷道：「你告訴你大舅，事情鬧大了，對誰都沒有好處。為父念在你娘的情分上，不想傷了兩家的情面，給他們一個改過的機會，要不然，污蔑朝廷命官的罪名，他葉家不一定擔待得起！」

李明允滿心憤怒，父親還有臉說什麼顧念娘的情分，騙婚騙錢騙感情，一路騙到如今，還有什麼情分可言？父親是自私的，永遠只想到自己，旁人在他眼裡，都只是可利用和無用的棋子而已。

林蘭在書房外等了好一陣，才看見李明允和李明則一起出來。

李明則同情地對李明允說：「二弟，我知道這件事最不好受的就是你，夾在中間兩頭受氣，但是為了兩家的情面，你不得不多擔待一些。父親這邊我會多勸勸，你大舅父那邊，你也好好說。」

李明允苦笑，「我知道，多謝了，大哥。」

林蘭站在原地等李明允走過來，方才問道：「父親怎麼說？」

李明允看了看左右，道：「咱們出去再說。」

兩人出門，上了馬車，李明允就問：「老巫婆沒對妳怎麼樣吧？」

林蘭輕嗤一聲，「她能對我怎樣？罵幾句出出氣唄，誰理她啊！不過，今日我才發現，你祖母原來最不是個好東西！」

李明允眸色沉冷，盯著車簾一言不發。

林蘭理解他此刻的心情，這些原本都是他最親近的人，結果卻被逼得要陰謀算計，哪怕計畫成功了，他心裡也是不好受的。

「明允，你不用覺得內疚，這是他們應得的報應，你一點也沒錯。」林蘭寬慰道。

李明允握了她的手，緩緩開口，語聲裡透著苦澀：「我不會內疚。對付老巫婆，不僅是因為她逼走了娘，不僅是因為她幾次三番要害我，更不僅是因為她想要謀我的產業……早在二十年前，她就差點害了我娘和我的性命。」

林蘭心一凜，愕然看著他，這件事從沒聽他提起過。

「當年我娘生我的時候，原本說好的兩個穩婆突然不見了，我娘身邊又沒個懂接生的人，一屋子的丫鬟都束手無策，只知道到處找穩婆，幸虧我娘命大，但從此再不能生育，身子也垮了。那一日，我父親是守在韓氏的床前，大哥與我同日出生，但那一日穩婆為何不見？就是韓氏算準了我娘生產的日子，塞了銀子特意叫穩婆避出去……」李明允說著眸中寒光漸盛，握著林蘭的手隱隱發顫。

「所以，怎麼對付她都不為過，至於父親，他更是這場悲劇的罪魁禍首。他今日所擁有的一切，都是用卑劣的手段得來的，我就將他打回原形，叫他下半輩子在悔恨失落中度過，這樣的懲罰，已經算仁慈了，而祖母，她既然這麼看不起葉家，也就不必再用葉家的錢了。」

林蘭用力點頭，「你說的很對，天作孽猶可活，自作孽不可活，一切都是他們咎由自取，怨不得誰，只是……我們現在是要去葉家嗎？」

李明允冷峻漠然的神色漸漸緩和下來，帶著一絲嘲弄的意味輕笑道：「父親要我去跟大舅父談談，他還想拿母親的情分說事，估計大舅父聽了更會發火。」

林蘭挽著他的胳膊，「就讓他們瘋狂去好了，咱們去葉家喝杯茶，清靜清靜。」

李敬賢發了一通火，鬱悶地去了寧和堂。

韓秋月見面就將林蘭和李明允一通數落：「老爺，您可不能再被明允騙了，他這次回來肯定是來為葉氏報仇的！什麼湊巧之說，分明就是他和葉家聯合起來對付咱們！」

李敬賢怒吼道：「妳少拿明允說事，我看要害我的是妳！若不是妳出的什麼餿主意，葉家能借題發揮？」

韓秋月嚇了一跳，委屈道：「老爺，您怎能把過錯全推在妾身頭上，當初您自個兒不也是贊成的嗎？」

李敬賢恨不得一腳踹過去，咬牙切齒罵道：「妳還嘴硬？要不是妳吹枕邊風，我能答應嗎？妳整天就琢磨怎麼對付明允，怎麼把葉氏留下的產業弄到手，真真是個心胸狹窄目光短淺的愚婦！」

韓秋月氣道：「如今要對老爺不利的可是明允和葉家，老爺怎的衝妾身發起火來，該想想如何解決這事才是要緊！」

李敬賢硬生生把火氣壓下，想到這個頭疼的問題，他就滿心煩躁。葉家在東直門大街這麼一鬧，必定會弄得滿城風雨，若是傳到聖上耳朵裡，責問起來，他要怎麼回答？

韓秋月見老爺臉色難看得可怕，怯生生道：「老爺，咱們不能太被動了，是不是找人放出話去，就說葉家因當年的事對老爺有誤會，此番故意抹黑老爺……葉家這樣鬧，不就是想利用輿論對付老爺嗎？咱們來個以牙還牙，總比什麼都不做的好。」

李敬賢眉頭一緊，思忖片刻，覺得韓秋月言之有理，嘆道：「這也是沒辦法的辦法。」

製造輿論這種事，是李敬賢的拿手好戲，他的政績怎麼來的，清譽怎麼來的，賢名怎麼來的，就是通過製造一番又一番的輿論樹立起來的。

說辦就辦，李敬賢立刻叫來趙管事，細細吩咐下去。

只可惜葉家二夫人和葉大老爺在東直門的演出實在精彩，加上李明允那種焦急委屈的神情給人們留下了深刻的印象，而大家普遍同情弱者，又有後母都是歹毒的刻板印象，李敬賢這次想要扳回一城，實在困難。

傍晚時分，李明則夫妻急急趕到朝暉堂。

「父親、母親，適才岳父大人讓人捎來口訊。」李明則神色驚惶。

李敬賢心裡怦怦直跳，「說什麼？」

李明則囁嚅道：「岳父大人說……御史台的好幾位大人聯名上摺要彈劾父親，岳父大人想壓壓不住，岳父大人讓父親早做準備。」

李敬賢眼前一黑，身子晃了晃，差點一頭栽倒。

最後，李敬賢沒栽倒，挺住了，可上座的老太太沒挺住，砰的一頭栽到地上。

眾人驚呼，忙上前七手八腳把老太太扶起來，見老太太頭破血流，已是面如金紙。

一時間，叫大夫的叫大夫，哭的哭，喊的喊，朝暉堂裡亂成了一鍋粥。

此時李明允夫婦就坐在葉家的花廳裡喝茶。

戚氏笑道：「今兒個罵得實在是痛快，這口氣憋了幾年，總算出了。」

葉德懷哼哼道：「這還早著呢！就這樣，太便宜那對賤人了！」

王氏擔心道：「那李敬賢會不會真的動用官府來對付咱們？」

葉德懷一眼橫過去，囂張地說：「他有這個膽？我還正愁事情鬧得不夠大。鬧到官府去，我求之不得，順便把李家那個賤婆娘毒害明允的事也拿出來論一論。」

李明允道：「父親他不敢的，不過是虛張聲勢罷了。若是不出意外，今天御史就會上摺子。」

葉德懷點點頭，「那份證據我已經讓人送到御史楊大人手裡，這位楊大人當年就曾上摺彈劾過李敬賢，不過沒成功，這次他定能如願。」

戚氏惋惜道：「可惜這摺子一遞上去，李敬賢貪污的那些銀子就要充入國庫了，要是能留給明允多好。」

李明允笑道：「那些不義之財，拿了都燙手，還是取之於民，用之於民的好。」

這日，皇帝下了朝，去太后宮裡請安。

「母后今日氣色好了許多。」皇帝欣慰道。

太后笑看了眼站在身旁的舞陽郡主，「這些日子多虧了舞陽在宮裡陪著哀家，逗哀家開心，心情好了，比喝什麼湯藥都有效。」

舞陽郡主嬌笑道：「只要太后不嫌舞陽聒噪，舞陽願意一輩子陪著太后。」

太后嗔笑道：「陪哀家一輩子，難道妳不嫁人了？」

舞陽郡主羞赧起來，低頭絞著帕子，咕噥著：「太后盡取笑人家，舞陽才不要嫁人……」

太后笑了起來，「哪有女兒家不嫁人的道理？」

皇帝笑道：「舞陽也到該嫁人的年紀了。舞陽伺候太后有功，朕一定許妳一個如意郎君。」

舞陽郡主的臉更紅了，嬌嗔著：「連皇上也來取笑舞陽了。」

皇帝和太后開懷大笑，太后道：「定要給我們舞陽找一個才華蓋世、英俊瀟灑的郎君才好。」

舞陽郡主聽到這兩個詞，腦海裡自然而然浮現李明允的身影，可惜……他已經成婚了。

太后見她眼中一閃而過的黯然，心中疑慮：莫非這丫頭已有心儀之人？

看舞陽郡主的下巴都快抵到胸口了，太后決定先打住這個話題，回頭探探她的心思再說。

太后轉看皇帝，見皇帝也很奇怪，面上雖然帶笑，可目光游離，顯得心不在焉，便溫聲問道：「皇帝可是有心事？」

皇帝微微嘆了一口氣，「前些日子御史台彈劾工部尚書貪贓一事尚未查清，今日一早御史台幾位大人又聯名上摺彈劾戶部尚書李大人。」

太后頗感詫異，蹙眉道：「難道李大人也貪贓枉法？」

舞陽郡主心頭一凜，豎起了耳朵。

皇帝的神色又凝重了幾分，無聲嘆息：何止是貪贓枉法啊？今早看到楊大人上的摺子，他簡直不敢相信自己的眼睛，可隨著摺子一起呈上來的證據，又叫他不得不相信。為了慎重起見，他暫且壓下貪贓不提，責令御史台盡快將此事徹查清楚。

皇帝端起茶盞又放下，嘆道：「兒臣記得，當年李大人重新迎回糟糠之妻一事也鬧得沸沸揚揚，兒臣還曾讚譽過他，富貴不忘糟糠，至情至性也。且李大人多年為官，官聲頗佳，兒臣一直以為他是可以倚重的臣子，誰知……哎，知人知面難知心啊！昨日，東直門大街出了一場鬧劇，曾經是李大人岳家的葉家，在東直門大街控訴李大人夫婦迫害葉氏所生的李家二少爺。」

舞陽郡主低呼：「是李學士？」

太后睨了舞陽郡主一眼，舞陽郡主忙噤聲。

皇帝悶聲道：「還意圖霸占葉氏留給兒子的產業。據當時在場之人口述，葉家聲稱李大人當年並非是以為韓氏不在了才另娶葉氏，他在葉家面前一直宣稱尚未娶妻，李大人是騙婚、騙財。」

太后驚訝道：「若真如此，那李大人就是停妻再娶，太卑劣了。」

「哎……今日朝堂之上，御史台的幾位大人向李大人發難，李大人辯稱這是一場誤會，李學士也聲稱絕無圖謀產業一事，是他自願讓出產業與兄弟分享。」皇帝道。

太后若有所思，「李學士身為人子，便真有其事，他也不能說實話。」

「那皇帝決定如何處理此事？」太后問。

皇帝沉吟道：「無風不起浪，如今這事鬧得滿城風雨，茲事體大，兒臣讓他回去閉門思過，待查明事實真相後再做定論。」

太后點點頭，「李大人畢竟是朝中肱骨，頗有聲望，此事必須慎之又慎。」

「母后說的極是。」

皇帝走後，太后問舞陽郡主：「此事妳如何看？」

舞陽郡主想了想，說：「葛老太太壽誕的時候，舞陽曾見過李家的表小姐李明珠，聽到她在眾人面前一味詆毀李家二少奶奶，言語刻薄，當時舞陽就覺得奇怪，一個李家的表小姐怎敢如此囂張乖戾？舞陽聽不下去便訓斥了她兩句。其實李家二少奶奶不僅醫術高超，人也甚是和氣，在京城命婦圈子裡口碑甚好。」

太后聞言緩緩點頭，心中有了計較：一個表小姐姑且不將李學士夫婦放在眼中，其他人就更不必說了，看來李大人夫妻霸占李學士產業一事並非空穴來風。

「哀家似乎聽聞那李家二少奶奶是農家出身，為此，當初李大人執意不許她進門，可李學士非她莫娶，僵持了好一陣，李大人才允了。」太后回憶道。

舞陽郡主莞爾，「這事，舞陽就不清楚了。」

一旁的曹嬤嬤笑道：「太后記得不差，是有這事。三月裡，李家二少奶奶還給平南大軍捐過藥呢！」

太后笑笑，看著舞陽郡主，別有深意地問：「妳可曾見過李學士？」

舞陽郡主臉上微紅，「見過一面的。」

「覺得如何？」太后追問道。剛才皇帝提到李家，舞陽這丫頭緊張得面色都變了。

舞陽郡主支吾道：「他是狀元，又是翰林學士，當然是人中翹楚。」

「那……若是哀家將妳許配給李學士，妳可喜歡？」太后笑咪咪地問。

舞陽郡主臉紅得似要滴出血來，嬌聲道：「太后，您就別拿舞陽開玩笑了！李學士他已經有了妻室，舞陽怎能再嫁他……」

太后瞧她嬌羞的模樣，更加確定了自己的猜測。

舞陽郡主心中卻是驚疑不定，太后是開玩笑，還是當真的？

李敬賢沮喪地癱在書房的大椅上，一手握拳敲著額頭，身心疲憊啊！為官十幾年，從未像今天這樣丟臉。御史台那幫龜孫子，一天到晚虎視眈眈盯著你，一嗅到點不尋常氣息就激動得像餓狼一般撲上來。以前總是看著人家在朝堂上被人參得汗流浹背，啞口無言，或是吵得面紅耳赤，沒想到今天也輪到了他。若不是丁大人通風報信，早早做了準備，又有李明允幫他解釋，今天還不知要如何收場，只是到底還是惹惱了聖上……

「老爺，老太太讓您回來就去見她。」趙管事回道，看老爺的神情就知道情況不太妙。

李敬賢嘆氣，懶懶道：「知道了。」

老太太自己都剩半條命了，還操心這麼多做什麼？

韓秋月一直在朝暉堂陪著老太太，想寬慰幾句，可自己心裡也沒底，說來說去，反倒讓老太太越發糟心。

林蘭今天沒去藥鋪，老太太病了，她得「盡孝」，林蘭勸道：「父親當了這麼多年的官，什麼大風大浪沒經歷過？再說了，上面要定父親的罪，也得有真憑實據。聖上是明君，哪能因為葉家說了幾句對父親不利的話就治父親的罪呢？只要明允出面澄清這場誤會，也就過去了。」

這會兒韓秋月也沒心情找林蘭的碴，她倒是希望事態就如林蘭所言。她相信李明允就算別有用心，也不敢在聖上面前胡言亂語，便附和：「林蘭說的對，我也是關心則亂，沒想到這一層，老太太，您就放心吧，老爺肯定不會有事的。」

她不知道她的老爺已經被聖上勒令閉門思過了。

老太太沉重地嘆氣，「但願如此。」

李敬賢肯定是不敢報憂，萬一老太太再著急上火，可是會出人命的，而且他自己也是往好了想，說不定聖上叫他閉門思過，是想讓他避避風頭，等過陣子事情平息了就好了。

整個李府都籠罩著一層濃重得讓人透不過氣的陰雲，眾人都心裡惶惶。落霞齋的人在自己的院子裡氣定神閒，出了院子，也得做出一副愁眉苦臉的模樣，以示她們對這件事也很擔憂。

林蘭等老太太睡下後，回到落霞齋，把周嬤嬤喚進了房裡。

「風聲放出去了？」

「放出去了，為了謹慎起見，老奴沒敢讓俞姨娘知道是咱們的人放的風聲，只是……俞姨娘當真會把話傳到老爺耳朵裡？」

林蘭凝眉道：「她若不是傻到了家，就該知道這是一個絕好的契機。她應該清楚，有韓氏在一日，她就沒有好日子過。」

當晚，按規矩，李敬賢是該去劉姨娘房裡，可他心情實在糟透了，不想把不良情緒傳染給劉姨娘，劉姨娘還要養胎。韓秋月那裡，他更不想去，看到韓秋月更心煩，所以，溜達了一圈後，去了西跨院俞姨娘處。

俞蓮看老爺悶悶不樂，越發小心伺候，端茶遞水，捏肩揉腿。

李敬賢繃了兩天一夜的神經總算鬆快了些，眉目舒展開來，歪在榻上閉目養神。

「老爺……」俞蓮小聲喚道。

李敬賢懶洋洋地「嗯」了一聲。

「老爺，妾身前些日子聽到一些事。」

「什麼事？若是糟心事就不必說了，老爺現在已經夠煩了。」李敬賢漠然道。

俞蓮把話憋了回去，可不說又不甘心，支吾道：「妾身覺得那件事跟這兩天發生的事有關。」

李敬賢陡然睜開眼睛，盯著俞蓮，冷聲道：「說！」

俞蓮心喜，不動聲色道：「是上個月的事了。那天，夫人叫妾身午後去幫她做繡活，春杏說夫人和孫先生在談事情，妾身就在外間候著……然後聽見夫人對孫先生說『你讓他們放心，印子錢我一定會準時還上，利息也一分不會少他們，別跟個催命鬼似的』。」

俞蓮邊說邊觀察老爺的神色，只見老爺臉色鐵青，眼睛也越睜越大，顯然是動氣了，她的聲音不由低了下去：「後就聽孫先生說『小的也是跟他們這麼說的，只是，夫人，還差五十萬兩銀子，咱們要上哪兒去籌』，夫人就說『實在不行，就想辦法把莊子和鋪子賣了』……」

李敬賢怒火中燒，猛然直起身子，一把抓住俞蓮的衣領，將她從地上提了起來，瞪著眼，那話彷彿從齒縫間迸出來，帶著灼人的火氣：「妳說的可是實情？」

俞蓮嚇得小臉蒼白，惶恐地看著老爺，顫著聲：「妾身不敢撒謊，這事妾身一直藏在心裡，從未對任何人說起，直到昨天葉家鬧起來，又見老爺為此事愁眉不展，妾身才斗膽說與老爺聽。」

李敬賢瞪了她半晌，俞蓮素來膽小怯弱，說話都不敢大聲一點，這種話就是讓她編她也未必編得出來。李敬賢推開俞蓮，俞蓮站不穩，跌坐在地上。李敬賢翻身下榻，就穿著布襪背著手，在房中踱來踱去。

該死的韓秋月，居然瞞著他去借印子錢，數目還如此巨大，這賤人到底瞞著他做了什麼？難怪賤人要攛掇他賣掉葉氏留下的產業，原來是想把產業騙了過去還印子錢！原來今日之禍都源自韓秋月，害得他名譽掃地，一個不慎，多年心血都將毀於一旦。

「這個賤人……這個賤人……」李敬賢已經找不到任何形容詞來表達內心的憤怒，他猛地一拂袖，就往門外走去。

俞蓮急忙喊道：「老爺，您沒穿靴子……」

李敬賢像一團風暴衝進了寧和堂，一腳踹開了寧和堂的大門，嚇得院子裡的丫鬟們都呆若木雞，氣都不敢喘一下。

韓秋月正在卸妝準備梳洗，聽見一聲巨響，錯愕地看著姜嬤嬤，「出了什麼事？」

姜嬤嬤也是愕然，正待出去看看，就見老爺黑著一張臉，怒目噴火，大步走進來，如同煞星降臨，魔鬼出世。

兩人皆是心裡一沉，隨即惶恐起來。

「不相干的人都給我滾出去！」李敬賢雙目赤紅，惡狠狠地盯著韓秋月，大聲喝道。

一聲爆喝，震得眾人耳朵嗡嗡響，丫頭們慌忙躲了出去。

看老爺這架勢，似要殺人，姜嬤嬤果斷地也退了下去，去搬救兵。

韓秋月從沒見過老爺這種可怕的神情，當初她放毒蛇，老爺也沒這般怒氣沖天，加上她原本就心虛，一時間，嚇得說話都不利索了：「老……老爺，出……出了什麼事？」

李敬賢指著韓秋月，「妳給我跪下！」

韓秋月兩腳發軟，噗通就跪了下去，問都不敢問，她現在最怕的就是印子錢的事露餡兒了。

李敬賢扭頭去開放在床頭的櫃子，把裡面的東西全倒了出來，沒有。又去開衣櫃，把韓秋月的衣裳一件件全扔了出來，最後在檀木箱子裡找到一個紅漆鎏金雕海棠花圖案的匣子。

「把它打開。」李敬賢把匣子扔到韓秋月面前。

韓秋月終於撐不住癱在地上，面無人色，她借印子錢的契據可都在匣子裡，老爺必定是什麼都知道了，可是，是誰說出去的？這件事她進行得極為隱祕，府裡也就姜嬤嬤和孫先生知情，孫先生已經離開了，姜嬤嬤是絕對不會說的，是誰？是誰？

「我叫妳打開，聽見沒有？」李敬賢大聲吼道。

韓秋月打了個哆嗦，抬頭哀哀切切地道：「老爺，您是要做什麼？」

李敬賢怒道：「妳是要我拿斧頭來劈，還是妳自己老老實實打開？」

韓秋月心知今日過不去了，她深吸一口氣，想讓自己鎮定下來，可是身體卻不聽使喚地顫抖，不可抑制地顫抖。她哆哆嗦嗦摸出鑰匙，插了半天都沒能把鑰匙插入鎖孔。

李敬賢就這樣居高臨下看著她，他知道韓秋月把所有要緊的東西都藏在這匣子裡，若是待會兒打開，果真有那些東西，他就親手掐死她。

喀嚓一聲響，鎖開了。

李敬賢一腳踢翻匣子，裡面滾出幾根金條、幾份文書，還有幾張薄紙。李敬賢瞄了一眼，彎腰撿起那幾張紙，一張高達二十萬兩白銀的借據赫然在眼前。李敬賢匆匆掃過，二十萬兩白銀，月利六千兩，期限半年，落款簽字韓秋月，並有鮮紅手印。再看第二張，五十萬兩白銀，月利三萬兩，期限半年，同樣是韓秋月的落款和手印……李敬賢也開始發抖了，他又撿起地上的文書，翻找一遍，發現這間大宅的房契不見了。

「房契呢？這些妳又作何解釋？」李敬賢抖著下唇，聲音控制不好，有點破嗓。

韓秋月動了動嘴唇，在想要如何解釋才能讓老爺不那麼生氣。沒等她想好，只覺喉嚨一緊，整個人被提了起來。

「說！」李敬賢掐住她的脖子，逼問道。

韓秋月被掐得喘不上氣來，艱難道：「我說……我說……」

李敬賢鬆了兩分勁，警告道：「妳若是敢有半句虛言，老子今天就滅了妳！」

韓秋月哪裡還顧得上找藉口，顫聲道：「房契抵押了，老爺……妾身只是想多賺點銀子，好給明則也置辦一份像樣的產業，明允擁有那麼多，明則卻什麼也沒有……大家都說開礦山好賺錢，所以妾身就找門路參了幾股……」

李敬賢揮手一把巴掌扇過去，將韓秋月扇出老遠，摔倒在地上。李敬賢氣得臉紅脖子粗，額上青筋都爆了起來，指著韓秋月咬牙切齒道：「所以，妳就把家裡的積蓄都投了進去，還把宅子抵押出去借印子錢？愚婦，簡直愚不可及……」

李敬賢來回走了幾步，又罵道：「妳膽子真不小啊妳，能幹啊……也不撒泡尿照照自己是什麼貨色，就敢學人家開礦山，把所有家當都砸進去，妳當老爺我是死人嗎？我問妳，那礦山呢？」

韓秋月嗚咽道：「賠了，賣了，賣了……二十三萬兩。」

李敬賢上前兩步就想一腳踹死這個賤人。

韓秋月連滾帶爬地躲開了去，縮在角落裡哭，「妾身也不想這樣的啊！妾身所做的一切都是為了這個家……」

「妳還有臉說妳是為了這個家？妳敗光了家產，又把主意打到明允身上，叫我豁出老臉去說動明允，什麼重置產業，都是屁話！妳分明就是想把鋪子買了，好拿去填補妳的虧空！賤人，賤人……當初我就不該心軟許妳重新進門，妳這個掃把星，妳毀了本老爺的前程，毀了本老爺辛辛苦苦建立起來的家業，看我今天不打死妳……」李敬賢上前一把扯住韓秋月的頭髮，往牆上撞。

「救命啊……殺人啦……」韓秋月殺豬般的慘叫起來。

李明則得到消息，一邊命人火速去告知李明允，自己慌亂地穿衣穿鞋。

姜嬤嬤思忖著若是印子錢的事暴露，只怕大少爺去了也沒用，眼下能鎮得住老爺的就只有老太太了，可老太太還病著……一番掙扎，姜嬤嬤一咬牙又跑去朝暉堂。

李明允和林蘭一直坐等寧和堂那邊傳來動靜，果然，消息就來了。

李明則夫妻最先趕到寧和堂，韓秋月已經快被李敬賢拖著撞死了，衣裳破了，額頭上都是血，頭髮散亂，不住地哀求：「老爺別打了……別打了……」

李明則被眼前慘烈的情形驚呆了，也顧不得懼怕父親的威嚴，衝上去，緊緊抓住父親的手，制止他再打母親。

「父親，不要再打了，再打下去，會出人命的……」李明則急切道。

李敬賢此時已經紅了眼，哪裡肯聽勸，吼道：「你滾開，她不是你母親，她是這個家的罪人，是禍害……」

丁若妍看著心驚肉跳，不敢過去，只遠遠跪下，哀求道：「請父親息怒。」

李明則不知道母親犯了什麼過錯，讓父親如此震怒，可不管怎樣，他都不能眼睜睜看著母親被打死。他痛苦地道：「父親，請您看在兒子的面子上饒了母親吧！母親再不是，她好歹也是您的結髮妻子呀……」

不提結髮妻子還好，一提李敬賢更火光，怒喝道：「你放不放手？放手！」

李明則僵滯了一下，放開手，跪地懇求道：「父親，您心裡有氣，就打兒子吧！母親的過錯，兒子替母親來承擔！」說完，咚咚咚不停磕頭。

「父親，兒子不知母親做錯了什麼，但是父親若真打死了母親……御史們正愁找不到父親的錯處，父親可不能在這節骨眼上沉不住氣呀！」隨後趕來的李明允也上前拱手相勸。就這樣讓老巫婆死了，也太便宜她了。

李明允一語驚醒癲狂人，李敬賢頓時清醒過來，鬆開手，憤恨道：「打死妳這個賤人，還髒了本老爺的手！」說著卻是又踹了一腳

韓秋月一聲哀嚎，連忙爬到兒子身邊，求庇護，惶惶猶如喪家之犬。

林蘭站在丁若妍身邊，冷眼看著這場鬧劇，渣爹出手可真狠啊！看把老巫婆打得鼻青臉腫，鮮血滿頭，沒腦震盪吧？可千萬別癡了傻了，傻子可是不知道什麼叫痛苦的。

「敬賢，你還嫌這個家不夠熱鬧嗎？」一個蒼老的聲音響起，口氣甚重，只是因為說話之人中

氣不足，威懾效果欠佳。

林蘭側身後退兩步，給拄著拐，包著頭，顫巍巍的老太太讓出一條道。

丁若妍也站起來讓到一旁。

祝嬤嬤扶著老太太，姜嬤嬤目光閃爍地跟在後頭。

李敬賢才緩一口氣，見老母親來了，頓時又發作起來，凌厲的目光在眾人面上掃過，大聲喝道：「誰讓你們驚動老太太的？」

眾人皆低頭沉默，屋子裡只有李敬賢的粗喘和韓秋月的抽泣聲。姜嬤嬤見到夫人被老爺打得面目全非，心疼不已，幾乎忍不住要撲上去抱著夫人痛哭。

老太太在炕頭坐下，祝嬤嬤拿了軟靠給她墊上，讓她坐得舒服些。

老太太鼻子一哼，盯著兒子冷聲道：「你還怕驚動了我這個老婆子？我看你是嫌我老婆子命太長，想早點把我給氣死，把我們這些個礙了你的眼的都弄死了，你就快活了……」老太太說著一陣急喘，祝嬤嬤又忙替她揉背順氣。

這話說得重，李敬賢聽得冒汗，不得不偃旗息鼓，一臉惶然道：「母親言重了，兒子是怕驚擾了母親，母親這還病著呢！」

老太太瞄了眼縮在李明則身後的韓秋月，搖頭嘆息，罵道：「就算你心情再不好，也不該拿秋月撒氣，天還沒塌呢，你就喊打喊殺的屋裡耍橫！」

李敬賢急忙辯解道：「母親，您不知，這韓秋月太可氣了，今日李家之禍全都是她之過，母親，您看看這個……」李敬賢從地上撿起那兩張借據，上前兩步交給母親。

老太太看不清楚，道：「這是什麼？」

李敬賢扭頭瞪了眼李明則，冷聲道：「你去，大聲念給你祖母聽聽。」

李明則把母親交給姜嬤嬤，起身上前，從祖母手中拿過兩張紙念道：「今向匯通錢莊借白銀五十萬兩，月息三萬兩，為期半年……借款人，李府韓秋月……」李明則的聲音漸漸輕了下去，面上驚疑不定，看著母親，「母親，您借這麼多銀子做什麼？」

在場的，除了李明允和林蘭，以及由始至終參與此事的姜嬤嬤，其他人都是一臉疑問地看著韓秋月。

李敬賢道：「還有，繼續念。」

李明則換了張紙，還未開口，臉色已經發白，愕然驚呼：「還有二十萬兩……」

老太太也沉不住氣了，問：「敬賢，這到底是怎麼回事？」姜嬤嬤火急火燎地趕來，只說要出人命了，她也來不及細問，掙扎著從床上爬起趕過來。她只道是敬賢心情不好，夫妻倆又拌嘴，沒想到是韓秋月背著大家借了這麼多銀子，整整七十萬兩白銀啊！

李敬賢無比厭惡地瞪了韓秋月一眼，憤然道：「怎麼回事？這個愚婦想錢想瘋了！瞞著我，瞞著母親，瞞著大家，偷偷把家中所有積蓄都拿出去開礦山，還拿了李府大宅的房契作抵押，借了七十萬兩的印子錢，結果礦山虧了，血本無歸，她又開始打葉氏留下的鋪子和莊子的主意，兒子就是被她哄騙了，才有了今日之禍！」

老太太只覺眼前一黑，身子晃了晃，祝嬤嬤忙扶住她，勸道：「老太太，您千萬別急……」

韓秋月急聲辯解道：「老太太，媳婦雖然有錯，可媳婦也是為了這個家，為了孩子！明則他性子懦弱，又沒什麼本事，我這個做娘的，總該替他……」

「住嘴，妳還敢狡辯？妳若真為了這個家，為了孩子，光明正大，何須瞞著？妳掏這個家底的時候，有沒有想過萬一生意失敗，這個家會被妳毀了？妳做這一切的時候，何曾考慮過大家的死活？愚婦啊愚婦，我看妳不僅沒腦子，還沒心沒肺！」李敬賢怒罵道。

老太太聽到家產全被韓秋月敗光以後，想要維護韓秋月的心思就徹底湮滅了。敬賢拚搏多年才有今日，整個李氏家族都跟著臉上有光，從此，李氏就能跳出寒門，一躍成為望族，可惜，全叫韓秋月給毀了，難怪老爺這麼生氣，看著鼻青臉腫的韓秋月，她真想再添上一巴掌。

李明則此時已不知是何種心情，只覺心中苦澀難當，母親這回真的錯大了，同時他又萬分自責，如果他能早些醒悟，能叫母親放心，母親何至於走到今天的地步……

姜嬤嬤忍不住替夫人叫屈：「老爺，天地良心，夫人只是運氣不好，但夫人的出發點是好的，您千萬要相信夫人啊！」

「呸，妳這個老刁奴，妳別以為本老爺不知道，夫人做的那些惡事蠢事多半是受了妳的挑唆！來人，把這個老刁奴拖出去，亂棍打死！」李敬賢忍這個姜嬤嬤已經忍很久了，便趁機發落了她。

姜嬤嬤嚇得面無人色，顫聲道：「老爺，您不能這樣冤枉老奴，老奴對老爺，對夫人，對李家一直是忠心耿耿的呀……」

李敬賢怒極反笑，「忠心耿耿？忠心耿耿妳會讓人在劉姨娘的飲食裡下水銀之毒？」

姜嬤嬤和韓秋月聞言如遭雷擊，原來老爺知道……

「若要人不知，除非己莫為，妳們以為林蘭就是個庸醫？會看不出妳們使的那些卑劣手段？本老爺隱忍不發，原是顧念著夫妻情分，不想弄得家宅不寧！本老爺多次明示暗示過妳，可惜，妳們非但不知悔改，還沾沾自喜，以為本老爺什麼都不知道！」李敬賢說著，轉身對母親躬身拱手，「母親，當日幸虧劉姨娘未懷上孩子，要不然，中了水銀之毒，孩子就算能保住，生下來也會癡傻或是四肢不全。母親若是不信，可以問林蘭，若是林蘭也信不過，可以去問德仁堂的華大夫。」

老太太徹底震怒了，目光如刀，怒視著韓秋月主僕，厲喝道：「秋月，妳自己說，敬賢可是冤枉了妳？」

韓秋月怯怯地看看老爺，又看看老太太，抖了抖下巴，神情委屈至極，哇的一聲哭道：「母親，兒媳是冤枉的……兒媳就算再愚鈍，也不至於做出這種傷天害理的事兒……」

姜嬤嬤也跟著喊道：「老太太，老奴什麼也沒做過呀……」

林蘭不禁瞪大了眼，嘆為觀止，這對主僕的臉皮厚度直追渣爹啊！都到這分上了，還能臨危不亂，賣力演戲。

「我看妳們是不見棺材不掉淚，妳們還以為剪秋和翠萍是妳們的人，人家早就一五一十招了！」李敬賢冷哼道。

韓秋月和姜嬤嬤俱是一愣，旋即又痛哭起來，只是這一回是當真害怕了，發自內心的恐懼，哭得更是悲慼難當。

李明則痛苦地低下了頭，心知今日是救不了母親了。

李敬賢正了神色，對老太太道：「母親，家門不幸，皆因韓秋月而起，兒子準備休了她，以正家規。」

老太太只看著韓秋月，痛心道：「秋月啊秋月，妳太叫我失望了。這麼多年，我明著護暗著護，總之就是護定了妳，妳卻是這樣回報我……」

韓秋月淚眼濛濛，哀哀地道：「母親……媳婦知道錯了，求母親再給媳婦一個改過的機會，媳婦、媳婦一定好好孝敬您老人家，好好伺候老爺，再也不自作主張，不拈酸吃醋……」

老太太漠然道：「妳雖認了錯，可我們李家卻不敢再要妳這個媳婦了。」

李明則大驚，噗通跪了下來，「祖母，請您三思啊！母親只是一時糊塗，她不是有心的！」

林蘭忍不住想笑，李明則的說詞簡直是在打老巫婆的臉。一時糊塗？老巫婆的一時該有多長啊！改個字，一世糊塗還差不多。

李敬賢怒其不爭，罵道：「你少在這裡拎不清，還敢替她求情？她若再留在李家，遲早連你一塊兒害了。」

李明則哀求道：「母親即便再錯，也是兒子的母親，還請父親寬恕了母親這一回。」

老太太道：「明則，你起來，你父親說的沒錯！」

韓秋月絕望了，沒想到老太太狠起來比誰都狠，當真是母子一心啊！絕望到極點，韓秋月突然笑了起來，越笑越大聲，笑得整個人都顫抖起來，她那張青紫腫脹的臉因為誇張的笑，顯得格外猙獰可怖。

良久，她才止住了笑，用一種譏諷嘲弄的眼神看著老太太，「老太太，我今兒才知道，原來老爺的無恥絕情都是跟您學的，您真以為當年老爺是被葉氏逼婚的嗎？」

李敬賢雙目圓睜，陡然喝道：「韓秋月，妳瘋夠了沒有？」

韓秋月驀然抬頭，挺直了身子，冷冷注視著他，大聲道：「是，我是瘋了，我是叫你給逼瘋了！你這個卑鄙無恥的小人，十足的偽君子，反正你不讓我活，我也不讓你好過！」

她又轉向老太太，「您老生的好兒子，當真是厲害啊！把葉氏哄騙得團團轉，死心塌地要嫁給他，又把我哄得團團轉，叫我委屈幾年，等他將來功成名就了，就休掉葉氏重新迎娶我！您老還真以為是葉氏無恥，其實無恥的是您兒子，什麼葉氏逼婚都是假的，您兒子在人家葉家門口跪了一天一夜，只為求娶葉氏，當真是情深意重啊……若非我留了一手，叫他寫下字據，您老以為就憑您說幾句話，您兒子能讓我回李家？他就是個騙婚騙財的大騙子！」

「瘋婦，妳再胡言亂語，我……我……」李敬賢左右看了看，抄起桌上一隻花瓶，就朝韓秋月砸了過去。

眾人皆被韓秋月一番話驚悚到了，個個瞠目結舌，不知該做什麼反應。

「娘……」只聽得一聲驚呼，一道身影急撲過去。

砰的一聲，花瓶發出悶響，砸在一人背上，隨即噹的掉在地上，摔了個粉碎。

還未等大家回過神來，韓秋月抱著李明珠，朝李敬賢淒厲地質問道：「李敬賢，你還是不是人？連自己的親生女兒都不放過，你……你簡直禽獸不如……」

短短一時之間，李敬賢苦心隱瞞的真相，努力在母親面前扮演的孝子形象，在子女們面前塑造的威父形象，全被韓秋月破壞得徹徹底底，乾乾淨淨。每個人看他的目光，都是那麼的驚訝不可置信，帶著詢問，帶著質問，尤其是李明允，那深深的眸子裡，充滿了失望與悲痛。李敬賢覺得自己就像被剝了皮，赤裸裸暴露在眾人面前，偽裝不再，只餘難堪與羞憤。

他顫抖著雙唇，試圖挽回局面：「你們……你們不要聽這個賤人胡說八道，她已經瘋了，說的全是瘋話，她是在挑撥離間……」

沒有人出聲，回應他的只有一道道帶著濃烈傷痛的目光，還有李明珠那悲戚的哭喊：「爹……您為什麼要這麼對娘？」

祝嬤嬤無聲嘆息，原來如此，原來這麼多年來，老太太都白心疼了韓氏，原來一直被老太太痛恨的葉氏才是最無辜的受害者，情何以堪啊？祝嬤嬤擔心地去看老太太的反應，只見老太太雙目發直，雙唇發白，渾身發顫，已是氣得說不出話了。

「是，我就挑撥離間，叫大家看清你的真面目，看看你李敬賢一身光鮮外表下是藏著一顆怎樣卑劣無恥的心！」韓秋月破口大罵，聲嘶力竭。她一隻眼睛已經腫得睜不開，就那一絲縫隙裡迸發出的強烈恨意，仍叫李敬賢一陣驚懼。一個人若是徹底發瘋，再無顧忌，是多麼的可怕。

「明允，你好好看清楚了，這就是你一直敬重的父親！你娘就是被他活活氣死的，我只是提議賣掉你娘留下的產業，重新置一份姓李的產業，他就心動了，迫不及待了……」韓秋月淒然冷笑，

「你看，他是這麼無恥，靠著葉家升官發財，卻不想承認！」

老太太半晌才找回自己的聲音，冰冷得不帶一絲溫度，「韓秋月，妳說夠了沒有？」

韓秋月瞅著她冷笑，陰陽怪氣道：「老太太，您急了嗎？看到自己的兒子原形畢露，您急了嗎？別急啊……您自己不也是一樣的貨色嗎？說什麼對我心存愧疚，一聽到我生意失敗，您老便不愧疚了，您老就心疼肉疼地巴不得您兒子休了我這個敗家的媳婦。可笑，您老心疼個什麼勁啊，您不是一直唾棄葉氏嗎？看不上葉家的銀子嗎？我幫您敗了，不是正合您的心意嗎？啊？這會兒又心疼了？什麼叫上樑不正下樑歪啊？您和您的寶貝兒子就是其中的典範啊……」

老太太只覺氣血翻湧，五臟六腑都絞在一塊兒，絞得生疼。她自認對韓氏不薄，到頭來卻換來她如此刻薄的言語。她年紀輕輕就守了寡，千辛萬苦才把三個兒子拉扯大。老大讀書沒有悟性，老老實實去務農，掙點微薄的收入貼補家用，老三從小身子弱，只有老二敬賢，聰穎過人，學業有成。她一直教育兒子，立業先立德，沒想到敬賢和韓氏聯手起來欺騙她，害她將葉氏視為禍害，害她也成了不仁不義之人……她一直自詡的正直，在殘酷的現實面前，都成了笑話，笑話啊……原來她在大家眼裡，只是個愚鈍的老婆子，一個無恥之人。

林蘭真想給老巫婆鼓鼓掌，罵得真叫一個痛快啊！罵得渣爹無所遁形，罵得老太婆狗血淋頭，這一齣狗咬狗屋裡鬥的戲碼，當真是精彩絕倫呀！

丁若妍被這接二連三的爆料震驚到無以復加，雖說哪個家裡沒有點糟事，尤其是那些個高門大院，但似這般駭人聽聞的，當真是聞所未聞。她同情地看向李明允，這個一向溫文爾雅、氣度從容的男子，此時此刻，唇線緊抿，面色如冰，眸光冷然。他的神情是那樣的冷，可她知道他心裡翻騰的是火，此刻的他，便是一座沉默的火山，不知道何時會爆發。

再看李明則，看著他那傷心難過的樣子，丁若妍隱隱心疼，明則好不容易才重拾信心，振作起來，用脫胎換骨來形容也不為過，可今日又遭到如此沉重的打擊……她不敢再往下想。

李敬賢聽不下去了，既然鬧到這個地步，他也不必再顧及什麼形象不形象了。他大步上前，一把扯開和韓秋月相擁的李明珠，又一腳把姜嬤嬤踹開，抓著韓秋月的領口，將她從地上拽了起來，用力搖晃著她，面目猙獰，控訴起韓秋月的累累罪行。

「是，我們都無恥，就妳無辜，就妳清白。當初，是誰說，如果能把葉氏弄到手就發財了？是誰說，只要有錢，能過上好日子，受這點委屈有什麼要緊？我可曾逼迫過妳？這些年，我又可曾虧待過妳？妳和葉氏同日生產，我是陪在妳身邊，而葉氏因為難產差點命喪黃泉。我答應妳重回李府，好不容易說動葉氏，妳卻跑去葉氏跟前胡說八道，害得葉氏憤然離家，從此與我陰陽相隔……而妳，終於如願以償當上了尚書夫人。若說對不住，我李敬賢唯一對不住的人是葉氏，不是妳！我明明知道妳暗中迫害明允，迫害劉姨娘，卻顧念這結髮的情分，對妳一忍再忍，我李敬賢對妳已是仁至義盡，是妳不知足，一而再再而三觸犯我的底線，一切都是妳自己咎由自取，妳還有什麼臉面在這裡指責別人？」

林蘭終於見識到什麼叫沒有最無恥，只有更無恥。李渣爹的控訴可謂是字字血淚，能把自己的無恥行徑說得那麼坦然那麼坦蕩，把無恥當深情，把無恥當仁義，把無恥當仁慈，我呸！什麼兩榜進士，應該是無恥榜和卑鄙榜的狀元才是！

韓秋月被他搖晃得如秋風中的落葉，她冷冷地笑著，嘲弄地艱難開口：「李敬賢，我沒有臉面指責你，你又有何臉面指責我？要沒臉大家一起沒臉，有種你殺了我啊，反正我也活膩味了……」

李明則痛苦看著互相指責的父母，他無能為力，化解不了這場干戈，如果可以，他真想立刻衝出去，離開這個家，再也不回來，可是，他狠不下這心，邁不開步伐。為什麼？就在他覺得一切都開始變得美好的時候，在他覺得生活還是充滿希望的時候，他們，他最親最敬的父母要用這樣慘烈的方式，生生打碎了他的希望，將他打入地獄，為什麼？李明則一遍遍問自己，卻沒有答案。

「妳以為我不敢殺妳？妳這個賤人，今日我就了解了妳這個賤人……」李敬賢憤恨說道，一手掐上韓秋月的脖子，眼睛裡似要滴出血來。他無比後悔，如果他能早點狠下心腸，早點了解了這個賤人，何至於讓自己落到如此被動的境地？

「夫人……」

「娘……」

姜嬤嬤和李明珠、李明則慌忙衝上去，試圖從老爺手裡救下韓秋月。

幾個人扭作一團，場面越發混亂。

丁若妍不知所措，她想向林蘭和李明允尋求幫助，可他們倆只是靜靜地站著，漠然地看著，丁若妍開不了這個口，其實，整件事受傷害最深的就是李明允母子。葉氏已經不在了，一切恩怨皆化為塵土，而李明允卻要承受這一切……

「老太太……」那邊祝嬤嬤一聲驚呼。

眾人都停止了動作，扭頭去看，只見老太太口吐鮮血，昏厥過去。

李敬賢嚇得魂飛魄散，也顧不得與韓秋月算帳，三步併作兩步來到老太太身邊，大聲急呼：「母親……母親……」

祝嬤嬤搖著老太太的身體，「老太太……醒醒啊……」

可是老太太面如金紙，牙關緊咬，口角歪斜，根本就是人事不知了。

林蘭和李明允目光交流一下，上前道：「快把人抬到床上去，讓她躺平了。」

李敬賢連忙將老太太抱到了床上。

據林蘭的推測，老太太是急怒攻心引發的中風之症，還不知能不能救得回來。即便救醒了，怕也要癱了。

「林蘭，妳快替祖母看看！」李敬賢著急得把林蘭拉到老太太面前。

林蘭鎮定道：「祝嬤嬤，煩請您速去落霞齋叫人把我的藥箱送來。」

祝嬤嬤應了一聲，慌忙去了。

林蘭在床前坐下，翻開老太太的眼皮，只見雙目充血嚴重，又替她診脈，脈象更是微弱，情況不怎麼樂觀。

「怎樣？老太太怎麼樣？」李敬賢擔心得聲音都虛飄。

林蘭看都不看李渣爹一眼，只冷聲道：「你們都出去吧，叫幾個下人進來幫忙。」

姜嬤嬤見老爺此刻無暇顧及她們，忙對李明則小聲道：「大少爺，趕緊想辦法送夫人出府吧！若是老太太有個三長兩短，夫人和老奴也性命不保啊！」

「大哥，幫幫娘吧！」李明珠也小聲哀求。

李明則咬了咬下唇，看看圍在床前父親，看看神色擔憂的丁若妍，再看看一臉冷漠的李明允，他猶豫不決。

李明允知道老巫婆要逃了，今日設計叫俞蓮捅出印子錢的事，就是為了收拾老巫婆，結果老巫婆垂死掙扎，把父親也拖下了水，倒是意外的收穫。老巫婆的下場不外乎兩種可能，一是被休了，趕出家門，二是被關起來。不論是哪種可能性，他都已經做好了應對之策。於是，李明允一聲不響，轉身離開了房間，只作什麼也不知。

李明則有些意外，他以為李明允知道真相後肯定不會放過他母親，一定會阻止他母親逃離，沒料到李明允竟然肯放他們一馬。

丁若妍上前撿起散落在地上的幾根金條，塞到李明則手裡，衝他使眼色。李明則感激地點點頭，擁著母親和妹妹迅速離開。出了寧和堂，李明則立即叫人準備馬車，對韓秋月說：「娘，這幾根金條您帶上，妳們先去城南的連升客棧應付一宿，兒子今晚再準備準備，明兒個派人把東西給妳們送過去。兒子不孝，不能親自護送您回鄉，等風平浪靜後，兒子會好好勸勸父親，再把娘和妹妹接回來。」

韓秋月接過金條，抬頭看看這座大宅院，心裡充滿了不捨和不甘，她知道，她是再也回不來了，不禁潸然淚下，哽咽道：「不必勸你爹了，我與他已是恩斷義絕，倒是你，以後娘不在你身邊，你要學會照顧自己，莫讓自己吃了虧。若是將來你有了出息，別忘了來接娘和你妹妹，娘只能指望你了……」

李明則不住點頭，也是哽咽，「兒子一定會的。」又摸摸李明珠的頭髮，憐愛地說：「妹妹，娘就交給妳了，好好照顧娘。」

姜嬤嬤不時向後張望，催促道：「夫人，咱們還是快走吧！萬一老爺發現，可就走不成了！」

李明則又把車夫老陳叫過來，叮囑了一番，讓他今晚也別回來了。李明則將三人送上馬車後，忙又回到寧和堂，見父親在門外焦慮不安地徘徊著。

李敬賢抬眼看見李明則，方想起韓秋月不見了，板起臉質問道：「那個賤人呢？」

李明則硬著頭皮坦白道：「兒子已經把母親送走了。」

李敬賢暴怒，指著李明則的鼻子罵道：「你這個混帳東西，若是那賤人在外面胡言亂語，李家休矣！」

「父親，母親不會的，就算為了兒子，她也不會的。」李明則連忙保證。

「你知道什麼？那賤人心腸壞透了，她又如此恨我，恨不得我死，恨不得李家完蛋，她還有什麼事做不出來？」李敬賢臉色鐵青，後悔不已，他怎就疏忽了呢？竟叫這個賤人跑了！明則是肯定不會告訴他賤人去了哪裡，他更不可能興師動眾派人去找，哎，但願這個賤人還能顧念一點母子之情，不會做出更離譜的蠢事來。

李敬賢板著臉道：「你二弟呢？」

李明則張望了一下，囁嚅道：「二弟許是回去了，待祖母這邊沒事了，兒子去看看他。」

李敬賢憂心忡忡地嘆了一口氣，他知道李明允的心裡肯定不好過，指不定怎麼恨他。

「你好好勸勸你二弟，別聽那賤人挑撥。」

李明則點點頭，「兒子會的。」只是，這番說辭，二弟是不會信的，只求二弟能以大局為重，李家現在已經禁不起任何波折了。

房門吱呀打開，丁若妍走了出來，李敬賢和李明則忙迎了上去。

「老太太怎樣了？」

「祖母可還好？」

丁若妍面色凝重，微微搖頭，「暫時是救過來了，但情況很不妙。弟妹說，祖母的情況隨時會惡化，從現在開始，祖母跟前不能斷人了，得時時刻刻守著。」

李敬賢只覺一陣暈眩，身子晃了晃，幾乎站立不住。

「爹……」李明則連忙扶住他。

李敬賢無力地擺擺手，眼眶裡已是泛起了淚光。他深吸了一口氣，定了定神，神情悲痛，苦澀地嘆息，「明則，叫趙管事先把後事備下，萬一……也不至於手忙腳亂……」最後竟是哽咽不成聲。

李明則點點頭，難過得說不出話。祖母對他一直疼愛有加，若真這麼去了……叫他們這些做晚輩的如何能心安？

丁若妍道：「兒媳現在去祖母房裡，幫祖母的東西收拾一下。弟妹說，祖母現在不能移動。」

李敬賢悵然道：「去吧去吧，再叫幾個仔細的丫頭過來服侍，現在一切以老太太為重。」

丁若妍應下。

「林蘭要照顧老太太，家中大小事務妳就受累些，有什麼不明白的，問問姚嬤嬤。」

「是。」

馬車裡，韓秋月母女抱頭痛哭。

「明珠啊，娘對不起妳，叫妳受了這麼多年委屈。本想給妳辦一份豐厚的嫁妝，挑一個好夫婿，讓妳風風光光出嫁，可現在……都被娘搞砸了。」

李明珠不住搖頭，眼淚撲簌而下。

「是娘太貪心，鬼迷了心竅，若是那時娘能再多想一想，也許，就不會走到今日的地步。」韓秋月後悔莫及。

「娘，您不要再自責了，都是明珠不好，明珠若是不這麼任性，肯聽娘的話，不給娘惹這麼多麻煩，娘也不會如此……」

聽她們母女倆泣訴自責，姜嬤嬤難過得直掉眼淚。是啊，如果當初她能好好勸上一勸，給夫人提個醒，不去開那個礦，就不會陷入困境了。

馬車猛然停下，馬車上三個人摔成一團。

姜嬤嬤驚魂未定，邊掙扎著爬起來，急切問道：「出了何事？」

車簾被人刷的掀起，一把明晃晃的鋼刀伸了進來。

一個蒙著面巾的大漢，凶巴巴地說：「下車！」

韓秋月忙把女兒護在身後，顫著聲，結結巴巴地問：「你……你們是何人？」

鋼刀刷的指上韓秋月的鼻尖，大漢凶道：「老子叫妳做什麼就做什麼，再多一句廢話，老子就把妳的鼻子削下來餵狗！」

韓秋月三人被五花大綁，蒙了眼，嘴裡塞了破布，扔到另一輛馬車裡。

剛才她下車的時候，發現她們是在一條僻靜的街道上被劫的，這些賊人是不巧碰上的？還是衝著她來的？按說不可能，連她都不知道今晚她會出府，更不知道自己會路過這條街，可這些賊人若只是為了圖謀錢財，剛才為何不搜她的身？或是叫她交出錢財……韓秋月不禁打了個寒顫，難道這些賊人早就盯上了她？一直在李府外面候著，尾隨到這裡才動手？

感覺到明珠的身子挨了過來，因為害怕，李明珠的身體抖得厲害，韓秋月用頭去蹭她的臉，想安慰她，叫她別怕，可嘴被人堵了，只能發出「唔唔唔」的聲音。

這時，外頭有人厲喝：「老實點，不然老子送妳去見閻王！」

韓秋月不敢再出聲，與李明珠緊緊挨在一起，希望能給她一點安慰，也是給自己安慰。

馬車突然變得顛簸起來，憑感覺，一定是出了城了，因為城裡的道路沒這麼不平坦的。韓秋月更加害怕，一到夜晚，四周城門都是關閉的，不許隨意進出，可馬車沒遇到任何阻礙便出了城，可見這幫賊人是有些來頭的。

也不知過了多久，馬車終於停下，韓秋月等人都快被顛散了架，很快又被人拽下了馬車，推進了一間房，只聽得有人道：「好生看著，別讓她跑了！」

「頭兒，您放心，跑不了！」

下一刻，韓秋月感覺到手上一鬆，她連忙掙開繩子，扯下蒙著眼睛的黑布和堵在嘴裡的破布，屋內的光線甚是昏暗，加上她一雙眼被老爺打了後，越發腫了，瞇了好一會兒才看清眼前站著的那個人。

一個穿著半舊短衫，身材精瘦的男子，正抱著手臂，居高臨下看著她，嘴角歪向一邊，臉上露出嘲弄的表情。

韓秋月環顧四周，發現這間屋子空蕩蕩的，什麼擺設也沒有，唯有牆上一盞油燈，發出微弱的光亮。

「這……這是哪裡？你們是什麼人？綁我來此做甚？」韓秋月滿腹的疑問。

男子只不屑地瞅著她。

「我是戶部尚書的夫人，你們趕緊放人，若不然，我們老爺知道了，定把你們全抓起來砍頭！」韓秋月虛張聲勢地威嚇道。

男子做出很害怕的樣子，蹲了下來，「戶部尚書，我好怕怕喔！」驀地，又換了鄙夷的神情，拍拍韓秋月腫得跟豬頭似的老臉，「我勸妳還是識相點，老實待著，惹毛了妳爺爺我，有妳苦頭吃！」說罷起身走人，房門砰的重重關上。

韓秋月這才想到明珠和姜嬤嬤不在，忙掙扎著爬起來，踉蹌地撲到門邊，大聲喊著：「我女兒呢？你們把明珠弄到哪裡去了？」

門外有人道：「妳就不用擔心妳女兒了，我們兄弟會好好伺候她，保准伺候得她快活！」

韓秋月大驚，用力拍著門，聲嘶力竭地哭喊：「你們這幫畜生，不許碰明珠，要不然，我韓秋月做鬼也不會放過你們……」

「再嚷嚷，我放幾條公狗進來伺候妳。」門外的人威脅道。

韓秋月嚇得不敢吱聲，一想到明珠會被這些狗賊糟蹋了，她就心疼得恨不得一頭撞死。

她緩緩委頓於地，放聲大哭：「我這是做了什麼孽啊？」

柒之章

魚死網破難補貼

寧和堂裡，林蘭疲憊地靠在椅子上休息，銀柳關心道：「二少奶奶，您去歇會兒吧。奴婢在這裡守著，若有事，奴婢再來喚您。」

林蘭重重嘆息，無奈地搖頭，老太太病成這樣，她身為孫媳婦，又是大夫，如何能離開？倒不是她要孝順，而是為了自個兒的名聲。之前倒是忽略了這碴，戲是看得爽了，這善後工作不容易啊！

「二少爺呢？」林蘭問。

銀柳神情猶豫，欲語還休。

「說啊！」林蘭催促道。

銀柳吞吞吐吐道：「二少爺這會兒一個人在屋子裡喝酒，臉色難看得嚇人，誰也不敢去勸。」

林蘭沉默了一會兒，無聲嘆息：「就讓他喝吧，叫玉容和如意好生伺候著。」

李明允等了這麼多年，今日總算看到惡人受到懲罰，得到報應，是該好好喝一杯，但她知道，李明允喝酒不是因為高興，而是難過，非常難過，可惜她現在走不開，不然就陪他喝幾杯。

李明則好不容易才把父親勸走，自己在西廂房守著，雖然已是身心俱疲，卻半點睡意也無。

丁若妍推門進來，手上端著個填漆荷葉托盤。

李明則聽見聲響，抬起頭來，見是丁若妍，沙啞著聲音道：「妳怎麼還不去歇著？」

丁若妍放下托盤，端起燕窩粥遞給李明則，柔聲道：「吃點東西吧，祖母的病可不是一日兩日能好的，別累壞了身子。」

李明則聽著她溫柔關切的話語，眼中不由得浮起一層水霧。他接過燕窩粥放到一旁，握住丁若妍的手，痛苦地說道：「若妍，對不起，讓妳看到了這麼多不堪。」

丁若妍無言以對，的確是太不堪了，可是，這些與明則又有什麼關係？她更在乎的是明則的痛。身為人子，眼睜睜看著父母惡言相向，甚至以命相搏，卻無能為力的痛。明則雖有諸多不好，沒有明允的沉靜從容，沒有明允的才華橫溢，可是他的痛苦、他的無奈、他的眼淚，叫她心痛，第一次真正為他感到心痛。

「明則，這不是你的錯，你也不必難過，每個人做錯了事都應該受到懲罰。」

李明則黯然，「我知道，可他們畢竟是我的父母。我本想去見二弟，去寬慰寬慰他，可是……我真不知該與他說些什麼，我實在沒臉見他。」

丁若妍默了默，道：「小叔不是那種是非不分的人，不過，還是緩一緩吧，讓他先靜一靜。我已經讓紅裳去收拾母親和妹妹的衣物，還準備了一些首飾，咱們能做的也只有這些了。」

李明則難過地點點頭，「謝謝妳了，妳也早點去歇著，妳身子一向不太好。」

丁若妍微微一笑，「我不要緊的，你喝了這粥就好生歇會兒，我去給弟妹和祝嬤嬤送些吃的過去，她們比我更累。」

祝嬤嬤看看奄奄一息的老太太，忍不住抹淚。當初是高高興興地來京城，如今……怕是故土難回了。

「祝嬤嬤，大嫂送了宵夜來，您去吃一點。」林蘭過來輕聲道。

祝嬤嬤抹了眼淚，道：「老奴吃不下，看到老太太這個樣子，老奴……」

林蘭對老太太雖然沒有好感，但對祝嬤嬤卻是懷了幾分尊敬。祝嬤嬤為人厚道，不像姜嬤嬤那個惡奴只知道搬弄是非，幫著主子做些陰損的事。祝嬤嬤幾次三番為她解圍，這份情，她都記在心裡。

「祝嬤嬤，您就算再難過也得顧著自己的身子，這府裡上下最了解老太太的就是您了，也只有您伺候得最周到。若是老太太好了，您自個兒卻病了，找誰來伺候老太太呢？」林蘭好言相勸。

「二少奶奶，老奴一直知道您是個心地善良，秉性淳厚之人……」

林蘭默然，這話您老可只說對了一半，她的善良只對好人，若是對惡人，她絕對不會心慈手軟，怎麼狠怎麼來。

「老奴敢對天發誓，老太太當真不知道當年的內情，若是早知道，便是打死了老爺也不會讓他去坑騙葉氏的。老太太這麼討厭葉家，討厭葉氏，完全是聽了老爺的一面之詞，以為葉氏用卑劣的手段逼迫老爺休妻再娶，二少奶奶，您去跟二少爺解釋解釋，老太太不是有心的……」祝嬤嬤央求道。

林蘭笑道：「祝嬤嬤不必多心，二少爺是個明事理的。」

即便老太太是被騙的，可也不能說她完全沒有錯，造成今日的局面，她也有一定的責任。前事不提，只說後事，她一直自詡公正嚴明，可她明瞭什麼？又哪裡做得公正？她知道韓秋月的所作所為，知道韓秋月迫害明允，她為什麼不加以阻止？不阻止便是縱容，韓秋月才會越發肆無忌憚。雖說韓秋月罵的話很刻薄，但不得不說，韓秋月罵的還是有幾分道理。吃葉家的，穿葉家的，用葉家的，妳憑什麼瞧不起葉家？人人都道，拿人家的手短，她卻是拿了，還理氣氣壯地鄙視人家，用無恥二字來形容也不為過。

更鼓敲了三響，祝嬤嬤年紀大了，終究熬不住，在林蘭的勸說下，去外間休息。

林蘭叫銀柳也去睡，銀柳不肯，林蘭道：「今晚是最凶險的，無論如何得我自己守著，不然我不放心。等老太太好些了，咱們再輪著休息。」

銀柳這才去椅子上歪著歇息。

林蘭一個人靜靜地在床前，桌上的燭火幽暗跳躍，就好像老太太的生命，孱弱得隨時都可能會消失。其實她很想知道老太太當時是什麼心情，是憤怒？還是也有一絲絲的羞愧？可惜她永遠都不會知道了，因為她很清楚，即便老太太醒了，也說不了話了。

突然，一道暗影罩住了她，林蘭不用回頭就知道誰來了，因為她聞到一股酒味。

李明允緩步走到床前，慢慢坐下，看著祖母蒼白病容，心中五味雜陳，「還能醒過來嗎？」

林蘭搖頭，「很難說，盡人事聽天命吧。明早我讓藥鋪的沈大夫過來，他治療中風有經驗。」

李明允嘆道：「也只有如此了，只是……辛苦妳了。」

林蘭苦笑，「我辛苦點倒沒什麼，治病救人原本就是我的分內事，倒是你……喝了這許多酒，心裡可舒坦些了？」

李明允亦是苦笑，輕聲道：「妳去睡吧，我來守著。」

「還是不要了，萬一有突發狀況，你也應付不來，我再熬一熬吧，等明日沈大夫來了，我再去歇息。天也不早了，再過大半個時辰，你就該去上朝了，趕緊回去洗把臉，把衣服換一換。你這樣一臉憔悴，滿身酒氣去上朝，會叫同僚們笑話的。」林蘭好言勸道。

李明允默了默，道：「我不睏，就在這裡陪妳吧，時辰差不多了，我再去洗漱。」

兩人就這樣默然坐著，一直到天明。

外書房裡，李敬賢亦是唉聲嘆氣，獨坐到天明。對韓秋月的怨恨、對母親的愧疚、對明允的擔憂，各種心思在他腦子裡此起彼伏，讓他根本無法合眼。他後悔，後悔自己為什麼要去找賤人算帳，其實他完全可以無聲無息了結了這個賤人，何至於把自己搞得這樣狼狽？最關鍵的是，現在他的命運可以說全繫在明允身上，若是明允懷恨在心，趁機報復他，就大大的不妙了。

第二天，李明則先去太常寺告了假，帶上丁若妍收拾好的東西去城南的連升客棧找母親，好歹得親自送母親和妹妹一程，不料卻被告知昨晚並未有人來投宿。李明則訝異，明明說好了讓母親先來連升客棧的，會不會是老陳聽錯了？李明則又去城南一帶別的客棧去找，也都無果。難道母親怕父親派人追她，連夜出城了？

術業有專攻，沈大夫對治療中風之症很有一套，不過也幸虧林蘭處理得及時，穩住了病情。眾人忙了三天三夜，老太太終於醒了。

李敬賢伏在床前，握著母親的手，喜極而泣。

老太太神智倒是清醒，可說不了話，嘴角歪斜得厲害，喉嚨裡發出呼呼的聲響。

「母親，您別著急，您昏過去都三天了，好好休養，很快就會好起來的。」李敬賢寬慰道。

老太太死死地瞪著兒子，聲音越發急促。

「祖母，有什麼話，還是等病好了再說，您現在不宜激動。」林蘭溫聲勸道，從老太太的眼神裡可以看出老太太很想罵人。

「是啊，老太太，二少奶奶衣不解帶地救治了您三天三夜，好不容易把您從鬼門關拉回來，您現在什麼也別想，把身子養好了再說也不遲。」祝嬤嬤伺候了老太太多年，老太太一個眼神，她就知道老太太心裡想些什麼，這會兒老太太是不想見到老爺。

「老爺，您也辛苦幾天了，現在老太太醒了，您也該去歇歇了。」祝嬤嬤委婉勸道。

李敬賢哪能看不懂母親的眼神，母親眼中的憤怒、厭惡，讓他冷汗涔涔。林蘭說過，母親不能再受刺激，若再發病，就回天乏術了。李敬賢忙順著竿子下，語氣溫軟：「母親好生養病，兒子再來看您。」

李敬賢走了，老太太方才平靜下來，看看祝嬤嬤、林蘭，還有丁若妍，個個都是形容憔悴。她閉上眼，眼皮顫動了幾下，眼角滲出一滴眼淚。

多少年沒見過老太太掉眼淚了，祝嬤嬤一陣心酸，勉強笑道：「老太太，您別擔心，二少奶奶一定能把您治好。」

紅裳悄悄走進來，走到丁若妍身旁，小聲喚道：「大少奶奶。」

丁若妍昂了昂下巴，示意她出去再說。

到了前廳，紅裳拿出一封書信交給大少奶奶。

丁若妍信封寫著戶部尚書李敬賢親啟，奇道：「這是給老爺的信，妳交給我做甚？」

紅裳道：「這信是給老爺的，可送信之人說，最好還是請妳家大少爺過目為妥，門房便將信交給了奴婢。」

丁若妍想了想，說：「速去請大少爺過來。」

李明則好不容易忙裡偷閒睡了一覺，聽聞丁若妍找他，還以為老太太不好了，趕緊穿戴整齊趕了過來。

「若妍，是不是祖母……」

丁若妍搖頭道：「祖母已經醒了，弟妹說只要精心調養，性命是無大礙的。」

李明則長舒一口氣，懸著的心落回肚子裡。

「適才有人送來一封信，說最好請你先過目。」丁若妍把信交給他。

李明則狐疑地打開來看，瞬間臉色大變。

丁若妍見狀，心裡一緊，「出什麼事了？」

李明則面色慘白，掉了魂似的呢喃：「娘和妹妹被人劫持了……」

「什麼？」丁若妍愕然驚呼。

李敬賢的茶還沒涼，李明則就拿了書信匆匆趕來。

一進門就急聲道：「父親，大事不好了……」

李敬賢驚得手一抖，茶水灑了一身，也顧不得擦拭，驀然起身，道：「是不是你祖母……」

「不是，是娘和妹妹被人劫持了，那些賊人索要八十萬兩贖金！」

李敬賢怔了一下，復又緩緩坐了下來，漠然道：「這個家已經被你母親敗光了，哪裡還拿得出八十萬兩？」別說沒錢，就算有，他也不會拿去贖那個賤人，最好那些賊人撕票，方能洩他心頭之恨。

「可是，爹，咱們不能不給啊！」李明則把書信攤到父親面前，「那些賊人說，他們手裡掌握著咱們家一些見不得光的事，若是不交贖金，他們非但要把妹妹賣到窯子裡，還要把這些醜事交給御史台。」

李敬賢看完書信勃然大怒，拍案而起，「定是這個賤人為求自保，惡意詆毀於我！這個賤人，難道非要害得我家破人亡才肯甘休嗎？」

李明則一陣難過，母親和妹妹落在這些賊人手裡，生死未卜，父親就算再恨母親，可妹妹總是他的親生骨肉，父親不想辦法救人，卻一味責罵母親，真叫人心寒。若是他自己能拿得出八十萬兩銀子，他早就自己去救人了……

李明則忍下對父親的不滿，勸道：「爹，現在御史台的人正愁拿不到父親的錯處，若是這些證據落在他們手裡，恐怕對爹極為不利，而且，若是叫外頭的人知道娘被劫持，爹卻見死不救，定會惹人非議，還請爹以大局為重。」

李敬賢何嘗不知道其中的利害關係，韓秋月已是恨他入骨，肯定是知道什麼說什麼，幸虧他留了一手，沒敢讓韓秋月知道他貪沒興修水利和賑災銀兩的事，要不然，他的命休矣。只是，即便那些收受一些賄賂的小事讓御史台的人知道了，他也要吃不了兜著走。

李敬賢沉默半晌：「這件事先不要聲張，容為父想想辦法……」

「爹，賊人只給兩日時間。」李明則提醒道。

李敬賢不悅道：「為父眼沒瞎，看得見。」李敬賢抑鬱得很，這個賤人走都走了，還要給他添這麼大的麻煩，八十萬兩銀子啊！要拿去救那賤人，實在是不甘啊！

李明則不敢太相信父親，為了以防萬一，他得想辦法自己籌銀兩，可是這麼大一筆數目，他要上哪去籌？就算若妍同意把她的嫁妝拿出來，也遠遠不夠。明允說不定有錢，葉家更是資產雄厚，可是……明允和葉家都恨母親，怎肯伸出援手？想來想去，都想不出一個好辦法，李明則感到前所未有的沮喪。

林蘭見丁若妍出去一趟回來便神色不對，心不在焉的。算算時間，該是明允的第三招出手了。李渣爹此人毫無情義可言，若叫他拿出銀子救老巫婆和李明珠，他多半是捨不得，說不定，李渣爹此刻巴不得老巫婆死掉，所以，必須有讓李渣爹不得不顧忌的籌碼。若是李渣爹一定要當鐵公雞，那麼，對不起了，那些貪污的證據就會借老巫婆之手，送到御史台上。

計畫是很妙，天衣無縫，可林蘭心裡一直有一個隱憂，李渣爹貪污的數目不小，明允雖然只呈送一部分證據，以保證李渣爹不會被殺頭，亦不會被株連九族，可是天威難測，皇上的權力凌駕於法律之上，一切都看皇上的心情而定，明允此舉，還是有風險的。但明允心意已決，哪怕丟了前程不要，也要叫李渣爹再無翻身之日。哎……當不當官的，真的無所謂，做個逍遙自在的商人也挺好，希望一切順利吧！

晚上，丁若妍看著愁眉苦臉在燈下長吁短嘆的李明則，默默去打開櫃子，捧出一個匣子放到他面前，「這些是我的嫁妝，若不是急用，或許能換上二十幾萬銀子，可現在急用，我想，頂多也就只能換到十幾萬兩。錢雖不多，但能解決一點是一點。」

李明則一直糾結著該不該跟丁若妍要嫁妝，開不了這個口，沒想到她會主動拿出來，李明則感激得不知該說什麼，心中很是愧疚。若妍嫁給他，就沒過過幾天舒心的日子，以前是他不爭氣，沒出息，讓她失望，等他想努力了，家中卻橫遭變故，如今還要拿她的嫁妝……他實在是太沒用，太對不起若妍了。這幾日他想了很多，如果李家真的垮了，他絕不能再拖累若妍。

李明則把匣子推了回去，「還是收著吧，我會想辦法的。」

丁若妍微微一笑，「你的事便是我的事，你我夫妻一體，還分什麼彼此？」

而李敬賢糾結了一夜，最後還是決定破財消災。

天未亮，李敬賢讓人備了馬車，悄悄去到城東一間外表普普通通毫不起眼的宅子，讓車夫在外面候著，自己一個人進了宅子。

葉家的綢緞鋪裡，葉德懷聽到來人回報，緩緩點頭，「讓武子繼續盯著，再給丁大人透個風，丁大人念在兩家親，定會給那老狐狸通風報信，然後讓古先生見機行事。」

「是，小的明白。」那人喜孜孜道：「老爺只管放心，咱兄弟一定把鑼鼓敲得熱鬧些，讓那老傢伙好好唱一齣四面楚歌！」

葉德懷笑得甚是舒心，眉眼全舒展開來，「是該收網的時候了，慢慢收，一點一點地收，勒得那老狐狸連喘氣的機會都沒有。」

那人嘿嘿一笑，抱拳施禮退了下去。

葉德懷悠閒地喝了口茶，大聲喊道：「文總管！」

文總管應聲進來，「老爺，有何吩咐？」

「你去幫我把福安叫來。」

李敬賢在宅子裡待了一炷香時間，又坐了馬車回到李府。

祝嬤嬤餵老太太吃藥，老太太喝了兩口，嫌苦，抿著嘴，任祝嬤嬤怎麼勸就是不肯再喝。

林蘭一旁淡淡道：「祖母，您若是想一輩子就這麼躺著，想動也動不了，想說也說不成，跟個活死人一般，那就不要喝吧！」

老太太面上肌肉不住抽動，死死地盯著林蘭，似乎很生氣。

「祖母，您生氣也沒用，生了病就得喝藥，得聽大夫的話，要不然就算華佗再世也沒辦法。」

林蘭說道。以前實習的時候，見過很多不配合的病患，出於各種各樣的原因，跟自己賭氣，跟醫生賭氣，她有的是辦法對付。對老太太這種人，哄啊勸啊都沒用，老太太一輩子要強，若要她餘生就這麼半死不活地度過，她寧可現在就死掉，而老太太既捨不得死，也不甘就這副樣子，所以，不如實話實說。

老太太瞪了許久，終於挫敗地閉上眼，須臾睜開，眼中已沒了慍色。

林蘭給祝嬤嬤使了個眼色，祝嬤嬤忙把湯匙送到老太太嘴邊。老太太猶豫了一下，張開了嘴。

這次沒有耍脾氣，老老實實把藥喝完。

祝嬤嬤鬆了口氣，也就是二少奶奶敢對老太太這麼說話，老太太偏還就服二少奶奶，別人磨破嘴皮子也沒轍。

「這樣就對了，祖母，您這病得慢慢來，不能急，孫媳一定會想辦法讓祖母早日站起來的。」

林蘭笑了笑，拿了顆冰糖給老太太含上。

「二少奶奶？」玉容在外喚道。

林蘭道：「祝嬤嬤，您待會兒幫老太太揉揉手腳，我先出去一下。」

祝嬤嬤應了一聲，「這裡有老奴伺候著，二少奶奶只管忙您的。」

林蘭朝老太太福了一福，「祖母，您歇會兒，孫媳先告退了。」

出了內室，玉容要開口，林蘭用眼神止住她，兩人回到落霞齋，林蘭方問道：「何事？」

玉容稟道：「方才福安來了，這幾日二少奶奶沒去鋪子裡，靖伯侯夫人、懷遠將軍夫人和裴小姐都到鋪子去過，知道二少奶奶這陣子脫不開身，就留了書信。」玉容說著把三封書信交給林蘭。

林蘭邊走邊拆看，心裡暖暖的。三封書信的意思大抵相同，沒多餘的話，只道，她若是有難處需要幫忙，只管開口。李家出了事，平日裡常來李府走動的人都不見了蹤影，避之唯恐不及，她們能在這個時候說出這樣的話，已是難能可貴。

「二少奶奶……」玉容去把房門關上，小聲道：「葉大老爺還讓福安捎了話來。」

林蘭眉頭一凜，「說什麼？」

玉容笑道：「大老爺說，準備收網了，叫二少奶奶自己心裡有個數。」

林蘭面色平靜道：「二少爺知道了嗎？」

玉容道：「大老爺已經派人去知會二少爺了。」

「嗯，我知道了，妳去叫錦繡來見我。」

玉容福身退下，她雖不太清楚二少爺和大老爺的計畫，但她知道李老爺倒楣的日子不遠了。

不一會兒，錦繡來了。

「大少爺那邊有什麼動靜？」

錦繡回道：「大少爺一早就出去了，大少奶奶叫紅裳捧了個匣子也出府了，現在還沒回來。」

林蘭默了默，李明則倒是緊張老巫婆和妹子，不過李明則在京中並沒有多少朋友，有的也只是幾位酒肉朋友，斷不會借這麼多銀子給他。丁若妍給紅裳的那個匣子裡，估計是她的嫁妝。她早摸過底，丁若妍的嫁妝全賣了，也是杯水車薪，起不了什麼作用。

「微雨閣那邊不用管了，叫冬子留意著老爺那邊的舉動就是。」林蘭吩咐道。

萬事俱備，只欠東風。葉氏留下的東西，今日便能全部拿回來。

丁若妍在房裡坐立不安，明則出去好久了，也不知能不能借到銀子。

一個丫鬟進來稟報：「大少奶奶，劉嬤嬤來了。」

丁若妍一怔，劉嬤嬤是母親身邊的老嬤嬤，這會子怎麼過來了？

「請劉嬤嬤到花廳，我這便過去。」

而李敬賢看著一疊銀票，想著過了今日，這些銀票就不屬於他了，當真肉疼。

「父親……」丁若妍急慌慌地闖了進來。

李敬賢忙拿了一本書把銀票蓋住，看著一臉驚慌的兒媳婦，心裡一緊，「何事這般驚慌？」

丁若妍急道：「適才我母親讓身邊的老僕人過來，說了一件急要緊的事。」

李敬賢的心又沉了沉，「何事？」

「我父親聽聞御史台查到了父親……」丁若妍有些難以啟齒。

「說來便是，何必吞吞吐吐？」李敬賢心急道。

丁若妍咬了咬唇，說道：「御史台的楊大人查到通寶錢莊裡有一百萬兩銀票是記在三叔的名下，他們懷疑這些銀子是父親貪贓受賄所得。」

李敬賢腦子裡恍若炸響了一道驚雷，炸得他魂飛魄散，跌坐在椅子上，楊大人居然查到錢莊裡去了。

丁若妍看公爹的神色就知這事多半是真的，心裡暗暗叫苦，這一波未平一波又起，這人倒楣起來，連喝水都要塞牙縫。

「父親，您還是早做準備的好。」丁若妍輕聲道。她做兒媳婦的自然不能去指責公爹，況且指責也沒用，她只是感到悲涼，一葉落而知秋，如今李府已是落葉滿地了。

丁若妍何時離開的，李敬賢也不知道，只覺得無形中有一張巨大的網鋪天蓋地而來，讓他無處可逃。為官十幾年，從來都是他運籌帷幄，一步步謀算，一步步成功，何曾這般被動，如砧板上的魚肉？

他很惶恐，御史台的楊大人是個十分固執之人，認定之事便是九牛二虎也休想拉住他。幾年前，這位楊大人就參過他，說他貪沒兩湖水災的賑災款項，只因證據不足，沒能得逞，也正因如此，這幾年他行事越發謹慎，以免授人以柄。他將一部分銀兩以三弟的名義存入通寶錢莊，黃金則全部藏於天津那間宅子的密室中，自以為神不知鬼不覺，沒想到，還是讓楊大人摸到了錢莊這條線。

李敬賢看著桌上的一疊銀票，不覺冷汗涔涔。這些銀票暫時是不能用了，只要有人拿著銀票到通寶錢莊去兌換，他就完了。虧得老親家夠義氣，將這般要緊的消息透露給他，要不然，他就成了甕中之鱉。

李敬賢連忙叫人備車，又趕緊把銀票藏回到城東的那間宅子裡。當初置辦那間宅子用的是劉姨娘她表哥的名字，希望御史台那些狗的鼻子不要太靈光，等過了這一陣，再想辦法把這些銀票處理掉。

另一邊，李明則在外頭奔波了一上午，毫無收穫，垂頭喪氣地回了來，丁若妍一看他的神情就知道事情辦得不順利。

「我已經讓紅裳去把我娘陪嫁給我的莊子，還有首飾什麼的拿去當了，不過，當鋪裡只肯出十二萬兩，跑了幾家都是如此。」丁若妍也有些沮喪，本以為能換到更多的銀子。

李明則錯愕，有些生氣，口氣不太好：「不是讓妳收著不要動嗎？趕緊去贖回來！」

丁若妍低著頭，輕聲道：「父親可能是沒法子了，御史台的人正在查父親貪贓一事。」

李明則聽了，嗡的好一陣耳鳴。他怔了半晌，猛地抄起一隻茶杯朝牆上猛摔去，碎瓷片四下迸濺開來。

「他娘的，李家這是走了什麼楣運，破事一樁接一樁的，還讓不讓人活了！」李明則大怒，便是個泥人也忍不住要發狂了。

丁若妍靜靜地看著如同困獸般掙扎嘶吼的李明則，低聲道：「事到如今，能救李家的，只有小叔了。」

李明則頹然坐了下來，抱著頭，痛苦地呻吟：「可我有什麼臉面去求他……」

丁若妍冷靜道：「現在不單單是救你娘和妹妹的問題，而是事關李家的存亡。覆巢之下，焉有完卵，他也是李家的一份子，不會坐視不管的。」

李明則思忖良久，緩緩抬起頭，雙眸透著決然之色，「好，我去求他，讓我給他下跪磕頭賠罪都沒關係，只要他肯幫忙。」

「適才，我已經求過二弟妹，她說，她讓人把明允叫回來，剩下的，就看你了。」

李明允一回府，就看見李明則等在府門口。一見他回來，李明則快步上前，拱手道：「請二弟到書房一敘。」

李明允猶豫了一下，移步外書房。

李府有兩處外書房，左手邊是李敬賢的書房，右手邊是李明允的書房。

一進門，李明允就聽見身後噗通一聲，回頭一看，李明則直挺挺地跪在那裡。

李明允大驚，連忙去扶，「大哥，您這是做什麼？」

李明則推開李明允的手，誠懇道：「二弟，大哥知道這幾日你心裡不好受，大哥也很難過，從來，我都是羨慕你，羨慕你有爹疼有爹愛，羨慕你可以做名正言順的李家少爺，我還替我娘抱屈，明明我娘才是爹的結髮之妻，卻只能活在陰暗中，見不得光，如今我才知道，錯了，都錯了，我娘和爹的自私之舉，對你和你娘造成了多大的傷害……」

李明允面色一滯，再次相扶，「大哥，起來說吧！」

「不，二弟，你聽我說，今日我實在是沒臉來求二弟，可是，除了二弟，我實在想不出還能找誰。我娘是罪有應得，可明珠是無辜的，還請二弟暫且拋開恩怨，施以援手，救救我娘和明珠……」李明則說著就要向李明允磕頭。

李明允忙托住不讓他磕，「大哥，到底出了何事？」

李明則愕然地望著他，「二弟還不知道？弟妹沒告訴你？」

李明允故作茫然道：「說什麼？林蘭只說家裡出事了，叫我速速回家。」事發已經一天，父親和大哥都沒找他商量，他也只作不知，看誰沉得住氣。

「快，起來說話。」

兩人坐下，李明則把昨日收到勒索信，信上的內容，以及御史台在暗查父親貪贓的事，悉數說與李明允聽。

李明允默然良久，皺眉道：「這事不太好辦啊！原本遇上這種事情，報官是正途，怕只怕賊人手裡當真捏拿著對父親不利的證據……這事，爹怎麼說？」

「爹那邊到現在還沒有確切的消息，我已經不指望他了。」李明則語氣裡毫不掩飾對父親的失望。

李明允想了又想，嘆道：「家中現在哪裡還有現銀？」

李明則一臉愧色，「說來說去都是我娘的錯，要不是她財迷心竅，也不至於弄到這般窘迫的境地。不瞞二弟，我今天到處借銀子，到處碰壁，都是些勢利眼，看你得意時，與你朋友相稱，說得豪氣干雲，當真有了難處，個個不是找藉口，就是避而不見。」

李明允嗤道：「從來都是錦上添花易，雪中送炭難。不過，我若真想幫忙，辦法還是有的。」

李明則眼睛一亮，激動道：「二弟若肯相幫，大哥我感激不盡。」

李明允定定地看著他，「我有一個條件。」

「二弟只管說，只要我做得到，便是刀山火海，我也絕不猶豫。」李明則決然道。

李明允淡淡一笑，目光陡然一冷，一字一字道：「我要你娘從此不得再踏入李家一步，跟李家再無瓜葛。」

李明則怔忡，二弟的意思是叫爹休了娘，讓他從此不認這個母親？

「你莫怪我心冷，她對我、對我娘做了什麼，你應該清楚。她幾次三番要害我性命，我不落井下石就算仁至義盡了。」李明允冷聲道。

李明則黯然，「我知道，其實我娘這次離家，原本就沒想再回來的。」

「你錯了，你娘會回來的。你娘為了榮華富貴，連正妻之位也捨得放棄，連自己的丈夫也甘願拱手讓人，她怎會甘心一場辛苦平白落空？只要爹不寫休書，她就會回來。只要你將來出人頭地，她就會回來。」李明允一針見血說道：「我幫忙，只是看在你的面子，為了李家的安危著想，卻不是為了幫著你娘有朝一日重回李家。若是這樣，我如何對得起我死去的娘？將來有何面目見她於九泉之下？」

李明則慚愧無語。

「為了李家，為了你我的前程，我不想再為上一輩的恩怨糾結。這樣的了斷，對你、對我，對李家都是最好的。」李明允緩和了口氣說道。如果連自己的兒子都不認她了，老巫婆這輩子還有什麼指望？人生最大的痛苦，莫過於被自己最親最愛的人拋棄吧？

李明則緊抿著嘴角，神情很是痛苦，可以看出此刻他內心的掙扎。

「大哥，你想好了再告訴我。」李明允也不逼他。不用他逼迫，該著急的不是他。

「不用想了，就依二弟所言，這件事平息後，我把她送走，以後……不再相見就是。」

李明允才走了兩步，就聽身後李明則急切說道。

李明允慢慢轉身，看著李明則，須臾，他才點點頭，道：「八十萬銀子不是小數目，我去找我大舅父。」

李敬賢剛回府，綁匪那邊又派人送來一個匣子。

這一次，林蘭和丁若妍也在前廳。

李明則打開匣子一看，嚇得忙丟掉了匣子，一截血淋淋的斷指掉在了地上，眾人驚呼起來，丁若妍更是捂住了眼睛，嚇得渾身發抖。

林蘭上前，瞄了眼那截斷指，見那指腹肌膚粗糙，應該是姜嬤嬤的。這個惡奴，削她一根手指頭算便宜她了。林蘭拾起飄落在旁的一張紙，快速流覽了一遍，遞給嘴唇發白的李敬賢。

「父親，賊人說亥時若不交錢贖人，他們就把……把母親丟到護城河去餵王八，再把母親寫下的控訴狀交給御史台。」林蘭小聲說道。

李敬賢剛想著把那個賤人餵了王八他求之不得，可一聽後半句又傻了眼。御史台那幫狗雜種正到處搜羅他的罪證，若是控訴狀落到他們手裡，他就完蛋了，誰知道那賤人都寫了些什麼。

李明則已被這血淋淋的斷指嚇破了膽，急忙道：「爹，您得趕緊想想辦法，要不然，那些賊人當真什麼都做得出來。」

李敬賢焦頭爛額，煩躁地吼道：「你以為我不急嗎？可現在上哪弄八十萬兩銀子？」

阿晉在外稟道：「二少爺和葉大老爺來了。」

葉大老爺來了？李敬賢愣在當場，有些反應不過來。葉德懷來京四年，從未踏進過李府，他數次相邀，人家都不給面子，這會兒卻是不請自來。

「快、快請！」李敬賢結巴著說，對這個大舅子，他還是有些發怵的。

葉德懷背著手，氣勢洶洶地大步跨進大廳。

李敬賢忙下座相迎，親和道：「不知大舅子光臨，敬賢有失遠迎，失禮失禮了。」

葉德懷漠然睨了他一眼，「不必跟我鬧這些虛禮，我聽明允說，你如今混得很淒涼，都快混不下去了，我是來幸災樂禍的。」

林蘭聽著這話，極辛苦才忍住沒笑出聲來。大舅爺，您乾脆就說我是來趁火打劫的好了。

李敬賢面色一窘，頭皮發麻，大舅子說話向來不留情面，每次不嗆得他狗血淋頭就不甘休，只怕難聽的話還在後頭呢！

「大舅子請上座。」李敬賢恭敬道。

葉德懷也不客氣，大方地在原本屬於李敬賢的位置上坐了下來。

李敬賢給李明則使眼色，叫他和丁若妍出去。

葉德懷眼尖瞧見了，瞅著李明則，不鹹不淡道：「這位就是你李敬賢說的，大我們明允兩歲的李家長子？」

李敬賢更加尷尬，沒臉說不是，也沒臉說是，倒是李明則，上前恭恭敬敬向葉德懷施了一禮，說：「小子明則，虛長明允一個時辰而已。」

這回答便是當眾承認李敬賢和他母親的騙婚行徑，李敬賢老臉發黑，卻不敢當著大舅子發作。

葉德懷聽李明允說過這位李家大少爺，雖說沒什麼本事，人倒還不壞，真是稀罕啊！壞秧沒結出惡果，估計李家祖上確有某位先人曾經幹過一兩件好事。

「嗯，你還算老實，比你父親強多了。」葉德懷捋著鬍鬚，輕蔑地掃了李敬賢一眼。

李明允握拳在唇邊輕咳了兩聲，示意大舅父趕快進入正題。

葉德懷慢悠悠道：「聽明允說，韓氏被人綁票了，要八十萬贖金？」

李敬賢道：「確有其事。」又指著地上那截還帶著血的斷指說：「適才那些賊人還讓人送來斷指威脅。」

葉德懷冷笑道：「那你該報官才是。就算不報官，你當了這麼多年官，又身居要職，隨便勾勾手指頭，自有人送上大把銀子。人人都說，三年清知府，十萬雪花銀，八十萬兩對你來說不過是九牛一毛，何須哭窮？還得我外甥求到我門上來？莫非，你是存心想叫那韓氏被撕票？」

李敬賢汗顏道：「大舅子莫開玩笑了，李某為官清正，從不斂那不義之財，眼下實在是……拿不出這麼多銀子來。」

丁若妍忍不住暗暗鄙視，公爹若是當真清正，御史台的人為何要查他？都這時候了，還裝清正高潔，還說得這般義正言辭。

林蘭道：「舅父，家中最近出了些變故，當真是拿不出八十萬兩銀子，還請舅父看在明允的分上，幫個忙，畢竟明允是李家的兒子。」

葉德懷斜睨著林蘭，慢慢說道：「外甥媳婦，若是你們小夫妻的事，大舅父沒二話，別說八十萬兩，就是八百萬兩，大舅父眼皮也不會眨一下，可是，那韓氏跟妳這位公爹的所作所為，實在叫人生氣。大舅父不是聖人，做不來以德報怨的傻事。」

李明則上前兩步，向葉德懷跪下，誠懇道：「請允許明則叫您一聲舅父，當年之事，我娘確實有錯，如今她也受到報應了，明則替我娘給大舅爺磕頭認錯，還請大舅爺施以援手，明則感激不盡。」說罷，當真砰砰砰的磕起響頭來。

葉德懷也不阻止他，李明則要代韓氏磕頭認錯是他的事，他原不原諒是他的事，又不是他叫李明則磕的。

丁若妍一旁看得心疼起來，向李明允投去哀求的目光。

李明允無聲嘆息，李明則攤上這麼一個娘也算是倒楣，便道：「舅父，您就幫一幫吧。這件事非同小可，弄不好，禍及滿門，外甥也要跟著倒楣。舅父，您不看僧面看佛面，就算幫您外甥一把。」

葉德懷捋著鬍鬚，蹙眉想了想，說：「要我拿銀子也成，把我們葉家的鋪面和莊子還來，否則免談。」

此話一出，眾人都看向李敬賢。

李敬賢就知道大舅子不可能輕易相幫，說白了，今日他就是衝著葉氏留下的產業來的。可惜他現在不好跟別人去借，更不能動用錢莊裡的銀子，藏在天津的那些金子又遠水救不了近火，唯有跟葉德懷借。這葉德懷，真他媽的會趁火打劫。

「我說李敬賢，這些年，我們葉家給你們李家的好處也夠多了，你這婚騙得也算是相當成功，若不是看你如今這般淒慘，我還準備去告你停妻再娶。現在，我們葉家只想拿回自己的東西，夠仁至義盡了吧？」葉德懷譏諷道。

李敬賢老臉一陣抽搐，罷了罷了，火燒眉毛，且顧眼下。

「爹，您就答應了吧？」李明則懇切道。

李敬賢咬了咬牙，心一狠，說：「好，我答應。」

「慢著，我知道如今城外的莊子有一座已經歸了明允，這座莊子，我也要拿回去。」

林蘭故作錯愕，「舅父，這是為何？」

葉德懷橫了她一眼，陰陽怪氣地說：「不是舅父小看你們，你們倆確實沒什麼本事，自己娘親婆母留下的東西都守不住，我不拿回去，遲早又被旁人算計了去。放心吧，這座莊子，舅父先替你們保管，等將來你們自立門戶了，再還給妳。」

李敬賢忍不住想動氣，大舅子說話太刻薄，這不是當面打他的臉嗎？偏偏他是敢怒不敢言，直氣得肝疼。

李明允嘆了一口氣，對林蘭說：「妳去把地契取來交給舅父吧！」

林蘭極不情願地挪著腳步，出了前廳。

不一會兒，兩份地契、十八間鋪面的房契擺在了葉德懷面前，葉德懷仔細檢查，確定無誤後，對李敬賢說：「你再寫個字據來，萬一將來你得了勢又不認帳，要跟我打官司，我也好有個依據。」

李敬賢氣得胸膛起伏不定，這葉德懷也太會得寸進尺了，苦於情勢所逼，李敬賢只好去寫了字據來，兩下立了手印。

葉德懷這才滿意地點頭，收了字據，從懷裡掏出一疊銀票，「這裡是八張十萬兩的銀票，通寶錢莊各地六十四家分鋪都可兌換。說好了，這只是借哦，李大人，煩請再寫一張借據來吧！」

李敬賢險些一口鮮血噴出來，什麼？莊子、鋪子都給你了，還要我寫借據？

葉德懷冷笑，「李大人？我可沒說白給你這些銀子，這八十萬兩，你到底要不要借？」

林蘭不得不佩服大舅爺，這招渾水摸魚趁火打劫使得好啊，氣得李渣爹只有乾瞪眼的份！怪來怪去，只能怪李渣爹太過貪心，貪得無厭，還想把葉氏留下的產業賣給葉家，天底下沒這麼美的事！

「看來李大人是不需要我幫忙，好吧，那……咱就回去了。」葉德懷冷睨了李敬賢一眼，慢吞吞地收起銀票。

李敬賢將一口白牙咬了又咬，這一進一出，他非但丟了葉氏的產業，還平白背上八十萬的債，想想都要嘔血。罷了罷了，跟葉家的人論生意頭腦，他只有自嘆弗如的份。

「我借！」李敬賢極不甘願地從齒縫中迸出兩個字。

一刻鐘後，葉德懷懷揣了妹妹留下的產業離開了李府，今日總算好好出了口積鬱了多年的惡氣了，爽！

李敬賢捏著八張銀票，面色陰沉得似要滴出水來。踏上仕途後，可謂是一路順風順水，何曾這般狼狽不堪？當真是流年不利，還是……他的好運已經到頭了？不，他不信，這一切都是韓秋月這個賤人害的，韓秋月才是他命裡的災星，只要除掉韓秋月，一切都會好起來。

李敬賢眉頭一擰，揮手道：「你們都下去吧！」

李明則見銀子的事解決了，長舒了口氣，母親和妹妹終於有救了。

兩對夫妻先後出了廳堂。

李明則感激道：「二弟，這次多虧了你幫忙。」

李明允微笑道：「只是爹似乎不太高興。」

李明則幾不可聞地嘆了一口氣，「其實，你大舅父要拿回你娘留下的產業，也是應當的。」

李明允苦笑，「大哥忙了一日了，先去歇會兒吧，相信那些賊人很快會再送信來，今晚可能還得大哥多勞累一些。」言下之意，贖人這事，他就不參與了。

李敬賢一人呆坐了片刻，驀然去案頭拿了紙和筆，飛快寫了一封信，用火漆封了，叫來趙管事，命他速速送去京都府尹府上。

回到落霞齋後，林蘭關起門來，笑道：「大舅爺這招使得漂亮，瞧你父親，心疼得跟割他的肉似的。」

李明允譏諷道：「可不就是割他的肉嗎？父親在乎的，唯有名和利，別的皆可隨意拋棄。」

「等他失去了他最在乎的，那就真叫生不如死了。」林蘭冷笑道。打蛇打七寸，李渣爹的命門就是金錢和權力。

李明允吁了口氣，說：「妳瞧著吧，父親一定不捨得這八十萬兩銀子白送出去。」

林蘭沉吟道：「那他會怎麼做？暗地裡報官？」

李明允眯起雙眼，目光凜然，「我猜他根本不想贖老巫婆，最好是，將老巫婆和綁票的一併幹掉，永除後患。」

「若是如此，你得讓古先生他們防著點，可別著了你父親的道。」林蘭擔心道。

李明允笑笑，「古先生老江湖了，什麼人沒見過？放心吧，人家有張良計，他有過牆梯。」

戌時一刻，果然賊人又派人送信來。信中交代了贖人的具體時間和地點，賊人點名了要李家大少爺一個人前去，任何人不得跟隨。若是李府有任何輕妄之舉，他們拿不到錢或是不能全身而退，那麼今晚御史台的每一位大人都將收到韓氏親筆書寫的信，而明天一早，京城各大官家的府邸都會收到不利於李大人名聲的傳單。

李敬賢看完信，半晌說不出話來。這些狡猾的賊人，把他的後路全都堵死了，叫他動彈不得，看來要想將韓秋月和賊人一鍋端的法子是行不通了。李敬賢感到前所未有的挫敗無力，只好又寫了一封信，告知京都府尹，計畫取消。

京郊一座廢棄的宅子裡，韓秋月快要發瘋了。這兩天，那個瘦瘦的男子一直逼她寫控訴李敬賢的罪狀函，起初她不肯，儘管她恨死了李敬賢，但他畢竟是明則的親爹，李敬賢若是倒了大楣，李明則也要跟著受連累。男子二話不說，扭頭出去，半個時辰後回來，一截斷指啪的拍在她面前，男子惡狠狠地說：「妳若不寫，每半個時辰，我就剁下那個老奴的一根手指頭，剁完了老奴的，再剁妳女兒的！」

韓秋月大驚，哪裡還顧得上明則的前程，但求能保住明珠的手。

韓秋月沒什麼學問，也就識幾個字，如何寫得出聲淚俱下的控訴狀？男子倒也不苛求她，叫她把她知道的關於李敬賢的所有惡行醜事都說出來，然後拿來一封狀紙讓她按著抄，沒日沒夜地抄。

砰一聲，房門被打開，瘦瘦的男子和那夜見過的刀疤臉一起走了進來。

瘦子拿起韓秋月抄好的控訴狀看了看，對刀疤臉點點頭。刀疤臉上前一把抓起韓秋月的手，抽出一把小刀來。

韓秋月以為刀疤臉要斬她的手指，嚇得魂飛魄散，尖叫道：「你……你要幹什麼？你們說什麼我都依你們，求求你，不要剁我的手！」

刀疤臉凶巴巴地喝道：「妳嚷什麼嚷？再嚷一句，我把妳的舌頭割下來！」

說話間，尖刀劃破了韓秋月的食指，韓秋月慘叫一聲。

刀疤臉嫌她吵，一巴掌扇過去，韓秋月原本浮腫的臉頓時又大了一圈。刀疤臉捉著韓秋月的手，在那些狀紙上按下血手印。

韓秋月見刀疤臉不是要砍她的手指，稍稍安心了些，顫聲哀求道：「我已經都按你們的意思做了，求求你們，放了我吧！你們要多少銀子我都給……」

瘦子嘲弄道：「得了吧，韓秋月，妳都被人掃地出門了，哪還有什麼銀子，當我們是傻子？」

「我雖然離開了李家，但我還有兒子，我兒子一定不會不管我的！」韓秋月急道。

瘦子冷笑，指著那些按了手印的控訴狀，說：「現在妳該明白，叫妳寫這些東西是為妳好。要沒這個，那李敬賢肯管妳死活？妳最好求菩薩保佑，保佑妳兒子今晚能帶八十萬兩銀子來贖妳，要不然，老子就將妳大卸八塊丟河裡餵王八，把妳女兒賣到窯子裡換兩個酒錢，窯子裡最受歡迎的就是妳女兒這種雛了……」

韓秋月愕然，八十萬兩？這些賊人真是獅子開大口，李家如何拿得出八十萬兩？哎……她這條老命是保不住了，可憐了明珠，跟她一起遭罪。

韓秋月哭了起來，「我求求你們，放了我女兒吧！她還小，什麼都不懂……」

瘦子冷眼看著涕淚俱下的韓氏，跟刀疤臉說：「我看還是把她的舌頭割掉省事。」

韓秋月嚇得連忙噤聲，只一抽一抽的，強忍著心中的恐懼。

按好了血手印，刀疤臉又拿來繩子將韓秋月捆起來，蒙了眼，堵了嘴，跟拎小雞似的把她拎出去，丟進了馬車。

韓秋月摔在了一個人身上，那人「嗚嗚嗚」的發出聲響。

韓秋月一聽是明珠，驚喜得就想要問她好不好，有沒有受苦，可嘴巴被破布堵著，說不出話，只能發出「唔唔唔」的聲響。

母女倆緊緊地挨在一塊落淚，良久，韓秋月才發現，姜嬤嬤沒在車上，正疑惑著，只聽外頭有人跟刀疤臉說：「那個老婆子不頂事了。」

刀疤臉冷聲道：「真沒用，不就剁了兩根手指嗎？把她拖到山谷裡去餵狼！」

韓秋月大驚，感覺到身邊的明珠已是不住地發抖。

「走，出發！」刀疤臉大喝一聲，馬車徐徐滾動起來。

韓秋月暗暗祈禱：希望明則能帶銀子來贖她。

賊人定的時間推遲到酉時正，地點是城西十里外的百松坡。那裡是個亂葬崗，大白天的也難看到人影，到晚上更是陰森恐怖。

丁若妍很擔心，道：「明則，是不是讓趙管事帶幾個護院遠遠跟著？萬一有什麼意外，也好有個照應。」

李明則心裡也是犯怵，可是賊人說了，只許他一個人前去，要是讓賊人知道他還帶了人去，撕票怎麼辦？

「算了，我自己當心一點就好。」李明則無奈道。看著淚光盈盈的丁若妍，心中五味雜陳，這陣子家中接二連三出事，丁若妍非但沒有棄他不顧，反而越發關心他，和他一起愁一起惱，一起想辦法。以前的丁若妍，只會當他是個陌生人……李明則溫柔地拭去她眼角的淚，柔聲道：「若妍，我一定會安全回來的，為了妳，我也會努力保重自己。妳嫁給我，沒有過過幾天舒心的日子，以後我會好好補償妳，讓妳每一天都過得很快樂。」

丁若妍的淚珠忍不住滾落下來，哽咽著點頭，「你一定要好好的！」

外面丫鬟稟道：「大少爺，老爺請您過去一趟。」

李明則應道：「我馬上過去。」又安慰丁若妍：「妳在家等我。」

李敬賢看著放在桌上的食盒，重重地嘆了一口氣，只能這麼辦了。

李明則進來，喚道：「爹！」

李敬賢點點頭，讓他坐下，問：「都準備好了？」

「兒子已經準備妥當，馬上就出發。」李明則回道。

李敬賢嘆道：「桌上有個包袱，裡面是你娘的衣物，還有些銀子。你贖了人，就不用把你娘帶回來了。把這些東西給她，讓她回老家吧。對了，那食盒裡是你娘愛吃的一些糕點，帶著路上吃。」

李明則看了眼桌上的包袱和食盒，只怕那裡面還有一封父親給母親的休書吧？李明則神情黯了黯，對於父親的打算他是有心理準備的，父親是再容不下母親了。這樣也好，母親回老家去，兩廂安生。

「那……妹妹呢？」李明則問。

李敬賢似乎猶豫了一下，悵然道：「由她吧！」

李明則得了示下，拱手告退，趙管事提了食盒和包袱隨後跟著。

府門口，兩輛馬車已經整裝待發，李明允夫妻和丁若妍都來相送。

「大哥，自己多加小心。」李明允拱手叮囑道。

李明則嗯了一聲，準備上車。

林蘭看見趙管事手裡提著食盒和包袱，小聲問丁若妍：「大嫂，那些是妳準備的？」

丁若妍搖搖頭，「應該是父親準備的，看樣子，父親是不想母親回這個家了。」

林蘭心裡咯噔一下，李渣爹自然不想老巫婆再回來，送點盤纏行李什麼的能理解，可李渣爹居然想到給老巫婆送吃食，這不是太奇怪了嗎？

林蘭看向李明允，李明允微蹙著眉頭，似在猶豫。

眼看馬車就要出發，林蘭急忙上前一步喚住李明則：「大哥，把明珠帶回來吧！」

李明則和李明允同時一愣。

林蘭解釋道：「現在祖母病著，大嫂要忙著管家，我藥鋪裡也是脫不開身，就讓明珠回來在祖母跟前盡盡孝心。」

丁若妍一想，林蘭說的極是。祖母癱瘓在床，身邊少不了人伺候，這幾天，她和林蘭都累得夠嗆，還不如叫明珠留下伺候祖母。

「是啊，讓她回來吧。不管怎樣，她總是你的親妹妹。」丁若妍附和道。

李明則動容地點點頭，他素來疼愛明珠，想到明珠若是就此跟了母親回老家，日子肯定不好過，便道：「我會勸她留下的。」

三人看著馬車遠去，漸漸消失在暮色中，良久，林蘭道：「大嫂，回吧，大哥會平安歸來的。」

丁若妍依依不捨地收回目光，只覺心裡亂糟糟的，空得慌。

林蘭看丁若妍情緒低落，陪她說了會兒話，才回落霞齋。

李明允站在窗邊看著窗外的荷塘月色，聽見林蘭的腳步聲，他輕柔似嘆息地說：「再過兩天，就是七夕了……」

是嗎？好快啊！去年這個時候，他們剛到京城，他被軟禁，她被迫去了靖伯侯府，風風雨雨地走到今天，該是撥雲見日的時候了。

林蘭走到他身邊，也抬頭看著天上一彎新月。銀河迢迢，星辰閃爍，這片寂靜浩渺的星空，因著牛郎織女的愛情故事，變得溫柔起來。

「都說七夕鵲橋相會，可誰也沒見過牛郎星和織女星穿越星河，相逢一處。」林蘭感嘆道。

李明允微微一哂，那淡淡的月光映在他的眸中，瀲灩著溫柔的光芒，「不過是人們美好的願望罷了，總比讓他們隔著浩瀚星河，永世不得相聚的好。」

林蘭笑了笑，依偎過去，李明允將她攬入胸懷，下頜摩挲著她的秀髮，有時候真希望她能糊塗一點，可現在，他很感激她的聰慧與善良。看到食盒的那一刻，他便明白了父親的心思，父親要怎麼對老巫婆，都與他無關，可是……李明珠雖然刁蠻任性，罪不至死，所以，那一刻，他猶豫……說了，也許他會鄙視自己心慈手軟，不說，也許他的餘生將會有遺憾，所以，他真的很感激林蘭幫他做了決定，真的感謝上蒼，把林蘭賜給他。他快樂的時候，有林蘭分享；他失意的時候，有林蘭陪伴；他迷茫的時候，有林蘭在，他就不會迷失方向……

他不由得低聲說出了此時此刻心底最真切的願望：「我們會永遠在一起的，一起看每一天的日升月落。」

林蘭抱住他的腰身，心裡暖暖的、柔柔的。雖然他從不說那三個讓每個女人心跳加速的字，但這樣的情話，也叫人陶醉呢！

兩人默默相擁，珍惜這一刻的安寧。月色溫柔，歲月靜好。

◆◆◆

李明則比約定的時間早了兩刻鐘趕到百松坡，馬車停在數百米外，他獨自一人懷揣著八十萬兩銀票，站在一棵柏樹之下。不遠處就是幾座墳墓，不時有貓頭鷹的鳴叫，鬼氣森然。他打了個冷顫，雙腳不禁有些發軟，往後縮退了兩步，靠到樹幹上，心裡才稍稍安定些。他又深深呼吸，努力克制著心裡的恐懼，焦急地等待著。

等待的時間總是特別漫長，也不知過了多久，終於聽見風中傳來馬蹄聲響。不一會兒，只見遠處一人一馬飛奔而來。

「吁……」那人在離李明則十步之遙勒住了韁繩。

李明則戒備地看著來人，一身黑衣，面上蒙著黑布，只露出一雙鷹一般犀利的眼睛。那犀利的目光投射過來，似要在人身上扎出一個洞似的，李明則下意識瑟縮了一下。

那人將李明則上下打量一番，甕聲甕氣地問：「銀子帶了沒？」

李明則忙道：「帶了帶了，通寶錢莊的銀票，一共八十萬兩。」說著掏出銀票，卻不遞過去。

「我娘和我妹妹呢？」

那人伸手，「銀票拿來。」

李明則強作鎮定，堅持道：「我沒看到我娘和我妹妹，這銀票不能給你。」

那人冷笑，「看不出來你還挺有種的，你就不怕我一刀砍了你？」

李明則兩腿已在打顫，聲音也有點飄：「做人要講信用……」

那人似乎愣了一下，旋即哈哈大笑起來，笑聲如鐘，震得林間飛鳥四下飛散。

「真是個書呆子！」那人鄙夷地說了一句，一抖韁繩，那馬兒直衝李明則奔來，

李明則驚得站立不穩，只覺眼前黑影一晃，那馬兒幾乎是擦著他的身子轉了個彎，朝另一個方向跑走。

李明則驚魂未定，卻發現手裡的銀票居然不見了，急得直跺腳，大聲喊道：「喂……你怎麼能不講信用？」

那人頭也不回，道：「你要的人已經在你的馬車上。」

李明則不知賊人所言是真是假，這會兒銀票也被人搶走了，還能怎樣？李明則半信半疑往回走，還沒走到停車處，車夫就迎了上來，「大少爺，大少爺，夫人和小姐回來了……」

李明則大喜，拔腿飛奔過去，掀開車簾一看，果然母親和妹妹都在車上，只是兩人面上都是髒汙，衣衫也是破的，模樣甚是狼狽。

韓秋月劫後重生，再見兒子，恍如隔世，忍不住抱住兒子放聲痛哭。

「兒啊……娘以為再也見不到你了……」

李明珠也哭得厲害，「大哥，我好害怕……」

母子三人哭成一團。

車夫上前勸道：「大少爺、夫人，此地不宜久留，還是邊走邊說的好。」

三人慢慢止住了哭泣，李明則問了她們這兩日的遭遇，知道娘和妹子只是被關了兩日，餓了幾

頓，並沒有受皮肉之苦，稍稍安心，又把家裡的情況說了說。

韓秋月聽說老太太癱了，憤恨道：「她是活該，報應啊……」

李明則心裡五味雜陳，祖母都這樣了，母親怎麼還能說這樣惡毒的話？祖母雖有不是，可這些年祖母待母親並不薄。

「娘，過去的事就不要再提了，這裡是一些衣物和盤纏，這個是父親準備的，這個是若妍準備的，兒子讓老許送您回鄉。」李明則黯然道。

韓秋月接過包袱，指尖顫抖著，「這是你的主意，還是你爹的主意？」

李明則如實道：「是爹的意思，也是兒子的意思。眼下這種情況，娘還是先回鄉的好。」

韓秋月好不容易止住的眼淚又湧了上來，滴滴答答落在包袱上，在青色的緞子上染出點點墨色，「娘若是走了，你我母子不知何年何月才能再見了。」

「大哥，事情真的到了不能挽回的地步了嗎？」李明珠不甘道。

李明則喉嚨發緊，苦澀道：「現在祖母臥病不起，爹更是在氣頭上，妳說母親還能回去嗎？」

李明珠哭道：「好端端的一個家，為什麼會變成這樣？」

韓秋月心知回府已是不可能了，抹了眼淚說：「好，娘先回鄉，明則，你一定要爭氣，娘在老家等著你出頭之日。」

李明則苦澀地點點頭，說：「妹妹，妳跟我回家吧。祖母現在病重，妳好歹也盡一份孝心。」

李明珠一邊貪戀家中的舒適與富貴，可是叫她去伺候生病的祖母，她又不情願，再說，她長這麼大就沒離開過母親，便道：「我想跟著娘。」

韓秋月道：「你那個無情無義的父親，根本就不把你妹妹當女兒看待。李明允夫妻素來討厭你妹妹，我若不在家中，還不知你妹妹會被人欺負成什麼樣子，明珠，妳還是跟著娘的好。」

李明珠依偎了過去，道：「娘，女兒跟您走。」

李明則無奈地嘆氣，「也好，這樣妳們路上也好有個照應。」

母子三人話別後，李明則將母親和妹妹送上官道，吩咐車夫路上要好生照應夫人和小姐。

看著馬車消失在官道上，李明則仰頭長嘆，這一分別，不知何年何月才能再見了。

韓秋月母女在馬車裡相依偎著默默垂淚，許久，李明珠虛弱地說：「娘，我餓了……」

韓秋月看見車上的食盒，打開來，取出一塊糕點遞給李明珠，「先吃塊糕點填填肚子，等天亮了，咱們再找間客棧吃點熱乎的。」

◆ ◆ ◆

子時已過，林蘭還是睡不著，聽見身邊的李明允小心翼翼翻了個身，便知道他也沒睡。

「大哥應該快回來了吧？」林蘭輕聲問道。

李明允嗯了一聲，「差不多了。」

林蘭沒問，李明允也沒說，但林蘭知道李明允也在擔心李明珠。

「明允。」林蘭挨了過去，李明允自覺地張開手臂讓她枕著。

林蘭猶疑道：「我總覺得事態的發展有些失控了，不是我原先設想的結果。」

李明允默了默，靜靜的夜裡，他的嗓音略微沙啞，不復溫潤，有些悲涼，「那是因為我們不知道人心可以險惡到何種程度。」

「也許是咱們多慮了。」林蘭自我安慰道。

「二少爺……」冬子在外面叩門。

李明允一怔，忙下床去開門。

林蘭聽見冬子說大少爺回來了，不過表小姐沒回來。

林蘭心頭一緊，良久，又聽到李明允說：「你讓文山帶上王大海速速出城往南，若是……人沒事，就想辦法把食盒弄過來，若是已經遲了，看看表小姐還能不能救，然後速回來稟我。」

「是。」冬子應聲離去。

馬車上，李明珠吃了幾塊糕點，肚子不那麼餓了，貼心道：「娘，您也吃一點吧！」

韓秋月手裡捏著那封休書，悵然長嘆，「娘不餓，娘現在不想吃。」

休書都寫了，這一次李敬賢是徹底要和她劃清界線了。

李明珠知道娘心裡難過，又不知該如何安慰她，只好靜靜地伏在她的膝上，聽著車輪滾動的聲音，吱呀吱呀……不覺眼皮沉重起來，睡了過去。

天漸漸亮了，車夫老許請示道：「夫人，前面有幾戶農家，是不是先休息一下？」

韓秋月掀開車簾，遠遠望見有炊煙裊裊升起，道：「過去瞧瞧吧！」

李明珠還沉沉睡著，韓秋月疼愛地撫著李明珠的頭髮，輕聲喚道：「明珠，醒醒，天亮了。」

李明珠毫無反應，韓秋月笑著拍拍李明珠的背，「明珠，醒醒！」

李明珠還是一動也不動，韓秋月察覺出不對勁，伸手去摸李明珠的臉，啊的一聲驚呼，明珠的臉好燙。

「明珠，明珠……妳醒醒啊！明珠……」韓秋月一邊搖晃著李明珠，急切呼喚。

老許連忙停下馬車，「夫人，小姐怎麼了？」

韓秋月驚慌失措，帶著哭腔道：「明珠發燒了，滾燙滾燙的，這……這該如何是好？」

老許道：「那得趕緊找個大夫瞧瞧。」

可是，這荒郊野外的，上哪去找大夫？

文山和福安沿著南下的官道一路追來，天都亮了，還沒瞧見李府的馬車。

「二少爺是不是判斷有誤？她們根本沒走這條路……」福安遲疑道。

坐在馬車裡的文山看了看前方，定定地說：「不會錯的，她們除了回鄉，沒有別的地方可去，咱們再往前追。」

王大海半夜裡被文山拽起來，拉上馬車，文山也沒說去幹麼，只說是要緊的事。他一上車就繼續呼呼大睡，這會兒模模糊糊睜開眼，迷糊地問：「咱們這是要上哪兒？」

文山這才道：「二少爺擔心李老爺在給韓氏和小姐的食物裡有毒。」

王大海怔了怔，不解道：「那要你們少爺這麼著急做甚？那惡婆娘毒死了最好，這叫惡人終有惡人磨。」

文山道：「若只是那惡婆娘，二少爺才不會管，問題是明珠小姐也在車上。」

王大海若有所思地點點頭，「明白了，那得趕緊，若下的是砒霜什麼的，恐怕就來不及了。」

馬車又跑了一陣，福安突然道：「文山，快看，前面是不是李府的馬車？」

文山探出頭去看，喜道：「正是正是！」

韓秋月正六神無主，見一輛馬車過來，也顧不得危險不危險，衝到路中間攔下馬車。

福安早有準備，勒住了韁繩。

「這位大爺，求求您行行好，可知這附近哪裡有大夫？」韓秋月急得快哭了。

文山一聽韓氏的話便是鬱悶，惡婆娘沒事，那出事的就是明珠小姐了，真是沒天理啊，憑啥禍害命就這麼硬啊？

文山給王大海遞了個眼色，王大海探出馬車，問：「誰病了？」

「是小女，大爺，小女快不行了呀……」

福安冷笑道：「算妳運氣好，我家大爺正是大夫。」

韓秋月大喜過望，噗通跪地磕頭，「求求大夫快救救我的女兒，我老婆子給您磕頭了！」

王大海提了藥箱下車，過去韓秋月的馬車替李明珠診治，見李明珠面上有紅色的斑疹，察看其口腔，牙齦紅腫，溢出血水，聞之還有一股惡臭。王大海面色凝重，急道：「速去前面農家弄些雞蛋或是牛奶來，快！」

老許忙不迭道：「老奴這就去。」

韓秋月心急如焚，「大夫，小女到底怎麼了？」

王大海道：「中毒了，她吃過什麼？」

韓秋月腦子裡轟的炸開來，中毒？怎麼會中毒？明珠說她這兩天都沒吃過東西……對了，糕點！明則說，那是李敬賢準備的糕點。天啊，她早該想到，這個王八蛋恨她入骨，巴不得她死，哪會這麼好心給她準備糕點？

韓秋月慌手慌腳地去打開食盒，顫聲道：「大夫，您瞧瞧這個，小女只吃過幾塊紅豆糕。」

王大海撿起一塊，放在鼻子底下嗅了嗅，又掰開來細細查看，果然，紅豆糕裡混有水銀顆粒。

「沒錯了，這糕點裡有水銀，妳女兒吃了多少？」王大海問。

韓秋月禁不住發抖，舌頭打結：「不……不清楚，可能有四五塊……要、要緊嗎？」

李敬賢，你個殺千刀的，居然對她下毒，用的還是水銀，他這是要替劉姨娘報仇嗎？這王八蛋，想毒死她就算了，可他明明知道明珠和她在一起，有吃的，怎可能少了明珠的份？他是想把明珠一塊兒毒死了？人家都說虎毒不食子，他李敬賢簡直畜生不如啊……韓秋月牙齒咬得咯咯響，若是明珠有個三長兩短，她便是拚了這條性命不要，也要跟他同歸於盡。

「算妳運氣好，遇見了我，若再遲些，便是大羅神仙也救不了妳女兒了。」王大海道。

福安建議道：「在這裡醫治不妥，是不是去前面找戶人家暫且落腳？」

經過一番搶救，李明珠總算脫離了危險，王大海遺憾道：「命是保住了，不過，可能會留有後遺症。」

韓秋月害怕道：「會有什麼後遺症？」

王大海想了想，道：「現在還說不準，妳女兒食入的量不少，中毒已深，若是毒素侵害了大腦，也許會變成呆子，若是壞了肝腎，也很麻煩，最有可能的就是，妳女兒也許不能再生育了。」

韓秋月似被人當頭敲了一棍，是的，當初她選擇用水銀去毒害劉姨娘的時候就問過大夫，水銀中毒達到一定程度，可使中毒之人終生不育。當初，她要的就是這樣的效果，可她是一丁點一丁點地下，哪似李敬賢這個畜生，下這麼重的劑量。韓秋月瞧著昏迷不醒的李明珠，心痛如刀割，若是明珠從此癡了傻了或是不能再生育，明珠這輩子就毀了……她可憐的明珠呀！

韓秋月悲從中來，撲過去抱著李明珠放聲大哭起來。

王大海對韓秋月的惡行早有耳聞，對她也很厭惡，不悅道：「喂，妳這哭法，人家還道妳女兒要死了，誰還敢收留妳？」

韓秋月這才強忍住悲痛，嚶嚶抽泣。

王大海挑了挑眉，神情鄙夷，「哎，我說妳是不是幹了什麼見不得人的壞事？要不然，人家為何要下毒來害妳們？」

韓秋月噎住，腦子裡陡然浮起「因果報應」四個字，心中一懼，當真是報應嗎？可就算報應，也該報應在她身上，明珠是無辜的，她還是個孩子呀！這叫她以後怎麼辦？不，這都是李敬賢這個畜生的錯，都是他的錯！

王大海看韓秋月並無愧疚之色，只有滿目的恨意，不禁嘆息著搖頭。這個惡婆娘到現在還不知自省，沒救了，可惜啊可惜，中毒的怎麼不是她？

「我先開兩個方子，這是拔毒的方子，先抓上七帖藥吃吃看，每日輔以綠豆湯去毒。若是七天後餘毒未清，就再吃七帖。另外，這是調養身體的方子，不過，到時候，妳最好還是帶妳女兒去找大夫看看，根據實際情況調養會比較好。」王大海把兩張方子交給韓秋月，拱手告辭。

韓秋月拿著方子拚命道謝：「不知這位大夫是在何處行醫？將來有機會也好登門拜謝。」

王大海嗤了一聲，「謝就不用了，身為醫者，治病救人是分內之事，不過，我勸妳，做人還是多行善積德的好，就算不為自己積德，也得為子孫後代積點德，告辭了。」

韓秋月錯愕，這位大夫說話好生奇怪，他憑什麼就認定是她為人不善才遭此報應？該得到報應的是李敬賢，她不會放過他的，絕對不會！

王大海回到馬車上，文山忙問道：「怎樣？人沒死吧？」

王大海笑道：「你家二少爺欽點我出馬，還能信不過我？不過，這毒下得夠陰的，就算毒不死，也能把人毒傻了殘了，也活不長了。」

文山一陣惡寒，李老爺真是狠啊！

◆◆◆

「芷箐，明天就是乞巧節了，我記得以前姊妹們在七夕都會相聚乞巧賽巧，還會去河邊放許願燈。」舞陽郡主拿了根銀簪逗籠子裡的鸚鵡，邊道。

裴芷箐修剪了月季花的枝葉，插進花斛裡，漫不經心地說：「還不是年年如此，能玩出什麼花樣來？」
舞陽郡主笑道：「那你趕緊想個新鮮花樣唄！太后難得放我出宮，我與家中那幾個姊妹又親近不起來，我可是盼著跟妳們一道熱鬧熱鬧！」
裴芷箐嘆道：「沒心情。」
舞陽郡主拋下鸚鵡，奇道：「怎麼沒心情？妳娘的身子不是大好了嗎？」
裴芷箐默然，父親已經答應了陳家的親事，兩家正在選吉日訂親。本以為自己已經放下了曾經的一點癡念，可還是忍不住會生出些許遺憾。
舞陽郡主瞅著裴芷箐，恍然笑道：「我知道了，妳和陳家公子要訂親了，這婚姻大事有了著落，是不須乞巧許願了。」
裴芷箐嗔她一眼，笑道：「是啊是啊，我已經有著落了，倒是妳，明兒個該好好拜拜織女，求織女許妳一個如意郎君吧！
舞陽郡主臉上微微泛紅，露出小女兒的羞赧之態，囁嚅著：「我才不要這麼早嫁人……」
「瞧妳，還臉紅了，是不是有了心儀之人？」裴芷箐揶揄道。
舞陽郡主拿了枝月季花去敲裴芷箐的頭，道：「不許取笑我。」
裴芷箐笑著躲開了去，順手奪過舞陽郡主手中的花插進花斛，「我這是關心妳，何談取笑？」說著，裴芷箐喚了丫鬟來：「把這個送到夫人房裡去。」
「噯，說真的，妳娘的偏頭風果真好了？」舞陽郡主岔開話題。
「林大夫說，這病要想根治很難，不過，我娘經過林大夫的針灸療法，確實好了很多，人也精神了。」裴芷箐倒了杯茶遞給舞陽郡主。
舞陽郡主若有所思道：「太后患的也是頭風，那林大夫若真的這般厲害，我倒是可以向太后建議建議。」

裴芷箐抿了口茶道：「這陣子怕是不行，李老爺出了事，李家的老太太又中風癱在床上，林大夫都好幾日沒去藥鋪了。」

舞陽郡主遲疑道：「我在宮裡也聽說了，說李大人當初是騙婚的，也不知這事是真是假，若是真的，那李學士的母親也太悲慘了。」

裴芷箐驚訝道：「都傳到宮裡去了？那聖上豈不是也聽說了？」

舞陽郡主撇了撇嘴，不置可否。

裴芷箐默然，當初聖上還褒獎李大人，說他是重情重義，富貴不忘糟糠之妻。若李大人騙婚屬實，聖上該有多失望多生氣？這還不是最關鍵的，李大人品德有失，大不了被貶謫，前日她聽見父親和子諭談話，李大人似乎還牽扯到一樁貪污的案子裡。工部尚書虞大人已經被打入天牢，李大人要是也被查實，必定難逃牢獄之災，這樣一來，怕是整個李家都要受到牽連。

「舞陽，妳在宮裡可還聽說了別的？」裴芷箐關心問道。

舞陽郡主愣了一下，「還有別的嗎？」

裴芷箐訕然，「我就是隨便問問。」

舞陽郡主癟了癟嘴，快快道：「我還說等我有了空閒，就去會一會那林大夫，結果，我有空了，她卻又忙上了。」

捌之章

太后籠絡逼妥協

李明允得到文山的回稟，面色凝重，他的擔憂果然應驗了，父親真沒叫人失望啊！明珠的存在就是父親停妻再娶的罪證，父親為了自己的前程，連親生女兒也下得了手，最悲哀的莫過於明則，若是明則知道他親手送上的食物差點要了自己母親和妹妹的性命會作何感想。

林蘭雖然不喜歡李明珠，但是知道李明珠也許再也不能生育，不免替她難過。

「明允，說句你不愛聽的實話，你父親真的不可饒恕，這招借刀殺人實在太狠毒了。」林蘭憤慨道。

李明允沉默良久，眸中冷意逐漸蔓延開來，冷聲道：「他會得到報應的。」

「這件事，要不要告訴大哥？」

李明允搖頭，「依老巫婆的性子，誰要是動了她的兒女，她必定豁出性命相拚，妳看著吧，遲早會出大事的，到時候大哥自然就知道了。」

說的也是，李渣爹連自己的親生女兒都下得去手，老巫婆不跟他拚命才怪，若是他們現在去告訴李明則，說不定李明則還會怪他們知情卻見死不救，說不定李明則一個沉不住氣會去責問李渣爹，既落了不是，還讓李渣爹有了防備。

「我已經讓文山派人去盯著老巫婆，父親不可能就此撒手不顧，他定會派人暗中跟著老巫婆，好知道自己的計畫是否順利進行。」李明允道。父親這人，既然起了殺心，就會千方百計達成目的，毒不死韓氏和明珠，難保他不會想別的法子，他自然不能讓父親的陰謀得逞，只要韓氏活著，父親就永無寧日。

轉眼到了七月十五，中元節，家家都忙著準備祭祀先祖。

李府近來風波連連，但該過的節還是得過，該做的戲還是得做。

這日，朝廷放假，李明允和李明則都在家中準備祭祖事宜。丁若妍身為長媳，婆婆不在，就由她主持中饋，不過半個月的時間，生生從一個溫婉的小媳婦鍛鍊成行事俐落的主母，倒也像模像樣，有條不紊地指使下人準備祭品。

「妳們幾個擺好供桌，妳們幾個去把紙錢、香燭抬進去……」

「大少奶奶，大少奶奶，夫人來了……」紅裳氣喘吁吁地跑進院子。

丁若妍怔了怔，「夫人？哪個夫人？」

紅裳未及回答，丁家夫人已經帶人闖了進來。

丁若妍愕然，迎上前去，詫異道：「這會兒母親怎來了？」

丁夫人面色焦急，「若妍，妳快跟我回去！」說著拉了丁若妍就要往外走。

丁若妍一頭霧水，掙扎著道：「娘，到底出了什麼事？好端端的，為什麼要我回去？」

丁夫人急道：「妳還問，再不走，可就要沒命了！」

李明則和李明允聞聲從祠堂裡出來，李明則見岳母不由分說要把丁若妍帶走，忙上前阻攔，「岳母大人，您這是何故？」

丁夫人沒好氣道：「你來得正好，趕緊寫休書來，以後我們若妍跟你們李家再無瓜葛。」

李明則和丁若妍都怔立當場，李明則懷疑自己聽錯了，茫然地問：「岳母，您說什麼？」

丁夫人上前一步，冷傲地看著李明則，「你若對我們家若妍還有那麼一點點情分，就不要害了她！你們李家大禍臨頭了，不要拉著我們若妍跟著掉腦袋，快寫休書來！」

丁若妍急了，「母親，您說什麼呢？什麼大禍臨頭？」其實她心裡已經猜到，定是公爹貪污的案子有了實據。

李明允也明瞭，定是丁家得到風聲，父親的罪證已查明，聖上要治罪了，只是，來得好快。

李明則還是莫名其妙，「岳母大人，請您說清楚，我們李家怎麼就大禍臨頭了？」

林蘭原本在寧和堂伺候老太太，聽到下人稟報，說丁家夫人來了，要把丁若妍帶走，便知是怎麼回事。

她和明允早就商議過此事，李渣爹案發，輕則，明允和明則都會一同入獄，重則，連李家女眷也要受到牽連。不過，明允自己很有把握，他和明則最多也就被關一陣，大不了丟官，貶為庶民。林蘭雖然心裡沒底，但她還是相信明允的判斷，就明允在朝廷的聲譽，就聖上對明允的喜愛，應該不會重治明允。

為了避免事到臨頭手忙腳亂，林蘭這幾日一直在安排事發後的事情，藥鋪就全權交給二師兄王大海，又提前把玉容許給了福安，至於銀柳，也讓她留在藥鋪，如果真的出了事，她得保證她身邊幾個得力的人不受牽連，好歹還有個照應。

祝嬤嬤也聽見了，小聲問林蘭：「二少奶奶，那丁家夫人……」

「祝嬤嬤不必擔心，不會有事的，即便有什麼，妳也不要亂了陣腳，好好照顧老太太。」

祝嬤嬤聽著這話，心裡越發不安，二少奶奶的口氣好像在交代後事，難道真的要出大事了？

「你們還在這裡準備什麼祭祖？還是趕緊給自己安排後事吧！李明則，這休書你寫也得寫，不寫也得寫，我可不能讓你們李家害了我們若妍！」丁夫人咄咄逼人道。

李明則腳下一個踉蹌，面如死灰，最怕的事終於還是來了，那麼，李家真的要完了……

李明允暗暗嘆氣，雖說丁夫人此舉不義，可她為了自己的女兒著想也無可厚非。

「不，母親，我不走，我是李家的媳婦，豈能在這個時候棄李家於不顧？」丁若妍掙開母親的手，快步走到李明則跟前。

「明則，你不要聽我娘的，你我既成夫妻，那麼就有難同當吧！」

丁夫人罵道：「若妍，妳傻呀？妳知道妳公爹犯了什麼罪？娘可是冒著風險趕來救妳，妳可不能糊塗呀！」

「母親，我若是就這麼走了，我一輩子不會安心。」丁若妍決然道。

李明則心中苦澀，丁若妍的不離不棄叫他感動，可惜，他的承諾沒有機會兌現了。

「若妍……」李明則慢慢抬眼，眸中是深深的眷戀和深深的痛楚，沙啞著嗓音道：「妳必須走，岳母大人說的對，我不能害了妳。」

「明則……」丁若妍哽咽，眼中已是泛起了水光。

李明則狠狠閉上眼，不敢再看丁若妍那雙悽楚的淚眼，只怕再看一眼，便下不了這個決心，他猛然轉身，道：「岳母大人稍候，我即刻寫休書！」

丁若妍瞪著他，淒厲喊道：「李明則，你敢寫……你若敢寫，我現在就一頭撞死在你面前！」

「這是做什麼？棒打鴛鴦呢？」林蘭帶了一幫人施施然走來，吵雜的院子瞬間安靜下來。

丁若妍掩面抽泣，李明則怔在原地，走也不是，不走也不是。

林蘭和李明允目光交會，彼此心意相通，林蘭道：「明允，你去看看父親，這事，怕是父親還不知。」

李明允微微頷首，與林蘭擦身而過時，李明允小聲道：「這裡就拜託妳了。」

「你放心。」林蘭低語。現在最緊要的不是李明則與丁若妍是分是合，而是得去警告渣爹，一會兒下了大獄，什麼該說什麼不該說，可別把明允沒捅出去的罪行都交代了出去，這個度怎麼掌握十分要緊。

李明允點點頭，大步離去。

丁夫人見李明則被若妍逼得不敢動，心裡又是氣又是急，朝左右使了個眼色，兩個腰圓膀粗，看起來孔武有力的婆子上前架了丁若妍就要離開。

「放開我，妳們放開我，我不走……」丁若妍掙扎著，怎奈力氣小，敵不過兩個婆子。

「站住！」林蘭厲聲喝道，上前擋住了去路，淩厲的目光直視丁夫人。素聞丁夫人潑辣，上回來府裡鬧一場，把老太太和老巫婆罵得灰頭土臉，可惜當時她不在，沒見識到，今日算是開了眼界，一聽說李家有難了，就著急慌忙地帶人上門來逼李家休妻，真是霸道不講理。

丁夫人知道這位是李家的二少奶奶，也聽說過許多關於她的傳聞，不過，她還真沒把林蘭放在眼裡，她漠然道：「我要帶走我的女兒，誰管得著？」

林蘭輕嗤一聲，「夫人可別忘了，去年三月，您已經將您的女兒嫁給李家做媳婦，您現在要把李家的媳婦帶走，您說我們李家的人管不管得著？當然，如果大嫂自己要跟您走，我沒意見，相信大哥也不會有意見，然而，適才我大嫂，您女兒的話，夫人您也聽見了，大嫂不願意，所以，誰也別想把人帶走。」

林蘭一揮手，文山領著一眾僕從將丁夫人一行人團團圍住。

丁夫人臉色一變，冷聲道：「怎麼？妳想跟我動粗？」

「那得看夫人給不給這個機會。」林蘭毫不示弱，與她爭鋒相對，「夫人以為您這樣做是為您女兒好，卻不想想，夫家有難，不能與之患難相守，反而逼夫休妻，只為自保，這件事若是傳了出去，你們丁家的顏面何存？叫您女兒以後怎麼做人？不怕被人戳脊樑骨，被口水淹死嗎？再說了，李家禍福還未定呢，您就急著與李家劃清界限，萬一李家只是虛驚一場呢？」林蘭淡然說道。

丁夫人冷笑一聲，「你們還做夢呢！不出今日，抄家的聖旨就到了，難道你們拉著我女兒跟你們陪葬就仁義了不成？」

「母親，就算要陪葬，也是女兒心甘情願的！」丁若妍毅然說道。

林蘭眸光一凜，神情威嚴，大聲道：「大家可都聽見了，大少奶奶不願走，誓與大少爺患難相守，若是有人定要強行把人帶走，怎麼辦？」

文山振臂一呼：「打出去！」

眾人紛紛應和：「打出去！打出去！」

丁夫人向來強悍，卻沒想到林蘭比她更強悍，更不講理，可恨的是自己的女兒不爭氣，她強壓住心頭怒火，苦勸丁若妍：「孩子，這事可不是開玩笑的，弄不好是要掉腦袋的，妳好好想清楚，別到頭來後悔莫遲。」

丁若妍看了看李明則，堅定道：「女兒不會後悔。」

丁夫人氣得兩眼冒火，憤憤一甩衣袖，對帶來的人道：「走！」

林蘭大聲道：「文山，送客！」

文山立即跟了上去，監督丁家的人離開李府。

一位老嬤嬤擔心地問：「二少奶奶，丁家夫人說的可是真的？」

林蘭淡淡道：「放心，天還沒塌呢！就算塌了，也有老爺頂著，老爺頂不住，還有少爺，都幹活去吧！」

眾人看二少奶奶氣定神閒的，想來是丁家夫人危言聳聽了，俱安下心來，各自忙碌去了。

林蘭走到李明則跟前，溫聲說道：「大哥，都說夫妻本是同林鳥，大難來時各自飛，大嫂能拋開生死與你共度患難，大哥何其有幸也，切莫辜負了大嫂一片心意。」

李明則動容，深深看了眼丁若妍，對林蘭道：「我知道怎麼做了，我這就去安排一下。」

林蘭微微一笑，「這就對了。」

丁若妍一改往日優柔姿態，鎮定道：「我也去安排安排，免得到時候府裡一團亂。」

李敬賢此時還在關心韓秋月的去向，說來也奇怪，按說老許會在沿途留下記號，可他派出去的人始終找不到韓秋月的下落。韓秋月是扎在他心頭的一根刺，這根刺一日不拔除，他就一日不得安生。

李敬賢懷疑地盯著趙管事，緩緩道：「趙管事，該不會是你暗中放水吧？」

趙管事惶恐道：「老奴不敢，老奴只認一個主子，就是老爺，老奴絕不會做背叛主子的事！」

李敬賢盯了他良久，道：「你知道就好，再派人去打聽，務必找到韓氏的下落。」

趙管事捏了一把冷汗，忙道：「是，老奴馬上就去！」

「對了，御史鍾大人那邊可有消息？」李敬賢問道，他的親家僉都御史丁大人被勒令不得參與調查他的案子，所以，他只能從別處下手，留意著楊大人的舉動。

趙管事回道：「老奴已經把禮送上，鍾大人說了，一有消息會即刻告知老爺。」

李敬賢鬆了口氣，擺擺手，「下去吧！」

趙管事連忙躬身退下，卻差點撞到了一個人，抬頭一看，是二少爺，「二少爺……」

李敬賢聽見李明允來了，手中茶盞一頓，面上露出和藹的微笑，「明允來啦！」

自從那日被韓秋月逼得道出當年內情後，李明允不是躲著他，就是擺出一副淡漠疏離的面孔，他幾次三番想跟李明允好好談談，都沒機會，今日李明允卻是主動來找他，李敬賢覺得這是一個好機會。

李明允上前拱手施禮，神色焦急，「父親，出事了。」

李敬賢心一沉，強作鎮定，「何事？」

「適才丁夫人帶人來，要把大嫂帶走。」

李敬賢驚得霍然站了起來，有種強烈的不祥預感讓他的聲音禁不住發顫：「為何？」

「丁夫人說，父親……父親貪贓一事，御史台已經查實，也許，聖旨很快就到了。」

砰一聲，李敬賢手中的茶盞摔在了地上，他怔愣當場，面如死灰。

「父親，您該早做準備才是。」

李敬賢好半天都沒能從這驚天的噩耗中回過神來，查實了，那就意味著他完了，什麼前程爵位，什麼榮華富貴都完了，他辛辛苦苦打拚來的一切，就這麼完了……

「父親，據丁夫人說，如今查實的是父親在天津任職期間收受賄賂一案，父親，您可得想仔細了，除此之外，還有沒有別的漏洞？」李明允提醒道。就父親犯下的累累罪行，砍頭算是輕的，他研究律法，捏那分寸，只捅出了貪污受賄一事，別的是一丁點兒也不敢往外露。收受賄賂跟貪沒興修水利賑災銀兩之罪大有區別。前者，罪不至死，最多丟官流放，抄沒家產，後者，那就只有死罪一條。

李敬賢不愧是浸淫官場十幾年的老滑頭，立即從李明允的話中看到了一線生機，事情已經糟糕到如此地步，只能琢磨著如何才能保住這條性命了。

他頹然跌坐下來，愴然道：「都怪為父一時糊塗，沒能禁得起誘惑。」

這個時候懺悔，為時晚矣！李明允鄭重道：「若只是這一條，或許還能保住李家一家老小的性命，還請父親給兒子一個准信，也好叫兒子早有準備。」

李敬賢再三思量，道：「沒有別的了，就此一條，為父此生也沒指望了。」

「即便有，也請父親為了李氏家族的安危，把牙關咬緊了吧！」

林蘭回到落霞齋，叫周嬤嬤把落霞齋所有下人都集中起來。

「周嬤嬤，抄家的聖旨想必今日就會到，妳和桂嫂等人都不在李府下人的名冊上，應該不會受連累。如意、錦繡、雲英，妳們的賣身契都在這裡，我現在就還給妳們，妳們若是自己有去處，便各自去吧。若是無處可去，就讓周嬤嬤替妳們安排。」林蘭一一吩咐道。

「二少奶奶，當真有那麼嚴重嗎？那您呢？」周嬤嬤擔心道。

林蘭淡然一笑，故作輕鬆道：「天威難測，一切都是未知數，所以，不得不先做最壞的打算，至於我……我自然是要和二少爺在一起的。我若沒事最好，若是一起下了獄，還得麻煩妳們給我送幾頓牢飯。」

錦繡紅了眼眶，帶著哭腔道：「二少奶奶，我不走，我陪著您。若是當真下了大獄，二少奶奶身邊總得有個人伺候。」

如意和雲英也說：「我們也不走。」

林蘭哭笑不得，薄責道：「妳們當那大獄是好玩的地方啊，還爭著去，不是給我添亂嗎？都聽我的，誰也不許有異議。」

這邊剛安排妥當，李明允就回來了，周嬤嬤識趣地帶著大家退下。

「父親那邊怎麼說？」林蘭關心道。

李明允沉吟道：「我已經提醒過他了，算是給他交了底，他自己心裡有數。」

林蘭很想問問他，他心裡到底有幾分把握？這事不像算計老巫婆那麼簡單，不過是錢財上的得失，不怕一萬就怕萬一。萬一事態發展有一點點偏離了預設的軌道，都有可能造成嚴重的後果。林蘭的底線是明允的安危，不求全身而退，但求保性命無憂。

李明允看林蘭欲言又止，眼中便多了幾分歉意，他知道林蘭在擔心什麼，他不是沒想過就此收手，放父親一馬，然後請求外調，帶林蘭離開這是非之地，可是，父親的種種作為，讓他實在忍無可忍。一個品行卑劣如斯，手段陰狠毒辣如斯的偽君子，真小人，憑什麼還能逍遙自在，心安理得享受他用卑劣手段得來的榮華富貴、功名利祿？這口氣，他嚥不下。

「蘭兒……」李明允輕輕擁住她，在她耳邊輕語：「蘭兒，不用擔心，我們都會沒事的。」他這樣安慰著，心裡卻是陣陣發虛。他不是神，不可能全盤掌控一切，這一步棋走得險，弄不好會把自己也搭進去，沒有辦法，誰讓他是李敬賢的兒子。

林蘭環住他的腰身，輕聲道：「明允，抱緊我。」

事已至此，多想無益，早在他燒掉了契約書，說要與她做一對真夫妻時，她便下了決心，不管將來如何，都會與他榮辱與共。那麼，不管將來如何，等待他們的是災難還是幸福，她都不離不棄。

李明允喉嚨一緊，眼睛發澀，緊緊地抱住她。只要度過這一劫，給母親一個交代，給葉家一個交代，給自己一個交代，從此以後，他只求能跟這個女人恩愛相守，攜手到老。

「二少爺，不好了，御林軍把李府包圍了……」冬子使勁敲著門，大聲道。

李明允和林蘭都沒有回應，就這樣靜靜相擁，貪戀這一刻短暫的溫存。

御林軍來勢洶洶，帶走了李家的男丁，封了李家大宅，只允許李家女眷攜帶隨身的飾物，統統趕出了李府。

林蘭和丁若妍看著李明允等人被帶走，聽見李府的大門被重重關上，身後更是一片哭聲。雖然心裡早有準備，可這一刻，眼睜睜看著明允被帶走，林蘭還是很難過。明允這樣做，沒有什麼值得不值得一說，那是他心裡的一個結，不這麼做，他這一生都不會快活。

丁若妍止不住落淚，哽咽道：「弟妹，我們該怎麼辦？」

林蘭回頭看著李府大門上的封條，看著身後烏壓壓的一眾丫鬟僕婦，看著躺在擔架上的老太太，真切地體會到了這副擔子的沉重。

林蘭深深呼吸，強迫自己鎮定下來，平靜而從容道：「姚嬤嬤何在？」

姚嬤嬤應聲出列。

「把大家的賣身契給我。」

姚嬤嬤微訝，看向大少奶奶。

丁若妍拭了拭眼角的淚，「就按二少奶奶的意思辦吧！」

姚嬤嬤拿出一疊契約書交給二少奶奶。

林蘭拿著契約書，對眾人道：「李府被抄了，如今你我都成了無家可歸之人，這些是你們的賣身契。若是你們想離開另謀出路，就拿走你們的賣身契，我會給你們每人發五兩銀子作為遣散費。若是不想離開的，就留下，但是我醜話說前頭，留下，我只能保你們一日三餐溫飽，月例是沒的。」

丁若妍小聲道：「弟妹，我們現在哪有銀兩給她們發遣散費？」

一些想走的下人也懷疑地看著二少奶奶，李家被抄，大家都只能帶隨身衣物和簡單的飾物出來，二少奶奶哪來的銀子？

這時，一陣急促的馬蹄聲由遠而近，在李府門前停下。福安和老吳跳下馬車，福安上前向二少奶奶作揖，「二少奶奶，您要的東西，小的帶來了。」

林蘭點點頭，對文山說：「文山，你和如意幫下忙，給大家分發遣散費。」說著把手裡的賣身契交給如意。

文山應聲，大聲道：「二少奶奶要給大家發遣散費了，要走的，都排好隊。」

有十幾個下人立刻出列，默默去排隊。一些猶豫的，看別人當真領到了五兩銀子，也開始動搖，畢竟李家已經完了，留下來還有什麼出路？

林蘭不管這邊走了多少人，而是走到擔架前去看老太太。

老太太一反常態地鎮靜，眼底沒有一絲波瀾，平靜得就像什麼事也沒發生。

「祖母，妳不必擔心，我不會丟下妳不管的。」

「二少奶奶，那咱們去哪？」祝嬤嬤憂心忡忡地問。

「我已經讓人去稟報葉大老爺，讓他給咱們安排一處住所，如今，肯忙咱們的也只有葉家了。」林蘭這樣說的時候，特意留意了老太太的神情。

只見老太太面部肌肉抽搐著，終是慢慢閉上了眼。

林蘭暗嘆，老太太啊老太太，妳一直看不起葉家，鄙視葉家，到頭來，還是得依靠葉家的施捨才能苟延殘喘，此時此刻，妳的心裡作何感想？

老太太藏在毯子裡的手不住地顫抖，想要握拳，卻是不聽使喚。

過了一炷香的時間，除了落霞齋的人一個沒走，其他各房的下人都走了七七八八，留下的統共不過十幾人。

老吳上前道：「大老爺已經把住處安排好了，小的帶少奶奶過去。」

林蘭點點頭，聽見丁若妍身邊的紅裳小聲地問：「大少奶奶，咱們回丁府嗎？」

丁若妍道：「李家的人去哪，咱們就去哪。」

林蘭頗感欣慰，似丁若妍這般重情重義的女子也是少見，上前道：「大嫂，我們一道走吧！」

馬車只有一輛，林蘭讓癱瘓的老太太和有身孕的劉姨娘坐馬車，其餘人等都步行，一行人默默地離開了李府。

其實這住處是林蘭早就安排好了的，如意她們以前就來過，就是林蘭審問巧柔的那處院子。

林蘭把分配房間、安頓大家的工作交給丁若妍，自己帶了如意去葉家。

「外甥媳婦，妳不必過於擔心，李家雖然被抄，但獲罪的只有李家男丁，聖上沒有加罪於李家女眷，可見聖上還是仁慈的，相信過不了多久，明允就能被放出來。」葉德懷看林蘭神情黯然，安慰道。

林蘭勉強笑道：「舅父不必安慰我，我沒事。」

王氏心疼地挽了林蘭坐下，「可憐見的，都是那個李敬賢做的孽，卻要連累明允跟著受苦。」

戚氏憤憤道：「那李敬賢最好判個千刀萬剮，才能洩我心頭之恨！」

林蘭苦笑，「倘若公爹真被判千刀萬剮，怕是明允也活不了了。」

戚氏無奈道：「這算什麼事嘛？貪污的又不是明允，憑什麼連明允一起抓？」

葉德懷哼哼道：「明允就是投錯了胎，攤上這麼一個禽獸不如的爹！」

「舅父，現在咱們要怎麼做？」林蘭直奔主題，這步棋是明允和大舅爺一起布下的，現在明允被抓了，大舅爺應該有對策才是。

葉德懷坐了下來，皺了皺眉頭，說：「明允是不可多得的人才，聖上又一直很器重他，應該不會對明允怎麼樣。況且明允在朝為官，頗有人緣，相信替他說話的人不少，總之，我先派人去打聽打聽明允他們關在哪兒，先靜觀其變，到時候再想辦法活動活動，」

葉思成也道，「表弟妹，我已經派人去知會陳公子，他回話，稍遲些會來葉府一趟。」

王氏關心道：「不管怎樣，先吃飯吧，吃飽了才有精神想法子。」

李府被抄的消息，當夜就傳遍了京城。

靖伯侯府裡，喬雲汐焦急地問鍾管事：「可知林大夫現在何處？」

「小的現在還不知林大夫去了何處，不過回春堂還在，相信回春堂的人應該知道。」

喬雲汐想了想，說：「你速去回春堂問明林大夫的下落，最好請她過來一趟。」

鍾管事道：「小的馬上就去。」

方嬤嬤猶疑道：「這個時候去找林大夫，是不是不合適？」

喬雲汐一眼瞪過去，「什麼合適不合適？就算不合適，她的忙我也幫定了！可惜這會兒侯爺還在西南，要不然，侯爺定有法子的！」

方嬤嬤諾諾，不敢再言語。

裴府上，裴芷箐聽說了李家的事，立刻去書房找父親。

「父親，您一定要想辦法救救李學士……」

裴大學士正和聞訊趕來的翰林院同僚們在商議此事，見女兒著急忙慌地闖進來，不由得面色一沉，「妳跑來這裡做什麼？」

裴芷箐這才發現書房裡有許多人，當即把責任全推到母親身上，「是母親讓女兒過來的，林大夫對咱們家有恩……」

裴大學士擺擺手，「這件事為父自有主張，妳且下去，叫妳母親安心。」

裴芷箐應了聲，趕緊退了出來。她相信父親不會坐視不理，可她心裡實在不安，吩咐丫鬟若兒道：「妳趕緊去打聽林夫人的下落，速速回來稟我。」

若兒領命下去，裴芷箐回房寫了一封書信，讓人送去舞陽郡主府上。

林蘭有想過，若是事態發展不利，就去找喬雲汐幫忙。喬雲汐與三皇子妃以及宮中諸位娘娘關係頗為密切，興許能幫得上，沒想到喬雲汐反倒先來找她，裴芷箐也讓若兒來傳話，說她已經求了舞陽郡主去打探消息，讓她稍安勿躁，馮淑敏甚至親自來了一趟小院子，過來安慰她，說是她會聯繫幾個交好的命婦，看能不能幫上忙。

對此，林蘭十分感動，都說錦上添花易，雪中送炭難，她們在她最困難最需要幫助的時候能伸出援手，這份恩情絕不是一個謝字能還的。

林蘭也知道這件事不是一時三刻就能解決的，就明允自己事前的分析，順利的話最短月餘，若是不順利，拖上幾個月也是有可能的，所以，現在她只有耐心地等待。

第三日上，對面葉氏綢緞莊的管事過來請林蘭。

陳子諭也在，據陳子諭打聽到的消息，李敬賢打入天牢後第二天便主動承認自己在天津任轉運使一職期間，收受了商賈們的賄賂，為他們牟利行方便之門，至於御史楊大人所指控的其他幾宗罪狀，抵死不認，聖上命人繼續調查。

葉德懷鬱鬱道：「要不是為了明允，我早把所有證據都送到刑部大堂去，他娘的，現在倒好，還得幫那個老混蛋擦屁股，真他娘的窩囊！」

陳子諭道：「大舅爺，就收賄這一樁罪也夠李老爺喝一壺了，其實做官的沒幾人是清白的，大家都心知肚明，聖上也不是不知道，不過睜一隻眼閉一隻眼罷了，只要你不被人抓住把柄就成，要是自己手腳不乾淨還留了尾巴，那就只能自認倒楣。好在我朝律法對整治貪腐不算嚴厲，要不然，李老爺收受一百萬兩賄賂，不僅他自己性命不保，還會株連九族。這一次，李老爺不死也得脫成皮。」

林蘭問道：「舅父，您是否有把握不讓刑部查到我公爹的其他罪證？」

葉德懷篤定道：「妳就放心吧，這些事，舅父早就安排好了，就是天津那棟宅子密室裡的東西，我也全給搬了出來，就算刑部查到天津的宅子，也就剩一間空宅子，沒什麼要緊的。」

「這就好。」

陳子諭道：「嫂子，大哥的事，我會盡力周旋，裴學士已經聯合了翰林院的所有官員，準備聯名上表為大哥求情。」

葉德懷道：「刑部那邊我也託人搭上了關係，明允在牢裡不會受委屈的。」

「哦，對了，今天還有一件好消息，平南大軍和西北大軍分別在滇西、隴右一帶大敗吐蕃，吐蕃傷亡慘重，加上吐蕃內諸王叛亂，吐蕃各部內憂外患，已經撤軍了。」陳子諭又道。

林蘭欣喜，「那是不是我哥和寧興兄弟就要回來了？」

陳子諭笑道：「戰報是八百里加急於今日送抵京城，平南大軍已經班師回朝，估計最多月餘就能回京了。」

「太好了，平南大軍解決了苗疆之亂，又大勝吐蕃，聖上必定龍顏大悅，對明允也是大大有利。」林蘭喜道。

「正是如此，所以說，我大哥這步棋走得正是時候。」陳子諭笑道。

葉德懷哈哈一笑，撫掌道：「正所謂，天時地利人和，明允定能順利度過此關。」

說來也奇怪，李敬賢在朝為官多年，算得上是德高望重，可是事發後，站出來替他說話的，寥寥數人，反之，文武官員們紛紛上呈奏表，皆為李明允求請。不僅是朝堂上，後宮嬪妃們也是不時吹枕邊風。這其中有些人是出於私交，或受人所託，或當真愛惜人才，當然也有人是懷有別的意圖，太子黨和四皇子黨的人，都想趁這個機會施恩李明允，好將人拉到自己的陣營中來。

這日喬雲汐讓人傳來消息，說宮中有消息傳來，皇上準備處置工部和戶部兩位大人了。

林蘭趕緊又去了葉府，葉德懷也收到了刑部的消息，刑部給兩位尚書大人量刑定罪的摺子已經送到宮中，就等聖上裁決。

工部尚書虞大人，因貪污了興修西山行宮以及開挖運河的銀兩，擬判斬立決，而李敬賢只是收受賄賂，性質有所不同，又念其認罪態度尚好，擬流放漠北苦寒之地，終身不得回中原。

林蘭不得不感嘆，這工部大人簡直就是個蠢貨，什麼銀子不好貪，偏偏要貪修建皇帝行宮的銀兩。皇家的銀子你都敢貪，不是自己找死嗎？

「那明允和明則呢？」林蘭關心的是李明允的安危，古代的刑罰最讓人頭疼的就是株連，一人犯錯，全家受罪。

葉德懷道：「刑部並未對明允和明則給出量刑，說是聖上只讓處置李敬賢。」

林蘭大大地鬆了口氣，如此看來，聖上是不打算治明允的罪了，就如明允預測的那般，頂多革了他的職。

葉德懷看林蘭這一個月來每日奔波，人都瘦了一大圈，疼惜道：「外甥媳婦啊，事情很快就有結果了，妳也可以鬆口氣了，好好歇歇，要不然，明允出來，看見妳這樣憔悴，該心疼了。」

林蘭笑道：「多謝舅父關心，林蘭精神好著呢！我這便回去告訴大嫂，讓她也高興高興！」

丁若妍聽說了這個消息，心裡又是喜又是憂，喜的是，明允和明則不會有大礙，憂的是，公爹流放漠北，這一生是回不來了，李家……李家就此衰敗。

「這件事還是先別告訴老太太，她的病剛好些。」丁若妍顧忌道。

「嗯，等明允和大哥回來後再說吧！」林蘭笑道。

姚嬤嬤急慌慌地來稟：「大少奶奶、二少奶奶，不好了！」

林蘭斂了笑容，沉聲道：「小聲點，別驚動了老太太。」

丁若妍道：「出了何事？」

姚嬤嬤道：「劉姨娘、劉姨娘不見了……」

丁若妍臉色微變，「什麼叫不見了？」

「今兒個劉姨娘說想吃沁芳齋的核桃酥，叫剪秋去買，剪秋就去了，結果等她回來，發現劉姨娘不在屋子裡，到處找了一遍都不見人影，這才來稟報老奴。老奴查問了所有下人，翠萍說，大概是申初的時候，看見劉姨娘出門了，當時她還問了聲，劉姨娘只說，屋子裡悶得慌，隨便走走透透氣，翠萍要陪她，劉姨娘沒讓。」姚嬤嬤一口氣說道。

丁若妍急道：「她懷著身孕應該不會走遠，妳帶人出去找找，可別摔在哪兒爬不起來了。」

姚嬤嬤回道：「老奴已經命人四處尋找。」

林蘭思忖道：「翠萍是申初時分看見劉姨娘出去的，現在都快戌正了，劉姨娘一個孕婦，能走多遠？若只是出去走走，也早該回來了。」

「那妳的意思是？」丁若妍猶疑不定地看著林蘭，她隱約猜到林蘭的想法，只是……這可能嗎？劉姨娘還懷著公爹的孩子呢！

林蘭抿了抿嘴，抬眼道：「姚嬤嬤，妳還是帶人出去尋找，打聽打聽，我這便出去一趟。」

林蘭叫來文山，讓他駕車迅速來到城南的一條大街。此時街道兩旁的商鋪已紛紛關門打烊，到了一家商鋪前，林蘭叫文山停下馬車。

「夫人，您來的真巧，小的正要打烊呢，請問夫人要買些什麼？」一個正在上門板的小二笑嘻嘻地問道。

林蘭道：「請問，您們這間鋪子是租的，還是自己的？」

小二道：「以前是租的，不過，前兒個我們掌櫃已經把鋪子買下來了。」

文山停好馬車，走了過來：「二少奶奶，這是……」

林蘭抬手制止他問話，笑道：「那就不打擾了。」說罷，回到馬車上，文山丈二金剛摸不著頭腦，只得趕緊去駕車。

看來劉姨娘是不會回來了，李渣爹偷偷給劉姨娘置辦了一間宅子和兩間鋪子，那宅子已經被官府查封，官府從裡面搜出了一百萬兩銀子的銀票。而這兩間鋪子逃過一劫，如今，鋪子易主，不用說，肯定是劉姨娘悄悄給賣了，拿了銀子，走人。李明允之前說過，這兩間鋪子是記在劉姨娘一位表親的名下。看來，在她忙於為明允奔走的時候，劉姨娘聯繫了她的表親。

回到小院子，林蘭把剪秋叫來問話。

「我問妳，這陣子劉姨娘是不是讓人去找過什麼人？」

剪秋想了想，回道：「有，剛來這不久，劉姨娘說她在城裡還有一個親戚，李家出了事，劉姨娘怕她親戚知道了著急，就命奴婢送封信去告知一聲。」

「妳可知道，那是劉姨娘什麼親戚？」林蘭又問。

「好像是劉姨娘的表哥。」

丁若妍看林蘭神情凝重，心知，自己猜的不錯，心情也沉重起來。劉姨娘是個妾，跟公爹談不上什麼夫妻情分，公爹落難，劉姨娘要走也在情理之中，可問題是，劉姨娘肚子裡的孩子是公爹的……

林蘭肅然道：「這件事，妳不得再對任何人說起。」

剪秋忙應聲。

「叫姚嬤嬤不用找了，大家都歇著吧！」林蘭嘆息著，可惜啊，明允的小弟就這麼沒了。

第二天傳來消息，對工部尚書的裁決已經確定，御筆朱批，秋後問斬，可是對李敬賢的處理結果卻被壓下。

林蘭憂心忡忡，原本以為很快就能雲開月明，這一擱置，又不知要等到何時去。讓林蘭納悶的是，昨日喬雲汐還言之鑿鑿，說消息可靠，那肯定是皇上透露過這意思，為何又臨時變卦？

想來想去，林蘭還是去找了喬雲汐。

靖伯侯大勝吐蕃，很快就要班師回朝，喬雲汐是人逢喜事精神爽，看起來面色紅潤，越發美豔動人。她的兒子宇兒八個月了，生得白胖可愛，不喜歡乳母抱著，在炕上爬來爬去，不時昂著頭衝人笑，一笑就流口水，模樣甚是討人喜歡。

「奇了怪了，這小傢伙一見妳就笑，許是知道妳是他的恩人。」喬雲汐笑說道。

「可不是？林大夫也不常來，可小世子跟您就是親。」芳卉笑道。

林蘭一邊逗孩子玩，邊道：「那是，咱們宇兒多聰明啊！」

方嬤嬤笑說：「還真別說，小世子是老奴見過的最聰明的孩子了，跟他說什麼他都懂，還很孝順。前幾日內務府送來新鮮的水蜜桃，小世子抱在懷裡，誰要拿走都不肯，老奴就說，這個留給你娘，您猜怎麼著？小世子笑呵呵地就鬆了手。」

「真是個小人精呢！來，讓姨抱抱！」林蘭越發喜愛，朝宇兒拍拍手，這小子就俐落地爬了過來，撲到林蘭身上。

眾人見了都笑，逗了一陣，喬雲汐叫乳娘把孩子抱去別處玩，才跟林蘭說正事。

「不瞞妳說，那消息是三皇子妃從皇后那得來的，皇上確實有意從寬處理李家，言辭之中，對李學士頗為愛惜，只是今天不知為何又變了卦。」喬雲汐也甚是納悶。

林蘭輕蹙眉，「聖意難測，若只是聖上自己覺得此事還得考量考量倒不打緊，就怕是有人在聖上面前說了什麼，才讓聖上臨時變卦。」

喬雲汐沉吟道：「我再去打聽打聽，問問昨兒個聖上都見了什麼人。」

這個很要緊，得知道是什麼原因導致聖上臨時變卦，她們才好有的放矢。

「真是麻煩您了。」林蘭不好意思道。

喬雲汐嗔她一眼，「說什麼麻煩不麻煩，跟我見外是不是？可惜侯爺還沒回來，要不然，侯爺在聖上面前倒是能說上話。」

喬雲汐的辦事效率很高，傍晚便打聽到了消息，派芳卉來告訴林蘭，昨日皇上下朝後就沒見過別的大臣，只是晚上去了太后宮裡請安。

有些話不能說得太明，林蘭明白喬雲汐是在告訴她，問題很可能出在太后身上。至於太后跟聖上說了什麼？對李家有利還是有害？暫時不得而知。

林蘭聽裴芷箐說過，舞陽郡主深得太后的喜愛，而且還在太后跟前為李家求過情。照理說，太后應該不會故意要為難李家，然而人心難測，尤其是老人的心思，林蘭不得已又去找裴芷箐，只說能不能請舞陽郡主幫忙，再去太后那兒探探太后的心思。

裴芷箐一口應承下來，當即叫人備了軟轎，去了舞陽郡主府。

舞陽郡主聽說是林蘭求她幫忙，也無二話，說：「我這便進宮去一趟。」

應是應了，可舞陽郡主心裡也沒底，其實李家出事後，她便拐彎抹角為李明允求過一回情，結果太后揶揄她，李明允又不是她的夫婿，要她這麼著急做甚？

當時她還振振有詞說她不過是就是論事，太后笑而不語，當時太后那神情，讓她有種說不清道不明的不安，琢磨不透太后笑容背後隱含的意味。

「太后，您這陣子怎麼都不召舞陽入宮了？害得舞陽心裡惴惴不安，是不是太后不喜歡舞陽了？」舞陽郡主一見到太后就開始撒嬌。

太后笑咪咪地看著她，「哀家是怕妳整天來陪著一個老婆子，悶壞了。」

「太后……」舞陽郡主嬌聲道：「舞陽巴不得天天陪著太后，我娘總是嫌我話多，說我嘰嘰喳喳吵得她頭疼，就太后不會嫌舞陽，太后還怕舞陽悶，舞陽這幾日沒地說話，那才叫悶呢，都快憋壞了。」

太后開懷笑道：「就妳這張嘴會逗哀家開心。」

舞陽郡主蹭到太后身邊，跟太后嘮了會兒家常，找個機會就把話題轉到了工部尚書身上。

「舞陽聽說工部尚書虞大人判了秋後問斬，不知，皇上會如何處置戶部尚書李大人？」

太后瞇著眼，淡笑道：「那是刑部的事，一切皆依律法而行。」

「李大人是罪有應得，只是舞陽覺得，李學士受他父親所累，實在是太委屈了，李學士可是我朝棟樑之材啊！」舞陽郡主感嘆道。

太后別有深意地瞅著舞陽郡主，「舞陽，妳跟哀家說句實話，妳幾次三番為李學士開脫，是妳自己的意思，還是受人所託？」

舞陽郡主愣了愣，道：「當然是舞陽自己的意思，舞陽是真心覺得李學士若因此獲罪，是我朝的損失。」

太后半開玩笑道：「從來沒聽妳稱讚過誰，就這李學士入了妳的眼？」

舞陽郡主窘道：「我朝似李學士這般才學出眾、品行淳厚的人也不多呀！」

太后哈哈笑道：「說的不錯，李學士確實是難得一見的人才，只可惜他已經有妻室，不然，倒是配得上妳。」

「太后……您怎麼又打趣舞陽了。」舞陽郡主難為情極了。

太后默了默，漸漸斂了笑容，眸光中透出一抹肅然之色，鄭重道：「舞陽，若是哀家將妳許配給李學士，妳可願意？」

舞陽郡主錯愕，「太后，您不是開玩笑吧？李學士已經有妻室了。」

太后道：「這些妳莫管，妳只管告訴哀家，妳是願還是不願？」

看著太后認真的神情，舞陽郡主這才意識到，太后不是在開玩笑。如果真的有這個如果，那麼，她想她是願意的吧？可是，這世上沒有如果，李學士和林大夫夫妻情深，她從中插一腳算什麼事呢？

舞陽郡主也認真道：「太后，舞陽跟您說句掏心窩的話，李學士是很好，可他愛的是他的妻子，舞陽不願嫁給一個不愛自己的丈夫。」

太后點點頭，輕嘆道：「孩子，哀家知道妳素來心高氣傲，只是，如妳所言，李學士確實是我朝不可多得的人才，當初朝中幾位閣老看了他參加殿試時的卷子，就曾說過，此人有安邦濟世之才，堪為我朝棟樑。他入仕不過一年，行事也頗為低調，鋒芒內斂，可是，是顆金子就會發光，不僅是皇上看好他，朝中諸位大臣都很欣賞他，如今，四皇子平南大捷，勢必聲威大震，德妃又是皇上最寵愛的妃子，哀家也跟妳交個底，若非有哀家壓制著，妳太子哥哥的地位遲早不保。」

舞陽郡主心驚肉跳，太后從來不跟她說這些沉重的話題。

太后又道：「哀家已經老了，時日無多，哀家只怕哀家走了以後，妳姑姑不是德妃的對手，妳太子哥哥更不是四皇子的對手，若真到那時，咱們秦家的地位可就難保了。舞陽，咱們身為秦家的女子，家族給了咱們無上的榮耀，咱們也得肩負起家族的責任。」

舞陽郡主神思恍惚，內心激蕩不已，她明白太后所言，姑姑嫁給皇上做了皇后，她的胞姊做了太子妃，她以為這些重擔已經有人一肩挑，落不到她頭上，她便可以自在地生活，享受自在的愛情和婚姻，誰知道，她也是逃不過這宿命。

「舞陽，哀家不敢說有了李學士的輔佐，妳太子哥哥就能高枕無憂，但妳太子哥哥身邊有這麼一個人，定能助他一臂之力。但若李學士的心向了四皇子，那對妳太子哥哥是極為不利的。此人，若不能為己所用，哀家不得不狠下心來，以除後患。」太后眸中閃過一絲寒意。

舞陽郡主如被重錘狠狠一擊，太后的意思是，她會趁這次機會逼李學士選擇陣營，若李學士答應輔佐太子哥哥，那麼太后會把她嫁給李學士，以示籠絡，好讓李學士更加死心塌地，若是李學士不依太后之意，那麼，李學士性命危矣。她從來想過這件事會演變到這樣嚴重的地步，會涉及朝廷中黨派之爭。

舞陽郡主有些茫然無措，試圖說服太后：「可是……太后，您要李學士輔佐太子哥哥，也不必硬要舞陽嫁給他不是？您若是硬要拆散他們夫妻，只怕李學士會心懷怨懟……」

太后冷笑，「他是個聰明人，說白了，就是狡猾，哀家若不使些手段，如何能叫他死心塌地。妳放心，哀家自有主意。」

「可是……」

太后目光一凜，沉聲道：「舞陽，妳若是現在說不願意，那哀家即刻就處置了他。」

太后的威脅，讓舞陽郡主到嘴邊的話生生給嚥了回去。

她知道太后說到做到，別看太后平日裡慈眉善目，當真心狠起來，便是雷霆手段。舞陽郡主心中淒然，她真的不願意，可她又能怎麼辦？

舞陽郡主入宮，一去不回，起初裴芷箐還道她不過是在宮裡陪太后幾日，可是一晃就過了七八天，舞陽郡主依然沒出來，而且也沒給她捎個信，裴芷箐這才察覺事情不妙。

皇上那邊，這陣子所有替李家求情的摺子都被駁了回來，裴大學士在朝堂上提及此事，才開了個頭，又被皇上一句「此事暫不議」給堵了嘴。

刑部大牢那邊，雖然不得任何人探視，但葉德懷之前還能託人打聽到李明允的消息，知道他過得如何，可現在什麼也打聽不到，後來有小道消息透露出來，說李明允已不在刑部大牢。

陳子諭每日東奔西走，均是無功而返，連裴大人都說，此事還是暫緩再議的好。

種種跡象表明，形勢很不對勁，但大家都猜不出問題究竟出在何處。

一直很淡定的葉大老爺坐不住了，林蘭更是每日焦慮不安，自從來到這個異世，從未像這幾日這般茫然無措，不知道癥結所在，不知道該如何救李明允。

舞陽郡主被軟禁在宮中也很著急，她不知道太后接下來會怎麼做，威脅李明允，還是脅迫林大夫。太后一句家族責任就讓她啞口無言，可她真的什麼也不做嗎？如果她聽從太后的安排，那她還有什麼臉去面對裴芷箐？芷箐一定會鄙視她的，將來又要如何面對一個不愛自己的男人？

舞陽郡主等了好多日，終於等到三皇子妃章氏進宮來向太后請安。舞陽郡主知道章氏跟裴芷箐私交深篤，趁著太后和章氏說話，她趕緊寫了張字條，可是，叫章氏傳字條，只怕章氏不會幫這個忙。舞陽郡主急得滿屋子亂轉，驀然看見妝臺上的一盒薔薇硝，靈機一動。

等章氏見過太后出來，舞陽郡主忙迎了上去，甜甜地喚了聲：「章姊姊。」

章氏見是舞陽郡主，笑道：「都說妹妹在宮裡，我還尋思著怎麼沒見到妹妹，原來妹妹在這。」

舞陽郡主笑嘻嘻地說：「舞陽這不是怕打攪姊姊和太后敘話嗎？」

章氏掩嘴笑道：「妳何時變得這般識趣了？」

兩人說著話，就見曹嬤嬤走了出來，戒備地看著舞陽郡主。

舞陽郡主拿出一盒薔薇硝，笑說：「上回芷箐姊姊說，宮裡祕製的薔薇硝用著甚好，可巧前幾日皇后娘娘賞了我一盒，我勻一半給她，煩請章姊姊幫忙帶給芷箐姊姊。」

章氏道：「這是小事，交給我吧！」

曹嬤嬤一雙眼睛緊緊盯著舞陽郡主手裡的薔薇硝。

舞陽郡主笑道：「曹嬤嬤，您要不要驗一驗？」

曹嬤嬤也不客氣，滿臉堆笑地走過來，接了去，打開來用手指在裡面撥了撥，沒發現有異物，笑說：「今年的薔薇硝製得特別細，香味兒也正。」說著又遞還舞陽郡主。

舞陽郡主不動聲色，將薔薇硝從左手放到右手，交給了章氏，「那就麻煩章姊姊了。」

章氏也是精明之人，一聽曹嬤嬤和舞陽郡主的對話，就覺出異樣來，好在曹嬤嬤親自驗過了，就算有什麼問題也怪不到她頭上。她笑了笑，接過了薔薇硝，說：「區區小事，何足掛齒？」

送走了章氏，舞陽郡主暗暗鬆了口氣，好在她準備了兩份，要不然可瞞不過曹嬤嬤的眼。

章氏出了宮，把薔薇硝交給丫鬟，命她送去裘大學士府上。

裴芷箐收到舞陽郡主的薔薇硝頗感訝異，舞陽進宮都十幾日了，這時候送薔薇硝來，是要向她傳遞什麼訊息？

裴芷箐想了想，取出帕子鋪在桌上，把盒子裡的薔薇硝都倒了出來，裡面掉出一張摺好的字條。裴芷箐打開一看，頓時色變，立刻道：「若兒，速備馬車。」

裴芷箐匆匆趕到回春堂，林蘭將她迎進雅雅室。

「是不是有消息了？」這是林蘭最近見人便問的一句話，都快成口頭禪了。

裴芷箐神色凝重地點頭，拿出字條，「這是今兒個舞陽郡主從宮裡叫人帶出來的，妳看看。」

「事涉黨派之爭，恐逼婚。」林蘭打開字條低聲念道。

困擾了多日的疑團終於解開，原來如此，太子和四皇子都曾經想籠絡明允，但都被明允一一化解。明允不想捲入皇位之爭，只想做個純臣，自從四皇子出征，太子那邊又開始頻頻示好，沒想到，這一次有人會利用明允落難之際，想逼迫明允選擇陣營。可是，恐逼婚又是何意？逼明允娶誰？

「我猜想，太后是想逼迫李學士娶舞陽。」裴芷箐說出心中猜測：「妳想，若是這次當真是太后從中阻擾，太后的目的顯而易見。四皇子平南大捷，必定聲威大震，德妃娘娘更是後宮榮寵不衰，四皇子的強勢顯然對太子的儲君之位構成一定的威脅，難保太后不會用賜婚的手段逼迫李學士站在太子這邊。」

林蘭冷笑，「太后也太看得起明允了，難道有了明允，那太子之位就能穩如泰山了？」

「話不是這麼說，這次李學士的事，我聽說連德妃娘娘都在皇上面前進言，朝廷輿論更是全向著李學士。李學士的才學自不必說，大家心知肚明，李學士遲早會入內閣，關鍵是他的好人緣，我爹分析過，朝中文武大臣素來意見相左，可在對李學士的態度上，是出奇的一致，這能叫太后不重視嗎？我現在怕的是，如果李學士不答應太后的條件，後果難以預料啊！」裴芷箐輕嘆道。

林蘭低頭沉吟不語，心裡說不出的難過，為什麼她和明允定要經受這麼多的磨難？兩個相愛的人想要在一起，為什麼就那麼難？曾經那些試圖爬床的、插足的，她都可以輕鬆打發，可是，這次不一樣。若在平時，明允定會毫不猶豫地拒絕，你逼迫也沒用，大不了棄官不做，皇家也不敢堂而皇之逼臣子休妻另娶，可現在非常時期，明允的性命捏在人家手裡，說句一點也不誇張的話，現在是，人家要你死就得死，欲加之罪何患無辭？怎麼辦？她是一點主意也沒有，心裡充滿了無力感。

看林蘭黯然的模樣，裴芷箐也很難過，勸道：「妳先別急，我這便回去和父親商量商量，看有什麼法子可以化解這場危機。」

林蘭艱難地擠出微笑，強打精神，「我沒事，天底下沒有過不去的坎，我相信……」

送走裴芷箐，林蘭去了對面葉氏綢緞鋪，大舅爺不在鋪子裡，林蘭又直奔葉家。

「什麼？原來是太后從中作梗，還想逼婚？壞了壞了，壞了壞了……」葉德懷聽完林蘭的話，猛地站起身子，嘴裡嚷嚷著，皺著眉頭，搓著手，不住來回踱步。

王氏看著越發心急，「老爺，你得趕緊想法子！」

戚氏憤慨道：「真是太卑鄙了，堂堂皇家，怎麼也做得出這種卑劣行徑？」

王氏緊張道：「弟妹，這話可不能亂說，叫人聽見可是大不敬之罪！」

「我呸！他們有臉做，我還說不得？」戚氏也是火爆性子，脾氣上來，管你敬不敬的。

王氏嘆氣，「就明允的性子，叫他休妻再娶，怕是死也不會答應的。」

林蘭心中急痛，她顧忌的正是這點。若太后只逼明允站隊，倒不難辦，可要明允休了她，明允肯定不答應。

「噯，你別轉了，轉得我頭暈。」王氏看老爺還轉來轉去，心裡更加煩亂。

葉德懷憤憤地坐下，「千算萬算，就是沒算到有人會趁機發難，哎……這可如何是好？」

「問題是咱們現在聯繫不上明允，說不定明允他會有辦法。」戚氏道。

林蘭默然，在來的路上，她已經想過了一切的可能性，如果真到那一步，她寧可離開也不願看到明允因此丟了性命。

「先別急，容我好好想想。」葉德懷努力讓自己平靜下來，急是解決不了問題的。

葉德懷想了想，大聲道：「來人，去陳府把陳三公子請來！」

陳子諭這小子鬼點子多，說不定會有辦法。

陳子諭很快就過來了，聽葉大老爺一說，也跳了起來，氣憤道：「什麼？逼婚？真是豈有此理？太后這樣做，就不怕被口水淹死！」

林蘭忙道：「現在還只是猜測，不能肯定，但能肯定的是，太后想叫明允死心塌地站在太子這一陣營。」

「子諭，你怎麼看這件事？」葉德懷問道。

陳子諭冷靜下來，想了一想，說：「我覺得這事還沒到不可轉圜的境地，就我的推測，皇上對太后的意圖應該也是清楚的。作為皇上，他絕不希望他鍾愛的臣子去對別人效忠，哪怕此人是他自己欽定的王位繼承人，更何況，皇上心中到底意屬太子或四皇子，還有待推敲。皇上擱置此事，也許就是在等待一個時機。」

「時機？什麼時機？」葉德懷不解。

陳子諭堅定道：「一個可以名正言順寬宥明允的時機。皇上明面上不能違拗太后之意，不意味著就會順著太后的意思。」

林蘭覺得陳子諭所言甚有道理，皇上不是傻子，豈會隨便受人擺布？問題是，這個時機要如何把握？

葉德懷若有所思，遲疑道：「那依你所見，咱們現在應該怎麼做？總不能一味等下去吧？」

陳子諭蹙了蹙眉，「咱們自然不能坐等太后發難，就目前的情況看，還是莫要輕舉妄動的好，以不變應萬變，但咱們也不能當瞎子做聾子，大舅爺，您宮裡有路子，打探宮中消息的事就麻煩您了。」

葉德懷爽快道：「沒問題，這事就包在我身上。」

陳子諭又對林蘭道：「御史台那邊也不能疏忽了，嫂子，您可以請丁大人留心著點，其餘的就交給我。太后想要一手遮天，沒那麼容易。」

林蘭道：「好，咱們分頭辦事，隨時保持聯繫。」

雖然現在還沒有明確的方案，但是有大家幫忙，林蘭又有了幾分信心。事在人為，就算最後的結果不盡人意，起碼，她也努力過了。

林蘭回到小院子就去找丁若妍，不管怎樣，丁若妍總是丁家的女兒，丁夫人再生氣也不會真的拋下女兒不管。

丁若妍早有此意，只是為了爭口氣，按捺著不去找母親，現在林蘭給她分析了情況，知道事態嚴重，也顧不得什麼面子不面子的，當晚就回了趟丁家。

林蘭靜下心來細想，太后之所以會有逼明允休妻另娶，一來，是想藉婚姻捆綁明允，二來，太后是認為她不過是個出身低微的村姑，好打發。她不是沒辦法出名，只是不想太過張揚而已，既然太后這麼看輕她，她倒要好好出一回風頭，給自己撈點本錢。

拿定了主意，林蘭叫來文山，吩咐道：「你速去跟我二師兄、五師兄知會一聲，明日起，咱們回春堂舉辦為期半月的義診，叫福安通知各位坐堂大夫，義診期間，診金我出雙倍。」

銀柳不解道：「二少奶奶，好端端的，咱們為什麼要義診，半個月，咱們得損失多少銀子？」
林蘭淡淡一笑，「銀子是賺不完的，花這點銀子賺個好名聲，值得。」
文山倒是揣測到二少奶奶的意圖，抱拳道：「小的即刻便去。」
銀柳眼睛一亮，「二少奶奶，是不是咱們回春堂讚譽越多，二少爺就能越快放出來？」
林蘭笑道：「差不多是這個意思。」
銀柳歡喜道：「那……二少奶奶也給奴婢派個活。」
林蘭嗔笑道：「到時候妳別來不及抓藥就很好了，對了，妳幫我去一趟德仁堂，我得跟他們借兩個熟練的夥計，免得忙不過來。」
「奴婢這就去。」
如意道：「二少奶奶，那明日奴婢和錦繡也去幫忙吧。老太太那邊有祝嬤嬤、俞姨娘她們伺候著，奴婢在家中閒著也是閒著。」
林蘭想了想，道：「行，那就一塊兒去吧！」
沒半個時辰，銀柳來回話，說德仁堂的華文鳶小姐說，義診是好事，德仁堂想跟咱們回春堂聯手舉辦這次義診。
林蘭聞言，喜道：「那是最好不過了。」
銀柳笑道：「華小姐和奴婢一起過來了，要跟二少奶奶好好商議商議。」
「是嗎？妳這丫頭，怎不早些稟我？快把人請進來。」林蘭薄責道。
第二天，回春堂藥鋪門口掛起了宣傳布條，布條下，十張桌椅一字排開，回春堂和德仁堂的坐堂大夫端然就坐，聞訊趕來的人很快就排起了長龍，場面十分壯觀。
義診期間不收診金，且抓藥半價，這對貧苦的老百姓而言，簡直就是莫大的福音。結果，一傳十，十傳百，前來看病的病患與日俱增，回春堂和德仁堂的善舉，一時間成為京中最熱門的話題。

本來林蘭就有活菩薩之美名，這下更是人人稱頌，名聲大振。

陳子諭那邊也沒閒著，他的強項就製造各種輿論，在林蘭為自己掙名氣的同時，秦家卻爆出了一些不好的傳聞。先是秦家的子弟在醉紅樓為一個妓女爭風吃醋，大打出手，又有秦家的家奴仗勢欺人，跟一位參政知事家的奴才起了衝突，巡城司的人去勸架，反被狠狠辱罵了一頓。這下捅了馬蜂窩，武官們集體抗議，聲討秦家。御史台的人最喜歡湊熱鬧，管你秦家是不是太后皇后的娘家，照參不誤。一時間，秦家成了眾矢之的。

據葉大老爺得到的消息，皇上因此發了好大一通火，把皇后都訓斥了一頓。

林蘭當然不會相信秦家接二連三出事是巧合，很是佩服陳子諭的手段，這傢伙，整人的本事是一等一的，誰要惹了他，就得倒大楣。

太后這幾日心情糟糕透了，秦家權勢滔天，樹大招風，她一直告誡秦家子弟要嚴以律己，要恪守本分，更要管束好下人，誰知道，醜聞一樁接一樁，如今朝廷武官對秦家意見極大，武官們又多是向著四皇子那邊，誰知不是借題發揮？

「哭？光哭有什麼用？」太后橫了眼一旁抹淚的皇后。

皇后連忙噤聲，無聲地抽泣著，神情委屈至極。娘家出了這些糗事，她已是面上無光，還被皇上嚴厲訓斥。這幾日，皇上連她的宮裡都懶得踏進一步，都去了德妃那個賤人處。

「這事，秦忠怎麼說？」太后悶聲問道。

皇后回道：「大哥說，他會盡快平息此事。」

太后冷冷一哼，「平息？他說得倒輕巧，秦家這回算是丟盡了臉面，就算事態平息了，難保皇上心中存了不快。」

皇后默然，皇上心裡何止是不快，簡直就是震怒了。

太后嘆了一氣，沉聲道：「妳去告訴秦忠，好好管束秦家子弟和底下那些奴才，若是再給我捅婁子，別怪哀家不念情分。」

皇后諾諾應聲。

太后擺了擺手，讓她跪安。

太后扶額，煩惱了一陣，喚道：「曹嬤嬤……」

曹嬤嬤連忙上前。

「事情都安排好了？」太后緩緩問道。

曹嬤嬤點頭道：「都已安排妥當。」

太后目色一閃，不動聲色道：「妳派個人去盯著。」

「是。」曹嬤嬤領命下去。

陰暗的牢房裡，李明允躺在狹窄的床鋪上，雙手交疊枕在腦後，嘴裡叼著跟稻草，面無表情地盯著房頂發呆。其實他的內心並不似表面那般沉靜，按著他原先的猜測，最多月餘就能脫離牢籠，可現在都快兩個月了，而且，中途還換了個地方關押，看守也更嚴密，事情不順利啊！可惜他被囚在此間，無法得知外面的情況，心裡著急，想必林蘭比他更著急吧？

想到林蘭，李明允呼吸一窒，就好像心臟被一隻無形的手狠狠捏了一下，鈍鈍地疼痛著。他已經把種種可能性都設想了一遍，但沒有一種可能性能跟他現在的情形對得上號。沒有審問、沒有探視，只有嚴密的關押，問題到底出在何處？

外面傳來一陣腳步聲，不是一個人的，也不是平日看守他的獄卒的腳步聲，李明允的心提了起來。只聽有人開了鎖，打開了牢門，李明允側目看去，頓時驚跳起來，來人竟是父親。

「父親……」李明允不敢相信地喚了一聲，緩緩站了起來。

昏暗的光線下，父親面色憔悴，眼窩深陷，原本挺拔的脊背如今也佝僂了，往日的威嚴氣派不復，在他眼前的只是一個略顯蒼老，神情頹廢的男子。

父子倆默默相對，良久，李敬賢清了清嗓子，走到床邊坐下。

李明允心中狐疑，這是要將他父子二人關在一起嗎？不對呀！

「爹……」

李敬賢抬手，制止他說話，目光戒備地看了眼牢門外，須臾道：「明允，為父這次來，是有話對你說。」

李明允更加不解，難道是父親的罪已定，聖上開恩，讓他們父子再見最後一面？

「爹請說，兒子洗耳恭聽。」李明允垂手而立，恭謹道。

李敬賢抿了抿嘴，琢磨著這話該如何開口。

「明允啊，為父一時糊塗，害了自己，也連累了你……」李敬賢感慨道。

李明允默然，這些話毫無意義。

「為父悔啊，為父實在不甘，多年的心血毀於一旦，李家就這樣垮了！明允，若是為父還有一線生機，李家還有一線生機，你可願幫為父一把？」李敬賢期待地看著李明允。

李明允一怔，不明白父親的話是何意，事情到這個地步，又豈是他能左右的？

「爹請明言。」

「眼下只有你能救為父，救李家了。明允啊，聖上愛惜你的不世之才，願意給為父一個機會，也是給你一個機會……」李敬賢語氣裡透著幾分殷切：「只要你娶舞陽郡主為妻，所有的問題都將引刃而解。」

李明允壓抑著心中的憤怒，問：「娶舞陽郡主為妻，那林蘭怎麼辦？」

他已經猜到父親是受誰的指使而來，絕對不會是皇上。舞陽郡主是太后的嫡親孫侄女，若他娶了舞陽，就等於站在太子這一陣營。皇上之所以器重與他，就是因為他不結黨營私，這一點，平日皇上對他的言談之中就暗示過他，所以，皇上絕對不可能逼迫他站隊，那麼，這定是太后的意思。

「明允啊，為父知道你和林蘭夫妻情深，可如今形勢所迫，你放棄林蘭，便能拯救李家，便能贏得似錦前程，孰輕孰重，如何取捨，你應該明白，相信林蘭也會理解的。你們若真心相愛，又何必在乎這名分？只要她願意，還是可以和你在一起。如果她要離開，咱們也不能叫她吃虧，要多少補償，為父都答應她便是。」李敬賢苦口婆心地勸道。他本以為一切都完了，沒想到上蒼眷顧，還能給他這樣一個翻身的機會，他無論如何也要把握住。

「明允，皇恩浩蕩，咱們不敢抗旨不遵啊！你是最孝順的，你總不能眼睜睜看著為父身首異處，看著李家滿門獲罪，為父的性命、李家的榮耀，可就在你的一念之間了……」

李明允心中燃起熊熊怒火，這需要多厚的臉皮、多冰冷的血，才能說出這樣的話。

「爹，當初你娶我娘的時候，也是這樣想的吧？」李明允面含一絲譏誚的笑意，淡漠而疏離地望著父親。

李敬賢一怔，面上泛起羞惱之色，只一瞬，又做出滿心愧疚的神情，悵然道：「為父說什麼你也不會相信，為父與你娘是真心相愛……」

聽著這話，李明允只覺像吃了蒼蠅般噁心，他嗤地一笑，「真心相愛？怕只是娘的一廂情願吧？爹若真的愛娘，為何娶了娘之後，還一直跟韓氏糾纏不清？若真的愛娘，在娘生產的時候，最需要爹的時候，爹又去了哪裡？若真愛娘，爹為何要在十六年後將韓氏迎進門？若真愛娘，又怎會任由娘傷心離去？若真愛娘，澗西後山怎會多一座孤墳？若真愛娘，爹怎會任由韓氏一次一次迫害兒子？爹，你不愛母親，你不愛任何人，你愛的只有你的前程，愛的只是名和利。」

面對兒子的聲聲控訴，李敬賢嘴角抽搐，面色難看至極，他艱澀道：「明允，為父竟不知你是這般怨恨為父，可你要明白，為父也是有苦衷的。葉家家大業大，為父當初不過是一介窮書生，若是為父不力求出人頭地，窩窩囊囊的，豈不一輩子叫葉家人看不起？為父只是想證明，你娘嫁給為父沒有錯。」

這樣的狡辯太蒼白無力，只能證明父親的無恥已經到了令人髮指的地步。

李明允怒極反笑，「我終於明白娘當年為何走得那麼決然，對一個不知悔改，只會顛倒黑白的人，實在無話可言。」

「明允，你要怎麼責怪為父都行，但眼下你還得以大局為重，總不能眼睜睜看著李家就這樣垮了。」李敬賢極力忍耐，現在不是擺父親威嚴的時候，他的命運掌握在明允手中，他不得不忍耐。

李明允仰天長笑，面色陡然冷了下來，一字一頓道：「李家祖先若是泉下有知，怕是寧可李家垮了，李家斷子絕孫，也不願看到李家盡出不肖子孫。」

李敬賢也是面色一沉，低喝道：「明允，你莫要敬酒不吃吃罰酒！抗旨不遵，乃欺君大罪，不是你能承受的，再說，你就不怕禍及林蘭嗎？」

李明允冷冷一笑，「人說寧拆十座廟，不毀一樁親，聖上乃千古明君，斷不會做這種有損陰德之事。」他陡然拔高聲音：「門外的人給我聽好了，我李明允堂堂正正做人，光明磊落做事，想我休妻求榮，斷無可能，要殺要剮，悉聽尊便！」

李敬賢氣得暴跳如雷，「明允，你簡直愚不可及！」

李明允目光如利刃，道：「是，兒子愚鈍，可兒子心裡踏實，而爹呢？走到今日，爹應該明白什麼叫聰明反被聰明誤了吧？每個人都得為自己所犯的過錯負責，爹違了法，就要接受律法的制裁，爹違了心，也終逃不過內心的譴責，您好自為之吧！」說罷，李明允轉過身去，背對父親，不願再看他一眼。

李敬賢還試圖用他作為父親的權威來逼兒子就範，身後牢門忽然打開，一人扯著尖細的嗓音，道：「李大人，請吧！」

李敬賢猶自不甘，憤然甩袖，「明允，總有一日你會後悔的！」

後悔？也許吧！但絕對不會是因為他沒有休妻求榮，他只是後悔自己太過自信，沒有考慮周全，讓林蘭跟著他受罪。李明允抬頭望著高處那窄小的窗口，窗外的天依然那麼幽藍明淨，而他的心紛亂複雜。太后說服不成，定會再想別的法子，說不定會去威脅林蘭。蘭兒啊蘭兒，這一次敵我力量太過懸殊，希望妳千萬要以自身為重，莫要以身涉險才是啊……

宮中，太后聽完曹嬤嬤的回稟，面色微慍，冷冷吐出八字評語：「不識時務，迂腐至極！」

「太后，聽李學士的口氣，他似乎猜到了是太后的意思。」曹嬤嬤低聲道。

太后輕哼一聲，「他猜到又如何？哀家願意給他機會是看得起他，他還不領情？敬酒不吃吃罰酒，那就別怪哀家狠心！曹嬤嬤，妳去安排一下，哀家要見一見那位林大夫！」

與此同時，御書房裡，皇上在聽完來人回稟後，眉目漸漸舒朗開來，露出了近日來難得一見的愉悅之色。

「你且退下，好生看著李學士。」皇上道。

等來人退下，皇上感嘆道：「李學士果然沒叫朕失望。」

一旁伺候的阮公公笑呵呵地說：「聖上慧眼識人，李學士真丈夫也。」

皇上卻是苦笑，「朕想看清一個人不容易啊！朝臣們一個個在朕面前滿口仁義道德，出了這宮門，誰知他們都是什麼摸樣？朕也懶得管，只要他們能替朕辦事就成，不過，朕對李學士是真心愛惜。」

「老奴聽說李學士之妻，也就是回春堂的林大夫，近日與華家的德仁堂聯手舉辦義診，為一些貧苦的老百姓免費看病，送醫送藥，老百姓們對林大夫和華家的善舉無不稱頌。」

皇上欣慰地點點頭：「林大夫仁心仁術，值得嘉許，若是我朝多幾位像華大夫和林大夫這樣的醫者，民之福也！」

這是表面上的話，其實回春堂的善舉，皇上也早有耳聞。林大夫醫術了得，心地善良，這充其量只能說明她是個好人，而從這次義診的舉動來看，這個女人還非常聰明。夫君被關押，她不急不慌，不哭不鬧，不哀不怨，反而大張旗鼓地行善，為自己博得好名聲。若是太后逼李學士休妻，只怕秦家會被老百姓的口水淹死。聰明，當真是聰明，懂得利用民意！看來李學士如此鍾情於她，不是沒有道理的。

「聖上所言極是，這李學士夫妻一個忠義，一個仁善，都是好人啊，可惜受李尚書連累。」阮公公惋惜道。

皇上淡淡掃了阮公公一眼，哼道：「朕是錯看了李尚書，原以為他是個正人君子，沒想到他竟能為了一己之私逼迫自己的兒子休妻，看來，那些傳言假不了。」

「若真如此，李學士也太冤了，難怪葉家的人氣憤難平。」

提及李尚書，皇上的好心情被破壞殆盡，知人知面不知心啊！想當初他還對李尚書大加褒獎，如今想想，無異於打自己的臉。

◆　◆　◆

林蘭和陳子諭討論過，四皇子即將班師回朝，太后應該會在這之前有所動作。秦家出了幾樁不名譽的事後，反應迅速，陳子諭想再給秦家惹點麻煩也找不到機會下手。武官們倒是還執著地鬧騰，看來西宮那位主子是不想輕易放過這次機會。

葉德懷提議，索性放出風聲，把太后欲逼明允休妻一事捅出去，看她老臉往哪擱。

陳子諭以為不妥，宮裡那個老太婆可不好惹，事情也沒到無法轉圜的地步，若是撕破了臉，老太婆惱羞成怒的話，只怕皇上也無計可施。

皇上並非皇長子，其生母出身低微且早逝，在眾多皇子中可以說毫不起眼，但最終被看中做了皇儲，這跟當時還是皇后的太后有莫大的關係，所以皇上登基後，對太后孝順有加，不敢忤逆太后之命。太后也不輕易插手朝政，但她若執意要干預，皇上也很為難。

林蘭也贊同陳子諭的看法，總之，先做好自己的事吧！

義診進入第十天，每日前來看病的百姓只增不減，藥鋪裡那點存貨都快消耗完了，再有兩日就該斷藥了，可義診還有五天，把林蘭給急得很。要是藥材供應不上，義診豈不是會半途夭折？那這麼些日子的辛勞可就都白費了。前幾日她就找了各家供應商，他們不是不願幫忙，只是現在藥材實在吃緊。哎，這次義診決定得太突然，加之來的病患又多得出乎預料，這才有了斷藥的危機。

華文鳶得知回春堂的困難，請示了華家的長輩，火速撥了一批藥材過來救急。

林蘭很過意不去，原本說好，華家加入這次義診，只出人，不出藥材的。對林蘭而言，華家同意聯手進行這次活動就已經是給了她莫大的支持，畢竟德仁堂百年老字號，乃是京中杏林第一塊招牌，跟回春堂這一聯手，就等於把回春堂提到了與它並肩的高度。

華文鳶道：「林大夫無須多慮，華家幾位叔伯若不是宮中任職，這次也想來參加義診。若是我哥在，我哥也會義無反顧的，對了，我哥這幾日就要回京了。」

林蘭大喜，「真的嗎？那可太好了，陝西那邊的疫情已經完全解除了嗎？」

華文鳶神情頗為自豪，「是呢，這次陝西的痘疹疫情得到控制，我哥可是立了大功。本來早就可以回來了，他執意要留在那邊，說是要研究最有效的痘疹疫苗。」

華文柏的醫德真的沒話說，林蘭對他很是敬佩，當初她以為像師父胡大夫這種好人已經屬於瀕臨絕種的稀有動物，沒想到來京城又見著了一位。

「二少奶奶，二少奶奶……」福安在外面喊道。

林蘭道：「何事？」

福安在門外回稟：「供應藥材的錢老爺、孫老爺來了，還送了兩大車藥材來。」

林蘭喜上眉梢，「這可真是雪中送炭啊！」

兩人結束了談話，林蘭讓銀柳送華文鳶，自己去見錢老爺和孫老爺，這才知道，原來是葉大老爺暗中幫忙，聯繫了錢老爺和孫老爺，請他們務必在最短的時間內幫回春堂弄到藥材，葉家願意出雙倍的價錢。

送走兩位供應商，林蘭把藥鋪裡的事交給福安，準備去趟葉家，當面謝謝大舅爺。

福安笑呵呵地問：「二少奶奶是不是要去葉家？」

林蘭微愣，「你怎知道？」

福安笑道：「大老爺猜的，大老爺讓小的給二少奶奶傳個話，若果二少奶奶要過去道謝就不必了，都是一家人，回春堂的事就是葉家的事。大老爺說，他別的忙幫不上，只好多出點銀子。」

林蘭不禁莞爾，道：「那就趕緊幹活吧！」

福安忙應聲，帶著大家去搬運藥材。

解決了藥材不足的問題，林蘭卸下心頭一樁大事。

第二天，林蘭一早去藥鋪，卻發現坐堂大夫裡多了一個人，不禁訝然，「文柏兄……」

華文柏正專注為一個病患診脈，見林蘭來了，頷首微微一笑，繼續替人診脈。

林蘭心中奇怪，文鳶不是說華文柏還要過幾日才能回來嗎？怎麼今天就出現在這裡？幾個月不見，華文柏消瘦了許多，可見在陝西的日子是相當辛苦，好在終於安然歸來。

愣神間，華文柏已經寫好了藥方，交給病患，起身朝林蘭走來。笑容依舊那樣溫和，讓人有如沐春風之感，他拱手施禮，「林大夫，別來無恙？」

林蘭微笑還禮，「文柏兄什麼時候回來的？」

「昨夜到京城的，聽妹子說回春堂在舉辦義診，一早便過來了。」華文柏笑道，一面留心林蘭的神色，昨夜他聽聞的事可不止是義診，還有李家的變故，所以，今天一早他就來到這裡，想看看她過得好不好。

「到裡面坐吧！」林蘭做了個請的手勢。

兩人到裡面雅室敘話，銀柳上了茶就出去幫忙了。

許是太久不見，不知如何開口，也許是這段時間兩人都經歷了太多事，一時不知該從何說起，屋子裡一陣沉寂，良久，才打破沉默。

「李家的事我聽說了……」

「你在陝西一定很辛苦吧？」

兩人同時開口，皆是一愣，旋即林蘭笑起來，「你先回答我的。」

華文柏笑了笑，緩緩道：「辛苦是辛苦，不過收穫也大，這也多虧了林大夫的建議。我按著林大夫說的法子，在自己身上先行實驗，小病了一場，卻無大礙，可見林大夫的法子可行，後我又在其他人身上試驗了幾回，發現這種痘之法也是因人而異，有些人病幾日就好了，有些人卻是相當凶險。」

「你說的沒錯，如果用接種多次的痘痂作疫苗，毒性會大大減弱，接種後也會比較安全。」

「正是如此，疫情控制住後，我就開始研製更安全有效的痘苗，發現痘苗傳種越久，則藥力越輕。人工之選煉越熟，火毒汰盡，精氣獨存，方可萬全而無害。」華文柏言談間難掩興奮之色：「這次我帶回一批安全的痘苗，等面見聖上後，請求聖上批准在京中推廣此法，以後大家再不必談痘變色，林大夫，此次論功，妳當居首位。」

林蘭赧顏道：「我不過是從理論上做出推斷，文柏兄以身試險，勇氣可嘉，又細心鑽研，才能獲得成功，這全是文柏兄的功勞，林蘭豈敢貪功？」

華文柏感嘆道：「正是因為林大夫醫術精湛，敢想人之不敢想，這世上才有了種痘之法，林大夫何必過謙？妳一句話就拯救了無數蒼生，足以載入史冊，名垂千古了。」

林蘭不好意思道：「文柏兄謬讚了，林蘭實不敢當。」

華文柏默然，林蘭的這份胸襟和氣度委實叫人敬佩，換成旁人，怕是搶功勞都來不及，哪裡捨得推諉？

「若是李家未出事，我定會尊重林大夫的意思，但如今李家有難，此舉對林大夫、對李家都有好處，我今日就會進宮面聖，到時候我會如實向聖上稟告。」華文柏鄭重道。他看得出來，林蘭笑容的背後是多麼的心酸無奈。他不是懷疑林蘭的善心，但這次義診應該還有更深的一層目的，他知道她這麼做事為了什麼，他懂，所以，他更欽佩林蘭的堅強和聰穎，所以，他一定要助她一臂之力。

林蘭低眉沉默，是啊，她現在真的很需要這樣一份功勞，讓那些高高在上的人沒有辦法再輕視她這個出身低微的村姑，讓那些別有居心的人不能肆意妄為。可是，她不過一句話，華文柏卻是付出了很多很多，甚至是生命的危險，這份功勞，她需要，華家同樣需要。

「林大夫，不管將來怎樣，如果妳遇到什麼困難，那麼請妳一定要告訴文柏，只要文柏做得到，文柏絕不會推辭。」華文柏看她神情黯然，不覺隱隱心痛，只恨自己不能幫她更多。

華文柏的正直無私、真摯言語，叫林蘭為之動容。千言萬語，她能說出來的只有一句：「謝謝文柏兄。」

宮裡得知華文柏已回京，差人來傳他，命他即刻進宮，傳旨之人找到回春堂。

華文柏前腳剛走，後腳就有人來傳林蘭進宮。

回春堂諸人都很緊張，林蘭卻是淡然，如果猜的不錯，傳她入宮的不是別人，正是太后。

「林大夫，快請吧！」傳旨的太監神情甚是傲慢，透著一股不善之意。

林蘭笑說：「還請公公稍候片刻，回春堂正在舉行義診，容民婦稍稍交代幾句。」

那太監不耐煩道：「給妳一盞茶的時間。」

林蘭施了一禮，把王大海和福安叫到一旁，吩咐道：「二師兄，不論我這次能不能平安歸來，義診不能停，回春堂就交給你了，有什麼問題，可找葉大老爺和德仁堂的華大夫商議。福安，你速速去稟葉大老爺和陳子諭，讓他們好有個準備。另外，大少奶奶那邊，也派人告知她一聲，家裡的事就煩請她多勞心了。」

王大海和福安應下，王大海又擔心道：「師妹，妳自己也要保重，審時度勢，千萬別硬扛，有什麼事回來大家再商議。」

林蘭笑道：「師兄放心，我心裡有數。」

安排妥當，林蘭跟著傳旨太監離開了回春堂。

（未完待續）

漾小說 115

古代試婚③

國家圖書館出版品預行編目資料

古代試婚 / 紫伊著. -- 初版. -- 臺北市 :
麥田, 城邦文化出版 : 家庭傳媒城邦分公司發行,
2014.03
冊； 公分. --（漾小說 ; 115）
ISBN 978-986-344-058-1（第3冊：平裝）

857.7 103002210

作者 紫伊
封面繪圖 若若秋
責任編輯 施雅棠
副總編輯 林秀梅
編輯總監 劉麗真
總經理 陳逸瑛
發行人 涂玉雲
出版 麥田出版
城邦文化事業股份有限公司
104台北市中山區民生東路二段141號5樓
電話：（886）2-25007696 傳真：（886）2-25001966
發行 英屬蓋曼群島商家庭傳媒股份有限公司城邦分公司
104台北市中山區民生東路二段141號2樓
客服服務專線：（886）2-25007718；25007719
24小時傳真專線：（886）2-25001990；25001991
服務時間：週一至週五上午09:00~12:00；下午13:00~17:00
劃撥帳號：19863813；戶名：書虫股份有限公司
讀者服務信箱：service@readingclub.com.tw
麥田部落格 http://blog.pixnet.net/ryefield
香港發行所 城邦（香港）出版集團有限公司
香港灣仔駱克道193號東超商業中心1樓
電話：852-25086231 傳真：852-25789337
E-mail：hkcite@biznetvigator.com
馬新發行所 城邦（馬新）出版集團【Cite (M) Sdn Bhd】
41, Jalan Radin Anum, Bandar Baru Sri Petaling,
57000 Kuala Lumpur, Malaysia.
電話：(603) 90578822 傳真：(603) 90576622
Email：cite@cite.com.my
美術設計 洸譜創意設計股份有限公司
印刷 鴻霖印刷傳媒股份有限公司
初版一刷 2014年03月13日
定價 250元
ISBN 978-986-344-058-1